2014年

中篇小说选粹

杨庆祥 / 主编

山西出版传媒集团　北岳文艺出版社

图书在版编目(CIP)数据

2014年中篇小说选粹/杨庆祥主编. —太原:北岳文艺出版社, 2014.12

ISBN 978-7-5378-4351-5

Ⅰ.①2… Ⅱ.①杨… Ⅲ.①中篇小说—小说集—中国—当代 Ⅳ.①I247.5

中国版本图书馆CIP数据核字(2014)第302380号

书　　名　2014年中篇小说选粹
主　　编　杨庆祥
责任编辑　史晋鸿
装帧设计　昭惠文化

出版发行　山西出版传媒集团·北岳文艺出版社
地　　址　山西省太原市并州南路57号
邮　　编　030012
电　　话　0351-5628696(太原发行部)
　　　　　　010-57427288(北京发行部)
　　　　　　0351-5628688(总编办)
传　　真　0351-5628680　010-57571328
网　　址　http://www.bywy.com
E-mail　bywycbs@163.com
经 销 商　新华书店
印刷装订　山西人民印刷有限责任公司

开　　本　720×1030　1/16
字　　数　287千字
印　　张　23
版　　次　2014年12月第1版
印　　次　2015年1月山西第1次印刷
书　　号　ISBN 978-7-5378-4351-5
定　　价　45.00元

序

杨庆祥

在一年还没有全部结束的时候来编选一个年度选本，其实是一件很纠结的事情，出版社考虑到出版的周期和市场的需求，这么做自然无可厚非，但对于编选者来说，却不能不冒着以偏概全的风险。好在真正的文学永远是带有偏见和个人趣味的事物，因此，编一本有编选者个我特点的年选，也未必见得是一件坏事，下面的一些看法，也仅仅代表我个人。

中篇小说在新世纪以来的写作中一直占有重要的份额，这只要看看一些杂志（包括《小说月报》和《北京文学》等等）定期推出的中篇专号即可明了。其个种原因，也许正是中篇这一形式很是适合读者的需求，短篇太短，读来也许不够过瘾，长篇太长，需要时间和体力，因此，中篇小说上可以满足严肃读者的要求，中可以取悦文学青年，下可以获得普通读者，可以说是一个面面俱到的文学体式。但不管如何，中篇小说的写作在2014年也仅仅是“总体文学”写作中的一个组成部分，它在题材、形式和美学上的探索与“总体文学”互动并构成了总体的一部分。

从题材上说，本年度我对城市题材依然深感兴趣，早在编选2012年的短篇小说年选时我就已经指出，当下中国的写作，无论是乡土写作还是城市写作，都不得不置身于城市的观察视阈中，这与当下中国全面展开的城市化进程密切相关，同时也一再证明了社会存在决定着社会意识这一最基本的唯物主义。在城市题材的写作中，本年选选取了邓一光的《深圳蓝》和杨小凡的《总裁班》，仅仅是从这两部作品的名字我们也可以看出一种倾向，资本的大规模化已经影响到了作家们的写作想象，深圳是现代化和资本化的前沿阵地，而这一阵地催生的不仅仅是“底层”，同时也包括像“总裁”这样的顶层。我一直对邓一光的“深圳系列”抱有高度的期待，在《深圳蓝》这篇作品中，邓一光将视角集中在城市的中产阶级身上，探索不同代际的深圳人在物质化都市的生存困境和精神困境，正如樊迎春的解读所言，这里面有一种“自我认知的渴望和迷幻”。而这一切，也许是整个景观化的中国当下带来的普遍情境。杨小凡的《总裁班》相对来说更世俗化一些，“总裁班”是我们这个时代欲望的最典型象征，富商和权贵们在此指点金钱，激扬权谋，一切都是围绕利益的博弈和钩心斗角，而作为一个非典型的“总裁”——普通人王加法以侥幸的心态进入到这个圈子，并机缘巧合地目睹和参与了一场利益的角逐。正如董丝雨的解读所言：这种以利益为前提和终极目的的所谓关系，“具有极大的不确定性”。在欲望面前当然没有胜利者。可惜故事的整体叙述却给人“通俗电视剧”的感觉，缺少更高层面的反思。须一瓜的《老闺蜜》以上海为舞台，书写两个老龄妇女一天的生活。她们庸俗、琐碎、斤斤计较又自以为精明过人，她们活在一个完全自我的世界中，以某种老年人的劣根性绝望地反抗着衰老以及这个时代的加速度。但须一瓜的过人之处不仅仅在于她活色生香的描写能力，而是她能够准确地捕捉到人物那稍纵即逝的无意识，并将其进行社会化的呈现，不管怎么说，这两位可爱又可怜的老人确实如郝慧子所言只能是“中国式的”。特别需要提出的是，中国的现代文学基本上是以“青年”为主体的文学，青年成为文学想象和文学书写的中心，而随着中国社会的变化，这种“老年人”的题材也许会越来越重要。

现实地呈现中国当下的日常生活，这是2014年中篇小说的重要题材倾向，与此同时，一种对内在精神向度的探索成为另外一些小说的追求目标。李宏伟的《并蒂爱情》和弋舟的《所有路的尽头》可堪代表。《并蒂爱情》分“第一爱情”和“第二爱情”，“第一爱情”基本上是一个童话的叙述方式，相爱的两人变成了连体人，在最初的欣喜之后是深深的恐惧，因为“合二为一”一旦变成了一种生理上的真实，则作为个体的“一”实际上也就消失了。“第二爱情”则借助记者调查采访的形式，讲述一个大学青年教师爱的痛苦体验：他将爱视为一种自我虚构，因此总是游戏在爱欲之中，但有一天却发现自己不可避免地爱上了某个人，他陷入了真正的自我虚构。什么是爱情？什么是真正的爱情？什么是爱欲意义上的爱情和哲学意义上的爱情？哲学系科班出身的李宏伟用故事的形式追问哲学的命题，他演绎得非常自然，以至于我们往往要从他的故事和情绪中抽身而出才能意识到这些问题的严肃性。他对爱的痛苦一定有着切身的体验，否则仅仅凭借哲学和虚构无法完成这种如陈雅琪所言的“爱情的危险的窄路”。

70后的弋舟《所有路的尽头》以一个失败的艺术家为线索，他因为朋友的突然死亡而心事重重，他在追寻死亡的过程中逐渐理解了自我的历史起源，对于70后而言，他们将这种起源顺乎自然地定位于80年代。因此这是两个时代的对照式的叙述，80年代的理想主义、狂热、无功利的自由——虽然这一切都带有想象的色彩，但它无论如何构成了一个参照系，映照出当下中国的冷漠、物质和贪婪。理想主义之光的黯淡和对历史的失望导致了邢志平最后的死亡，他是一个典型的存在主义者，莫名其妙地被卷入到时代之中却无所适从。由此可见，选择即自由也是一个伪命题，因为我们其实并没有机会选择。即使那总是半醉半醒的我，沈建阳也一针见血地指出其不过是一个“不可靠的叙述者”。连叙事都不可靠了，这或许就是“所有路的尽头”吧。

但即使是不可靠的叙事，也难能可贵，叙述作为一种形塑的方式，它不停地在拯救当下和打捞历史。不仅仅要讲述，关键问题是用什么样的方式去讲述。艺术家的形式就是上帝之手，它让一切陈旧的新起来。在这个意义上，必须反复强调形式的重要性，作为80年代现代主义文学实验最重要的遗产，我们似乎开始在遗忘它们。但2014年刘洋的《单孔衍射》和林森的《丁亥年失踪事件》的形式感还是让我眼前一亮。刘洋以“科幻小说”的形式来架构一个非常现实主义的题材，这本身已经构成了一种张力，因为科幻要求的实际上是一种“非时间性”或者“超时间性”，而现实主义写作却恰好是一种“时间性”极强的叙述形式，因此，在这个意义上，刘欣玥非常准确地指出了这是一种“新的写作的可能性”。如何将“科学性”和“小说性”结合起来，如何在“学理”和“想象”之间找到一种叙述的平衡？这也许是这部作品更值得我们思考的地方。相对于《单孔衍射》的“实验色彩”，林森《丁亥年失踪事件》的叙述方式更多来自于高峰时期的现代主义经验，通过多个叙述者的多重叙述，形成一个复调的故事结构，作为重心的“失踪事件”反而被消解了，由叙述所构成的节奏、情绪形成了一种特别的氛围，有一种如李建章所概括的“乡土文化的凋零”，南方小镇在现代历史中的失落、衰败由此得到了隐隐约约的呈现。这或许正是林森想要追求的效果。

现实性、精神探求和形式感，各有不同而各有侧重，它们构成了本年度中篇写作的关键词。也许在我们梳理完短篇小说、长篇小说，甚至是诗歌、戏剧之后也能得出同样的结论。谁说不是呢？文学总是在重复这些东西，但要命的是，又总是在重复中产生新的可能和新的意义。

2014年10月15日于北京

目 录

所有路的尽头

戈 舟

突然间黄昏变得明亮

因为此刻正有细雨在落下

——博尔赫斯

一

四十岁生日是邢志平陪我一起过的。我们俩的生日相差无几，几乎可以算作是同一天。这样也可以说成是我陪他过的生日。四十一岁的生日，还是我们俩一起过的。今年我四十二了，邢志平却再也不能和我一起喝杯酒，继续接着往下长。他死了。

接到这个消息后，我独自出了门。天已经黑下来了，空气滞重，有股沉甸甸的分量。遁入夜色，我有种挤进什么里面去的感觉。步行十多分钟，我走进了那家小酒馆。

酒馆的老板以前是位拳击手，不过，这并不妨碍他给自己的酒馆取名叫“咸亨”。他可能是得了什么人的指点。混熟后，有次喝酒的时候我告诉他：不如叫“泰森”。这家小酒馆卖散装的白酒，下酒菜除了驴肉板肠，就只是些花生米、拌黄瓜之类的小菜。酒才是这里的主题。现在兰城这种馆子不少，在我眼里，算是中式的酒吧。我出国十多年了，几年前加入了新西兰国籍，但国内的身份一直还在。这肯定不合法，好在暂时没人追究。我是位画家，以前还做过大学教师，但这几年回到国内，却喜欢和小酒馆老板这样的人结交，个中缘由，连我自己也难以说明。

酒馆老板总是说我看上去一点儿都不像个搞艺术的，上辈子可能也开了家小酒馆。这说法有些宿命的味道，我乐于接受。

进门后酒馆的老板娘朝我点点头。我知道她叫小戴——老板总这么喊她。她并不小了，实际年龄可能比我还大些。但她被叫作“小戴”，却也不显得勉强。她还算是风韵犹存吧。这么说有点儿庸俗，但我没有其他更恰当的说法。

老板坐在老位子上。小酒馆里没有吧台，他有把自己的专座，放在墙角最昏暗的角落里。稀奇的是，这把椅子你永远无法搬动，在装修的时候，它的四条腿就被水泥固定住了。酒馆老板说，这样做，不过是为了给他自己强调出一种“稳固感”，坐在上面，他就会打消出门鬼混的念头。我觉得这个说法挺有意思的。

看到我他显得很高兴，向我摆手说：“先别急着喝酒，我们来喝会儿茶。”

我就手拉了把椅子，到他对面坐下。

我们之间隔着一张松木方凳，上面有电磁炉。炉子上，是一把日式的铁壶——这个黝黑的家伙现在值点儿钱，好像是明治时期的。据说如今中国人已经买光了日本人的老铁壶。

“外面儿还能吸气吗？说是已经启动雾霾红色预警了。”他说。

“不知道。”我说，“天黑了，眼不见心不烦。好像我们是用眼睛呼吸，而不是用鼻子。”

“说得好，对空气这种玩意儿，人其实都是用眼睛来估量的。我还可以靠手感，外面儿这空气，我都不知道是该呼吸，还是该当沙袋练几拳。怎么样，你看起来不大好。”

“你记得我那位朋友吗？就是跟我来喝过几次酒的那位。”

“记得，就他跟你来过。”

“他今天下午死了。”我说。但口气不对。除非死了的这个人真算得上是我的朋友，否则说到他的死，我的口气不可能对。邢志平真的不能算是我的朋友吗？这事儿以前我没琢磨过，现在说到他的死，口气暴露了我的真实感受。但我又的确觉得有点儿不对，实际上此刻我绝非是无动于衷的。“听说是跳楼了。”我说，“我跟他也好久没联系了，正巧今天突然想起点儿事，找别人问他的下落，结果就得到个死讯。”

“真是巧。”他说，“算了，咱们别喝茶了，我陪你喝酒吧。”

我们移坐到一间格挡里。酒馆一共不过六间这样的格挡，敞开式，里面顶多能对坐四个人，是火车车厢那样的格局。此刻没有其他客人。小戴给我们端来了小菜和酒。酒是二两一壶的散装高度酒，我们聊了几个小时，喝了大约有“无数”壶。当然，我喝得多一些。我忘了和对面这位前拳击手究竟说了些什么，但气氛不错，聊的时间长，沉默的时间更长。我肯定说起了邢志平，这毫无疑问，因为他死了，不过是几个小时前的事儿，在我的感觉里，此刻说不定还余温尚存。

“为什么?”他问我，“干吗要跳楼?”

“不知道。”我说，“只能是活够了吧，觉得走到头儿了。”

“没错。”他赞同这个答案，“知道我为什么将那把椅子固定住吗? 还有个原因，我把它当成个拴马桩了，我让它拴住我。我害怕一旦没了束缚，我也会一头扎到路的尽头去。”

有时候我们会彻夜长谈。我觉得我喜欢这个前拳击手。一望而知，他那张伤痕累累的脸，就让他显得是个有故事的人。我并不热衷别人的故事，也不热衷一张伤痕累累的脸，我只是喜欢有故事的人。我觉得，作为偶尔的聊天对象，这样的人通常都很可靠——彼此之间不用过多的说明，依靠岁月给予的经验，就能达到某种心领神会的默契。在国内的日子，有些夜晚我就是在这儿度过的。打烊之后仍然不肯离去，那时候，所有的灯都熄灭了，就剩下我们头顶的那盏灯在明明灭灭。有的时候，太阳都已经升起，我们还没散，酒馆老板就穿上曾经的拳击短裤，我们沿着黎明的街道默默地跑上几公里。酒后长跑，在他，可能是出于常年养成的习惯，在我，却完全是拼死一搏的心情。那样的时刻，肉体的能量被压榨到了极致，就像一个极限跑，尽头若隐若现，而我，不过是沉溺于这种“尽头”的滋味。

今晚他不在状态，早早趴在了酒桌上。最后两个客人在半夜两点多钟互相搀扶着走了。小戴锁了门，把椅子一张张放到桌子上，方便第二天打扫。然后她过来坐在自己丈夫身边，用他的酒杯和我干了一杯。我依然亢奋，觉得还能喝下“无数”壶酒。

“我的一个朋友死了。”我说。

“我知道，”她说，“你们聊天儿我听到了。”

“我们俩同岁，差不多生日都是在同一天，他陪我过了两个生日。”我几乎是脱口而出了连自己都觉得有些惊讶的话，“他死了，我就觉得跟自己死了差不多。”

这话很矫情，算是酒话。我和邢志平之间，毫无这种生死之谊。但此刻我也并不觉得是在夸大其词。我只是有些吃惊，惊讶于一个人的死，会在这种程度上波及我的情绪。“他是跳楼的吗？”小戴为我斟上酒，“你觉得你也会跳楼吗？”

我还真是认真想了一下，如实说：“不会。”

我是个酒鬼，在最消极的时候动过死念，但跳楼这种方式，似乎不在我的选择之内。

“那你们没有可比性，不要硬和自己联系在一起。你不要给自己这样的暗示。”小戴点起了一支烟。在我眼里，她也是个有故事的人。“可能的话，你该去了解一下他为什么要去死，这样你就知道了，死和死可能并不一样。”她说。

“会不一样吗？”我固执起来，闷头喝下自己的酒，“死都是一样的，不一样的只是死法儿。就好像，路都是不一样的，但所有路的尽头都一样。”

小戴凝眉思考，过了一会儿她认可了我的固执。“好像也是。”她说，

“以前我是个唱戏的，戏里所有的角儿，死法儿各不相同，但在台上表演，我从来都用一种方式。”

于是我们干了一杯。

酒壶空了，小戴去灌酒。我隔着窗子看外面的夜色。路灯下的夜晚，像塞满了破旧的棉絮。我手腕上有表，但我懒得看，我根本不想知道现在几点了。我想可能快凌晨四点了。那么此刻，是新西兰的清晨，儿子该去上学了。

“听首歌吧。”小戴拿着酒壶回来，“郝雷唱的。你听过她唱的歌没?”

“没有。”

“是个演员，不怎么唱歌，这首歌是她主演的电影里的插曲。”

“听听吧。”

“是电影原声，我看片子时候用手机录的。网上有单曲下载，可我还是愿意自己录下来听。”

“这有什么差别?”

“不知道，反正我喜欢这么干。你会喜欢这首歌的。”

“听了才知道吧。”

“可能我是喜欢自己录制出的那种毛毛糙糙的声音吧，听的时候，就能想起当时看片子的感觉，那个时间段，算是我自己的，不像下载的，是公共资源。烟缸呢?”

我们找了找烟缸，刚才它还在桌面上。原来在老板的怀里，他趴在桌上睡觉，不知道什么时候把烟缸划拉进了臂弯里。桌面上有很多烟头烫下的疤痕，酒鬼们喝到最后，从来就不会去找什么烟缸。

“你还喝得下去吗？今天晚上你喝得不少了。”她摸出自己的手机，在上面翻找那首歌。

应该是喝得不少了，但我觉得自己还行。在这里喝酒，我从来不计算斤两，只用自己的酒意来估量，每次结账，都是固定的三百元，这是个衡量我酒意达到饱和度的指标。我觉得这很便宜,用三百块钱就可以获得一个夜晚的安慰。"喝着看吧。"我说。

"我只能再陪你喝一壶了,前面陪其他客人喝了点儿。好了,找到了。"

对我笑吧笑吧
就像你我初次见面
对我说吧说吧
即使誓言明天就变
享用我吧现在
人生如此漂泊不定
想起我吧将来
在你变老的那一年

手机录制的效果差强人意,歌手的发音也是含混的风格,节奏很快,里面夹杂着隐约的喘息,不知道是电影的原声还是录制的环境使然。

过去岁月总会过去
有你最后的爱情
过去岁月总会过去
有你最后的温情

"真好听。"小戴说。

所有的光芒都向我涌来
所有的氧气都被我吸光
所有的物体都失去重量
我都快已经走到了所有路的尽头

我给自己斟酒,酒水漫出酒杯。最后总是这样,喝一半洒一半。我把酒杯举在嘴边仰头喝下,又有一半倒在自己的下巴上。

"所有的氧气都被我吸光。外面儿现在就缺氧。这段你能听清吗？——我都快已经走到了所有路的尽头。”小戴给我提词儿。

“你一说我就听清了。”我果然听清了，最后那一句的发声，像一个悠长的叹息，以一个类似“啊——唉”的气声休止。“再放一遍。”我说。

小戴又放了一遍。

她说：“如何？”

我和她干杯，说：“我还想听一遍。”

“‘想起我吧将来，在你变老的那一年。’这句我也喜欢。”

“再放一遍，我慢慢听得懂词儿了。”

于是小戴按下了循环播放的模式。她独自喝下一杯，问我懂不懂她干吗要放这首歌给我听。我只得点点头，我觉得我好像是懂。

“我都快已经走到了所有路的尽头——这就是你那位朋友的问题，他走到头儿了。”

“为什么？”

“所有的氧气都被人吸光了嘛！不过他可能死得并不痛苦，喏，他一定也有过跟谁的初次见面，有过跟谁的最后的温情。”小戴说，“妈的，就是这么回事儿。”

我吃了一惊，不知道是因为她给出的答案，还是因为“妈的”。

“喂，”她说，“如果你困了，就拼张桌子睡，这儿挺暖和的，暖气不错。”

“我想还是回去睡吧。”今天有些特殊，前拳击手先趴下了，还死了个人。我想我不能通宵留在这里了。

“你没问题吧？外面儿现在的空气你得花双倍的力气才能挤回去。”她朝窗外看了看，“像是有群看不见的胖子横在路上。”

“没事儿。我觉得这回天亮的时候，我最好在自己的床上醒来。”

“为什么？这回有什么不同吗？哦，你刚死了位朋友。”

“可能是的。嗯，就是，没错。人有的时候，完全被某些看似无关的事儿决定。你有过这样的时候吗？——突然发抖，原因却只是，也只是：黄昏突然变得明亮，因为正有细雨落下。”我感到了自己的酒意，它突然达到了“三百块”的那个强度。而神奇的是，此刻窗外似乎真的也突然随之一亮。但是，没有细雨落下。我在饱和的酒意中，依然格外清醒地意识到，这个有关明亮与细雨的说法，是邢志平曾经说给我的。邢志平曾经告诉我：当年他去大学报到，第一次出门远行，孤身一人坐在火车的车厢里，向车下送行的父母挥手作别，火车启动的一刹那，昏暗的车厢突然变得明亮，因为车外正有细雨落下。于是随着细雨的降落，随着火车的启动，他开始瑟瑟发抖……他把突然的明亮和突然的细雨，看作是自己突然发抖的原因。“可这能成为突然跳楼的原因吗？”我喃喃地说。

“如果真想知道，你就去找一下答案。”小戴说，“不过你真的不会也从楼上跳下去吧？嗯？不会吧？”

“不会。”

“那就好，千万别！觉得难过，就来喝杯酒。喝酒就是有这点儿好处，它能让你觉得路还没到头儿。”

“说得真好。”我由衷地说。我酗酒，这是我如今一切困境的总和。对此我无法给出一个说得过去的理由，但小戴的这句话，我觉得充分极了，她响亮地给出了一个理由。这就是和有故事的人一起喝一杯的意义所在。

“我再给你灌一壶，再给你装点儿花生吧。不过拎着上路，人家没准会把你当成个送外卖的。”

“不用了，我喝够了。”

“说不定回去你酒瘾又上来了呢。”

“不会，谢谢你。”

我摸出三百块钱递给小戴。走出去的时候似乎真的是迎面和一个隐身胖子撞在了一起。小戴隔着窗子向我摆手。往家走的时候，我脑袋里飘荡着那首歌的旋律和零星的歌词。“我都快已经走到了所有路的尽头。啊——唉!”

我回到家里,并没有直接上床。家里还有半瓶紫轩葡萄酒,我对着瓶子喝了一口,觉得是喝了口糖水。然后我还画了会儿画,最后不知不觉地昏迷过去。

二

醒来的时候,我发现自己躺在房间的地板上,颜料蹭得全身都是。这一刻,是我生命中那些最宁静的时刻。我静静地躺着,心神澄明。渐渐地,意识在恢复。房间渐渐变得明亮。我举目看向窗子。果然,窗外有冬雨正在落下。雨水混浊,但依然将窗玻璃冲刷出了细密的水痕。

我觉得自己现在就是一个对世界毫无概念的儿童。没有恐惧,没有热望。有的,也许只是一点点的好奇。

我躺在这难得的时刻里,脑子里渐渐全是死去的邢志平。这谈不上回忆,没有回忆之时那种应有的情感温度。我只是不自觉地被一些意识填满。

在我们其实并不多的交谈中,邢志平最多对我提及的,大多是他的童年。第一次我们一同过生日时,他对我说,在很多时刻,他都觉得自己是个期望不被世界惊扰的儿童。但不被这个世界惊扰,绝对是个奢望。他说他从小就是个好孩子,比如说考大学这件事,母亲让他报考生物专业,父亲让他报考历史专业,为了讨好他们两个人,邢志平就两个专业一起报,结果却录取到中文系。那一年,周围邻居的孩子们被大学录取的寥寥无几,而邢志平家,却可以像在菜市场买青菜一样地挑拣专业,他的父母根本不用担心自己的儿子是否会落榜。

可能这对父母也认识到他们的儿子真的太令人省心了,如今离家求学,反倒要令人担忧。最后他们决定让儿子只身一人去学校报到。他们的逻辑是：该让邢志平自己去广阔天地中经历风雨了，作为第一次历练，就让从未出过远门的儿子，一个人跨越上千里的路程，走进大学，走进风雨。

父母的决定让邢志平惶恐。他给我回顾了自己的成长经历，说他真是一株温室里的花朵——居然从来没有一个人离家超过三十公里。而且，唯一的那次三十公里的“远行”，还给他留下了灾难性的记忆。十岁那年的暑假，他被送到三十公里以外的外婆家住。外婆的一位邻居，一个中年女人，每次见到邢志平，都会像一只老母鸡似的，张开翅膀，咯咯咯地扑过来，不是在他脸上拧一把，就是在屁股上拍一下。邢志平幼小的心灵对这种骚扰非常憎恶。他天生是一个内向的孩子，排斥开玩笑，更排斥恶作剧，他很羞涩，过分的亲昵比过分的冷淡更能令他不安。那一天，这个母鸡般的女人又一次袭击了邢志平。她用一只粗糙无比的手按住邢志平的肩膀，控制住他，另一只粗糙无比的手闪电般地直插邢志平的短裤，挤进去，在他的小鸡鸡上凶狠地揪了一把。这太令邢志平震惊啦，一颗幼小的心几乎滴下血来。邢志平认为自己蒙受了奇耻大辱，在十岁的年纪上就痛不欲生。于是，他采取了激烈的报复——把鼻子里的鼻涕吸进口腔，充满仇恨地吐出去，飞向那张咯咯大笑着的嘴里。这口鼻涕是儿童所有的勇气，随着它的离去，邢志平一下子丧失了全部斗志。他飞快地跑掉。他需要远离魔鬼的视线。于是邢志平挤上了返城的长途客车，擅自离开了外婆家。三十公里的路，对于一个十岁的儿童意味着什么？一路上邢志平恐惧万分，诸多邪恶的童话和传说在脑袋里此起彼伏，让他对自己的行为后悔莫及。他说他宁愿没有那么豪情万丈地反击过魔鬼，甚至觉得那个女人也没有那么令人厌恶，被她揪了一下小鸡鸡又如何呢？如果可以让一切都像没发生过一样，他甚至宁愿被她再揪一次。一进家门，父亲在惊愕之余，却爆发出了令邢志平终生难忘的愤怒。他满以为回到家里就会得到安慰，就会成为父母的甜心宝贝，就会重新去做回一个无辜的儿童，未曾想到，得到的却是一顿疾风骤雨般的痛打。那个父亲的确是被吓坏了，儿子的自行其是让他后怕不已，他不得不用痛打儿子一顿来舒缓自己的情绪。

邢志平对我说，儿童时代的他做下这样鲁莽的事情，有理由吗？没有。他怎么能够说出理由呢？那是多么令人难以启齿，他该怎么去给父母形容那个女人？怎么去诉说她卑鄙无耻的行径？怎么形容这个世界所能给予人的那种惊扰？他说不出口，只好被痛打一顿。当天夜里邢志平就大病了一场，患上了严重的肺炎，高烧不退，在高烧里噩梦不断。从此，就落下了病根——每当面对重大的心理危机，他心理的负担就会转化为生理的疾患。

如何去大学报到，邢志平只能接受了父母的决定。乖孩子无法违抗父母的安排，只有怀揣一颗惶恐的心，踏上未知的远方。

邢志平说，他永远记得自己孤身一人坐在车厢里，苦着脸，向车下的父母挥手作别的情景。火车启动的一刹那，昏暗的车厢突然间变得明亮。因为黄昏中的车外落下了细雨。随着细雨的降落，随着火车的启动，他开始瑟瑟发抖。他发抖，首先是基于恐惧，然而除了恐惧，还有其他明确的原因。他说他可以感觉到心里面确凿地存在着某样东西，它让他颤抖不已。邢志平不知道那是什么，但这个家伙根深蒂固，不以人的意志为转移。

我听到一种“嗒嗒”的声音。过了很久，我才意识到这是自己在轻微地发抖——我的右胳膊肘压着一支画笔，随着我的颤抖，它一下一下地和地板撞出“嗒嗒”之声。我知道我的颤抖是由于酒后身体的失控，但此刻我也分明地感觉到了，有一个莫须有的家伙，瑟缩在我的体内，和酒精的余威一起，共同使我觳觫不已。看了看时间，已经是下午两点了。我爬起来，脱下身上被油彩搞脏的衣裤，统统扔进垃圾袋里。我依然在发抖。进了卫生间，打开淋浴喷头，咬咬牙，将赤身裸体的自己置身在冷水的冲刷中。很奇怪,被如此严厉地折磨,我却不抖了,只是激烈地打着冷战。这完全只是生理上的反应了。冷水像刀刃切割着皮肤,我紧紧闭上眼睛,体会着那种濒临绝境的"尽头"的滋味。

冲完冷水澡,刮了胡子,我给自己冲了杯咖啡喝下,然后穿起衣服出门。在楼下的银行,我向新西兰转了三万美金。这是我最近卖画的收入。现在应该是新西兰黄昏的时候了。我想打个电话给妻子,但想一想还是算了,好像我此刻浑身散发出的那种宿醉的气息,都能被她从越洋的电话里闻到。我不愿意让她知道我依然酗酒。我回到国内最大的借口就是,我想让她相信,只有在中国,我才有可能戒掉酒。我的妻子是白种人,她不会理解一个中国酒鬼的悲伤。这不能苛求她,她无法分辨一个中国酗酒者与盎格鲁一撒克逊酗酒者之间那种巨大的不同。她的同胞也有这样的麻烦,在新西兰,有专门为酗酒者组织的团体,通过彼此交流,通过专门辅导,甚至通过神父,来帮助这些倒霉的家伙。但这些对我都无效。我试过,曾经成功戒酒一年多的时间,但是,后来又喝上了。没有什么诱因,如果非要说有,那么,就是"突然间黄昏变得明亮,因为此刻正有细雨落下"这样的一些理由。

我知道有个家伙蛰伏在我的身体里,它会在任何这样的"突然"时刻,爬出来,荼毒我的生活。

我进到一家卖砂锅的小餐馆,为自己要了份什锦砂锅,一边吃,一边把电话打给了褚乔。褚乔是我的校友,在国内,是不多几个和我保持着联系的人。昨天就是他告诉了我邢志平的死讯。我在电话里问他在哪儿,方便的话我想去和他见一面。他说在学校。

吃完砂锅我动身去自己的母校。老褚毕业后留校了,现在已经是副校长。

雨停了,但空气像是混了沙子的水泥,更加显得沉甸甸的。出租车司机一边诅咒着,一边拉低自己脑袋上的棒球帽,我不由自主也摸了摸自己的脑袋。但是一无所获，出门时我忘了戴一顶帽子。

我的母校是一所师范大学。如今这里只是研究生院了，本科生都迁到了新的校区，里面早已不复从前，但校门依然是从前的样子。幸亏如此，否则我将很难再给自己找到一些情感上的依据。我对母校有情感吗？不知道，但有个依稀相识的校门，总比没有强。有个老旧的校门，对我一点儿伤害都没有，而钟情与否是另一回事。这个国度如今我都难以辨认了。这个世界，越来越不由分说地将人变成一个寄居者。

老褚的办公室在一栋老楼里。进去的时候他刚送走一位来访者。

“又死一个。”他倒了杯茶给我，“不过是位老先生，刚才就是家属来报丧。这空气，一到冬天就得死很多老人。”

“这些事儿都得你管?”我盯着眼前的老褚，他是学国画的，当年便才华横溢，是学生中的翘楚。我是说，他原本能成为一个杰出的画家。

“做行政了，就是这些鸡毛蒜皮的事儿。”

“邢志平的事你是怎么知道的?”问完我才恍悟，原来老褚还当着校友会的主席。“谁跟你汇报的呢?”

“尚可，你可能不知道这个人，文学院的教授，当年是邢志平的班主任。”

“怎么校友死了也要给你汇报吗?”

“怎么会。”他说，“可能是想让我通知一下大家吧，看看有没有人愿意出席葬礼。”

“葬礼是什么时候?”

“明天。怎么？你要去参加?”他狐疑地看着我，“你们没那么熟吧，他是中文系毕业的，连我都不太熟。”

“不熟。可他生日跟我差不了几天，我们一起过了几个生日。”

“过生日?”老褚眼睛亮了一下，“你们这是唱的哪出?”

“他可能是从同学录上看到了我的生日和联系方式。于是某一天，突然给我打来了电话，约我一同过生日。”

“真有意思，这个人真他妈有意思。”

我点点头表示认可。“昨天给你打电话问他的下落，就是因为我生日又快到了，却没了他的消息。他的手机无人接听。”

“你什么时候打给他的？”

“打给你之前。”

“那当然无人接听了。有人接听才叫吓人。”他说，“你们俩还真是心有灵犀。没准他就是挑了这么个日子去死呢。”

“也许是。可他干吗非要去死？”

“路走到头儿了呗。”他的这句话让我一怔。“没什么好奇怪的，所有自杀的，都是路走到头儿了。当然，各有各的路数，但殊途同归，不管你的来路是什么，归途都是一样。这些年咱们同学中又不是死了一个两个，每年都有几个走到头儿的。”他可能意识到了自己口气的不妥，顿了下，继续说，“不过邢志平这事儿还是让我有些惊讶，我想可能他的确是不堪病痛了。”

“他有病？”

“你不知道吗？我以为你比我更了解他一些呢——毕竟你俩还一起过生日嘛。”他坏笑起来，“我也是偶然知道的。我老婆是个大夫，有一次咱们校友聚会，邢志平摸出张化验单让我老婆看。原来是张‘乙肝’检测单，其他项目都盖着‘阴性’的戳，只有‘表面抗体’一项，被敲上了‘弱阳性’。邢志平就是针对这个‘弱阳性’向我老婆求教的。我老婆很专业地告诉邢志平，没事的，一点问题都没有，放心吧，以前注射过乙肝疫苗吧？这个结果只是说明体内抗体的数量不够了，接着再注射一次疫苗，那样就恢复常态了。”

“就这点儿病？他会为这个去死？”

“当然不是。当时我也不知道他正面临更大的麻烦。这次聚会，邢志平亮出的那张化验单，就是手术前常规检查的一项结果，可能那时候，他已经知道了自己身有重症，可能他接下去，还很想跟大伙说说他的恶疾，但却让我给堵回去了。”

“堵回去了？”

“邢志平这个人我并不熟，读大学的时候大家不是一个专业，只是这些年在类似这种聚会中见过几面，才彼此有了些印象。”他做了个没什么意义的手势。“说实话，我对此人的感觉一般，究其原因，无外乎他看起来比我们大家都要混得好一些。当天他在得到我老婆的点拨后，神色并没有释然。他这个人总是这样子，每次聚会都是一副落落寡合的模样。对此，大家只能这样理解：富人嘛。这样说起来，做一个富人也委实有些难，愉快了不对，忧郁了也不对，反正大家多少都会觉得一个富人不怎么顺眼。基于这种心理，我就认为邢志平不太地道了，喏，我老婆给他的起码算是个好消息吧？就算他是个富人，对于一个好消息也该有所表示吧？笑一下，或者起码把锁着的眉头舒展一下，不过分吧？何况，我老婆在给他解答的时候，的确是称得上热情啦。所以当时我拍了拍邢志平的后背，张口便来了一句，我说，老邢你现在就是个‘弱阳性’男人。”“弱阳性男人？”我重复了一遍这个称谓，眼前浮现出邢志平的样子。的确，记忆中这个毛发柔软、脸色白净的男人，实在是，太弱阳性了。

“这句话当然算是个玩笑，一出口，我自己觉得堪称神来之笔。用‘弱阳性’来定义邢志平这个人，实在是很恰当的。”老褚叹了口气，“当时其他人都夸张地笑起来，笑得是有些离谱了，超出了一个玩笑所限定的那种程度。没办法，谁让邢志平看起来比大家都要混得好一些呢？”

“他跟我说过，他从小就是个排斥玩笑和恶作剧的人。”

“是吗？可你看，外面儿现在这空气，里边除了有害颗粒物，大概就是玩笑和恶作剧了，有什么超级仪器的话，肯定能检测出来。除非他不呼吸，否则只能接受。”

“有点儿道理。当时他是什么反应?”

“还好吧。他也笑了。原来他一笑,居然会显得那么温顺。”我觉得老褚不知不觉严肃起来了,神情似乎有些伤感。

我的身后挂着一幅油画,应该是毛焰的作品。这位画家的画风我很喜欢,作品中极端的技巧主义倾向彰显了画家卓越的感受力,我觉得这种家伙,从某种意义上讲,和我、和邢志平都是同类,都是那种会为“天空突然变得明亮”而颤抖不已的家伙。顺着老褚的目光,我回头看了一眼,一看之下,不由得大吃一惊。身后这幅油画中的人物,像极了我们正在谈论的邢志平——毛发柔软,脸色白净,两条宛如鹭鸶一般的长腿,有点儿像个谨慎的吸血鬼。我不自觉将坐姿调整了一下角度,让我显得像是介于某个三人对话的格局里。我难以忍受自己的背后还站着个人。

“我发现,把邢志平放在戏谑的气氛中,他一下子变得比较让人顺眼了。如果我们把一个看起来混得好一些的人调侃一番,我们与这个人相处就会和睦不少。大家都觉得自己的腰杆在邢志平面前硬了一些,贬损了他作为一个富人的优势。”老褚继续说,“但是,在对邢志平实施了这种比喻意义上的暴力后,我突然感到了一阵内疚。邢志平一边温顺地笑着,一边抖动那张化验单,那样子,挺让人不忍心的。”他闭了会儿眼睛,仿佛难以面对我身后的那一位。“但是,我也没办法跟他太亲昵,一来大家并不熟,二来跟一个富人亲昵是要冒舆论风险的。”他说。

我再次回忆邢志平。的确,第一次见到这个人,我也是在校友的聚会上。他出现在大家面前,这个白白净净的商人让大家感到陌生,没人知道是谁邀请了他。后来总算有人想起来了,拉着人小声嘀咕:邢志平,他是邢志平,八九级的,现在牛逼了,是个书商。这样邢志平无形中就成了聚会中的异类。在一群“不牛逼”的人当中,一个“牛逼”的人有什么好果子吃呢?况且,他还是个书商。师范毕业,这帮留在国内的同学,大多是吃书本饭的,饱受出书之苦,如今一个书商混了进来,他们没理由不冷眼相看。邢志平坐在角落里，安静地听着昔日同窗们对时代发牢骚。有时候他也会主动和人交流一下，比如摸出张化验单向老褚的老婆请教。

“这类聚会上有一个重要的内容，就是老同学们扎个堆，互相收集笑话，在要解闷的时候不至于张口结舌。所以大家普遍地言辞轻佻。”老褚像是在自责，“我就是在这样的气氛之中把邢志平说成是一个‘弱阳性’男人的。但是邢志平的温顺让我内疚了。也许对于一个‘牛逼’的人心生恻隐，是一件能令我沾沾自喜的事？谁知道呢。”

“他究竟得了什么病？”

“乳腺癌。”老褚说出了一个令我匪夷所思的病。“吓了一跳吧？我也被吓了一跳。是我老婆告诉我的。后来有一天我老婆回来对我说：你们那个‘弱阳性’同学生病了，就住在我们医院。我想了一阵，才明白我老婆说的是邢志平。我老婆说邢志平刚刚切除了一只乳房。据说，这种手术每实施两万起，才有一起是落在男人头上的。真背，这样的彩票也能被邢志平中上。”

我感到自己又抖起来。我想到了自己曾经的某个手感。我的手，曾经被邢志平拉到他的胸口……

不错，一个男人的胸口，空空如也，还会怎样呢？可我当时极度震惊。现在我知道了原因——原来，那手感是太空空如也了，超过了一个男人胸口的空旷，我觉得，我是直接摸到了荒芜。

“知道了实情，我就不免自责了，捉弄一个身有疾患的人，算个什么事呢？我多少有些不安，都觉着是自己那个‘弱阳性’的比喻诅咒了邢志平。要知道，男人的乳房虽然比起女人来，风险小得多，可一旦发作，恶化的速度和程度都要比女人高得多。我老婆告诉我，倒霉的邢志平住在医院里却并不悲观，起码没有怨天尤人的意思，证据是，邢志平替一名素不相识的农村妇女承担了高昂的手术费用。那个贫穷的妇女，生命就像发生病变的乳房一样岌岌可危。是邢志平拯救了她。后来我买了个花篮去医院看望邢志平，这是我能对他表现出的最大的善意了。"老褚摊开手说，"没办法，我只能做到这一步了。谁能想到，最终他还是没挺过去，干脆在昨天一死了之了。"

"这可能就是他的死因了。"

"也不一定，他出院后还参加过校友的聚会。何况一个男人没了乳房，在我看来也不是什么要命的事儿。谁知道呢，我只是这么猜测。"

"明天你去参加葬礼吗？"我问。

"去吧。本来明天我还有其他事儿，不打算去了。可是跟你这么说了说，我还是决定去送一下吧。"老褚突然感慨道，"我们这代人挺不容易的……"

他说到了"这代人"，突然就赋予了邢志平之死某种普世的况味。我觉得没什么好说的，问了下葬礼的具体地点，起来和他握手告别。出门的时候，他叮嘱我快些送他幅画儿，说我答应他好久了。

三

时间还早，我不知道该怎么打发自己，在路上独自走了一会儿，还是打车回了家。本来我打算画会儿画。画架上的那幅作品已经到了收尾的阶段，我想画到天黑前，没准我能完成它。但是我无法沉浸到绘画中去。我感到有些焦灼，在房间里四下走动。

这套房子是我回国后租下的，一百多平方米，足够安顿下我的一张床和我的画架，搬进去几箱子酒，也不在话下。房子估计有二十多年的历史了，当初那个年代，一百多平方米的房子，绝对算是奢侈。但如今却很是破旧。主要是环境不好，周边的治安、交通都很差，更像是被城市遗弃的一块飞地。不是我租不起更好的画室，我的画儿卖得还不错，是这种"飞地"的气息，更加符合我归国时的预期。否则我可以去北京或者上海，而不是回到这大县城般的兰城。在房子里转了许久，我终于出门在楼下的小超市里买了瓶酒，半斤装的小糊涂仙。重新上来后，我觉得自己踏实多了。这会儿我并不是特别迫切地需要酒精，但有瓶酒放在手边，就令我安心了不少。我打开了电脑，有几封电子邮件，妻子告诉我已经收到了转去的钱，我的画商催促我早些完成预售出去的作品。我觉得他们就像一对均衡的括弧，完整地括定了我如今活着的价值。

有人敲门，是速递员。我开门接了包裹，是一些画廊寄来的画册。对这些画册我毫无兴趣，倒是包裹上贴着的纸条令我瞩目：亲爱的速递员，您辛苦啦！不是吗？很人性化。

这让我倏忽想起了邢志平。我想，邢志平走进我的世界，就像一件突如其来的速递包裹，本来我对里面的内容并无兴趣，但是他却披着件很人性化的外衣。他在一个黄昏拨通了我的手机，开口便祝我生日快乐。我花了些时间才隐约想起，电话那头的人，是我的一位校友。他说他第二天愿意来和我一同过生日——"提前一下也无妨，我们一起过吧，我只比你小两天。"他说，"你一个人在国内，肯定很寂寞。我们可以一起喝杯酒。"我不能确定自己是否需要有个人来陪着我过生日，当然，我很寂寞，可是，这寂寞还用不着以这种方式来排遣。是他最后那句"喝杯酒"的倡议打动了我。当时我自己正在独饮。那么，干吗不呢？

于是，第二天邢志平便出现了。我们约在那家咸亨酒馆见面。地点当然是我定的，见面之前我不能确定他是否找得到，我想，十有八九，他会被我栖身的这块飞地复杂的地理环境搞晕的。这像是在考验他的诚意，也说明对于他的赴约，我并不抱多大期望。熟料他却如期推开了小酒馆的门。那时我已经在里面落座了。他推门进来，在我心里居然唤起了某种久违了的温暖。这可能的确是有些出乎我的意料，也可能的确是我太寂寞了，这种凭空而来的陪伴，一下子打动了我。

我们并不熟，甚至可以说成是两个陌生人，但正是因此，和他相对而饮，却令我感到非常舒服。我们之间流动着一种完全透明的熟稔，不用废话，就是一杯浊酒尽余欢，相逢何必曾相识。我想，这可能也是邢志平所需要的状态。那么，他也很寂寞吗？我想是的，这毫无疑问。他的酒量很一般，几杯酒下去，便已经满脸猩红。我让他不必勉强，他也很听劝，举杯郑重地和我碰了最后一下，再次祝我们生日快乐，一饮而尽后，就再也不喝了。他只是热烈地注视着我，仿佛专注的态度也是烈酒，聚精会神，也能让他酣醉。没人会觉得我们这两个中年男人是在一同过生日，那很滑稽，在别人眼里，我们不过是一对儿酒鬼。这很好，也足够了。

我喝着酒，邢志平跟我讲起了他的童年，讲起了他当初离家踏上求学之路时的心情。我在酒意中感到他的叙述似乎能够和我的某些经验重叠。和他一样，我也是个从小内向的人，很羞涩，过分的亲昵比过分的冷淡更能令我不安。他十岁那年的逃离之路，堪比十几年前我的出国之路。那时候，我也一路上恐惧万分，脑袋里此起彼伏着诸多与邪恶的童话、传说相仿佛的想象。在飞机上，我也曾对自己的行为后悔莫及，甚至宁愿没有那么豪情万丈地反抗过什么，甚至觉得过去的一切也没有那么令人厌恶，“被揪一下小鸡鸡又如何呢？”如果可以让一切都像没发生过一样，我也甚至宁愿回去被揪一辈子。同样，当我落地异国的时刻，世界迎接我的，也不是那种我所期待的安慰，毋宁说，迎接我们的，都是一顿疾风骤雨般的痛打……

这听起来有些伤感。可我并不想唏嘘喟叹。好在邢志平的情绪也很矜重，完全符合我喝酒时需要的气氛。我们只是有一句没一句地陈述，就像酒的主要化学成分，高级醇，甲醇，多元醇，醛类，羧酸，酯类，酸类……除此之外，它并不含有什么诗意或者悲喜。

分手的时候，邢志平塞给我一块石头，说是他自己从新疆捡来的和田仔玉，品相不错，可能不值几个钱，但觉得用来给我做生日礼物挺不错。这让我有些不知所措，我想不到还会有生日礼物这个环节。我收下了这块石头，然后告诉他，对不起，我没给他准备什么，但是下个生日我会补上。这样就算是预定了我们第二个生日的相聚。

其后一年我们彼此再无联系。邢志平在来年的生日之际，如期而至，在电话里向我说：我来要我的礼物了。

我觉得这很好玩。我们再一次相聚在咸亨酒馆，这一回，我送了他一幅小画儿。这幅画儿有些色情，尽管绘画语言含混，但谁都看得出我是画了一只大猩猩和女人交媾的场景。邢志平看到的那一瞬间脸色突然变得不自在。我想，如果不是脸上已经有了猩红的酒色，他的脸一定会变得煞白。他的反应令我不解。我觉得，即便不喜欢这样的作品风格，他也不至于要勃然变色。他呆愣了很久，镇定下来后，对我说，他此生目睹到的第一个性爱场景，和我的这幅画如出一辙。这时候他已经平静如初，而我，也无意探究他的成长史。我说，如果不喜欢，我可以换一幅给他。他却断然否定说，不，他很喜欢。

有来有往，我和邢志平之间，这样就似乎达成了某种约定俗成的交情。

接下来我们又见过一面。他在一个深夜突然敲响了我的房门。他从未来过我的画室，记忆中我也不曾跟他提及过具体的位置。那么，他是如何找到的呢？这个答案现在只能永远未知了。那时我已经烂醉如泥，我都记不得是怎样开门放他进来的。我只记得，在间歇性清醒的那些短暂时刻，我发现身边有个人怡然地和我并排躺在满是油彩的地板上。我觉得我是出现了幻觉，因为那时我在天花板上看到了高峰之下的村寨和蓝色的天空，耳朵里也听到了时远时近的鸽哨。我的内心里，涌动的那一种情感，苍老而遥远。在半醉半醒的昏沉中，我恍惚看到邢志平俯在我的头顶，目光充满柔情，令人心旌摇动。我有一种即将被人亲吻下来的预期，我甚至已经能够预知那样的亲吻——嘴唇冰凉而柔软，多情而缠绵。有一只手在一寸一寸地抚摸我，腋下，胸膛，肚脐，直到腹股。我的欲望逐渐被唤起，浓稠到不能自已。在欲望决堤的最后时刻，我的一只手被拉在了一个胸口上。这令我瞬间惊厥般地抽回了自己的手，强烈地表达出了拒绝的姿态。我觉得自己陡然触摸到了无尽的荒芜。那种手感太惊人了，仿佛一下子摸到了死亡本身。然后，我就听到有人踉跄着逃离了我的画室。那个人衣衫不整地冲出我的世界，也许我们的泪水，还在一刹那各自汹涌。这更像是一个梦。不是吗？它终究是发生在我的醉酒时刻。迄今，我依然怀疑它的真实性。我对自己的性取向从来没含糊过。可我，也不能将此仅仅视为一个性梦。第二天清醒后，我想过要给邢志平打个电话，但最终还是放弃了。某种不是隔阂又胜似隔阂的情绪控制了我。我开始疑虑，这个邢志平，还会再次出现吗？今年的生日眼看到了，我不由得主动联系起他。但是，他却死了。

今天，老褚告诉我，邢志平割除了乳房。于是，我的那个记忆中的手感被鉴定了。

天色暗下来了，房间里松节油的气味格外浓烈。不知为什么，每天这个时候，我都会觉得松节油在拼命地挥发着它的气味。我有些怔忪地看着自己手里的空酒瓶，原来在不知不觉中，我已经喝光了那瓶小糊涂仙。

我本来不打算多喝，明天一大早要去参加葬礼，我想我不该带着一身的酒意。但是此刻我只能站起来出门。一路上，我反复对自己说，一壶，就一壶。

这会儿还有些早。酒馆老板不在，小戴告诉我他去买菜了。

我说："就一壶，明早我要参加一个葬礼。"

小戴为我端来了酒。"是那个跳楼的朋友吗？"她问。

"是的，是他的。"

"搞清楚他跳楼的原因了？"

"没有。可能是因为得了重病吧，谁知道呢。其实也都无所谓了，反正人死了。"

"什么重病?"

"乳腺癌。"

"乳腺癌?"小戴咯咯笑起来,她可能把这当成了个玩笑。"我看你其实并不觉得无所谓,你心里想知道他为什么要去死。"她说。

"是吗?"我喝了杯酒,居然被呛住了。那么好吧,是的,我想知道他为什么去死,想知道他的路是怎么走到头儿的。莫非,对于他的死的追究,就是对于我的结局的预先眺望? 谁知道呢。"再给我放放那首歌。"我要求小戴。

"好。"小戴说着坐到了我的对面。

音乐响起来了。对我笑吧笑吧,就像你我初次见面。

"我有过一个前妻。"我说。

"哦? 没听你说过。"

她当然没听我说过,我很少跟谁说我的私人生活。而除了私人生活,我们的公共生活也没什么好说的。毋宁说,我不跟人说生活。

"我们初次见面是在丽江,嗯,在束河。她也很爱对我笑。"我说,"那时候的束河,还不是什么旅游胜地。"

"艳遇圣地。"她纠正我。

"如今束河是艳遇圣地了吗? 这个我倒不知道。"我使劲想了想,白云和鸽哨在脑子里回旋。"当时可不是这样,就是个保留完好的古村落。这呻吟的声音是电影里的吗?"

她一怔,想不到我换了话题。"不是吧,好像是我的声音。"她笑起来,"当时可能我们边看片儿边做运动了。"

"好听。"

"歌还是呻吟?"

"都好听。"

说完我起身离开。我已经飞快地喝完了一壶酒,那首歌播放了不到两遍。我怕逗留下去,又会是一个宿醉的夜晚。

四

兰城的殡仪馆在山上。葬礼时间是早晨八点钟——据说这样能烧第一炉。我到得早了些。昨晚我睡得并不好,没有醉意,我反而辗转反侧。后半夜我干脆爬起来又画了会儿画。

天还没有亮透。山上的风格外大。有几个也到早了的,和我站在殡仪馆院子里的晨曦中彼此打量。也许都是校友,但大家对于自己的角色都拿不准。他们谨慎地看着我,好像那个即将被烧第一炉的人应该是我。看来真是来早了,大清早的山上,谁能对什么事情有把握?

老褚到了的时候,那间告别厅的大门正缓缓打开。他冲我点了点头,和我并肩向里面走。这时候我才发现前来参加葬礼的人并不少,可能有二十几个人。当然,算不得盛况空前,但也超过了我的估计。一些躲在晨雾里的人簇拥着浮现,面目模糊,鱼贯而至。人群进去后自动地分成了三排,我和老褚站在了队列的最后面。

邢志平的照片挂在灵堂的中央。如果我不是来参加他的葬礼,我可能不会看出这张照片和邢志平的关系。在我眼里,这张照片说成是任何人的,似乎都交代得过去。照片是黑白的,上面的人很年轻,也许就是一张曾经用在学生证上的照片。上面的那个年轻人,穿着白衬衫,扣子一直系到最上面的一颗。这就是一个二十世纪八十年代所有学生的概括,羞涩,单纯,你还可以说眼睛里“闪耀着理想主义的光芒”。这种感观,当然也许还是因为我和邢志平的确不算很熟,毕竟,我们有限的几次相聚,都是在光线昏暗的酒馆里,都是在酒意的蒙眬中。

没有亲友主持这个葬礼。一个殡仪馆的工作人员扮演了主持者的角色。他穿着黑西装,戴着白手套,手里有张事先打印好的稿子。开始之前,他先低头预习了几遍手里的作业,看得出也是才拿到手的。然后,他用并不很标准的普通话读起来。他太年轻了,声音的稚嫩,实在不能匹配一场葬礼所需要的那种庄重感。他像是在晨风中朗读课文。这篇课文简略陈述了逝者的生平,将其称为“邢志平同志”。

我在他的朗读声中放眼打量。老褚碰碰我的胳膊,对我低声说:“那就是尚可,可能这个葬礼就是她安排的。”顺着他目光示意的方向,我看到了前排那个女人的背影,一头大波浪的长发,给人发质很好的感觉,穿一件浅驼色的羊绒大衣。

哀乐响起,人们开始在主持者的指挥下逐个向死者的遗像鞠躬。我本来以为会有遗体,但是看来没有,不知道是不是因为摔得太烂了。第一个上前鞠躬的,是一对母子。老褚一边和我缓慢地随着队列移动,一边介绍:“邢志平的前妻和儿子。”我有些惊讶。似乎邢志平其人,在我的概念里,并不应该具有这些尘世的关系。这当然没什么道理。谁会在这个世上是真的独来独往呢?“她叫丁瞳,也是我们的校友。”老褚低声说。

丁瞳很漂亮,裹在鼻子上的围巾无法掩盖她的美貌。她露出的那双眼睛,一目了然,混合着异族的血统。她身边的儿子,我更加看不出和死者的关系,我觉得说成是谁的儿子都说得过去。这对母子并没有伤痛的情绪,他们默默地在遗像前鞠躬,默默地离开。轮到我们了。老褚和我并肩鞠躬。这一刻,我的心里没有丝毫感触。不,也许有,我想我是在向照片上的那个八十年代致哀与告别。

其后大家重新回到了院子里。还要等死者的遗体化为灰烬。有些人不知道这个程序,匆匆走了。老褚跟那位尚可老师打了声招呼,问她:“骨灰怎么办?”

“先寄存在这里吧,已经通知他家人了。他母亲还活着,过几天会来带他回老家。”尚可说。

这个女人同样漂亮,作为邢志平大学时的班主任,年龄与我们相差无几。这并不奇怪,当年我们读大学的时候,有些老师正是刚刚留校。

她很优雅，也性感，有种知识女性那种独特的魅力。我想，她与邢志平之间一定不仅仅只限于师生之谊，没有几个老师会操心学生的葬礼。

老褚说："回去坐我的车吧，我开车上来的。"

她点点头，目光却望向了天边。我们随之仰望。不远处有几根高耸的烟囱，其中的一根正冒出一缕轻薄的烟。我想，这可能就是邢志平在这个尘世最后的那缕痕迹了。果然，殡仪馆的工作人员不久便来告知："烧了。谁跟着去抱骨灰？"

大家面面相觑，不约而同，都把目光投向了那对母子。但是丁瞳面无表情，脸上的围巾裹得更严实了，几乎已经遮住了她的眼睛。尚可吸了口气，上前跟着工作人员去了。不一会儿，她捧来了那只骨灰盒。气氛一下子肃穆了不少，大家跟在她的身后，默默地将骨灰送往寄存处。在这个队列中，我和老褚比较靠前，我俩差不多是紧随在尚可的身后，这让我们似乎和死者的关系拉近了不少。而我此刻想着的是，那只骨灰盒，会因为主人少了一只乳房而变得轻盈了一些吗？

最后，邢志平的骨灰被安顿在了一面墙的寄存柜里。它换回来了一张写有编号的卡片。尚可将这张卡片接下，她犹豫了一下，用目光去寻找丁瞳，但最后还是放进了自己大衣的口袋里。

葬礼到此结束。我和尚可跟着老褚，准备乘他的车回去。停车场还有段距离，走过去的时候，已经有人开起了什么玩笑。上车时，我看到丁瞳母子正在上另外一辆车。他们上去了，也许是倒车有些难度，车上的司机将车窗降下来了一半，观察着外面的路况。这是个留着一脸大胡子的男人。这样的男人平时并不多见，我不免留意了一下。

我坐在副驾驶的位置上，尚可坐在后排。

老褚向她介绍我："刘晓东，也是八九级的，和我是同班同学。"

我转身向尚可示意，她冲我轻微地点了下头。

然后他们就说起了学校里评职称的事，两人有着共同的苦恼，都为出版学术著作而犯难，这是评定高级职称必须满足的条件之一。老褚说："我们留在高校的这些人，如今最狼狈。你看晓东，做着自由艺术家，日子不知道比我们舒服多少倍。"

我没有接他的话。以我来看，要说舒服，此刻挤在寄存柜里的那一位，才是真舒服。

从兰城的山上驱车而下，就是一个不断坠入尘埃的过程。能见度的变化格外分明。回到市内后，老褚不得不打开了车灯。他问我在哪里下车。

我却做出了一个决定，回身向尚可说道："尚老师，方便的话，我想跟你找个地方聊一聊。"

这个请求让大家都是一愣。连我自己都有些不解。

"聊一聊?"尚可显然不明白我的意图是什么。

"是，可以的话，我想和你聊聊邢志平。"我觉得这个理由说得过去，我们刚刚参加完这个人的葬礼，他，才是这个上午的主题，而不该是什么评职称的事。

老褚很善解人意，给我帮腔道："对了，晓东和邢志平是好朋友，他俩生日差不了几天，这几年都是一起过的生日。"

尚可和我对视着，终于点了头。"好吧，正好今天请了全天的假。"她说。然后她提议老褚就在前面靠边停车，说这附近正好有一家她熟悉的咖啡馆。

我们从车上下来，今天的空气特别糟糕，路灯在这个时候依然亮着，为的是给昏暗的街道增添些亮光。老褚启动车子前，隔着车窗向我暧昧地挤了挤眼睛。

我跟在尚可身边，我们湮没在雾里。我从网上的新闻得知，今年国内已经历了两次大规模的雾霾，但尴尬的是，目前空气污染的来源尚是一个谜，国家环境监测总站表示，预计明年下半年才能完成各地污染物来源的分析。不是吗？挺神秘的。

这家咖啡馆不远。我们进去的时候里面空无一人。坐定后，才有一个服务生匆匆忙忙出现在面前，给人突然跃出的感觉。尚可为自己要了咖啡，问我想喝什么。我也要了咖啡。其实不用说，我想喝的只是酒。

咖啡馆里暖气充足。尚可脱下了她的大衣，她的身材保持得不错。我也脱了外套，身材没有发福，但就像个裹了布罩的鸟笼。窗外的雾霾映衬出了这个空间的明亮，给我一种内外颠倒的错觉，仿佛我们此刻是坐在明亮的室外，而窗子的那一边，才是昏暗的斗室。

“你和邢志平是好朋友？”她问我。

“嗯，是的。”此刻我不能再强调我和邢志平之间“萍水相逢”的那种关系。“我们在一起过了两个生日，他送过我一块玉石，我送过他一幅画。”我如实相告，有种不由自主的诚恳。尽管这看起来也并不特别，不过是两个成年男人之间的互相馈赠，一块石头，一幅画。但此刻我陈述出来，突然觉得自己就是在说着一段友谊。这本来是件说不清楚的事，两个陌生校友，无端地共同过起了生日，这种关系你很难界定，如果不是身临其境，谁都无法感同身受那种古怪的缘由。现在，我觉得我似乎让一件复杂的事情清晰起来了，我过滤掉了里面含混的部分，就像过滤掉了空气中的有害颗粒物，还有老褚所说的玩笑与恶作剧，让空气净化得只是空气本身。那么，不错，我和邢志平是好朋友。

“一幅画？”她盯着我看。

“嗯，我是个画画的，送画给人是我最大的诚意。”

“画了只猩猩？”

“是。”我有些吃惊。

“这画我见过，挂在邢志平的床头。”说完她立刻就意识到自己失言了。一个男人的床头，她是如何得见的呢？

我不动声色，为了减缓她的尴尬，我低下头喝着嘴边的咖啡，并不去看她。过了半晌,她喃喃说道:"他是个孤独的人。"

这还用说吗?我当然知道他是个孤独的人。否则他不会靠着翻看校友录来寻找到我这个可以和他共度生日的人。我还想起了那个似真似幻的夜晚,想起了我摸到的那一手的荒芜。我说:"是的,所以他才偶尔来找我做伴儿。"我想,我肯定也是一个让邢志平满意的排遣对象,和我在一起,他不过只是需要面对一个酒鬼,并没有其他的麻烦。

"那么你也是一个孤独的人?"

"是吧。"我抬起头,不再回避她的眼睛。"谁又不孤独呢?"这句话有些挑衅,像是在反驳她。

她低下头,头顶的波浪翻滚了一下。出其不意,她说出一句话:"我有丈夫,也是同事,就在文学院做教授,讲古代汉语。"

这句话是什么意思呢?我不置可否地"哦"一声,问她:"你从哪儿得到邢志平的死讯的?"

"当时我在场。"

"在场?"

"也可以这么说。"她用两只手捂在咖啡杯上,像一个暖手的动作。"当时我刚刚从他家里出来。我走到楼下,没走出几步,就听到了身后的响声……"

"他摔下来了。能确定不是一个事故吗?"

"不会,他是自己跳下来的。十七楼,他不可能是爬出去擦玻璃。"

"为什么?"

"不知道。这也是我愿意和你聊聊的原因,我也想知道为什么。"

"你曾经是他的班主任。他最后一刻也是和你一起度过的,可能你比我掌握的情况要多一些。"

"老实说,对他,我并不是特别了解……"她的表达开始变得有些艰难,"甚至一度我都忘记了有过这么一个学生。我只隐约记得,当年上学的时候，他很腼腆，在我的记忆里，就是一个孩子。”

可这个孩子的床头，如今你去过。这句话我没说出口。“说说当天的情形吧，你们在一起发生什么了吗?”

“我们谈了一部书稿。”她抬头看我，神情平静，“是我的一部著作，就是为了出这本书，我才联系上他的。你知道，他是一个成功的书商。出书对我们是千辛万苦的事，对他却很容易。”

“你是说，就是为了出这本书，你才联系上了他这个学生? 然后他突然跳楼了，你又负责为他料理后事?”

“最初的确是这样的。”

“最初?”我听出了她的破绽。

“好吧，”她吸了口气，眼睛望向窗外的雾霾，“我和他上床了。”说出后她显然是松弛了下来，看得出，这个秘密也压在她的心头。如今对我这样一个没有利害关系的人说出来，在她，可能也是一种释放。同时，她的态度在我看来，还有种“反正现在人已经死了”的解脱感。“但这里面没有交易的成分。我不会为了出本书和人上床，他也不会那样为难自己曾经的老师。邢志平绝对不是一个邪恶的人。我找到他的时候，他大病初愈，整个人弱不禁风，毫无侵略性。对于我的请求，他很爽快地答应了下来。”她用指尖划着桌布。“我们在一起，不免会提及往事，说说当年的大学生活。那时候他极度脆弱，我想可能并不完全是身体的缘故。这些年他生活得很不愉快。大学毕业后，他被分配到了新闻出版局，这个机构，正是新闻出版行业的管理者。接下来时代发生了根本性的变化，他的上司辞职经商，鼓励他一起去奋斗。他从小就习惯于对权威者言听计从，这次也不例外，谁知道，就此却让他成为了新阶层的一员。他们做书商，公司得天独厚，运作得相当顺利，在很短的时间里就积累了惊人的财富。但是这些，都没有给他带来快乐。”

我有些走神。她说的这些内容，不免让我比照起了自己的往事。在世俗意义上，邢志平的确是一个幸运儿。我们同一年从大学毕业，而那一年的夏天，我却只能流离失所，孤身一人逃难般地潜入了遥远的云贵高原。"他很幸运。"我说。

"是吧。那一年许多人都走上了人生的颠簸之路，反倒是他这样与生俱来的温和者，不会卷进那样的飓风当中。他顺利地从大学毕业，分配到了相当不错的工作单位。可这些，都不是他自觉的选择。他不过是天性使然，不会去呼啸街头。"

"那么，他的生活还有什么不幸呢？"

"我想是因为他的婚姻。他的妻子，也是我的学生。他们绝对不是一个恰当的组合。"

"丁瞳吗？他的妻子是叫丁瞳吧。"我这么说，让自己显得和邢志平很熟。

"是她。丁瞳在大学时期就是热衷于风尚的女生。你知道，二十世纪八十年代是属于青年的。那个年代，一个诗人所享有的优待无与伦比。尤其还是一位青年诗人，那就更了不得了，大学里的师长都得对他们刮目相看。在这种风尚之下，丁瞳热烈追求的对象，是一位学生中的诗人。她很漂亮，有一部分俄罗斯的血统，这使得她能够在追求诗人的诸多对手中胜出。当年丁瞳的恋情，是中文系人人皆知的事情。可是最后，她却成了邢志平的妻子。"

她沉默下来，我不知道该怎样回应她。此刻我说什么，都会使她像是一个在数落情敌的女人。

"我这么说，不是在诋毁丁瞳。"她好像看出了我的心思。"她没有过错。对于一个年轻的女孩子来说，追逐风尚，又会有什么错呢？我只是想说，我觉得邢志平和丁瞳成为夫妻，是一个错误的选择。他从来就是置身于风尚之外的人，不小心成了新时代的得益者，也完全是阴差阳错。而丁瞳选择他，无外乎是因为如今的风尚是以金钱来衡量一切了吧。他们之间的差异太大，注定不会幸福。"

差异太大？我想起了自己的跨国婚姻。我想，还会有比我这样差异更大的婚姻吗？那么，我幸福吗？不可避免，我的前妻此刻从记忆深处向我走来。她是我胸口永远的隐疾。"你认为仅仅因为婚姻的不幸，便可以促使他走上自杀的路？"我必须回到当下的对话里，我不能被自己的回忆掠走。

"当然不。这可能只是一个背景。对于他的死，我的确没有一个答案。你知道，他们已经离婚了。是的，这是因为我，我们被丁瞳撞到了。他们婚姻的后期，实际上已经分居多年，丁瞳带着孩子住在她父母家。但是那一天她突然回来，撞到了我们。是的，很尴尬。有些情绪我很难对人说明，我不是一个无耻的女人，但在邢志平这件事上，我却并不觉得自己如何败坏。"我点点头，认可她的说法，"对于邢志平，我有种无法形容的怜惜，我觉得他太孤独了。他那么虚弱，我们在一起时，他常常会把头埋在我的怀里放声痛哭。他就像一个溺水的人，而我，恰恰握住了他挣扎的手，我没有理由不把他打捞出来。""我想我能理解。"这只挣扎的手，似乎我也一度握住过，可我试图打捞过他吗？没有，我自己在很大程度上，也是个呼救者。我是个酒鬼，我求助的那个对象，不过是酒精。"但是，有了你的帮助，他最终还是死了。"我说。这有些残忍。

"是啊——"她的眼眶盈上了泪水。这让我对她顿生好感。她说："我们就是这样无能为力。我不知道自己忽略了什么，我是那么想要帮助他。他离了婚，财产和儿子都给了丁瞳，我以为他已经得到了解脱。"

"现在他得到了。"我说，"也许是病痛的折磨让他不堪忍受？"

"不是，对于肉体的疾病，他从来没有觉得是难以克服的。他这个人内心的负荷实在是太多了，转嫁在肉体上，曾经弄坏过他的肺，弄漏过他的胃，最后居然向他的乳房下了手。但这些都不足以彻底击垮他。实际上，他对身体疾患的态度反倒是乐观的，在医院里，他还积极去帮助经济困难的病友。”

“那么,他的死,还有其他的隐情?”

“一定是这样的。也许,丁瞳掌握着这个秘密,但是也许她永远不会说出来。今天的葬礼是我通知她的,她的反应你也看到了,很冷漠。”她显出了倦意,抬腕看看她的表。

我意识到时间不早了,提议和她一同吃午餐。她拒绝了,说还要回学校处理其他事情。于是我们告别,我留了她的电话号码。我打算继续在这里坐一坐。她对我说,咖啡馆提供简餐,我的午餐可以在这里吃。

她起身穿上大衣,把头发从大衣的领口翻出来。这个动作很美。走之前她突然问我:“你给邢志平送的那幅画,是什么意思?”

我一时反应不过来,问她:“怎么?”

她吸了口气,说句“没什么”,然后转身离开了。

我一个人坐在这家咖啡馆里,开始想那幅画。我画了一只大猩猩和女人交媾的场景。女人翘臀而立,大猩猩在身后耀武扬威。邢志平说画面上是他此生目睹到的第一个性爱场景。这幅画挂在他的床头。有什么问题吗? 我说过,如果不喜欢,我可以换一幅给他。他却断然否定说,不,他很喜欢。也许,这幅画对于死去的邢志平,具有某种谶语般的性质? 我只能如此不着边际地猜测。

事到如今,我知道我已经陷入了这个死亡巨大的谜面之中。我想知道谜底。

我并不想吃饭,一点也不感到饥饿。我喊来了服务生,问这里有什么酒水。这里不是星巴克,但这个服务生却有着一种星巴克式的大牌劲儿。她几乎是用傲慢的口气对我说,他们这里是咖啡馆。

五

咸亨酒馆的门锁着。它不会在这个时候开门的,我只是心存侥幸。

我只有回家去。在楼下，我照例又买了一瓶小糊涂仙，不过这次换成了一斤装的。我还买了两袋速冻饺子，打算饿了的时候煮着吃。回到家里，我打开了电脑，也打开了酒瓶。电脑里有一堆新邮件，乏善可陈，我选择性地回复了几封。就着瓶口喝酒，反而不是件容易的事，我找了只大号的马克杯，将酒全部倒了进去。我一边喝，一边在网上搜索束河的词条。

地理坐标:北纬26度55分，东经100度12分……

是的，那个时候，我叫它"绍坞"。这是纳西语，意为"高峰之下的村寨"。它是纳西先民在丽江坝子中最早的聚居地之一，是茶马古道上保存完好的重要集镇，也是纳西先民从农耕文明向商业文明过渡的活标本，是马帮活动形成的集镇建设的典范。——而那一年，它还是收留我这样一个逃亡者的庇护所。大学毕业的那个夏天，我在这里遇到了我的纳西族妻子。当时的我犹如丧家之犬。她和她的族人接纳了我。我们结婚了，一度过着平静的生活。其后时风骤变，我无法再忍受这"被人揪一把鸡鸡"的生活。我想离开，非但想离开高原，我还想走得更远。千辛万苦，我终于登上了飞越太平洋的航班。在飞机上，我感到了恐惧。我想反悔，宁愿回到"被人揪一把鸡鸡"的日子里去。但我终究还是没有回头。

是真的没有回头。此后我去过欧洲，去过非洲，最后停留在了太平洋西南部的那个岛国。在那里，我取得了国籍，隐瞒了曾经的婚姻，娶妻生子。

我刻意终止了和国内妻子的联系。也许，她认为我已经死在了异国。

她最初是位小学教师。我走的时候，她去了县里的图书馆做管理员。

这几年我回到国内，在国内卖画，用的都是假名。我从不出席画展开幕式这样的活动，只是怕会被拍下来，照片散布到网上去。印刷画册，我也从不配上照片。人们觉得这是一个艺术家的怪癖。不是的，这是阴暗，是罪。

我酗酒，在新西兰安定下来后就开始了。我知道，这是因为什么。我曾经将内心的秘密向神父坦白过。那是在戒酒者的团契里。从神父那里，我没有听到以前没听过的话，也没有听到什么自己觉得特别的道理。他说这是罪。我知道这是罪。他说当我向神坦白的那一刻起，我就获得了赦免。但是我没有找到这样的感觉。丝毫没有。于是我继续酗酒，喝得比以前更凶了。新西兰的妻子在最绝望的时刻，骂我是一头猪。于是我回国。我对她说，这是一头中国猪唯一能拯救自己的途径。我回来了，画儿卖得出奇的顺利，酒却一点儿也没少喝，还是一头猪。

我想过回束河去寻找自己的纳西族妻子。想过，但只是想过。我没有那种巨大的勇气。就像小戴给我听的那首歌里唱的一样，我曾经享用那位女子，被她庇护，在我最仓皇的时刻，是她拯救了我。而我对她，却是誓言说变就变。如今的束河，也不复当年。时代变了。这不仅仅是它已经不再被称为"绍坞"，不仅仅因为它如今成了"艳遇圣地"。

我走了太多的路，如今好像走到了所有路的尽头。

这就是我现在想知道邢志平死因的根本动力。我想让这个人的死亡，给我提供出一个最终解决的参考。是的，在老褚的嘴里，我们是"这代人"。我们都曾经被迫逃离，后来我们也都貌似活得不错。可他成功地死了，我还没有。

我觉得有什么东西在我肚子里化开了。这种滋味我再熟悉不过，一般会在我喝下一斤左右的白酒后发生。然后我几乎是平滑地过渡到了咸亨酒馆的小包厢里。这个过程顺畅极了。我的脑子里没有从家中走到酒馆的记忆，就好像我从电脑前一转身，看到的就是酒馆老板那张满是旧伤疤的脸。他看着我，少见地奉劝起我来。"不要再喝了，要不，顶多再喝一壶?"看到我摇头,他和我商量道,"两壶?"

我伸手将他在我眼前竖起的手指从两根掰成了三根。

这是我记忆中最后的三根指头。

六

"我不认识你。"她对我说。

"昨天在葬礼上我们见过。"我补充说,"我们还是校友。"

"你和邢志平很熟?"她扇动着很长的睫毛。

此刻我们坐在咖啡馆里,还是昨天的那一家。对于如今的兰城,我并不熟悉,所以,在电话里我脱口说出了这家咖啡馆的名字。她还是来了。对此我很欣慰。本来我并无把握。我想是我在电话中的语气敦促了她。我说:我必须和你谈谈。我如此蛮横,其实是由于酒精的缘故。今天早晨我突然醒来,意识如骤然扯开的幕布。我发现自己躺在小酒馆里。我的身下是几张拼起来的桌子,我的身上盖着一条薄毯。这对于我是个打击。无论如何,喝得不省人事,终究是如此的可耻。我感到彻骨的沮丧。摸出手机打给了老褚,用几乎是乖张的态度向他索要了丁瞳的电话。然后我打给了她。和她约定好见面的地点后,我起身离开了酒馆。已经是早晨十点了,我将酒馆的卷闸门拉好,这需要我蹲下去。再次站立起来的时候,我感到自己的信心突然流失殆尽。我几乎想要放弃下面的这个约会。这一切与我何干?不过是死了一个家伙。可这又能如何?空气依然阴霾,冬天依然寒冷,我依然被酒精撂倒,世界依然运转。

但我还是来了。回家换下一塌糊涂的衣服,我还是出门上了辆出租车。我的意识依然不能完全自主,心里有个声音喊左,行动却偏偏向右。

"是的,我们很熟。"我恍惚着回答她,"你知道吗?我和邢志平的生日是同一天。"

“哦？我不知道。没听他说起过。你想和我谈些什么？”她的态度有些生硬，这是难免的。此刻她眼前的这个陌生人，神情委顿，眉骨上还有一道结痂的新疤。这是昨晚留下的，具体的情景，我当然毫无记忆。

“我想知道邢志平为什么会跳楼。”迟钝的意识让我像一个儿童般的坦率。

“我也不知道。你也许该去问问尚可。你们应该认识，昨天我看到你们上了同一辆车。”

“你恨她？”

“谁？”

“尚可。你撞到过他们在一起。”

“不只是‘在一起’，我还看到了他们赤裸的睡姿。说实话，光着的尚可，睡姿可是不雅。”

“你很愤怒？”

“没有。我从卧室退出来了，坐在客厅的沙发里。后来邢志平光着身子出来，对他我没有任何过火的语言。”现在她也坐在我对面的沙发里，有着部分俄罗斯血统的那张脸上是种虚无的空洞。“有什么好说的呢？假如生活欺骗了你。”她说。

“这是句诗。”

“是的，普希金的。”

“你不恨自己的丈夫吗？”

“不恨。第三天下午，我们就去办理了离婚手续。他很诚恳，财产的百分之八十给我，儿子给我。他的态度不错。”

“爱他吗？或者，爱过他吗？”

“没有。”她犹豫了一下，改口说，“不知道，说不清。”

“大学时代，你爱过一位诗人。”

她看着我的那种目光，我要承认，美极了。那是一种天生的单纯和无辜，像传说中的小红帽。尽管，我知道，她也已经是一个四十多岁的女人了。"是的，这不是什么秘密。"她说，"当年读过师大中文系的人都知道，尹或是学生中的诗歌领袖。"

我在心里默念了一遍"尹或"这个名字。我努力搜寻自己的记忆，却找不到相关的痕迹。但是看得出，当这个名字从嘴里说出的时候，她的脸色在一瞬间明媚，就像天空突然一亮。

"嗯，是的，很有名。"我只能如此说，我不想打乱谈话的节奏。

"邢志平也知道，当年我们三个人在校园里形影不离。"

"居然会是这样……"

"这不奇怪。尹或当年被众星捧月，围着他转的人太多了，不分男女。邢志平对他最是崇拜，他甚至觉得自己的名字和尹或相比都万分逊色。尹或天生就该是个诗人的名字，而他，只能叫邢志平。"

"你瞧不起邢志平？"

"没有，他做过我的丈夫。我只是认为我们从本质上不是一类人。"

"那么为什么还要嫁给他？"

"命运使然吧。"她怅然地凝视着窗外。而窗外，不过是灰蒙蒙的粉尘与废气，对了，还有老褚所说的玩笑和恶作剧。

"我想听一听。"我对她提出儿童般的请求。

她看看我。这是个有着异族血统的中年女人。她身上有种我们鲜见的大方。"真的想听吗？"她问。

"是的，非常想。"

"好吧。"她喝了口咖啡。"人已经成了灰，说一说，对他也许是一个祭奠。"她不看我，看着窗外。"当年我们三个很要好，我和尹或是公开的情侣，邢志平是尹或的崇拜者。当时尹或已经有相当数量的作品发表在各类文学杂志上。那个时代，一个青年诗人所受到的尊崇，顶得上十个教授。我没有想到，其实邢志平还暗恋着我。他可能自己也不能自察。尹或的光芒太强大了，他不敢在内心里承认自己居然会觊觎尹或的恋人。他所表现出的，在我看来，反倒是一种对于尹或的恋人般的迷恋。有时候他看尹或的眼神，都有种怀春般的光。"

我想起了那个夜晚自己在醉意之中领受过的抚摸。我当然知道人类一些非异性间的爱恋关系，这样的事情在世界艺术史中屡见不鲜，似乎许多伟大的天才都有这方面的倾向。但我想，卑微的邢志平，他哪里敢以天才自居？他从小就是循规蹈矩的乖孩子，那么，当他发现了自己的这种取向时，内心必然经历着常人难以想象的折磨。"邢志平不是个很勇敢的人。"我说。

"岂止是不勇敢。他很懦弱。那时我们都是诗人羽翼下的幼雏。"她用手势做了个比画，可能是想形容羽翼，但我没看出什么关联。"大学二年级暑假时，尹或带着我们去考察黄河。徒步沿着黄河走一遭，对于尹或是重温，他不仅具有文明的精神，更具有野蛮的体魄，而对我们，当然就成了考验。说是徒步，实际大多数路程是利用交通工具完成的。我们时而汽车，时而火车，颠簸着，途中选择一些不甚荒凉的地段步行。之所以采取了这种相对轻松的走法，尹或是出于对我俩的照顾，他考虑到了我们的实际能力，如果是他只身行走，一定是完全靠两只脚来丈量大地。"我回忆起自己的当年。在那个夏天，我就几乎是徒步踏上了那条逃亡之路。"黄河远没有我们想象的宏大，然而，那个时候的邢志平，整个人的状态是趋于卑下的，能够这样走一遭，已经足以让他获得一份成就感了，甚至心里面还有了一股流离失所的诗意。"她说着，神情完全回到了过往的岁月。"那个年代，旅馆的管理还是比较严格的。每次投宿，都是他们俩登记在一起，我独自住在另外的房间。这对我和尹或来说，当然是个干扰。我们是恋人，有在一起的需要。在这个意义上讲，邢志平是个多余的人。他可能自己也有意识，时常会有种愧疚的情绪。"

"一个多余的人。"我重复了一遍她的这句话。

"是吧。这只是个事实。走到郑州时，邢志平目睹了我们两个人做爱的情景。"她咳嗽起来，用手捂着嘴。但我觉得这不是想掩饰什么，只是她的喉咙的确需要咳嗽。"那是一家条件还算不错的招待所。住下后，邢志平决定打个电话给他的父母。楼下的服务台有电话。一路上他没有和家里联系过。我想，那天他突然决定问候一下他的父母，可能是因为路程过半，他想向父母炫耀一下，也可能是他有意想给我们些时间。但是他却回来得飞快，不知道是出于什么心态，让我们猝不及防。"

这就是邢志平此生目睹到的第一个性爱场景。我能够对此展开想象。因为我在不经意中，让这个场景重现在我的画布上了。我描绘了一只体毛葳蕤的大猩猩。这可能的确让当年的那个诗人栩栩如生了。画布上的女人翘臀而立，内裤掉在脚面上。这可能也符合当年丁瞳为了抢时间的情景。这一切，都被邢志平撞到了。于是成了他生命中的图腾。他把这个场景悬挂在自己的床头。画面中的两个角色，一个是他男性的仰慕者，一个是他女性的眷恋者。作为一个双性恋，他的内心，该如何的分裂？

"我尖叫了一声。邢志平连门都忘了替我们关上，像匹马似的撒腿就跑。后来他对我说，他在楼下撞翻了一个服务员，冲出了招待所，不遗余力地奔跑在烈日炎炎的郑州街头。他说有些东西脱离了身体，跑在了他的前面。他说，那个跑出了他身体的，可能就是他的灵魂。邢志平并不是一个善于奔跑的人，体育课上跑一千五百米，每次下来他整个人都会瘫掉。但这一次，他说他跑得轻松无比，驭风而行，甚至有了滑翔的快感，直到最后泪水呛进嗓子里，剧烈的咳嗽让他不得不停下，扶住路边的一棵树干哕起来。他对我说，他不知道泪水因何而来。他愿意把这看作是自己的成长。他已经二十岁了，他还是处男，但已经在被窝里偷偷地自慰过。那天，他看到了真实的性交，于是，就流出了眼泪。他说，这滑稽，但也庄严。"她转动着手中喝空了的咖啡杯，"是的，我并不讨厌邢志平，在许多时候，他都是一个值得被同情的人。”

我又替她要了杯咖啡。服务生送来搁在桌上后，我还向她手边推了推。

“就这样，怀着成长的心情，我们走到了甘肃。”她继续诉说，“我还记得，那是一个叫作‘什川乡’的地方。我们走在黄河边的石头上，身边是烈日下炫目的河水。空气亮得让人受不了。脚下的石头滚烫坚硬，对于他们的脚来说，如同刀刃。在被太阳晒得打战的空气中，出现了两个当地的汉子。他们几乎是全裸着身体迎面而来。距离还十分遥远的时候，他们就打起了口哨，用方言凶巴巴地吆喝着。不祥的预感从我们的心里升起。我和邢志平都眼巴巴地去看尹彧。尹彧显然也感觉到了危险，脸阴沉着，不动声色地从裤兜里掏出一样东西，塞在邢志平手里。那是把匕首，阳光在刀刃上一闪，我立刻觉出了寒冷，皮肤在夏日凶狠的阳光下泛起一层鸡皮疙瘩。我想邢志平比我也好不到哪里去。我害怕地挤在他们中间，裙摆缠绕着他们的腿，好像成为了两个男人的牵绊，让大家走得跌跌撞撞。危险终于近在咫尺了。对方在我们的鼻子尖前面站住，完全没有绕开的可能。我们三个大学生，像《水浒传》里卖刀的杨志，遇到了躲避不开的麻烦。挑衅者中的一个响亮地说了句什么。我都没听明白意思，尹彧上去就是一拳。邢志平太紧张啦，之前的每一步行走，我想对他而言，都像是在拉着一张弓，弓弦已经满到了要绷裂的边缘。尹彧的这一拳，仿佛拉弓的那只手瞬间松开。邢志平神经质地猛然挥出了手中的匕首。我没有看到血，直到今天，我们都无法确定刺在了对方的什么部位，那个人只是哞的一声，像牛的低鸣。然后就是无尽的奔逃。我有一段时间失忆了，大脑一片空白。直到被阳光刺醒，我在突然之间恢复了意识。阳光迎面而来，像一把光芒四射的刀砍中了我的头。身边是已经跑到虚脱了的邢志平，他的脸比纸还白，两只眼睛像濒死的鱼一样向上翻着。我整个人都挂在他的胳膊上，轻如鸿毛。我们已经跑在了公路上，毫不犹豫地拦下了一辆长途客车，跳上去后，才发现尹或不见了。”

“不见了?”

“是，我们只顾着自己跑了。但是我们别无选择。客车的终点是兰州，到达时，天一下子就黑了。那是我经历过的最黑暗的夜晚。也许是我们的心情太沉重。我们怎么能够不沉重呢？我们行了凶，魂飞魄散地逃遁，身在异乡，并且囊空如洗。邢志平出门前是带着钱的，他母亲还在电话里告诫他要把钱藏好，让他卷成卷，塞在内裤里。但是他把钱全交给了尹或，这总比内裤安全得多吧？现在他母亲的警告应验了，他没有丢掉钱，却丢掉了尹或——那个怀揣着我们所有钞票的人。更为严峻的是，这又岂是钱的问题？丢掉了尹或，我们就丢掉了灵魂。我们蜷缩着走在陌生的城市里，谁也无力说出一句话。我们不知道自己从哪里来，不知道自己往哪里去，说得尖锐些，甚至不知道自己是谁。夜晚的天空下起了小雨。雨水加剧了我们的迷惘，并且很快就下大了。后来，我们像两个真正的乞丐一样，摸进了路边一根庞大的水泥管道里。”

我的酒意渐渐在散去。此刻的我，也已经回到了过往的那个年代里。我觉得她所说的，我一点都不陌生。那几乎也是我的青春。

“在管道里人是无法直立的，我们也无力直立，一进去就自然地躺下去。”她出神地盯着自己的咖啡，仿佛在凝视当年那根建筑材料的入口。“管道的弧度致使我们的身体必须部分地叠加在一起，缠缠绕绕。这都是宿命。后面发生的事情，我很难梳理出什么头绪，我甚至为此憎恨邢志平，我觉得他是假以命运的名义，和命运一道强暴了我。但当时的情形却截然相反，我没有丝毫被动的感觉，甚至我还是主动的。这只能让我在事后更加憎恨自己。我们窸窸窣窣地拥抱在一起。他似乎还很委屈。他没有任何经验，是我引导了他。在一个陌生的城市，在一个落荒而逃的夜晚，在一根宿命的水泥管道里，我趴在他的身上，却喃喃自语地发问：“尹或在哪里？”“挺让人伤感的。”我开始为那种青春的憔悴而伤怀。

“那个时候，雨停了。管道外面漆黑的天际蹦出一颗很大很亮的星星。是啊，尹或在哪里？我想那个时候，邢志平刚刚迈出了他人生重要的一步，暂时摆脱了尹或对他的精神控制，所以他幡然醒悟，原来自己很早之前就爱上了我，只是这份爱，被尹或的光辉硬邦邦地覆盖了。邢志平看看天上那颗钻石般的星星，再看看我，竟然背诵出当时一首流行歌曲的歌词：你的大眼睛，明亮又闪烁，仿佛天上星，是最亮的一颗！这是我对邢志平青春时代唯一清晰的抒情记忆，他不是一个诗人，但此刻他也有了讴歌的愿望。可是，这却令我更加无端地仇视他。我知道这没有道理，但我真的是百感交集。”

“他是无辜的。我觉得。”

“是的，但我无法自已。第二天，凭着我身上仅有的几块钱，邢志平和家里取得了联系。打电话时他哭出了声，这让我再也无法忍受，不禁勃然大怒，向他训斥道，哭什么哭？笨蛋！他受了惊吓，止住了哭声。可他越是这样，我对他，对我自己，越是厌弃。”

对于眼前的这个女人，我的认识开始改观，我想，她并非如尚可所说的那样，只是一个从大学时代起就追逐风尚的女人。

“他父亲一位在兰州的老友救济了我们，使我们得以返校。开学后不久，尹或也安然无恙地回来了。他用平淡的口气交代了他的遭遇：被暴打了一顿，搜去了所有的财物，但他仍然坚持完成了既定的行程，然后就回来了。至于身无分文的他是如何克服困难的，个中细节，他不说，我们也不敢问。我们无法正视尹或。我鄙视自己，也痛恨一切，认为自己是被一个诡诈的阴谋绑架了，是被命运拽着笔直地奔向了那根水泥管道。我遗弃了尹或，背叛了爱情。这个想法让我痛苦万分。邢志平的状况更糟，他内心的挣扎干脆作用到了胃上，造成胃出血，几乎要了他的命。他被同学们七手八脚地抬进医院，送上手术台去开膛破肚。但大夫们的刀下错了地方，他们修补了邢志平的胃，却忽略了他的心，那里才是邢志平真正的病灶。这期间我怀上了尹或的孩子，去医院堕胎，顺便到病房看邢志平，我们相对无言，彼此几乎是绝望地仇视着，但却又有种绝望的相濡以沫的滋味。”

看到我点烟，她也伸手要了一支，我俯身为她点上火。

“我们三个人仍然常常聚在一起。邢志平连我的手指都再也没有碰过。”

“他一定备受妒忌之苦。”

“会吗？我想不会。妒忌这种事情，是两个基本上对等的人之间才能发生的，而邢志平，对尹或有的只是仰望，他没有资格去妒忌尹或。他只是无法从脑子里根除可耻的念头。我们结婚后，他告诉过我，那段时间，他一闭上眼睛，就会不可逆转地想起我。有时候他臆想自己和我做爱，有时候臆想尹或和我做爱，他在被窝里幻想着这一切，内心的负罪感让他窒息。他无地自容，不敢将自己弄脏的被褥晾晒在光天化日之下，只有半干不干地睡在里面，用自己的体温来烘烤。不断地剽窃着一个诗人的情人，如此的罪恶，怎么能是他那颗羸弱的心可以承受的呢？”

“他真孤独。”我想象着这一切。它几乎有种专属二十世纪八十年代的气息。我不知道，今天的年轻人，是否还会有着如此的煎熬。

“是啊，真孤独。可是，谁又是不孤独的呢？”她说。我想起来，昨天我和尚可也有过类似的对话。“接下去，就是那个夏天了。尹或这样的人必定深陷那场事件。当尘埃落定，他便消失了。他离开得干净利落，没有和任何人打招呼，没有缠绵悱恻，他像一条真正的汉子，在一夜之间，连同他的行李一起消失得无影无踪。也许这是他刻意谋求的，在庸常之外游走，流浪，似乎就应当是一个诗人的义务与本分。”

我战栗起来。我想对她说，不，这不是一个诗人的义务与本分，我可以负责任地告诉她，逃亡之路，不是游走，不是流浪。那毫无诗意。但是我没有开口。

“尹或像传说一样地消失了，我嫁给了邢志平。这些都是宿命。可是我憎恨这样的宿命！它太不由分说，几乎是连同着一整个时代在扭曲着我。我当然可以拒绝，但是我当然也没有拒绝。这一点恰恰是最令我痛恨的。我们言不由衷，身不由己，就是这样莫名其妙地被重塑着。我当然不甘心，我不恨邢志平，也没有轻视过他，实际上，在很多时候，还觉得我们同病相怜。我只是把说不出的无奈和怨愤，投射在了他的身上。尹或消失后，我们谈了将近三年的恋爱，但都无法做爱，他照旧靠着手淫来安抚自己。我们结婚了，新婚夜里，邢志平依然不得要领。完事后，他嘴唇无声地蠕动了一下，说了一句他一时并不明白的话。过了一会儿，我也才意识到他嘀咕的大概是句什么话，必然是句什么话。这话当然是：尹或在哪里？”

我想象他们的婚姻。想象他们每次做完爱，彼此的心中都会来上一句：尹或在哪里？这句话，更像是对于一个暌违了的年代的盘问。他们是在喊自己的魂。这可能会成为一个规律，类似生理步骤，像前戏，高潮，平台期一样。而这，都是一个时代对于他们的馈赠。那是理想主义彻底终结后的余波。

“婚后邢志平并不愉快。他甚至变得有些暴躁。有一次，他母亲在电话里问他，我和他在一起时，是不是处女？当时我就在旁边，并不知道他被问到了这样的一个问题。他的反应令我震惊，他完全失控了，有生以来第一次做下了忤逆的事，居然向他的母亲反问道，你和我爸第一次性交时，是不是处女？从此以后，他母亲再也没有和他说过话。”她向后仰起头。“我分在一所中学做语文老师，他对我没有任何要求，虽然我完全称不上是一个合格的妻子。他能够容忍我的一切，因为，我曾经是一个诗人的情人。这一点，如今不会有人理解了。邢志平承担了所有的家务，做饭，洗衣服，打扫房间，还学会了缝被子。这样的生活没法不平静，因为邢志平从不制造麻烦。可是，婚后大概三年左右，他顺应了新潮流的方向，居然成了一个富人。这不是他的错，我知道。但是，就是这么鬼使神差。他成为一个富人，而我，却只能和整个时代、和他背道而驰。”

她再一次喝完了咖啡，放下时，杯子和小碟碰撞出空荡荡的声响。她睁大了眼睛，似乎被这意外的声音微微地惊吓住了。对于此刻的一切，对于正在进行的诉说，她显得费解极了。“我并不排斥金钱，甚至，我还有着极度的物欲。”她像是在自言自语，“我想过得体面，但我无法说服自己，让自己忘掉，我曾经是一位诗人的情人。我的确很分裂，很不幸，邢志平只能成为我这种分裂迁怒的对象。有钱了，他不免会显得阔绰，买大房子，买好车，为了讨好我，他常常给我买回来一些奢侈品，帽子都是几万块钱一顶的，他还替我出了一本诗集，但越是这样，我越是疯狂。我无法自控地越来越鄙视他，在一次盛怒中，高声骂他是一个麻木、庸俗的家伙，是一头在泥泞中快活地打着滚的猪，正是因为他这些猪的存在，挤占了这个世界，才使得诗意的栖居成了泡影。这个罪名当然是太大了，他无论如何承担不起，我也知道他实在是太委屈，但他只能在我这里成为肮脏世界的代言人。”“一头猪，我妻子也这样骂过我。”我说，“也许你们骂得并不过分……”

她看看我，不置可否。“后来，儿子出生了。邢志平是一个好父亲。但我无能为力，我无法配合他，直到我目睹了他和尚可睡在一起。”

她停止了诉说。时间立刻显得冗长。我一时也不知道该说些什么，只能在心里想象离婚后邢志平的独居生活：一个人躲在自己巨大的豪宅里，宛如又回到了大学时代，臆想着丁瞳，臆想着尹彧，忧伤地抚慰着自己。如今社会上遍地都可以寻到色情交易的场所，以他优渥的条件，更是不会缺乏靓丽并且安全的性伴侣，但是他宁肯活在潮湿里。他一天天地苍白，日复一日地走向腐烂和霉变，像个谨慎的吸血鬼。他被自己彻底地戕害了。在最为难熬的日子里，他甚至冲动地跑到我的画室里来，动情地抚摸另一个同样孤独的肉体。他终究解放不了自己，他这个无辜而软弱的人，这个“弱阳性”的人，这个多余的人，替一个时代背负着谴责。在他的心里，尹或和丁瞳的分量毫无缺损，像阴暗墙壁上发霉的水渍，历久弥新，他们是雌雄合体的偶像，他长久地降服在他们所代表着的那个时代的权柄里。

“尹或呢？再也没有他的消息了吗？”我问。

丁瞳看着我，以一种决然的态度向我说道：“他回来了，现在我们就在一起。”

尽管对此我似乎早有心理准备，但此刻被她果断地承认，还是令我大吃一惊。

“我想和他也谈一谈。”我尽量让自己的语气显得平和一些。

“他一会儿来接我。这要看他是否愿意。”

七

我改了主意。不，我并不想喝酒，一点儿这样的欲望都没有。我只是突然间疲惫不堪。我站起来向她告别。她笔直地坐着，看来还要在这里坐下去，就像要永远坐在岁月里，等待那位诗人来接她。我喊来了服务生结账，问她需不需要再喝点儿什么？她说不需要了，平静地注视着我结完了账。我转身离开，她突然说道：“你的生日快到了。”

我回头对她说：“是的。那也是邢志平的生日。”

我走进街头的雾霾里。空气真的糟糕透了，让我想起在某本小说里读到过的句子：古往今来一直有人生活在烟尘之外，有人甚至可以穿过烟云或在烟云中停留以后走出烟云，丝毫不受烟尘味道或煤炭粉尘的影响，保持原来的生活节奏，保持他们那不属于这个世界的样子。但重要的不是生活在烟尘之外，而是生活在烟尘之中。因为只有生活在烟尘之中，呼吸像今天早晨这种雾蒙蒙的空气，才能认识问题的实质，才有可能去解决问题。大致就是这么个意思。古往今来，烟尘之中，不属于这个世界的样子，认识问题，解决问题。

我觉得我很脏，是那种真的很脏，从里到外都蒙着一层油脂般的污垢，那是煤烟与粉尘，玩笑与恶作剧的混合物。我钻进了街边一家很大的洗浴中心。现在快中午一点，这种地方此刻很冷清。大池子里的水应该是刚刚注满的，蒸腾着热气。我把自己扔进水里，像是一只渴望被煮熟的饺子。我在水里泡了很久，然后上来淋浴。洗浴中心提供自助餐，我穿着浴袍去吃了点东西。居然还有啤酒，但我一口都没喝。

随后我去了幽暗的休息大厅。出乎意料，这里睡着不少人。谁又能是不孤独的呢？外面是漫天的雾霾，孤独的人睡在幽暗的洗浴中心里。我找了一张空床躺下。服务生过来问我需不需要按摩。我说不需要。我很快就睡着了。

我做梦了，从梦中直挺挺地弹起来，充满疑惑地看着身边的环境，仿佛醒不过来似的，僵直在一片茫然中。在我的梦里，丁瞳和邢志平裸露着下身向我走来，他们的身后是高峰之下的村寨，炙热的阳光颤动着，在我的周围挤来挤去，波光一样地潋滟。他们一步步地向我走来，就像那个被否定了的逝去的年代，经过了非常漫长的岁月才站到了我的面前。我的眼中充盈着泪水，忘情地敞开胸怀去拥抱他们——我的兄弟，我的爱人。倏然，有一只手扬起，匕首像一道酷热的阳光向我劈来。

我看看表，已经是黄昏了。

手机响起来。我举在耳边接听。

一个男人对我说："我是尹彧。"我并不感到特别诧异。这不完全是因为我刚从梦中醒来。好像一切都在我的直觉里。"丁瞳说你想和人聊聊邢志平。"他说。

"是的。"

"我也想和人聊聊邢志平。"他说，"我们见一面吧。"

我跟他说了咸亨酒馆，又大致说了说地理位置。

我向服务生要了杯热茶，喝下去后，我感觉自己好多了。

室外依然昏暗。洒水车徒劳地向天空喷洒着水雾，这改变不了什么。我打算走着回去。一路上，我揣测着这天下的雾霾那个神秘的来源，保持着不变的步幅，保持着不属于这个世界的样子。

我走了大约有一个小时，我到了的时候，他还没到。

酒馆老板坐在他千年不变的老位子里，招呼我和他一起喝茶。

“没事吧，昨晚你突然就倒下了，我都以为你这就算是走到头儿了。”他用那把铁壶熬砖茶，替我倒了一杯。

“你看到了，我还没到头儿。”我把茶接过来，烫烫地喝了一口。

他笑出了声。“知道吗，我做拳击手的时候最喜欢什么？”他问我。

“一拳把人打飞。”

“不，不是。当然，那也很美妙。可我喜欢的，恰恰相反，反倒是一拳被人打飞时的滋味。”他的身子猛然向后一仰，“砰！就这样，眼前一亮，真的是一亮，然后什么都不知道了。人可能倒是没飞，把人打飞可没那么容易。但那滋味，就是飞了的意思，咔嚓一下，路就到头儿了，你一点儿预感都没有，说到头儿，就到头儿了。”

我打量他。他并不彪悍，以前是个轻量级的选手。他说我一点儿也不像个艺术家，我认为他也一点儿不像泰森。我想象着他在拳击台上一刹那被人揍晕时的样子。“真美妙啊。”我感慨。

“你别听他胡扯。”小戴过来了，“你还想听那首歌吗？”她问我。

“现在还不想。”我说。

“什么歌？”老板说，“你们还背着我听歌？”

小戴得意地眨眨眼，对我说：“也是，这歌最好是喝了几杯后再听。我是说，有些歌，只能喝醉了听。”这时候尹或进来了。他在外面停车的时候，我已经隔着玻璃看到了他。我知道这就是那位诗人，没错的。他有一米八五那么高，体重可能在一百公斤左右，行动迟缓，留着蓬勃的连鬓胡子，脱光了，一定体毛葳蕤，宛如一只大猩猩。

“我朋友。”我对老板说了一声，起身坐进旁边的格挡里，向走来的诗人招了招手。

他在我的对面坐下，一下子让空间显得逼仄起来。

“尹彧。”他向我介绍自己，同时伸出一只手来。

“刘晓东。”我们的手握在一起。我感觉是被什么包裹住了。

“我们是校友?”

“是的，我读的是美术系。”我的确想不起眼前的这个诗人，在尚可和丁瞳的嘴里，他是当年校园里的风云人物，是舍我其谁的主角，但是现在，我一点儿也想不起他了。时间真的如此威力巨大吗？真的可以让曾经的风起云涌不留一丝痕迹吗？我不知道。我问他喝酒吗？他说不喝，他早已经戒酒了。这有些让我惊讶。而让我更惊讶的是，此刻我自己居然也毫无喝酒的愿望。我让小戴先帮我们沏一壶茶来。我不确定过一会儿自己会不会想喝酒。

“昨天我看到你了，在邢志平的葬礼上。你开着车。”我说。

他怔一怔，舔舔嘴唇上翘起的皮。“我很想跟他告个别，但你知道，我并不适合出现在那个场面里。”

“为什么？因为现在你和他的前妻在一起吗?”

“这当然是个原因。可也不全是。我和丁瞳在一起不是一天两天了，真要算起来，有二十多年了。我不是说因此我就有什么优先权，不是这种意思。”他的手攥成拳头，一下一下轻捶着桌面。手背上全是毛。“是我已经不习惯站在昔日师友的面前了。没人记得我了，我也不记得谁。”

“不习惯从主角变成了配角?”

他看我一眼，眼神是与体格不相称的软弱。“不是吧，我也不知道。”

“你对邢志平可能很重要。”我说，“当然，这是我的猜测。我猜邢志平活着的时候，你是他生命里一个重要的存在。也许，说成是偶像与禁忌都不为过。你在他心里代表着一个时代和一种价值观。”

“我不知道。”他用一只巴掌捂住桌面上的那只拳头。在我看来，既像是在按兵不动，又像是在蠢蠢欲动。“大学时期，我们的关系是很密切。我们彼此应当算是对方结识的第一位大学同学。”

我默默地听着，知道他要开始回忆了。

“我们去大学报到，恰巧乘坐的是同一辆火车。上车后我就注意到他了。他的父母在站台上给他送行，火车启动的一刹那，他突然抖起来。他抖得太凶了，隔着几排座位我都看得一清二楚。他就一直这样抖着，到了深夜都毫无睡意，像是发疟疾。他的身边坐了个很猥琐的男人，这个家伙在夜里蜷成一团，毫不客气地把脑袋枕在他的腿上睡觉。这成了邢志平的负担。因为他在发抖，尤其是两条腿，跳动着，膝盖撞着膝盖，好似在给某支曲子打着铿锵的节拍。可以看出来，他不愿意被人发现自己的颤抖，我觉得他对自己发抖的厌恶甚过对于那个男人肮脏的脑袋。他在竭力抑制，和自己做着绝望的搏斗，期望自己的腿稳如磐石，成为那颗肮脏脑袋舒适的枕头。但是这太艰苦了。好像跑了一个马拉松那么长的路，他的腿终于不再属于自己，它们脱离了他的约束，像是被弹弓发射出去一样的，骤然弹了起来。酣睡的男人受到了莫大的惊吓，嗷的一声蹦起来，惊魂甫定，指着邢志平便破口大骂，全是些令人咋舌的下流话。邢志平哭起来了，他无助极了。”

我能够想象那个男人的心情，在梦中被一只巨大的弹弓射中脑袋，发生这样的事，谁都会有点魂飞魄散。我也能够想象邢志平的委屈。他是温室里的花朵，第一次出门远行，世界便开始了对他的践踏与蹂躏。

“我实在看不下去了，过去一把推开了那个男人，喝问他欺负一个孩子算何本事?”他闷头闷脑地说，“可能是我当时的样子比较吓人吧，报到前我刚刚徒步沿着黄河浪迹了一圈，像是个野人。那个男人完全被我镇住了，狼狈地换到了另外的座位，这样我就和邢志平坐在了一起。”

一个彪形大汉，头发凌乱，胡子拉碴，身上还残留着一股浓烈的羁旅气息，仿佛电影里从前线溃败下来的国民党大兵。我想象着彼时的情景：他威猛地把一只脚踩在座位上，摆出一个非常够劲儿的姿势，像一个真正打抱不平的好汉那样。的确比较吓人。邢志平一定想不到，这条吓人的大汉，会是自己大学时代里的一位学友，并且，还将影响他的一生。我想，看到这条好汉的第一眼，邢志平的内心一定就萌生出了无边的好感。换了谁都会这样。这是救人于水火的英雄，给人以温暖的大哥。邢志平身体里那个唆使他发抖的家伙，也一定会奇迹般地在一瞬间烟消云散，仿佛咣的一声，被关在了黑屋子里。直到若干年后，经历了更多的纷乱与挫败，这条大汉永远地从邢志平的世界消失，那个在他身体里作祟的家伙，才像一朵邪恶的花儿那样，重新绽放，使邢志平不得不相信，只有这条大汉，才可以将其囚禁。

“我问他没事儿吧小兄弟，他又哭了起来。我只有揽住他的肩膀，把他抱在怀里。”他的拳头和巴掌上下互换了一下，现在是拳头压住巴掌。“在其后的旅途中，我们相互认识了对方。得知大家居然有着一个共同的目标——都是那所师范大学中文系的新生。他对此兴奋极了。我也很高兴，一路上给他背诵诗歌：啊，那个睡眠者没有任何谨慎的痕迹，睡着，然而却是在梦着，却是在发烧，他怎样沉浸其中，现在他是个胆怯的新人，他怎样被纠缠在内心活动那不断蔓延的鬈须里……”

你见过一个生病的李逵背诵诗歌的样子吗？眼前的这条大汉这么做的时候，一下子焕发出某种光彩，变得有些让人不能抗拒。我不知道这是邢志平的幸运还是邢志平的不幸。他生命中第一次远行，就遭遇了一位诗人。在那个时候，这不啻是和一整个时代正面相遇。这完全出乎父母们的意料吧，他们的乖儿子，刚刚脱离了家庭的呵护，就钻进了另外一双翅膀之下，得到的是诗意的庇护，足以抵挡糟糕、恶劣的生活。当然,也足以在其后令自己的一生被毁掉。“你写的诗吗?”我问。

“不是,邢志平也以为是我的诗,其实不是,我跟他解释说是里尔克的。”“但这已经无法动摇他对你的崇拜了。”毫无疑问,邢志平是一个单纯的少年,虚荣,怯懦,但也像所有的男孩子一样,渴望刚毅和力量。我想他太愿意去亲近一个像尹或这样有男子汉气概的诗人,似乎这样就能够使自己也变得高大热烈。

“也许吧。总之随后的日子他就和我形影不离了。他总是躲在我的身后,以致有人说我是他的老爹。”

“他一直暗恋着丁瞳你知道吗?”

“知道,我看出了点儿迹象。但是那个时候的我,目光并不在这些儿女情长上,我有更大的视野。”他谨慎地笑了笑,“当然,现在看来,挺滑稽的。”

我看着眼前的这个人,努力将他与曾经的青年骄子联系在一起。但这几无可能,像是个天方夜谭。眼前的男人,体格依然硕大无朋,但说老实话,更像是一个被气吹起来的草包。从前的一切,都消失了,精,气,神。这是必然的。比如,现在的我。我想,在对方的眼里,如今的我,也不过是一张被酒精浸泡得发馊了的纸片儿。回不去了,我们都再也回不去了。“后来你又开始了漂泊。”我说,垂下头望着茶杯里的热气,不去看他。

“是的。那很难。”

真不错。他没有喋喋不休。他只是说“那很难”。这就足够了。我知道漂泊之路是怎么回事。我们都曾站在时代与时代交替的那个关口,世界骤然折叠,而我们,都不幸漂泊在了对折之下那道最尖锐的折口之中。是的,那很难。他没有更多的形容。更多的形容只会拉低我们曾经的那些艰难。我不可抑制地想起了我的纳西族妻子:我们遇到的那一刻,我觉得我已经走到了所有路的尽头……

小戴过来给我们添水，冲我鼓励般地笑笑。

“后来你又回来了。”我说。

“是的，回来了。我在南方做过生意，在新疆打过工，但是，都很难。”

“如果你成功了，还会回来吗？”

“没有这种假设。这一生，我注定失败。”

我觉得我一瞬间垮掉了。这种滋味我很久都没有过了。所以我也不能确定。我只是喉头被什么狠狠地哽住。没有这种假设。这一生，我注定失败。这几乎是对一代人的宣判和指认。是的，我也回来了，在欧洲打过工，在非洲做过生意，但是，都很难。我回来了，画儿卖得不错。可我是个酒鬼。

“你回来了，对邢志平却是个干扰。”

“我不知道。也许是。可我无能为力。这个世界能够收留我的，似乎只有丁瞳了。”

“邢志平并不知道你的归来？”

“他可能不知道。其实我回来很久了，藏在不为人知的角落里。我和丁瞳在外面租了一间房子。”

这样就很清楚了。丁瞳对于邢志平那些激烈的否定，都有了具体的理由。“如今你们可以堂而皇之地在一起了。”我的口气并无调侃，我无法调侃眼前的这个人，调侃他，无疑就是对于我自己的贬斥。尽管，我们毫无荣耀可言，尽管，空气中都是玩笑和恶作剧。“邢志平几乎把所有财产都给了丁瞳，在经济上，你们也不会再有什么压力。”我只是陈述事实。我甚至期待着，他感到了羞辱，然后跳起来劈面给我一拳，砰地将我打飞，让我体验突然“到头”了的滋味。那也许真的很美妙。

但是他没有。“我们并不幸福。丁瞳也不幸福。”他说。

“为什么？”

“因为我们都已经不再有羞耻感。知道吗？邢志平曾经为丁瞳出过一本诗集。那本集子，其实是我的。现在看，它毫无意义。可对于这本肮脏的诗集，对于我们几乎是被施舍着的生活，我们已经毫无羞耻之感。”

是的，眼前的这条大汉，已经不会因为羞辱而对什么拔拳相向了。一切都呈现在眼前。我在两天之内，重温了一个时代，那些沸腾的往事。当然，我也重温了自己。那是一个大浪淘沙的图景。但无论是在风口浪尖上的尹彧，还是被裹挟着拍岸的邢志平，最终都被摔在了海之深处。我不想喝酒。一点儿也不想。

我和他作别。我们站起来的时候，他眉宇之间开朗了很多。也许这么说一说，对他也是件好事。

他开车离去。我独自回家。

回到家里我开始四处翻找。找了半天，我才意识到我是在找一块石头。那是块和田仔玉，是邢志平送我的生日礼物。但一无所获。我找不到了。

没有找到这块石头，我也并不感到格外沮丧。我打开了电脑。里面都是垃圾邮件。只有一封，是老褚发来的。他发来了一张照片。我用打印机打印下来。居然是那天葬礼时的情景，我当时并没发现有人在拍照。照片上送葬的一群人面容憔悴，可能是因为起得太早，空气太糟。大家分列几排，有种群像的味道。前排的丁瞳和尚可算是抹亮色。我的目光却落在那个孩子的身上。他是邢志平的儿子。在一种莫名的情绪下，我从桌上抓过一杆签字笔，在照片上这个孩子的脸上涂抹起来。

那张小脸渐渐地被我涂满了胡子碴。诗人的面孔渐渐显露，逐步惟妙惟肖地清晰起来，仿佛大猩猩，仿佛电影里从前线溃败下来的国民党大兵，仿佛幼年李逵。原来他就是这样一直潜伏在邢志平的生活里。一目了然，孩子不是邢志平的。当然，这是确凿无疑的罪。

那么，这是促使邢志平去死的根本动因吗？我想不是。邢志平是敏感至极的人，他不会很晚才发现这个事实。也许，他知道尹或的归来，也许，那本诗集，他知道出自谁手。他就是这样在默默地忍受。也许，当知晓了这些不堪的事实后，这个失去了乳房，失去了财产，失去了老婆，失去了儿子的富人，只是开始瑟瑟发抖。他也许还会终于知道：那一年，自己第一次离家远行时无法遏制地颤抖的原因——那个家伙长久以来柔韧地蛰伏在他的心里，确凿无疑，不以人的主观意志为转移，它觊觎着，无时无刻不在伺机荼毒他的生活——那就是，一个人一无所有的，孤独。

也许，那一刻，突然间黄昏变得明亮，因为此刻正有细雨在落下。

我下楼去，买一瓶一斤装的小糊涂仙。

八

今天是我的生日。

早晨醒来后我冲了凉水澡，很认真地刮了胡子，将房间里所有的垃圾收拾到一个硕大的垃圾袋里。我在电话中约了尚可，她让我去学校和她见面。还有最后的那个谜底——我想知道，什么才是压垮邢志平的最后那根稻草。校园里的空气似乎好一些。有些学生依偎在冬天的枯树下。他们拥抱，他们接吻。

我们见面的地点是在一面湖的旁边。这面人工湖我上学的时候就有。尚可穿着一件咖啡色的羽绒服，显得有些臃肿。见面后，她问我：“你还有什么想知道的？”

我没有回答她。我说：“今天是邢志平的生日。”

她盯着我看了半天，一言不发。

“说说你们最后一次见面时的情景吧。”

“有问题吗？”

“没有。我只是想知道。”我说，“今天是邢志平的生日。”当然，这不是一个理由，可把它当成个理由，也说得过去。

“我们主要是讨论那部书稿。”

“做爱了?”

她深深地看我一眼。“你送他的那幅画儿,有魔力。”

“怎么说?”

“每次他都需要看着那幅画才能做爱。他的身体很差,几乎是一个完全丧失了欲望的人。但那幅画,是他的春药。”

我点点头。我知道那幅画对邢志平意味着什么。那是他生命中启蒙的一刻。看着那幅画,他会想起那一年,他们流浪,他们奔逃,他们热衷于“流浪”“游走”这样的历险行为,将之视为地理和精神意义上的双重突围,在对这幅画的注视下,他可以做回一个男人,可以判自己做一个卑下者的徒刑已经服满了。

“你们讨论的是部什么书稿? 书名是什么?”我换了话题。

“《新时期中国诗歌回顾》。”她说,“他对这部书很感兴趣。按理说他只需要帮我出版了就行,但他拿到手后,却表示自己先要认真看一看。”

“他看了吗?”

“看了,很认真。”

“为什么? 他依然迷恋诗歌?”

“我想不是。他只是迷恋那个时代。他想从这部书里找到尹或的名字,但是我并没有把尹或的诗收进来。”

“为什么不收?”

“没有个人情绪的因素。这是部学术著作,我懂得保持自己的客观。现在看来,尹或当年的诗,的确不足以进入文学史。”

我有些呆愣,在心里体会着这个事实对于邢志平意味着什么。他的偶像,他的禁忌,居然被“新世纪”摒弃在了回顾之外,无影无踪。

“那天我们主要也是讨论的这个问题。他有些烦躁。他说他为此查阅了手头所有能够找到的关于那一时期的诗歌资料,居然无一例外地找不到尹或。他说一定是我们搞错了,这个世界搞错了,尹或不该消弭在关于那个时代的所有记录里。"她从衣兜里摸出张卡片,下意识地在手里翻弄着。看了半天,我才认出这是那只骨灰盒的寄存卡。一只骨灰盒都有一份确据,而一个人却可以被记忆匿名。那么,谁来证明那些没有墓碑的过往和生命?"我不是很理解他的态度,在他眼里,似乎只有一个诗人,那就是尹或。但是,他错了。"她说。

"你告诉邢志平他错了?"

"是,我觉得这是个常识。"

"他信任你,会承认你的判断。"

"也许是。"

"他是什么反应?"

"他笑了。"她眺望着结了一层薄冰的湖面。"当时我觉得他可能是接受了我的意见。我觉得没什么问题,我想不到几分钟后他就会从楼上跳下来。我一点预感都没有。那些天,天一直阴着,我走的时候,太阳出来了,房间里突然变得明亮。这一切,都让我感觉不到死亡的阴影。他为什么要这样?"

"因为他的世界破碎了,变得空空如也,就像他被剜除了的胸口。因为偶像与禁忌都已坍塌。因为,天空突然变得明亮。"我可能显得有些不知所云,但我只能如此了。

告别了尚可,我独自穿过自己的母校离去。我的身旁是如今的大学生。他们拥抱,他们接吻。校园里的人工湖还在,树还在,就像能永恒不灭似的。但天下雾霾,曾经的年轻人不在了。路也变得陌生。我不知道是否能顺利地走出去。但我并不想惊扰身边的情侣们,让他们给我指明一个方向。

我想,所有的路,总会有个尽头。

今天算是我和邢志平共同的生日。我们差不多是前后脚来到了这个世界。我们都赶上了一个大时代。我们是两个陌生人,但我们是一代人。现在,他死了,我的路却还没走到头儿。当然没有。起码,对于这个世界,邢志平走到尽头的时候一无所欠。而我,还欠着一个巨大的交代。这不是双重国籍这样的事,没人追究,你就可以当自己是个良民。我时刻面临着审判。我跟神父告解过,但没用。我很羡慕那些异国的酒鬼们,他们只消把内心的脏水泼给他们的神就万事大吉。我却不行。我并没有得到赦免,我还没有权利去死。

我要去喝一杯,但愿小酒馆今天会破例在白天开门。

《十月》2014年第2期

评鉴与感悟

咸亨酒客

沈建阳

《所有路的尽头》有一个很明显的侦探小说的故事结构:故事的开头即案发——邢志平的死,并以此展开故事;"我"像福尔摩斯一样破案——为了弄清好友的死因,"我"带着"一点点好奇",几番寻访,先后和邢的情人、前妻、前妻的情人展开交谈,顺带讲出一系列人物的故事;最后破案——发现邢不得不死,他是这个时代的"多余人",他已经走到了"路的尽头",被突然转轨的时代抽掉了脚下的踏板。

进一步来看这个故事,我们会发现故事的讲述者似乎并不是一个可靠的叙述人,他自始至终都是一个酗酒者。他以戒酒为借口,抛妻弃子,从新西兰回到兰州,但依旧在咸亨酒店喝"三百块强度"的酒,在家喝"小糊涂仙",沉溺其中不能自拔,因为"喝酒是我如今一切困境的总和"。"我"在讲述他人故事的同时,通过交谈和穿插其间的回忆,连带地讲出自己的故事。两相对照之下，“我”引邢志平为同类，因为“我们”有类似的屈辱体验，“我们”同样迷失在过去里，但邢“不堪重负”，草草了结了自己，走到了路的尽头；“我”则没日没夜地浸泡在酒精里，故事的结尾，“我要去喝一杯，但愿小酒馆今天会破例在白天开门”，也不知道是借酒消愁要拼得一醉，还是要借此保住这份难得的清醒。

故事里的“醉与没醉”之间有着一种吊诡的逻辑：真正醉酒的人是不会知道自己喝醉的，我们常常发现醉酒的人最坚持的观点就是自己没醉，他固执地以为周围的人喝高了才会冤枉自己，所谓“众人皆醉我独醒”；醉酒的人又坦坦荡荡，无遮无拦，往往又能讲出清醒的人心中所有而又口中所无的话来，这似乎又是另一种意义上的清醒。那么，是酗酒的人诚实呢？还是清醒的人可靠？这样故事的讲述者好像又变得可靠了一点。如果我们不怕把问题弄得更复杂一点，醉与没醉之间也并非楚汉分明，要是清醒的人以为自己喝醉了呢？或者装作喝醉了呢（揣着明白装糊涂）？又或者是清醒的人求醉不得，越喝越发清醒呢？在这个故事里几乎没有谁不是清醒者，但在清醒这一点上，人人又都不纯粹：酒店的老板清楚地知道自己得把椅子的四条腿埋进水泥里，怕自己按捺不住出门鬼混却又对“路的尽头”充满怀想；丁瞳知道自己爱上了一个诗人，此生不会再有所爱，却又愿意委身嫁与邢志平；诗人尹彧很明了自己的时代已经结束了，以前的一切都显得滑稽而可笑，但就是在那个充满激情的年代他的动机也并不单一；尚可可以说洞悉邢志平的一切，她满足了邢志平所有的需要（心理的和生理的）却也从他那里获得了回报；“我”出席作品发布会从不留影，看似清高，实则在逃避；还有那个看似玩世实则精明的老褚……各个看似纯粹，却又心有不甘，显得暧昧不明，他们都有罪（欺骗他人又欺骗自己），并且对此有清醒的认知，这时清醒就成了钝刀割肉一般没有尽头的酷刑，那么，邢志平的死就仿佛解脱。

故事的开头，“我”发现这个拳击手开的酒店竟然叫“咸亨”，心下觉得很意外，以为有“高人指点”。在100年前，鲁迅在他的“咸亨酒店”里给我们讲了一个落魄读书人的故事。鲁迅也同样偏爱醉酒的人，远至屈原、李贺、嵇康、阮籍，近有《在酒楼上》的吕纬甫和《孤独者》魏连殳，还有他念念不忘的，最终投水的老友范爱农。他们都是那个时代的“多余者”，彷徨于清醒过来却无路可走，唯有呼酒买醉，长歌当哭，鲁迅以他们来回应自己那个寂寞的年代。所有路的尽头是什么？不过是坟，世上本没有路，我们只有不断地向前走，才可能走出那虚无——鲁迅的回答。100年后，弋舟又给我们讲了一个咸亨酒店里的故事，这一次，故事的讲述者成了一个酒徒，时代不可理喻地转轨、加速，飞快地甩出一个个清醒的糊涂人（糊涂的清醒人），而所有路的尽头依旧是坟（死亡）。我们似乎从咸亨酒店里醉眼陶然地走出来，晃荡一圈，又走了回去。

是的，每一代人都有自己的历史，都有自己要讲的故事。

并蒂爱情

李宏伟

第一爱情

一、合二为一梦境

张柏从干燥的梦里醒来时，光线那模糊的颗粒已经不均匀地灌注在房间里，含混不清、阴影重叠，让他一时不知身在何时何处。目光在天花板上涂抹了一会儿，他才听见舒缓的呼吸声在身旁起伏。微微侧身，秦思平静恬然、无梦无思的睡相映入眼中。

和每天早上醒来看到这张脸一样，一阵喜悦在张柏心中升起。他伸出右手，拇指轻轻滑过秦思薄薄的双唇，指纹与唇线间柔腻的摩擦似有若无，一如既往地扬起他满腔柔情，还有丝丝缕缕的欲望。

张柏想要撑起上身，吻住秦思的嘴唇，再由此深入。一股沉钝固执的力量阻挡了他，像是撞上绵软坚决的玻璃墙，又像是握住自己的手指向后折，除非发了疯，不然到了一个阶段必然自己放弃，他又躺了回去。

张柏有些疑惑，右手循着阻力的来源，拉开盖在他和秦思身上的空调被，摸下去。

手掌下是光滑的微微有点儿汗的皮肤。他的腹部、腰侧，摸过去是秦思的腰侧、腹部。往上，是一对家兔一样伏在那儿的乳房，往下，是柔软的小腹，再往下，是水草丰美的所在。这一次欲望没有拱出来，因为有什么地方断了线索，要不就是什么地方的接续抢了进度。

右手原路退回，秦思的腹部、腰侧，再往回退，是张柏的腰侧、腹部。手指扪在肚脐上，张柏恍惚间觉得摸着的是秦思的肚脐。右手再原路前进。是了,他的腰侧与秦思的腰侧没有间隙,肋部没有区分。沿此上下,两三厘米开外,都有间隙。

“我们长在一起了吗?”张柏缩回手,向天花板发问。问完后,他意识到自己可能还在梦中。“我得尽快睡醒。睡醒后,再把这么美好的梦告诉秦思。”

他伸手把空调被拉上来,盖在秦思和自己身上。

然后他看见了水面,湿漉漉的水面,广阔无边,平坦如镜。如此广阔平坦的水面,却并没有容纳下天空,没有蓝天也没有白云在水面流转游弋,也没有雾气水汽氤氲其上,因而水面透明,仿若不存在的五色。五色与透明由水面而水下,整片水没有丝毫浑浊晦暗,没有虾蟹鱼蚌,没有蜉蝣虫豸,没有淤泥水草,是全然的无实体的静止,没有生命的迹象。只有张柏,无从辨认自己的具体位置与行为,没有前因后果地确定自己在这片水中。

然后他看见了光,光的出现让张柏隐约意识到这又是一个梦,他有些失望,催促自己尽快从这个梦里走出去,进入刚才摸到的那个梦里。光已经在那里了,不是从天上射下来,也不是从水里映上去,是就那样横在那里。圆柱体的光,耀眼的实体的稠密的光,停在那里。张柏抬头,无法确定光具体停止在何处,他有些疑惑,如果光只是如手电筒射出来一样地圆柱体停在那里,怎么能够看得清楚照耀之外的水面?可他还没有想明白,光就融化了。圆柱体的界限分明的光,忽然间就镜子那样碎了,纷纷扬扬洒向水面,水的静止到此结束。落在水面的光,就是落在水里的雨滴,滴滴答答的声音渐次响起,击起细密的涟漪。圈圈涟漪推搡碰撞,摇摇晃晃成了格子状,格子状的涟漪推动水面向远处折叠,中心越来越疏朗,外围越来越密集。

然后他看见了一个女人。早先碎在水里的光已如盐或糖融化,这渊深无尽寥廓无边的水,愈发澄澈透亮,女人就在这澄澈透亮中,从涟漪已经远离的水面中心诞生，她先露出头来，黑色的短发湿漉漉地贴在脑袋上，她的身体接着从水中升上来，白皙的光一样的身体，水珠从身体滑下，轻轻触碰水面，再次起伏圈圈细密的涟漪。这涟漪的晃动曳长了女人的面目与倒影，难以辨认清楚，她散发的宛若处女的圣洁的白色的母性的气息却让张柏轻易知道，这个水中诞生的非欲望对象的女人，正是秦思。秦思似乎知道张柏在那里，因而微微一笑，说："张柏，你说过我们要一直在一起，要一天都不分开。还记得吗？"

张柏还没有回答，又听秦思说："张柏，张柏，你看，我们真的在一起了。今后无论如何，我们都不会分开了。"

过了好久，张柏才看见。他看见秦思的脸，她侧着身，因而他能看见她一整张脸的欣喜。也正因为她侧着身，张柏左肋部有隐隐约约的钝痛传来。

二、齐齐哈尔愿望

少年张柏走在民乐路上。晨曦初绽，东方微微泛青，街道与城市仍在沉睡。张柏并不担心，闭上眼睛，他也能从路的这一头走到那一头，他也知道什么地方有坑，什么地方可以拐进哪条巷子。闭上眼睛，他也清楚每一盏路灯的具体位置，清楚得就像这些节庆日外永远不亮的路灯一直在对他一个人放射光芒。

一年前的这时候，张柏冲出家门，就是在黑暗中跑进了民乐路，在黑暗路灯指引下，拐进第三条巷子，爬上一棵梧桐树，坐在杈丫上听妈妈一声声喊他。"你不和他离婚，我就走了。我就不回来了。"那一次张柏下定了决心，他再也忍受不了父亲把喝酒和殴打妈妈当成每日必不可少的事情。父亲从来不打张柏，可以说对他还不赖。平常，张柏对他无足轻重，但喝上酒又还没对妈妈动手之前，他对延续自己血脉的张柏，很是亲热，一边唤“儿子”一边把兜里能掏的钱都掏出来给张柏，让他“想买啥就买啥”。实在掏不出来什么，他也会倒上半杯，让张柏一口干掉。

父亲打妈妈也没有什么特别的理由，两个人在一起生活久了，难免会生出点讨厌，一旦这点讨厌演变成动手动脚，很快就会成为习惯。父亲对妈妈的殴打看不出痛恨这样激烈的感情，这只是一件不可一日或缺的事情。可他的动作和力度都是真的，妈妈每一次的眼泪与疼痛是新的，每一个伤口也都不是转瞬即逝的。每一次父亲打完妈妈，躺回床上呼呼大睡，妈妈将张柏搂在怀里的绝望与安慰也都能随着她身体的颤动传递给张柏。

“妈妈，你为什么要和爸爸在一起?”张柏问。可是妈妈只是哭。

“妈妈，我听隔壁的哥哥说，两个人是因为相互喜欢才在一起的。你喜欢爸爸吗？爸爸喜欢你吗？为什么两个相互喜欢的人在一起过得这么痛苦?”张柏问。可是妈妈只是哭。

“妈妈，我听王叔叔说，你和爸爸因为结婚了，所以必须在一起。这是法律规定的，法律规定了爸爸可以打妈妈吗?”张柏问。可是妈妈仍然只是哭。

“妈妈，我听小姨说，结了婚是可以离婚的。离了婚你就不用和爸爸在一起了，他就不能打你了。我听小姨说，你不能和爸爸离婚是因为我，小姨说得对吗?”张柏问。可是妈妈哭得更厉害了。

“妈妈，我明白了，你不和爸爸离婚，是害怕别的小朋友欺负我。你不和爸爸离婚，是害怕我吃不饱饭不长个子。你不和爸爸离婚，是害怕离了婚我就没有爸爸了。可是，妈妈，这些我都不害怕，但是爸爸打你让我害怕。妈妈，你不和他离婚，我就走了。我就不回来了。”张柏说。

张柏说完，挣开妈妈紧紧搂住他的手，不去看妈妈看着他的眼睛，转身跑出了家门，跑进了黑暗。

现在，少年张柏走在民乐路上。他右手捏着一只手帕，手帕紧紧地堵着鼻子，不让鼻血流下来。他左手紧紧地攥着，攥着三颗水果糖，是孙叔叔送给他的。

爸爸和妈妈离婚之后，很快搬去另一个女人家里。妈妈不再挨打，有了一点儿笑容，可是妈妈比原来忙多了。妈妈要扫大街，要帮别人糊火柴盒，后来，妈妈还找到包水果糖的工作。

张柏和妈妈一起去过一次孙叔叔的水果糖厂，一块块的水果糖在孙叔叔手里切成一颗颗的，香香甜甜的气息让他不断猜测，这是橘子，这是苹果，这是香蕉。这是孙叔叔说的芒果，这是孙叔叔说的他也没有记住的什么水果的味道。走进孙叔叔的水果糖厂，就像走进了一座大果园。

一大版一大版的糖纸干干净净地堆在那里，等着被裁成一张一张的，然后妈妈和其他几个阿姨动手把一颗水果糖放在一张糖纸中间，包起来，再把两头拧紧，就可以了。妈妈找到孙叔叔水果糖厂的工作时，秋天刚刚开始，要包的水果糖越来越多，孙叔叔让妈妈和其他阿姨一大早天还没有亮的时候就过来，包到吃早饭的时候。这样妈妈和其他阿姨就可以去做其他活，孙叔叔也能骑着车把水果糖送出去了。

张柏听妈妈说，包十颗水果糖有一分钱，妈妈每天早上走了之后他也睡不着，就和妈妈一起来包水果糖了。没想到才包了五天，才早起了五天，他的鼻血就流了出来，而他今天还没包一会儿呢。幸好他反应快，鼻子一有东西流动的痒痒感，就放下手里的糖和纸，跑到一边。

"哎呀，这孩子真不容易。"孙叔叔放下正在切的糖，走过来，看着妈妈用手帕堵住张柏的鼻子。他去端了一盆水，让张柏洗了洗。

"孩子，你回家去吧，歇息一天。来，这三颗糖是叔叔送给你的。还得用手帕捂着，免得鼻血流下来。"孙叔叔陪着张柏和妈妈走到厂门口，"你让孩子回去吧，今天我还是给他算包了两百颗。"

张柏手里攥着三颗糖，就像攥着两个苹果一只梨一样，整只手都抓不住了。他想，回去后"这个还给你"。仙女吃完糖，终于笑了笑。仙女一笑，张柏就仿佛看见她整个人整个身体都笑了起来。笑完之后，仙女把三张糖纸捋平，一张叠一张地放在张柏手心里。这是张柏最喜欢的丹顶鹤糖纸，三只丹顶鹤在他手里像是要飞起来。

“我吃了你三颗糖，还你三个愿望吧，一张糖纸一个。你想到什么愿望了，就拿出一张糖纸，对着上面的丹顶鹤说‘仙女，我想要什么什么’就可以了。”仙女说完，转身准备离开。

“仙女，请等一下。”张柏说。仙女转过身来，有点儿着急赶时间也有些紧张地看着张柏。

“仙女，我现在就想要一个愿望。我想要妈妈这一生平安、开心。要是将来她再和谁相互喜欢了，他们一定好好的。”张柏看着第一张糖纸上的丹顶鹤说。说完，他把那张糖纸递给仙女，仙女松了一口气。

“放心吧。这个愿望会实现的。”

“仙女，那我还有一个愿望。将来我遇到一个自己喜欢的女孩，要和她相亲相爱，一刻也不分开。”张柏看着第二张糖纸上的丹顶鹤说。

说完，他把第二张糖纸递给仙女。

仙女接过糖纸，眨了眨眼睛。

三、肋部粘连

这的确不是梦，张柏和秦思的肋部已经粘连在一起了。张柏不太敢相信，他想坐起来，结果稍稍一动粘连的地方就撕心地疼。他躺回床上，冲着天花板笑起来。秦思在旁边也笑了起来。

“我们得同时起来才行。要不我们数一二三吧。”两个人都笑完了，秦思说。

张柏没有说话，他转过头去看秦思，刚好秦思也转过头来。两人都扭着脖子有几分别扭，不过看了不一会儿，目光融化在一起。张柏伸过头去吻了秦思，秦思立即做出回应迎接他。扭着脖子的亲吻难以如同往日般尽兴与深情，张柏的右手自然地从秦思脖子下面穿过去，搁在她肩膀上，搂着她。距离消失。持续几分钟的深吻充分表达出两个人的喜悦。

吻完之后，张柏依然搂着秦思。两个人很有默契地一人伸左手一人伸右手，在床上一撑，就这样同时坐了起来。秦思的左手顺势搂住张柏的腰，这是他们一起散步与逛街时，最喜欢的姿势。

每日晨起后的例行事项因为肋部的粘连而有所变化，这些变化如朵朵新鲜开放的花朵，张柏、秦思经历下来，满怀芳香。

两个人并排在餐桌前坐下，享受第一顿完全不同的早餐，开始讨论这一天的具体安排。张柏上午要去勃口一本新书的新闻发布会，秦思则只有下午有一堂大课要讲。两人之前也有参与对方的工作过程，大体上都是以悄无声息静坐一旁，不引人注目地注视这种方式。能够更深入地了解对方一天中每个时间段具体在做什么，想一想都让张柏与秦思要停下来深吻一番。

张柏与秦思搂着赶到新书发布会时，书店并不宽敞的空间已经人头攒动，阳台上做活动的咖啡区域已经坐满了人，每个人手里都拿着一本新书，等候作者出场，等候活动结束作者签名。店里面的书架与书台前也都站满读者，少数几位在翻看别的图书，大多数还是手里拿着新书，不时向活动区域张望，等待能够加入的机会。

出版方负责营销的小姑娘忙得满头大汗，在咖啡区域与书店收银台之前挤了几个来回，一再提醒收银台的店员分清楚店里销售的图书与出版方预备赠送的图书。她见到张柏，迅速用微笑表示了谢意，发现张柏带着女朋友一起到的，更加笑容灿烂地赞了秦思几句，然后请他们去前面预留的媒体座位就座。张柏担心能否挤过去，挤了过去中途再挤出来离开更加不礼貌，便婉拒了。

这是一场可有可无的喧嚣活动，时下火热的情感专栏作家专栏结集出版，出版方邀请了一位电台情感主持人与一位二线偶像剧女演员，两女一男在“因为爱情”的主题下，遮遮掩掩、欲盖弥彰、假戏真做地进行打情骂俏表演。情感专栏作家表面刻薄实则鸡汤的语言，女演员貌似纯情实则肉欲的表情，电台主持人故作深情实则薄情的目光，三者的纠缠让整个书店热气腾腾，读者不时发出会心的笑声、赞许的感叹、难以自持的掌声。

听了一会儿，张柏有一点不耐烦，想要离开，他转过头。秦思正凝神看着前方，似乎被三个人的对谈打动，脸上浮现神秘的微笑。感到张柏转过头来，秦思也同样看着他，微笑更甚。毫无过渡地，秦思就明白了张柏对自己的微笑有些困惑，示意他把耳朵凑过去，低声说道：“这三个人讲得好无聊啊，不过想到和你一起听就高兴。”

就这样，张柏搂着秦思看完了三个人的表演，等到所有的读者都欣快地得到签名散开后，他又在出版方小姑娘的介绍下走上前去和三个人逐一握手，并对每个人诚挚地说了一声“谢谢”。三个人无疑都冲着张柏供职的媒体，热情地和他寒暄了几句，不过张柏搂着秦思离开时，也明显从背后射来的目光中感受到了刻薄、肉欲和嘲弄。可他不在乎，哪儿还有别的什么事情或人值得他去在乎。

下午秦思的大课更加简单。说是大课，足足可以装下两百人的教室坐了也就不到一百人，而且大部分都坐在后面，显然是想更自由地自行安排。秦思和张柏搂抱着走进教室的时候，先是有前排的学生带头鼓掌，后面的学生惊醒一般也鼓起掌来。

“今天是爱情诗赏析，学生们可能以为咱俩在进行爱情表演。”秦思看出张柏对掌声一阵茫然，低声解释。这堂课的确进行得像是表演。听说今天主讲耶胡达·阿米亥的《爱的礼物》，一半出于并排坐在讲座上的无所事事，一半出于对这首诗的喜爱，张柏请求由他来为大家读这首傅浩的译诗。

我给你，为你的耳垂，为你的手指；我给你手腕上的时间镀金，我在你身上悬挂许多闪光的东西，好让你为我在风中走动，在我头顶上轻响叮当，安抚我的睡眠。

我用苹果填满你的床铺（正如雅歌中所记），

好让我们在一张红色的、结着苹果的床上平滑地滚动。

我在你的肌肤上覆盖精致的粉红织物透明如蜥蜴的幼仔，

它们在夏夜里有着黑钻石般的眼睛。

你使我得以生活了数月而无须一种宗教或一种世界观。

你送给我一把银制的开信器：像这样的信不是那样开的。它们是撕、撕、撕开的。

读完之后，张柏意犹未尽，又将这首诗的希伯来原文与英文译文背出。张柏的声音与希伯来语、英文的异域味道掺和一起，产生了奇异的感染力，前面后面的同学都抬起头来听，听完他又听秦思逐行逐首讲解。

晚上回到家，并排躺在床上，张柏和秦思觉得，因为有对方的陪伴，这一天完全没有白过。他们知道，今后的每一天都不会白过了。

四、共同生活指南

绝对意义上的共同生活，两人永恒共在，如双头蛇在所有的时间里互相蠕动——这是多少相爱之人的梦想，这是对必然分割爱人的空间的反击，这是爱情从物质形态上对精神优越一劳永逸的胜利与解决。如果你是爱情新手，如果你渴望永恒共在，如果你蒙月老或厄洛斯或一切执掌此事之申祇垂青，共同生活的夙愿得偿，不要欣喜若狂，不要胆战心惊，你只是需要指导，你只是需要让一切迅速地熨帖于爱情的褶皱里。本指南从技术层面提供原则性指导，让你从灵魂层面摆脱孤独在世的惯性，从肉体层面抛离速朽此身的束缚，欣悦漫步在其他人只曾耳闻、未能亲临的爱情黄金海滩。

第一，穿衣问题的关键是表述清晰。网络如此发达，没有买不到的东西，唯一的问题是，表述与要求一定清晰化。可以订购、定制大号衣服裤子，清楚告诉对方：裤子有四条腿、一个腰，衣服有四只袖子、两个衣领——最为常规的衣着；衣服上可以更激进一些，既然永恒共在，时刻搂抱的那两只手完全不需要袖子的定义，更无需纺织物的分隔，时刻触摸对方也是自己的皮肤才是升华；亦可从节约层面考虑，衣着一律沿用旧物，只需根据实际情况，将共生的腰部剪开五到十厘米长即可。

第二，吃饭时解决好阻碍问题。同样使用右手或左手的情侣，永恒共在状态下吃饭时面临的最大问题是，一方的手臂、手肘运用筷子、刀叉等工具，将无可避免地触碰对方的胸膛，有时这种触碰会因对方的阻碍，影响品尝美食的兴致，而情不自禁升级为撞击。相爱之人断不会由此发展到挥拳相向，败兴却难以避免。因此，如果没有张柏、秦思这般幸运，天生一人左撇一人右手，也不在连体一侧，那共同生活必须解决的首要问题即，其中一人必须改变。或此人从右手换为左手，或彼人强行更改天生的左撇子。如此项改变耗时费力其效不彰，亦不妨转换思路，一只手喂饲两张嘴。想想吧，此等肉麻骨酥的情景，竟然唾手可得。当然，本质而言，共在的身体不需要双方进食，一方足堪补足另一方，断无半身过剩、半身匮乏之理，这一解决方案，旨在防止一方进食时，另一方的无聊及饥饿想象。

第三，日常生活要破除观念。原本就需要两个人在一起的事情因为永恒共在而意义更加彰显，共同看电视、一起看电影、搂抱滑冰、相约散步等等，没有什么事情比相爱的两个人共同消化时间的碎屑更能为感情加持，也没有什么事情比熟悉对方一切细枝末节更能填满抽象爱意的每一处空虚与缝隙。在一些看似需要独处的事情上，诸如阅读、痛哭、思索时，另一个人在场无疑会削弱其中的深度，破坏持续性，但此处的“另一个人”恰恰是抓手，是症结。所谓共同生活，所谓永恒共在，就是对旧有观念的破除。另一个人就是你，你就是另一个人——这是饶舌，真正的意思是，没有你与“另一个”的区分，共同生活意味着，你进入了你，你扩充为原来的两倍。即使只有“一个人”的时候，你也会偶尔三心二意，偶尔心不在焉，偶尔心口不一，共在之后，身体很快就会协调一致，心灵与大脑也迅速双核化。参照一下张柏与秦思共在之后，如何迅速达成默契，同时用手撑床起身。

第四，有一些不便需要见招拆招。两具身体的共在总会带来单向社会建制的不便，此事只需解决问题，切勿抒情伤感，白白耗费时间、精神与精力。张柏与秦思遭遇的最大问题是如厕，不过秦思灵光一现，问题迎刃而解。发现自己使用马桶时，张柏必须练习马步后，秦思从书房搬了一张等高马桶的凳子，两人轮流坐在凳子上等待对方即可。发现出门后有需要无法进入单向标示“男”“女”的空间如厕后，他们先是尽可能选择有“无障碍”标志的大空间，为此还携带过一段时间的折叠凳，随后不久，这一问题以成人纸尿裤的使用而圆满解决。一段时间，两人还由此衍生了对雀巢、好奇、帮宝适、妈咪宝贝等不同品牌性能的比较与探讨，其间乐趣不少。

共同生活是人生新局面，上述四条是细节也是原则，舍此别无可资借鉴立等可取的经验，循此则将迎来人生新局面。

五、有什么消失了

张柏和秦思完全适应了两人连体的生活，最初的惊喜已经被新建立的习惯取代。习惯通常意味着敏感度降低，意味着只在既定轨道上向前推进，细微的变化再难捕捉到，剧烈的变动也会被视作日常而予以忽视。张柏和秦思正是如此。

过去这一个多月，肋部粘连的皮肤面积已扩大至近二十厘米，两人的肋骨已经开始连接，如果不是身体更加紧密、转动更为不便，张柏和秦思几乎都注意不到事情仍在发展。即使注意到，他们也没有放在心上，他们有更关切的事情要做。

习惯了连体这一新的生活方式后，秦思很快视连体为理所当然，进而迅速对世界的分离状态由衷感到遗憾。这样一种全新的、没有缺憾的状态，居然没有成为世界的主流，真是令人难以想象与接受。秦思不激进，也没有改造世界的宏愿，她唯一想要做的，是让自己的周边减少这样的缺憾。她发动张柏，营造没有缺失的小环境，还兴致勃勃地用毛笔写下“圆满”二字，裱好挂在客厅。

张柏当然参与、配合——如今的状态容不得他抽身，话说回来，张柏也没有丝毫的勉强，如果说他起初有些磨磨蹭蹭，拖了秦思的后腿，那只是因为他还没有想明白这中间的逻辑，没过多久，他就为秦思做起事来的澎湃激情折服，由此而想通了这些事情的关联性，这时，他的动作坚决、有效，很多情况下都反过来，成了实际上的引导者。

秦思要做的很简单：不让家庭这个小环境有单一物品出现，不让物品以分离状态出现。毛巾、杯子、牙刷、梳子、碗筷、拖鞋、凳子、垃圾桶、钥匙、手机等等家用物品，首先不能让它们单身独个，并非所有的东西都要情侣套那样成双成对，只需要保证不孤单就行。其次也是最重要的，是不让它们分离，两只杯子并排放在架子上依然是孤独的，用塑料套套在一起，用粘绳连在一起，用透明胶裹在一起……随便哪种解决方法，都让两只杯子共同在世，合二为一。为此，家里购买了五花八门的粘连工具，所有的物品都成双成对地出现。连垃圾桶也是厨房与洗手间各有两只，这还是考虑到不能让垃圾桶占据更多面积，从而裁减了客厅、卧室里的。

让张柏吃力的是，孤单和分离的标准与逻辑并不是总能搞清楚。比如说，单就衣着而言，两个人穿一件巨大的T恤，哪咱巨大到完全装下两人的身体，T恤也是孤单的，穿两件小的T恤，相向两侧由下至上剪开长长的口子罩在两人身上，它们也是分离的。如果剪开的两条口子分别对接缝合，那它们就既不孤单也不分离，一举迈了圆满的世界。照此，图书、电脑这些东西是孤单的还是圆满的？如果是孤单又分离，要解决问题，是同样的书买两本，以封面封底为对接黏合即可呢，还是各自撕去一部分内容，再行黏合方可？

后来，张柏大致明白：如果两个人同时做同样的事情最为节约时间，那该事情涉及的物品就必须成双成对才能圆满；如果两个人分别做不同的事情最有效率，那这两样不同事情涉及的物品本身就是圆满的。万事无绝对，如实际情况与此冲突，则以秦思的判断为准。

解决了小环境物品世界的圆满，秦思乘胜追击，要求饮食上也尽可能实现圆满。大米、面条、面包、蛋糕这些加工半成品或成品就算了，在她看来它们处于大致可以视为圆满的混一状态。可以提出要求的，是蔬菜、肉食这些趋近天然便于判断之物。它们可以搜寻到天生的合体，当然不需要外在物质的粘连。好在网络世界如此发达，只要方法得当且耐心搜索，所有的需求都能够得到满足。接下来，天天都有快递员登门送货，各种各样并蒂、同根的蔬菜，还有双头鱼、连身鸡、连体乳猪种种圆满的食物。直到有一天，秦思在快递员身上发现了不完美，看到他们每一个都是孤单在世，如果强行要求他们圆满又与她坚决维护他人人权的原则相悖，才逐步降低了要求世界圆满的兴致。

摆脱对世界的圆满要求后，张柏与秦思发现了另外一些事情。日常生活中，两个人都习惯各用一只手，张柏用左手秦思用右手，一左一右两只手已经如同一个人的左右手那样配合默契。张柏天生左撇子这一点，随着两人对连体生活的适应，有时候反而显得多余。比如吃饭时，秦思的右手依照张柏两口秦思一口的原则,已经很有节奏感与分寸感地跟得上两只嘴的需要。张柏的左手只好做做夹菜、拿水、翻看报纸等可有可无实则让秦思的右手觉得烦躁的事。两人的另一只手,也习惯了像两只冬眠的蛇一样趴在对方的肩膀与腰部,不至于毫无行动能力,要让它们做些什么却总是反应迟钝,需要足够的预热时间。实际上,这样的需求越来越少,很多时候,张柏和秦思都忘记了自己还有另一只手。

于是,一天晚上,张柏与秦思同时问出了一个同样的问题。当时,两人并排坐在书桌前,张柏用电脑写一篇特稿,这周的周刊要以他采访的一位社会学家为焦点,秦思翻看卡瓦菲斯的诗集,为第二天的课堂做准备。

"有什么消失了?"张柏和秦思问。

问出之后,两个人又同时愣住了,因为他们不确定,这个问题是"自己"想到的,对方不过是说了出来,还是恰恰相反。随即,他们似乎有些明白,到底是什么消失了。

六、一分之二性爱

"有什么消失了?"张柏与秦思同时问道。

"似乎是我们消失了。"张柏与秦思同时回答。两人都对这同声的问答不满,因为这阻碍了他们进一步思索,阻碍他们进一步了解对方的想法。可是,他们都这样想,接下来就出现了两个人都住嘴等待对方先说的卡壳场景。

幸好,这么一段时间的连体以及连体之前更为长久的相爱使得默契纵然因为情绪的慌乱而短暂掐断,也依然很快回来。秦思的右手拍拍张柏的胸膛,伸出大拇指,示意张柏先说,她跟进补充。

"似乎是我们消失了。"张柏说,"这么说并不准确,因为我们在这里。”

“你是说，此处的‘我们’指我和你，我或者你。”秦思补充道。

“没错。不是我们两个人一起消失了，是构成了‘我们’的两个元素消失了。没有了我，没有了你，只有我们。”张柏说。

“这个怎么确定呢？毕竟话还是由你和我分开说的。”秦思提出疑问。

“确实需要分别把它们说出来吗？”张柏提示道。提示完了，两个人再次闭上嘴，要说的话照样在心里闪过。刚才这番话不过是如同面对镜子的自言自语，说不说出来都同时在。更惶恐的是，反观这番对话，他们发现，以前就算他们对这样的默契有所疑虑，具体感受也还是以同一个念头五分别地出现在两个人脑海里心田上，他们还能以这种方式观照到另一方的存在，现在这种观照没有了。最多，这就如同一个人左右手配合做了一件事，他知道这是左手和右手的分工，知道左手右手并不完全一样，但他不能否认左右手同属一个身体，他更不会认为左右手是两个主体。现在，张柏就像这具合二为一躯体的左侧，秦思就是右侧。

“怎么办？”秦思的眼泪湿润眼眶，只是强忍。

“不要慌张。有什么事情是我们合二为一之前，必须两个人一起完成，最能验证我们是两个人的？”张柏说。

“咱们很长时间没有亲热了。”秦思说，“自从我们粘连在一起，就彻底忘记了这件事。”

说完，秦思哭了起来，眼泪也终于顺着面颊流下来，流进她伸开接着的右手里。

确实。要照以前两个人看来，他们浪费了多少寻求快乐的时间。那时候他们最喜欢在一起亲热。他们亲吻，一个人等待另一个人用舌头唤醒自己、带领自己。他们互相抚摸，温暖或冰凉的手指，心醉或战栗的触觉，一具身体在另一具身体上得到确认。他们做爱，一个人为另一个人无保留地敞开，迎接他以及他的整个世界进入自己。

他们动作轻柔，呼吸和缓，他们像是一起吟唱互相追赶，在这样的亲热中，清楚感受到对方和自己同在。他们从来不寻求过于强烈的刺激，他们只需要连接在一起。有很多次，他们在亲热中途相拥入眠，一直到醒来，都还紧密甚至更加紧密地相互拥有。

“要是我们能始终这样在一起就好了。”有不少清晨，他们醒来后因为不得不分开而这样喟叹。

现在，他们依据语言，而非身体的呼喊，想起了久已忘记的事情。两个人都没有这方面的兴致，仿佛随着肋部的粘连，两个人体内主导亲热的物质得以中和，化成了另一种无关痛痒的物质，也有可能干脆逸出体外，消散不再。不过现在的亲热不是为了满足感官而是进行确证，为了证明这合一的身体还有两种同时而不相同的感受，并且这感觉可以清晰判定分属两具身体。

张柏与秦思理性上毫无障碍地迅速达成上述共识，可真正实施起来，却遇到了一系列问题。技术上的障碍几乎难以克服，毕竟以两人现在肋部粘连至肋骨的情况，想要清楚地尽纳对方身体与眼底都难以实现，更别提完成亲吻与抚摸这些必须要注视着对方，或者一方注视对方闭上眼睛、眼睑轻轻地颤动才能进行与升华的动作。合二为一的第一天，两人是有一番深入的亲吻，但那番动作是庆祝的仪式，在后来的回忆中已经保存为舔了舔自己的嘴唇、自己的舌头顶着上颚这样一些明确而不具发展性的行为。

张柏的左手与秦思的右手倒是可以自主行动，较之以往活动边界缩小了一些，不过并不妨碍在对方身体上那些熟稔的敏感区域游弋。然而手的行动刚刚开始，秦思就闭上了眼睛，小声地说：“像是自己的手在身体上抚摸。本来也没什么，可像自己的手在当着另一个人抚摸自己。”

她没有说出的是，“当着另一个人”的确只是“像”，因为这另一个人的感觉是刚才的一番讨论赋予的意识，并非切实的体会。张柏完全明白秦思的意思，这明白让他心生茫然。转过念头，秦思方才的羞涩多少也是一个苗头，他又积极起来。

这积极催生了新的想法。张柏伸出左手拉住秦思的右手，右手也扶住秦思的腰，双手示意秦思随他来到客厅。客厅有一条镶嵌在墙上的狭长穿衣镜，刚好够一个人站在镜前十厘米左右的位置清楚完整地看见自己。肋部粘连之后，他们每一次照镜子都采取一人照完向左或向右移动，腾出地方供另一人使用的方法。现在，两具赤裸的身体站在了镜子前面，几次调整距离后，形成了两个人在镜子里看不见自己，但能完整看见对方的效果。

两具合二为一的身体借助镜子完成了分割，镜子的映照让张柏与秦思面对面站立，他们彼此凝视，目光如纱如帐似烟似雾，清澈又深邃、明亮又幽蒙，这目光是一团静燃的火，没有丝毫声响，热量却无可阻拦地迅速上升，目光触及的地方都在这团静燃之火的炙烤下熔化，变成柔软的可流动的随时能够做出回应与呼应的皮肤与褶皱。那一只手，那一只对方的手在镜子深处，也从镜子里伸出来，以亲切的节拍，拍醒自己，进而拉着自己的身体，拉着自己的部位与器官，拉着自己的呼吸，上了一条每一粒都可以感触的细沙铺就的跑道。两个人相互鼓励，相互较劲，相互追逐，相互等候，就这样向前跑动。慢跑热身后的长跑酣畅，浑身大汗淋漓也没有丝毫离开的想法，要在呼吸快被从身体里甩出去，只有肌肉在无氧张弛的情况下，凭意念进行最后的一旦开始就愿意不停止持续到底的冲刺。

也许是之前的担心过于严重，也许是之前的身体反应太过僵硬，借助二者的后坐力，这一番面向镜子的一分之二性爱居然有着前所没有的烈度。只是结束性爱的镜子迅速放射出冷漠的平面的光，提醒张柏与秦思，它方才的角色与由此进行的见证是多么的不由己。

镜子的反光犹如镜子的破碎，惊醒了犹在迅速退潮的性爱余波里扑腾的张柏与秦思，他们想起了这番亲热的目的，这番确证因为借助镜子显得虚幻，可终究能够把握。于是他们的想法与不久前相比转了向，他们再次同时问道：

“我们可以结束现在这样的合二为一吗？”

七、蒙双之症

“我们真的要结束现在的合二为一吗？”张柏与秦思相互询问。

“得结束。这样我们的性爱可以比刚才更加美好，我们可以直接彼此注视，我们可以完整地拥抱对方，我们可以手牵着手。更重要的是，我终于想明白，即使我们的肋部没有粘连，只要想，我们依然可以时时刻刻在一起，毫不分离。其实现固然比肋部粘连后必须在一起难，正因为难，才构成挑战，才值得追求。”

“何况，有了这一段时间的共同生活，我们知道那是一种什么状态，如何才能回到那种状态。”

“镜子暗淡下来那一刻，我很想我们有一个自己的孩子，我们共同的骨血。我们可以用时间制造温暖的柔韧的舒适的子宫，把孩子置于其中，看着他陪着他成长，他耗蚀我们的身体我们的精神我们的时间，他在我们身上长大。只有结束现在的状态，我们才能够按照这世界最初时候要求的方式，拥有我们的孩子。”

这样一番自言自语、喃喃不休的交谈之后，张柏与秦思做出决定。

第二天早上，两人相拥着前去医院，想到这样的亲密即将结束，两人多少有些不舍，默默地搂抱得更紧。

医生是一个瘦瘦高高的年轻小伙子，戴着一副黑框宽边眼镜，分不清楚是视力糟糕还是追求时尚，不过他干干净净，让人一看很放心。医生简单问询后，量了量两人的血压，便安排张柏与秦思进行了各项检查，血化验、心电图、B超、X光透视等等，所有可供诊断参考的检查都做了个遍。一直到下午医院快下班时，张柏与秦思才做完整个检查的流程。

“根据初步诊断，问题较为严重，不过还得等到所有的检查材料与数据汇总后才能确定。”医生说完，他看了看日程表，“后天这些东西都能齐全了，我安排一个三天后的会诊，邀请相关的专家与权威，举行一次会诊，到时候你们也过来，咱们听听各位专家的意见，再综合考虑是否能和是否要动手术，如果动手术需要做哪些准备。”

张柏和秦思向医生致谢后准备离开，又被他叫住。医生叮嘱道：“从初步诊断结果来看，两位的粘连进入加速期，你们要有心理准备。”

张柏与秦思依据医生的话做了心理准备，但是三天后的进展证明他们的准备完全不充分。两人走进医院会诊室，按照主治医生的吩咐，脱下罩在身上的衣衫时，所有参与会诊的专家都倒吸了一口凉气。

粘连的区域已经上延至腋窝，下延至髋骨。新的粘连情势下，张柏的右手与秦思的左手只能完全待在对方的肩部与腰部，两人的肩部也已经出现要融为一体的迹象，肩部紧紧靠在一起更导致两只待在对方身体上的手只有手掌还能较为自由地活动，而从手腕到上臂不但固定在对方身上，接触的地方还出现了细如毛发一样的红色物质，难以判断是根须还是血管。粘连延伸至髋部直接促使张柏的右腿与秦思的左腿行动上必须保持一致，至少在行走时，两个人称得上完全实现了三条腿走路。

情势的发展过于迅速，使得上次检查提供的材料与数据已经偏差较大，对于医生们做出方向性的判断这种偏差倒也不构成实质性影响。以年轻的主治医生为代表的一派主张应该及早进行手术，他称张柏与秦思的情况是典型的赫马佛洛狄忒斯回归症，就粘连本身而言，进行到一定程度就会停止。那时候两个人将像连体婴儿一样，不再侵蚀对方的身体，但共生的身体会争夺营养与资源，最终一方把另一方干掉，但是拖着半边尸体的残身终难维持多久的生命。一句话，不尽快做手术就是两身俱亡。手术是会带来器质性损伤，但尽早进行还是不会对生活能力与质量造成伤害。

以一个矮小的长了一张权威面孔的秃顶医生为代表的另一派则主张，这种粘连只是一种奇迹，应该任由它发展下去。秃顶医生强烈怀疑主治医生不求甚解，因为赫马佛洛狄忒斯回归症并不是侧身粘连，而是背部粘连。赫马佛洛狄忒斯回归症作为连体婴儿的一种，都是在子宫中由大自然预先造就。张柏与秦思的情况是后天发生，我们只能理解为神的意志。根据张柏与秦思的描述，根据情势的发展，这种共同生长不会停止，会一直进行下去，其终极就是两个人真正地成为一个人。

“如此美妙的爱情，如此极致的相守，整个人类历史都闻所未闻。诸位，难道我们狂妄到以为自己能够阻止，应该阻止吗？”秃顶医生最后的发问有几分狂热。

会诊室完全陷入沉默，“狂妄”这一分量极重的指责让所有人连大气都不敢出。

“谈不上闻所未闻。”是一个沉稳的声音，说话者银须白发，可以知道是年长的中医。中医待众人都看着自己，才不徐不疾地说道：“这个应该就是古书上所言的‘蒙双之症’，典出高阳氏时因爱同体的‘蒙双氏’。”

满座一时哗然，一时振奋，都期待着老中医继续说下去。可老中医已经坐下，似乎该说的都已经说完。于是众人又都看着主治医生与秃顶医生，目光暧昧，像是嘲笑也像是怂恿。唯独没有谁关注静坐一旁、仿若不在，实际上已经百折千回交谈不休的张柏与秦思。

“那么请教，这种‘蒙双之症’该用什么办法、什么药物予以有效而无伤害的诊治？”最终还是张柏忍耐不住，轻声问了起来。

“这个，这个，”老中医嗫嚅半天，涨红了脸说，“我也不知。据记载，‘蒙双氏’是用不死草覆盖七年而同体，想必‘蒙双之症’的解法不外乎是再次借助不死草，从反向进行。”

说到这里，他语气更加诚挚：“我只是不希望说得那么绝对，因而把我知道的一点信息抖搂出来。再多我也不知，连不死草是什么，古书上也只有名字，实指阙如。再说，高阳氏时候的事情，一切都与神啊仙啊的有关，谁能知道他们究竟是什么意思?!”

听到这里，张柏拉起秦思，在医生与专家们接连不休的哄笑声、惊讶声中走出了会诊室。

八、第三个愿望

“不要着急，我们再想想办法。”一到家，张柏就倒在床上。他一路上都没有言语，秦思也不知道他的所思所想，她的思绪到了张柏正在思考的东西时，就绕了开来，根本无法挨近。这是肋部粘连以后，有了共生意识以来的第一次，可此刻她顾不上为之惊奇，她想安慰张柏。

“也许我们要做的不是想办法，而是做决定。”张柏没有反应，秦思又想起会诊时的争论，叹了一口气幽幽说道。

“我没有着急。我在回忆一件事情。”张柏对秦思的心意抵达不了自己此刻的所思所想同样吃惊，不过现在他管不了这些。他躺在床上，陷入了近乎死寂的深思。秦思只好也陪他躺在床上，盯着天花板，仔仔细细地把今天会诊室的谈话捋一遍。当她捋到老中医说“一切都与神啊仙啊的有关”时，张柏突然大喊一声“想起来了”，这一声中秦思瞥到了张柏思绪的吉光片羽，也出现了“一切都与神啊仙啊的有关”这句话。

“一定是城市仙女做的。”张柏笃定地说，他和秦思起了床。起床时两人依旧如一个人的默契，“城市仙女”相关的记忆与内容始终如坚硬的核，不能在秦思这里开枝散叶。

“你不能分享我与此相关的部分，也一定是城市仙女的安排。”张柏解释道,“不清楚她如此安排的意思,既然如此,她肯定也不希望我告诉你,但这不妨碍我们解决目前的问题。你帮我一起找,找一张有丹顶鹤图案的糖纸,好吗?”

不由分说,张柏搂抱着秦思来到书房。“我不记得具体放在什么地方了,多半在某本书里夹着。幸好咱们的书不算多。”

几百本书的确不算多,要逐本逐页翻动的工作量却也绝对不能说小。张柏与秦思把所有的书从书架搬到地板,坐在那里翻起来。两个人心意相通,专心致志地翻阅着,浑然忘记了饥饿与疲惫。没多久,翻书就翻得两人额头沁出细密的汗,细密的汗又很快凝成汗珠,甩落在地板上,滴落在书页上。

汗水没有白流,书翻到一半的时候,秦思就在百科全书的分册里看见了一张糖纸。糖纸的颜色完全褪去了,看不到鹤的丹顶、洁白的羽毛,连鹤优雅的长腿也只是隐隐约约可辨,一切都含糊成了一团,不过的确一眼就能认出来,这就是以前的糖纸。糖纸不动声色地夹在百科全书分册里面,不同的蚂蚁词条中间,躺在印有侧着头仿佛凝神倾听的蚂蚁图片上面。

张柏轻轻地揭起这张糖纸,揭起瞬间,含糊成了一团的丹顶鹤似乎动了动,像是要展翅飞走。张柏左手托着它,盯着看了很长时间,有些过于沉醉有些不敢相信。秦思不清楚里面的玄机,张柏的举止却实实在在感染了她,她也凝神屏息地看着这张糖纸,由衷地踏实起来,她相信她知道问题即将得到解决。

“仙女,我想要结束和秦思的合体,回到我们可以自由相爱的独立状态。”张柏对着糖纸上的丹顶鹤说。

仙女没有到来,但糖纸在张柏说话时吐的气吹动下,轻轻摆动,似乎摩擦着翅膀做出回答。

九、蚂蚁蚂蚁

这天晚上，张柏与秦思入睡之后，整座城市的灯光陆续关闭，只有路灯还孤零零地向夜空举起两只光芒微弱的手臂。

张柏与秦思的房间在深重的夜色中逐渐亮了起来，墙壁、地板、天花板、衣柜、鞋柜，所有的物体发出柔和的不断增强的光芒。这些交错的光芒呈现缤纷之姿时，城市仙女终于出现，她依然顺从天花板上顶灯垂下的光芒而下，舒缓地降落在房间里。城市仙女的衣着比上一次出现时更少，这让她的身体显得比上一次更加丰满，不过依然干净整洁，就像没有在城市上空飞过的大鸟。

城市仙女俯身从摊开的百科全书上面捡起那张糖纸，她把糖纸放在左手心，右手轻轻地摩挲着它，就像是最心爱的珍宝终于失而复得。城市仙女摩挲许久，直到这张糖纸完完全全平整，直到它恢复了往日斑斓的图案，那只丹顶鹤再次色彩鲜艳地想要飞走，直到整个房间里弥漫水果的清香，她才如释重负地吁了一口气。

城市仙女在身上藏好糖纸后，终于又笑了笑，随着她笑容的浮现，百科全书动了起来。不，是百科全书上面的字动了起来，每一个字没费多少力气就从纸上面挣脱出来，它们在那只侧头凝听的蚂蚁带动下，摇摇摆摆密密麻麻地成了一支文字的蚂蚁大军。

蚂蚁大军沿着床腿爬上了张柏与秦思躺着的床上，又顺着两人的腿爬到了两个人的衣服里面。嘁嘁喳喳，蚕食桑叶的声音响了起来。这声音密集地持续了很长时间，听的人会认定，这样稠密绵长的声音，足够一个人把自己的影子细嚼慢咽吞进肚子里。这声音终于结束之后，又等了足够长的时间，有一只蚂蚁咬开一个洞，从张柏与秦思连体的衣服上爬了出来。随即，所有的蚂蚁都咬开衣服爬了出来。所有蚂蚁都沿着床腿回到地板上时，张柏与秦思连体的衣服已经断开，两具独立的，出生时那样完好如初的身体均匀地呼吸着室内缤纷的光芒。

城市仙女摆了摆手，道了再见，沿着灯光上升至天花板处，消失在顶灯里面。室内其余的光线开始暗淡弱化，蚂蚁大军又从地板上排着整齐的队列向百科全书爬行。只有最后一丝光线，目睹了所有蚂蚁爬回原处后，原本黑白印刷的百科全书成了色彩丰富的四色印刷版。

张柏和秦思，也在这时候酣然地一个向左侧翻过身去，一个翻向了右边。

第二爱情

一、新闻：人大一男子跳楼，奇迹生还

本报讯(记者童桦)昨日下午三时许，一男子在徘徊近半小时之后，从中国人文大学明德楼楼顶跳下，幸遇树枝延阻奇迹生还。据现场围观的学生所言，跳楼者为该校现代思想研究所青年学者、教授张松，但人大校方表示，该男子身份与跳楼原因都在核实中，目前无法确认。另有未经认证的新浪微博声称，该男子跳楼前后，看见楼顶另有一人，但该微博发出半小时后即删除。

徘徊半小时，男子突然跳楼

人文大学西门的保安说，昨日下午两点半左右，他们注意到有学生在明德楼下聚集并向楼顶观望。随后，他们发现楼顶有一男子。该男子身着蓝衣，颇为醒目，一只手举在耳侧，似乎正用手机与谁通话。但除了沿着楼顶正面即南侧来回走动，并不时走到边缘之外，该男子神态与举

止都很正常，并无任何危险与过激迹象。因不清楚该男子意图，闻讯赶来的保安队长安排人员在下面观察、取来气垫的同时，带着两名保安试图从楼梯进入楼顶。发现楼梯间从楼顶反锁后，保安队长遂报警并拨打120，以防不测。

大约三点钟，正当保安队长指挥保安在楼下布置气垫，以备该男子跳楼可以接住时，该男子平静下来，他停止在楼顶焦躁地走动，安静地站在那里盯着手中的电话。足足过了一分钟，激动地对着手机大声嚷嚷了一通之后，该男子突然转身助跑，从明德楼背面即北侧纵身跳下。

树枝延阻，奇迹生还

据一位刚好路过明德楼北侧的目击学生说，她听见声响才看见一株杨树的一根树枝下坠并断裂，其间还夹杂着蓝乎乎的一团，正奇怪时听见"砰"的一声巨响，似乎还有人的呻吟声。接着便看见保安和学生往后面蜂拥过来，等她赶上前，只能从人缝中见到地上躺着一个满脸血迹的男子，一名保安正小心翼翼地将该男子手里抓着的杨树枝移开。而移开杨树枝的保安小周说，他们赶到时，该男子虽然满脸血迹，两眼紧闭，但他听见了对方在哼哼，便想去扶一把，却被保安队长喊住。保安队长只让小周注意将树枝移开，地上的人留给120来处理。三点十六分，海淀医院的救护车赶到。车上下来的医生简单检查一番后，断定该男子并无生命危险，而且初步判断没有摔伤脊椎、颈椎后，便安排担架将其抬上救护车离去。

本报记者三点二十分赶到时，现场仍围着不少议论的师生，杨树枝也还放在一边。树枝长约三米，枝叶繁茂，断裂时离地面约有五六米。由此可以推测，该男子跳楼时正巧碰上了杨树枝并下意识地抓住，虽然下坠的力量扯断了树枝，却也由此获得延阻效果，因而不仅奇迹生还，且无大的损伤。脸上的血迹，也应该是树枝划伤所致。

身份与原因尚待确认

针对跳楼男子的身份，记者询问了现场围观的师生，他们大都表示因为事起仓促，再加上该男子坠到地面已经满脸血迹，因而难以判断具体是谁，只能大致确定是学校的老师或者博士。但另有几名学生则极为肯定地告诉记者，跳楼者是人文大学现代思想研究所的教授张松，不过说到具体原因，他们表示，张松教授为人乐观豁达，授课也生动幽默，实在想不出会因为什么有此举动。记者就此询问现代思想研究所一位不愿具名的教授，该教授认为张松的学术生涯一帆风顺，三十五岁即获评教授职称，在圈内的影响力日隆，即使跳楼者是他，也绝非出于事业原因。

人大校方对此没有更多表示。该校新闻发言人称，跳楼者的身份与原因正在核实，目前不能发布确切的相关消息。但学校对发生跳楼事件表示遗憾与痛惜，校方将密切关注跳楼者的治疗情况，全力配合医院的医治。截至记者发稿前，该男子的身份与跳楼原因依旧没有确定，张松教授的电话也始终无人接听。记者同时从海淀医院获悉，跳楼男子生命体征正常，并无器质性损伤，不日即可出院。

链接一：张松简介

张松，1974年生，安徽无为人。中国人文大学哲学院本硕博连读，因博士期间所著《话语转化——中国现代化的语言阐释》受到学界肯定，破格留校并参与人大现代思想研究所的创建。2009年因《现代中国的起源》一书，受到李泽厚、刘小枫等人肯定，被学界称为“柄谷行人的中国师弟”，破格获评教授职称。近年因用于语言分析解析流行的国内左右派观点，引起网络与学术圈子关注与争议。

链接二：新浪微博

昨日下午三点零五分，有未经认证名为“核桃林野猪”的新浪微博发消息称:“明德楼有人跳楼啦！今年第几出？貌似还有一个身影晃动。是在劝说不跳，还是在怂恿跳？”大概半小时左右，该条微博删除，并新发一条说:“跳楼是有的，听说行了大运，没摔坏。另一个身影大概是我眼花了，不误导大家。”

二、新闻:跳楼疑为行为艺术

学者接受调查

本报讯(记者童桦)本报16日曾报道“中国人文大学一男子跳楼，奇迹生还”一事，近日，该事件发生了出人意料的戏剧性变化。一个名为《围观绝望爱情表演》的视频流传网上，这段视频证实跳楼男子确为此前所传的人大现代思想研究所青年学者张松，并对网上的围观与猜测推波助澜。根据调查，大多数看过该视频的网友，都倾向于相信这是一次有策划的拍摄或炒作。也有人认为，这不过是一次并不出色的行为艺术。人大校方则表示，正在就此事进行调查。另据记者咨询法律界人士，即使跳楼事件确为炒作或行为艺术，也很难追究张松及视频拍摄者的法律责任。

网络视频，证实男子身份

18日，一段名为《围观绝望爱情表演》的视频出现在新浪微博，微博用户“住在里尔克的穆佐”发布该视频时写道:“人文大学青年学者为情所困，跳楼寻死。真实的痛苦？绝望的爱情？拙劣的表演？丑陋的围观？赶紧戳一下。”

这段已经配上字幕的视频拍摄清晰、剪辑流畅，十分钟内容将跳楼男子如何进入人大明德楼、怎样在楼顶徘徊无定、几次跳楼尝试、最终一跳等内容全盘囊括。从视频可以看出，一共有三个机位，两个位于楼顶，一个位于对面的贤进楼，此外楼底还有针对围观人群的隐蔽拍摄。跳楼男子显然控制着视频的拍摄，能清楚听到他就拍摄角度、镜头运用等提出要求或与人商量，能清楚听到拍摄者与他对视频激起的反响进行调侃，甚至能听到有关“什么样的跳楼姿势最能体现绝望爱情”等的探讨。镜头也不时切换到楼底隐蔽拍摄到的围观人群，一张张冷漠好奇期待兴奋莫名其妙的脸，以及捕捉到的“这人干吗呀?”“谁啊这是?”“不是要跳楼吧?”“他妈的，要跳赶紧跳！要死赶紧死！”“赶紧发条微博”“要不要报警?”等闲话。

视频一开始，是跳楼男子的特写，他自我介绍：“我是张松，中国人文大学现代思想研究所教授。”这证实了此前关于跳楼男子身份的传言。不过视频似乎也证明，张松最终跳楼出乎所有拍摄者的意料。视频进行到八分钟时，张松先是扯掉了无线耳麦，拿出手机拨出一个电话，目光直直地盯着。这时还能听见“改剧本了啊，默片了”。紧接着，就见张松助跑从楼背侧跳下。几乎同时，三声“我操”的叫骂与此起彼伏的“啊”连成一片。镜头一阵晃动之后，切向了楼底，围观人群潮水般涌向楼后。

网友围观，炒作还是行为艺术

这条跳楼视频的微博发布不到十分钟，即得到新浪微博的强力推介，并且以“视频实录：人大教授，为情跳楼”为题在新浪首页推荐。截至记者发稿，短短五个小时，该条微博已经被转发38409次，评论17235条，“人大教授”也一跃位居新浪微博当日搜索排行第七位，而新浪首页的该视频下面的评论更是多达83626条，并且不断被刷新。粗略浏览，这些评论基本上以嘲笑、讽刺乃至谩骂为主，少数的辩解，都说这不过是一次行为艺术。

新浪网随后也在首页进行了调查，该调查一共分“你认为人大教授跳楼的原因”“你对这种行为怎么看”两项，截至记者发稿，共有334479

次网友参与调查。其中，"你认为人大教授跳楼的原因"一项中，54%的网友选择了"除了炒作还能有什么"？21%的网友选择"传说中的行为艺术吧"！19%的网友选择"元芳知道的其他原因"，只有6%的网友选择"爱情绝望了，有什么干不出来"?！而"你对这种行为怎么看"一项中，70%的网友选择"教授，有太多正经事需要你去干"！15%的网友选择"个人的事，不妨碍别人就行"！9%的网友选择"没什么看法"，4%的网友选择"都是图一乐，认真你就输了"，2%的网友选择了"其他"。

就视频记录的跳楼是否称得上行为艺术，记者采访了当代艺术家与策展人吴防，他认为，"行为艺术"一词在中国宽泛到了没有边界的地步，将各种异于日常的行为称为"行为艺术"已经是调侃与恶搞。但如果从行为的反日常性和行为予人以震惊、反思、提升等结果这两条行为艺术的基本准则看，这次跳楼秀，尤其是最后那出乎意料的一跳，称得上"行为艺术"，但以《围观绝望爱情表演》这个题目来判断，整个行为的过程与效果都差强人意。因此，只能称之为一次并不出色的行为艺术。

人大校方：正在进行调查

对于网上的视频及网友的意见，人文大学新闻发言人称已经有所了解。该发言人也证实视频中的跳楼男子确为该校现代思想研究所青年教授张松，但他同时表示，对于视频的真实性，跳楼行为的真实意图等相关方面，校方还需要进行调查。至于调查何时出结果、是否会对外公布等，该新闻发言人以"目前还无法确定"予以回答。不过，他明确表示，目前还没有任何上级部门或者公安部门就此事找校方了解或询问。他还表示，作为一所开放的大学，人大充分尊重在校师生的个性与生活方式，但也会提请师生们注意个人安全及影响。

记者还就这段视频可能引发的法律后果咨询了北京黑格尔律师事务所的苏平律师，苏律师表示，即使证实了这段视频为张松所拍摄并放到网上，根据现行的法律条例，也难以定义与追究相关人员的法律责任。更何况，这种证实面临不小的难度。因此，这个跳楼与视频事件，极有可能作为有些出格的行为，被议论一段时间而告终。

三、爱情是自我虚构

——罗兰·巴特《恋人絮语》读书笔记

1

一切都起源于看见。看见微微踮起脚尖走路。看见伸手撩头发。看见吐一吐舌头又意识到迅速地缩回去。看见愁容或笑容。看见一件风衣一条裙子。看见鼻子看见嘴巴看见眼睛看见耳廓看见牙齿看见声音看见气味。看见迎面走来。看见回眸一笑。看见手持球拍。看见脚蹬车踏。看见抱着一摞书。看见拨出电话号码。看见站在橙黄的银杏树下。看见走过斜飞的蒙蒙细雨。看见阳光下青草上。看见的总是想看到的。看见的不是你。看见的是我。在你身上看见我。我能看到我吗？

2

没有暗恋这回事。没有谁想要暗恋。暗恋是结束。我要告诉你，我喜欢你。把某个你可能着力的东西突出来，你抓住它。好，我知道了。你装着看不见，你确实看不见，嗯，我也知道了。但我还是要说。我要说。这句话有魔力，催眠药与兴奋剂。这句话还是认可与许可。不然我怎么走在你身边？我怎么能够去牵住另一个人的手，自己不觉得奇怪？

接下来，要求说，我爱你。我爱你，怎么会有这么不及物的一句话？有谁知道这是什么意思？我喜欢你。我可以为你去死。对话可以继续。你喜欢我什么？你会去死吗？有答案，可以验证。我爱你。你让我怎么回答？知道了。你什么意思？我爱你。这回声真的是你想听的？

我也爱你。你他妈的居然说“也”?!

3

你了解我吗?我是懂你的。你连我心里在想什么都不知道,怎么能说了解我?我们坐在电影院里,我的右手捂在你的两手中间,光影交错变化,你一脸温柔一脸幸福,还不时转过脸来看我一眼。你知道我正在怀念自己的初吻吗?初中的那个男孩,阳光帅气,我们从出口溜进电影院,电影已经放到一半。看了没两分钟,他装着不经意地转过头来,在我嘴唇上轻轻一吻。剩下的时间,什么都没做,什么都没发生。我们就那样手拉手坐在那里,傻傻地看着银幕上不停变幻。放了些什么完全不知道。整个电影院都是我们的心跳声。我想着这些的时候,你居然挠了挠我的手心。

你告诉我。你告诉我你在想什么,我不就知道了吗?我自己都不知道我在想什么,有些记忆一滑而过,有些情绪无法捕捉,我怎么告诉你?我告诉你,你就会听,就能听到吗?我都不了解我,怎么知道你能了解我?再说,我告诉你的,就一定是我在想的吗?我能准确说出一切吗?我能复印自己的一生装订好给你吗?

4

我想你。我不会单独想起你。我想你总是有伴随。我要把你放回到一个情境中,才会想得起你。你脸上的笑容,一定是为我绽放,我才会想起。你说的话,一定擦着我的身体而过,我才会想起。你的动作,一定会握住我,我才会想起。那些时刻,我会从记忆序列中剪下来一帧画面,贴在那里不停地看。但我需要引导,引导我找到那一帧画面。

我想你其实是想象你。我的思念就是想象,我凭借想象度日。这个你不在的情境,你会有什么反应?

5

接吻让我心醉。接吻让我恐惧。你冰凉的舌尖,伸出来,与我触碰。你的舌头停在嘴边,迎接我缠绕我。我的舌头抚摸你的牙齿,抚摸你的上颚,抚摸你的口腔。我的舌头抬起你的舌头,抚摸你的舌头。接吻的时候,我知道,如果你有灵魂,我的舌头就会抚摸你的灵魂。如果抚摸你的灵魂,我会有那么一会儿不是一个人,不是孤独一个人。可是,你有灵魂吗?如果我的舌头抚摸你的灵魂,我的灵魂在做什么?这接吻让我恐惧。哪一次接吻会停留在接吻?哪一次接吻不是只被看作过渡?哪一次接吻不是只被当成前导,不是只被当成模拟?

6

只有身体能及爱情的物。谁痛恨接吻,谁就不能由此更进一步。谁耽溺于接吻,谁就是爱情的唯心主义者。必须由此深入,不抚摸灵魂,只抚摸身体。只有身体才能证明身体。只有性爱才能实现两个人的交流。或轻或重的前戏,或深或浅的试探,或快或慢的动作,或高或低的呻吟。爱情最终在这里被看见。我的反应你都能看见。我的回应你都能感受。湿润。坚硬。一切都可能被量化被明晰。只有两具恋爱的身体才会为对方流出汗水。只有两具愿意为对方尝试的身体才能证明爱情或许有一点意义。

没有什么比身体更快从爱情挣脱出来,回到自身。再持久的欢爱都是短暂的。除了体液,爱情中什么都没有交换。一旦我没在你的身体里面,我们就是陌生人。一旦开始回忆,事情就不再是原来的模样。

7

暂时流一会儿泪。你不在我身边就是不在这个世界。你离开我就是永远地离开。我需要流一会儿泪给自己看，当然，我并不介意别人看见。别人看见了我才能看见。我流泪并不是为了你伤心。你在我身边的时候就已经离开。我需要这样一个动作，需要泪水从身体里面出来。都是这样写的，不管什么样的爱情都必须佐以眼泪。流泪是自我证明，流泪是自我羞辱。你们看，我都这样放低自己了，她居然没有回头，没有回到我身边。只能流一会儿泪，如果时间太长，她真的回头，真的要回到我身边，该怎么办？

8

我恨时间。时间把一切变轻。性爱之外的时间毫无价值，流泪之外的时间毫无价值。原本有价值的，都随着时间的行进被抛弃被碾碎。时间就是臃肿的老人，步履蹒跚，以自己的可笑证明，你连可笑的价值都没有。

时间啊，你能停一会儿吗？

9

我在一切前面。我在一起背后。只有我。

四、网贴：没有爱情，没有绝望。

张松只是一头性爱叫兽

人文大学一个叫张松的教授火了，因为一段不知出于什么目的录制的视频，因为他脱本表演，真的跳了楼。不管怎么说，跳楼了，真的要死给大家看，这有着无法拒绝的说服力，尽管他最终没有死掉。于是，很多人都笃信不疑——这次跳楼与“爱情”有关，有些人已经开始用“痴情”乃至“纯情”来形容张松，形容张松和那段视频中不在场的那个女人。还有人把那个女人称为“女神”——这个时代真是不缺“女神”！隔几日都会被大家YY出来一个——四处搜求真面貌。

首先要让大家失望一下，本帖不是来扒皮这个“女神”身份的。粗粗看了一下天涯最近有关该“女神”的帖子，容我嗤笑一声，诸位犯了战略性方向性错误。问题不在于这个所谓的“女神”，一个值得一位大学教授、前程似锦的青年学者公开跳楼以殉的女人有多么神秘多么极致，因而必欲挖出来验证而后快；问题在于，是否有这样一个女人，如果没有这个女人，一切不都白忙活了吗？！诸位，永远不要忘记追问前提！

本帖的目的就是提醒大家，这个前提是不存在的。我不肯定是否有某个确定的女人，但我敢肯定，即使有一个女人，她也绝不可能充当一次绝望爱情的对象与情偶。因为，张松的词典与人生信条里，从来没有“爱情”存在。他信奉男女相互间的了解，起于身体，止于身体。性爱是男女可能达到的交流极致，这是张松的行为指南。在一篇小文章里，张松写过“不抚摸灵魂，只抚摸身体。只有身体才能证明身体。只有性爱才能实现两个人的交流”这样的话，试想，有着这样观念与信条的人，怎么可能进入什么爱情情境？！

关于张松的恋爱对象，他爱过的女人，网上八得天花乱坠，也错谬百出。很多人的确存在，也和张松有过关系，但都如前面所言，不是恋爱对象，更没有被“爱过”。他们的关系都需要加引号，直接引向肉体欢愉。这些女人，或者出于轻率，或者出于痴情，或者出于拯救心态，或者出于寻求刺激，或者兼而有之，我综合一下天涯到目前八出来的情况，做个点评，希望能促使诸位追问前提。另外，不要再去打扰这些女人了。

Y女。网上说她最接近“女神”，证据是跳楼表演前不久，两个人还在交往（是真正的“交往”），她占据时间优势。证据没错，但并不指向结论，因为Y女和张松的关系，近似伙伴与密友，虽然两个人会兴之所至时做个爱什么的，也彼此认可对方在自己心中的分量，但两人都知道，爱情及衍生的牵挂、嫉妒等等是最强大的腐蚀剂，腐蚀一切情感与感觉，因而心照不宣地不动感情。再者说，Y对学术事业的热情压倒了一切，声称自己早已经嫁给了中国的社会学研究，张松和其他男人都不过是这种研究的对象，是学术交到她手里的把柄——还有比这更女权更色情的话语吗?

T女。本来不想提及她，可叹可怜也许还有一点点可恨的女人，竟然又被大家八了出来，还冷嘲热讽，这充分证明，不管人类发展到什么时候，其性观念永远是男权主义。我们总是轻易放过轻薄的男人，却始终嘲笑“爱”字上决绝的女人。T女有家有业，有老公有儿子，却斩钉截铁抛下一切，一定要和张松在一起，知道张松对结婚绝缘，知道他不能身有专属(完全不奢望心有专属)，同居时也不过问其寻欢生活。最终确定张松对这段关系已经厌倦后，只身离京。说她有一点点可恨，是在于毫不回头地抛弃家人，尤其是儿子。不过这也可以视为可敬，毕竟，她知道自己想要什么，愿意做出选择，愿意承担选择的一切后果。

M女。另一个认可度很高的“女神”，因为一致认为是张松的初恋。还有种种说法，M女是张松的情结所系至今念念不忘，张松因为与M女的分手而致不相信爱情，更有人翻出了M女的旧照，从形象到气质到身段地分析，确认其外形内在完全当得起“女神”二字。对此，我只能说，据我所知，张松是没有所谓“初恋”的，他在男女关系上是“先知后行”，即使M女是他的第一个女人，也只不过是第一次验证。第一个肯定会留下些特别的印象，称为“情结”则太过夸张，更别提往弗洛伊德的路数上套了。随便再说一句，M女现在平静丰赡幸福，与张松已经是两个世界两种节奏。

L女。这是最大的误会，这个误会对她是最大的伤害。L女是现在少见的痴情者，初上大学只是一堂课的时间，就迷上了张松，迷得五迷三道。从此只要有张松的课，必然第一排就座，必然为张松准备好茶水——这茶水张松也从不饮用。L女的痴情是隐忍的痴情，她似乎满足于见到张松即可，从不主动打扰，如果张松和她说句话，她简直能幸福得晕过去。有人和张松开玩笑，何不“幸”L女一次，让她能摆脱幻象，过正常生活。张松的回答不知是真还是同样玩笑，“这样的处女，我惹不起”。或许，张松和L女是一种奇特的精神上的施虐与受虐关系。

上述四女之外，天涯八出来的其他女人，什么Q女、F女、大小Z女等等，都不值得一说，不过是简单的性关系罢了。不管女方抱持何种心态与目的，对人文大学教授张松而言，都只不过是一个性伙伴、一次性关系，完全谈不上爱情，更不涉及绝望。

滥交是时代特征与精神状况，这不足为奇。加缪有言，通奸和看报是现代人的标志，“看报”已经换成“上网”，“通奸”有着太多道德意味已经被摒弃。性在这个时代，不过是如同握手一般不动声色又无关宏旨，因此，还是不要再谈论张松了吧，更不要谈论其中有什么“爱情”。所谓“围观爱情绝望表演”，重点大概还是在“围观”，我不敢说是张松在炒作，但我敢断言，张松只是一头性爱叫兽，由于媒体的蜂拥而上，你可以把他视为时代的身体象征。

仅此而已，其余都不值得深究，也无可深究。

五、张松写给琴师的两首诗

爱情十四行

你静坐那里，明亮的光线簇拥着你
内部空旷的背景传递温润雨声
爱人啊，当你用掌纹圈起烛光
我在阴影的深处享受你的荫庇
上坡路，下坡路
爱情生长的是同一条路

飞鸟厌倦拍打天空
穿过狭长的器皿，我再一次回到你的身边
命名的仪式在这一刻由你开始
一群洁白的玉兰花
围着你天蓝色的裙裾，迎风飘摇
翅膀、光线、箭头，三者叠成的火焰
终将向远方将我燃烧
爱人啊，你的名字是我唯一的安慰

思念十四行

我们中间用情最深的那个人说
一日不见，如三秋兮
爱人啊，你不在身边的时候
这思念就是高原，就是城市，就是季节在
时间里白白流逝
这不在的缺失，没有鸿雁，也没有尺素
前来诉说，前来确认
唯有手指，以最简化的抵达
还保留水草丰美的记忆
可是这第一根手指，这一刻必须回避
只要它在键盘上来回
那些约定，那些微笑，那些背对玫瑰的强烈拥抱
将由宋体字保存为木乃伊的不朽虚假
爱人啊，就让我静坐灯下把你思念
只有在思念的时候，我才能真正把你忘记

六、张松采访记录

6月27日，于海淀区万柳社区张松家里对其进行采访，主要采访内容如下。

童桦：天涯网、新浪微博还有其他一些网站对这次事进行了各个角度与层面的挖掘，喧嚣一时，争议不小，这样的声势与反应，你关注吗？

张松：大致知道，并不特别关注。天涯有篇帖子，就是让大家追问前提的那篇有些印象，我都有些好奇到底是谁写的。他找到了合适的方向，问题提得并不准确。

童桦：前提的确存在，对吗？

（张松沉默）

童桦：的确有那样一个女人，让你爱上了她。绝望爱情不是表演给观众看的，不是现在起哄的那些观众，不是任何观众，而是表演给她看的，对吗？

张松：不完全是，或者说，绝大部分都不是。

童桦：那是给谁？给你自己？

（张松沉默）

童桦：我说对了吧。

张松：你知道有一种心理调节方法叫"自轻自贱"吧？放低自己，嘲弄自己，从无法挣脱的困局中摆脱出来。我做《围观绝望爱情表演》的出发点，就是希望用当众出丑的方式，从那种状态挣脱出来。

童桦：什么状态？

张松：失恋。（自嘲地笑）很吃惊吧，我也会失恋。认为爱情是自我虚构的人也会失恋，而且失恋后的反应完全不出俗套的窠臼。

童桦：怎么开始的？

张松：什么？

童桦：你的爱情怎么开始的？

张松：当然是从身体，从做爱开始。她来采访我，彼此没有恶感，做了第一次爱，感觉不错。又约了几次，进入了快感的加速跑道，越来越好。开始对她的身体产生强烈的思念与渴望，开始对这具身体不在身边时的行为进行想象与嫉妒，然后对这个人开始感兴趣。下一次再做爱，就有了异样的感觉，觉得搂抱住了另一个灵魂，这灵魂让你兴趣浓厚，须臾难离。

童桦：这感觉能持续吗？

张松：相处的时间并不长，两个月左右，刚好是感情和身体能发展到最为炽热的时间。然后她出差，去东海做两个月的深入报道。不过这分离正当其时，让炽热有了更为广阔的燃烧空间，电话完成了想象与升级。

童桦：电话做爱？

张松：不算是。我们没有打电话进行过，但我们发明了一整套符号系统，通过短信在彼此的想象中完成见面也未必能够实现的举止。这套符号主要内容也不是隔空做爱，是为了缠绵，为了诉说，为了确认。

童桦：和少年人的初恋差不多。

张松：（笑）没错。我现在也觉得。但那的确是我的初恋，我的确第一次品尝到恋爱的滋味。

童桦：怎么结束的？

张松：那时候我们几乎随时随地通电话通短信，只要一个人联络，另一个人一定会回应然后开始缠绵。有一天早上，通常问候早安的时间，我发短信她没有回。从没有发生过的事情总是刺激人的想象，她不舒服、生病、出意外等种种画面一下涌到脑子里，又发了两条短信也没有回。再拨电话，拨通了，没有接，是你打通手机，对方按掉之后的提示"您拨的用户忙"。然后你知道我他妈的脑子里浮现了什么念头吗？

童桦：爱情中患得患失的人通常会出现的画面。

张松：你说得很含蓄。我当时意识到，她身边正躺着另一个男人。让人崩溃的想象画面。我又接着打，不停地打，都通了，都没有接，连按掉都没有。最后我发了一条短信，我说："到底出什么事情了？你告诉我好吗？"这一次她回得很快，"我很好。不要担心。过几日联系。"

童桦：然后呢？过几日你们联系了吗？

张松：然后我就等，我想她或许遇到什么特别的情况了，可能有什么需要保密的采访任务，我连她在东海采访，遇到部队异乎寻常的行动，出于保密需要，因而被隔离几天这样的传奇都想象出来了。可是在这种种狗血背后，她正和另一个男人卿卿我我的画面始终在晃动。我不知道"过几日"究竟是几日，她一直没有联系我，我能煎熬的极限是三天。三天后我再次不断地联系，短信符号这时候完全没意义，直接打电话。有时能打通，有时候没信号，结果都是没有回应。我逐渐意识到自己这副乞怜相很讨人厌，可又控制不住，一拿起手机一看到手机就忍不住要拨过去。我甚至想，换个电话试一试。可是我承受不起，我承受不起这种后果：换个电话她会接通，因而验证她并没有遇到特殊情况，只是在回避我。万般思虑和猜测后，我写了一封分手的邮件，我想，这样耗着太没有尊严了，既然咱们的关系对你而言已经是一种束缚，不如主动让你解脱。

童桦：你果然是在恋爱，而且是初恋。

张松：什么？

童桦：只有初恋的人才会这么神经质，才会对爱情的要求如此之高，却又如此容易放弃，但是这种放弃只是试探和撒娇。

张松：（笑）没错。你说得没错。可惜当时我并不明白，不过，这封邮件并没有发出去。虽然没有恋爱过，毕竟也不小了，不至于太过冲动。写好邮件，我关上电脑出门散步，然后拿出电话，又拨了出去。

童桦：她接了。

张松：对。她接通后第一句话是“我遇到了一个人”，我说“果然是这样”，我开始哽咽，她说“你不要这样嘛，我是一个不好的女人”，我说“不是你的问题，是我的问题”。后面的内容我已经记不住了，现在想起来都是模糊的，不过应该很简短，大概只再说了两三句就挂了电话。

童桦：你为什么说“不是你的问题，是我的问题”？

张松：你知道，我之前的生活有点随便。前几次和她做爱期间，我还同时和另外两个女人保持着关系。直到后来，我的身体对她之外的女人产生了排斥，那时候对她的心理需求也越来越大，才和别的女人断绝来往，直到后来进入恋爱状态。

童桦：任何恋爱中的人都希望恋爱对象保持感情和身体上的忠诚，你觉得自己不配对她提出这种要求？

张松：没错。我对她保持忠诚了吗？我自己都不知道，当我发现自己爱上她后，似乎保持了，但这个判断对自己太有利了。再说，我们在恋爱中吗？我不知道，在做爱过程中，我们互相说过“爱你”这样的话，在给她的短信中，我称呼过她“爱人”，她没有反对。不过我们从来没有明确过，我们在恋爱。这需要明确吗？恋爱与爱情该如何定义？如何定义才能对等地抓住两个相关者的心理感受与状态？有句流行语叫“所有不以结婚为目的的谈恋爱都是耍流氓”，我的确想象过和她在一起的日常生活，甚至想象过两人在暮年相搀扶的情景，可做为仪式与节点的结婚，并没有怎么出现过。

童桦：打完这通电话后，你就进入失恋状态了？

张松：差不多。打完电话后，我回到家中重新写了一封邮件，试图就新的状况和她聊聊。一封情真意切的邮件，有倾诉有感叹，有自怨自艾有故作姿态，试图挽回变心女友，也尽力保持了基本的尊严。发出了邮件之后，我开始了失恋。枯坐家里，听着电脑里的流行的爱情歌曲，完全崩溃地喝着各种各样的酒。就是最通俗的电视电影里失恋的人做的事情，除了痛哭流涕以外，毕竟这个年纪了，没有那么多泪可以流。你知道吗，李宗盛的《给自己的一首歌》伴随了我很长时间，每一次听见他唱出“想得却不可得，你奈人生何？”“旧爱的誓言像极了一个巴掌，每当你记起一句就挨一个耳光”就一阵苦笑。

童桦：《围观绝望爱情表演》就是为了从这种状态中走出来的自轻？

张松：（苦笑）还不是。你说得没错，那时候我真像恋爱中的小男孩，除了听歌喝酒，甚至因为最初她说“双鱼座和天蝎座是绝配”而在网上查看各种关于星座的信息。有一天，大概是失恋后的第十天，网上的当时星座运程说当日“双鱼座的爱情是柳暗花明”，我觉得感情出现了转机。于是又发短信纠缠，她开始还有耐心地予以开释，但终究被纠缠不过，不耐烦地说“保重”！那天我出门办事，在一号线倒地铁，车开来时，我突然产生了往里面一跳的想法。这想法很微弱，也没有悲伤绝望这些煽情因素，就是想那么一跳。那时候，我要求自己，既然最终没有这么一跳，就必须尽快从这种状态中走出来。

童桦：所以你策划了这样一场跳楼表演？

张松：没错，是在几个做艺术的朋友启发下想到的。你也看到了，不管绝望还是爱情，对围观者来说，都难以深入，围观者也没有深入的意愿。这也从反向有助于我摆脱之前个人情绪的沉浸。

童桦：既然是表演，为什么会真的跳下来？表演的时候重新入戏了吗？

张松：（迟疑了一下）不。我看好了杨树才跳的，或许会受点伤，死不了。

童桦：毫无疑问，你已经摆脱了失恋状态的困扰。不管怎么说，这番表演毕竟成了转折。你想没想过，起作用的也许不是表演，而是时间的治愈功能。

张松：也许确实如此。正因如此，我痛恨时间。

童桦：我可能会采访她，有什么需要我转告的？

张松：（沉默良久）我想知道，那封邮件她收到没有。

七、琴师采访记录（邮件）

沟通与说服之后，琴师愿意接受采访，不过只能通过邮件。她希望问题尽量简略，数量不能太多，并且声明，不是有问必答。一共提出八个问题，多少都算回答了。以下为八个问题及回答：

你和张松如何开始的？

杂志的一期封面，涉及当代中国思想界脉络与现状，我需要做深入了解，尤其在一些判断上，希望得到专业的分析与指导。我知道他，联系之后他很爽快地答应帮忙。他进入专业领域的样子很迷人，那天下午光线极其充足，即使坐在朝北的书房，他的脸与动作也异常清晰，采访快结束时，他起身为我添水，整个人全部跃入了我的眼中。有那么一会儿，我有些兴奋。他抓住了我的兴奋。这么说没有他主动我被动的意思，我是说，我们毫厘不差地踩中了点。就这样开始了。

你怎么定义或者描述你们之间的关系或感情？你认为是爱情吗？

不清楚你此处的“爱情”是什么意思，没法给出答案。我和张松也不过是和其他男女一样，发生了一段感情。那段时间，我喜欢和他在一起，每次在一起都很快乐。最让我舒服的就是，张松从来不和我谈论未来，我们最多只是说，在一起真是美好，我们尽力让这美好持续更长的时间。两个互相喜欢的人在一起，谈论未来，一直谈到白头到老，谈到虚拟的来生来世，由此产生种种誓言，这些誓言又迅速在现实面前蒙上灰尘，腐烂变质——没有什么比这个更扫兴，更可笑。我们因为快乐在一起，如果不快乐了，就没必要继续。

出差那段时间，我们的联系更加频繁，事情开始向着我不喜欢的缠绵与纠缠发展。有人如此牵挂你,在意你,恨不得时时刻刻都和你互通声息,这种感觉能融化任何人,我当然不例外。因此,他的每一条短信、每一个电话我都更加热烈地回应,但是每一次回应后我都感觉空虚,仿佛无端地把自己交了出去。后来他给我发诗,他用的是老式的手机,一个字一个字输入很辛苦,发来首数百字的诗是很浪漫的举动,何况他先后发来了三首,耶胡达·阿米亥的《爱的礼物》,他自己写的《爱情十四行》《思念十四行》,我很感动。你知道,爱情中开始出现感动就意味着已经转到别的方向,我意识到这一点,就想这段感情先停一停。

没错,我当时的想法是,停一停,让我想清楚。当时想的的确不是结束它。

你看了《围观爱情绝望表演》吗?最近网上由此而来的种种议论乃至猜测你有何评价?

视频看了,有点儿吃惊,没耐心看完。后来发生的一切,听说很喧哗,和我没有关系,没有再关注,也没有什么评价。不过,猜测没有落在我头上还是比较高兴。毕竟和张松在一起的记忆很美好,如果被人八出来,恐怕记忆也会出现变化。

是否可以评价一下你和张松之间的性爱?它足以主导你决定你们的关系吗?

美好。美好的性会给身体留下强烈的记忆,至少不主导我做决定。

你在东海采访时,遇到了一个人,能讲讲这个人吗?

就是遇到了。他做珊瑚研究与潜水摄影,常年浸泡在大海里。完全不同于我以前认识的人,另一种吸引力。和他坐在一起,闻到他身上无法抹去的海水咸味,让人踏实。他给我看一张张照片,不同的海域,不同的深度,不同的海洋生物,尤其是千姿百态的珊瑚。他不讲自己,他只讲这些照片,如何拍来的,拍的时候有什么难以忘记的事情。我从来没有那么入迷地听一个男人说那么长时间的话,他可以一直说下去,我可以一直听下去。哪怕同一张照片，同一件事情，他刚刚说完，我就迫切地想看第二遍，想听第二遍。我在他身上没有感觉到厌倦，也不害怕重复。这是人生到目前为止，我第一次经历到感受到。

你遇到的这个人，你们有什么发展吗？你们做过爱吗？

采访结束后，我们去了趟南海，在一起待了二十来天。

你从东海回来之后，你和张松又见过，对吗？能否告诉我一些细节？

你的意思是，张松没有告诉你我回京后我们又见过，但你猜出来了，对吗？

回来后我直接去了他家，我也不知道为什么，不，不，不能这么说，我是知道为什么去找他的。上面说了，我在东海的时候，想把这段感情停一停，这是暂停，我想见一见他，为后续的决定做个参考。不，这么说也不完全对，我当时已经差不多做出决定，这段感情应该结束了。因为它有了一些不那么爽利、让我不舒服的地方。这么长时间没见了，我有些想念他，想看看他。可能下意识里，我还对我们之间的快乐心有留恋。我也许是抱着做爱的期待去的。

的确发生了。但已经不一样，我们都觉得别扭，两具身体已经彼此陌生。给些时间，也许还能再次确认，不过我们都不想了。

张松给你写过一封邮件，他耿耿于怀的是，你为什么没有回。我想知道，是否真的有这样的邮件？如果有，方便转给我看看吗？

收到了。始终没有看的动力，也就没有回。后来删了。

八、童桦手记

对张松的采访进行到一半时，我做了决定。说服版面编辑放弃跟进这个选题之后，我才开始联系琴师，并用不做报道说服她做了回答。现在把所有线索敛到一起，我确信这个决定是正确的。不是对于报社，是对于张松,对于琴师,更有可能的是,对于我自己。终于可以写一篇不会发表的记者手记,给自己。

至今还记得,大三那个失恋之夏,自己的种种悲痛欲绝,直到后来被大师兄张松拉去喝了顿大酒,那顿酒发生了什么,说了些什么现在仍然空白,想来不外乎是我的哀伤与痛诉满桌流淌,然后被张松寥寥几句开解。开解的话我已经不记得,主旨大概就是他不久后发在系刊上的小文章《爱情是自我虚构》,也可以说,最终是那篇文章让我彻底走出了失恋的颓丧。

知道张松对爱情的看法,也知道他始终过着外人看来很乱、他自称的"只和女人发展非务虚关系"的生活,因而得知他跳楼是因为爱情,我的惊愕比之十五日那天有人告诉我跳楼的可能是他尤甚。我赶到明德楼时,只听见了救护车呼啸声的余音,围观者大致散去,但我却在那棵杨树不远处的草丛里发现了一只手机。黑色的金属壳的诺基亚6500S,保存完好开着机,像是在等着我。我顿悟一样明白这是张松的手机——那时候我已经大体确定跳楼的就是他,不过报道时出于谨慎,也出于某种主观愿望,没有写实——我打开一看,手机里只存了"琴师"的电话号码以及和"琴师"来往的几条短信。世界真是小,小到我用这个手机拨了自己的手机再次来确认它是张松的,又翻了自己的通讯录,确认"琴师"就是我认识的"琴师"。然后才敢相信,那个外形娇小,总是微笑,彼此算熟悉但过从不密的杂志女同行,是她让张松产生了对女人的"务虚需求"。

以我对张松的了解,他即使失恋即使痛不欲生即使寻死,也绝不会做出公然跳楼这样更接近表演的举止,我正举棋不定是否要直接去找他时,《围观绝望爱情表演》出现了,接下来是各种各样的口水与狗血,连几个无辜的和张松往来密切的女人都被网络八了个遍。看了视频,张松不是简单因为失恋因为爱情而跳楼这一点很明显,跳楼不是所谓行为艺术,跳楼不是为了炒作也很明显。但视频让我明白的东西远没有让我困惑的东西多。我还注意到,张松拿的电话正是我发现的黑色诺基亚

6500S。视频里，他跳楼前拨了一个号码，对着电话大叫大嚷。查了手机的通话记录，并无拨出号码。我想，必须得和张松谈一谈。那几天，北京安静得一点儿事情都没有，写稿压力逼得我拿他写了两个社会新闻版的大头条，多少也为这件事后来炒得一塌糊涂起了个头，消费大师兄让我也有些不安，想见见他当面略表歉意。

见到张松时，他和往常并无不同，仿佛一切没有发生过，仿佛不知道有不少人在网上对他无端猜测无端嘲笑无端谩骂。见到他的状态，寥寥几句聊过，就可以判断，这件事本身很清楚，说到底就只是一次失恋，一个阅女人不少才从心理与情感上开始初恋的男人的失恋。我唯一难以确定，是否真如张松所言，他跳楼主要是要借力"自我出丑"，这次出丑以及时间的治愈能力，让他像绝大多数初恋者一样，必然失恋也必然摆脱失恋的影响。采访最后，张松说"我痛恨时间"，这句话《爱情是自我虚构》也说过，此处究竟实意为何？

再采访琴师，便有抱着解答上述困惑的目的，此外，在这桩爱情中的经历与感受也很吸引我。琴师的回答坦诚中有些含混，我不是指她在那段时间究竟有没有和海底摄影师做爱，而是指她对于自己和张松感情的定义。话说回来，她可能根本没有想过去定义它，她要求快乐要求没有束缚，要求在进行的时候没有保留，但如果没有快乐有了束缚，就结束它或暂停它。

到了这里，是我能够抵达的事情轮廓了。至于更多的，我无从判断，也无须判断，因为只和当事人相关。进而言之，只和当事人的感受有关。就如张松对于琴师是否在和自己"相爱"期间和海底摄影师做爱耿耿于怀一样，他要求的不是传统意义上的忠贞，他可能将自己与琴师的身体结合高估到了"独一无二"的地步，因而无法接受并非如此的现实。"爱情是自我虚构"，对于张松一语成谶，他自我虚构了爱情对象与体验，因为他对爱情的定义就是从自我出发的虚构。

张松痛恨时间，应该是对时间裹挟能力的恐惧，再强烈的感受再美好的记忆，终将随时间流逝变淡走形终至乌有，更有甚者，时间让爱情成为厌恶，成为憎恨，成为冷漠。在如此度量的时间面前，爱情当然只有绝望，没有谁能够停留在顶点，正如没有谁能够靠回忆一次高潮获得另一次高潮。这样一来，谁不是在围观绝望爱情？谁不是在进行绝望爱情表演？

写到这里，女儿推开门，捧着《死了一百万次的猫》，奶声奶气地说："爸爸，讲书！"

好。讲书。

爱情茎

在天愿作比翼鸟，在地愿为连理枝。

选自《人民文学》2014年8期

评鉴与感悟

爱情的危险窄路

——评《并蒂爱情》

陈雅琪

永不分离的最高境界是什么？肉体相连，长在一起？张柏和秦思就成了这样一则城市童话的主角。

某天早晨醒来，张柏和秦思的肋部连在了一起，两具身体合二为一，合体给二人带来的是"永远都不分开"的确证和欣喜。对于梦境的描写充满了圣洁和纯净的气息，那个似圣母玛利亚的女人从水中升起，使二人的合体具有了某种仪式感。柏拉图在《会饮》中借阿里斯托芬之口讲述了一个关于男女两性过去的形态以及男女爱欲的起源的故事。他指出，最初存在第三种性别的人，即“阴阳人”，他们既具有男性特征又具有女性特征。“最初的人是球形的，有着圆圆的背和两侧，有四条胳膊和四条腿，有两张一模一样的脸孔，圆圆的脖子上顶着一个圆圆的头，两张脸分别朝着前后不同的方向，还有四个耳朵，一对生殖器，其他身体各组成部分的数目也都加倍。”宙斯为了削弱人类的力量，把他们劈成两半，被劈成两半的人，像被切成两片的比目鱼。所以，很久很久以前，人身上就种下了彼此间的情欲，要回复自己原本的自然，也就是让分开的两半合为一体，修复人的自然。如此看来，张柏和秦思的合体是对人的原始形态的返归，亦是对“圆满”“一”的再度阐释。

共同生活的初期就像爱情的甜蜜期，“没有什么事情比相爱的两个人共同消化时间的碎屑更能为感情加持，也没有什么事情比熟悉对方一切细枝末节更能填满抽象爱意的每一处空虚与缝隙。”“共同生活意味着，你进入了你，你扩充为原来的两倍。”一个人被卷入两个人的生活，一起穿衣、吃饭、上班，甚至上厕所，两个人的行动必须如一人般默契才能克服由单向社会建制带来的不便。

慢慢地，“最初的惊喜已经被新建立的习惯取代”。一种双向生活习惯，一套新的生活逻辑和哲学应运而生。当秦思用这种新的眼光重新审视现有世界时，她不禁“对世界的分离状态由衷感到遗憾”。如若世界都变成连接、共生的状态，那该多圆满？于是，她开始了对所在环境的改造，不允许单一物品出现，对于成双成对的物品也不允许他们以分离状态存在。“两只杯子并排放在架子上依然是孤独的，用塑料套套在一起、用粘绳连在一起、用透明胶裹在一起……随便哪种解决方法，都让两只杯子共同在世，合二为一。”杯子的隐喻仿佛在暗示我们现代人的孤独处境。不同个体必须找到某种共通性使之粘连，才可能脱离孤独状态。

当合体这件事越来越向同一化发展，当两个人的感觉、行为、思想愈来愈趋向一致时，问题产生了，“有什么消失了？”什么消失了？不需要使用的手消失了，不完满消失了。共生，默契之后，不同和差异消失了。

接下来，二人对于“我们”的变化进行了一番极具哲学性的对话：

“似乎是我们消失了。”张柏说，“这么说并不准确，因为我们在这里。”

“你是说，此处的‘我们’指我和你，我或者你。”秦思补充道。

“没错。不是我们两个人一起消失了，是构成了‘我们’的两个元素消失了。没有了我，没有了你，只有我们。”张柏说。

也就是说，因为“我们”在身体和心理上的认同和融合，“我”和“你”被同质化，个体的特性消失了，因此组成“我们”的要素“我”和“你”也消失了，现在的“我们”便已全然不同于之前的“我们”。这是一个危险的讯号，对于恋爱中的男女来说，无法感知自己，同时无法对对方进行回应和观照，这样的关系是无效的。这里涉及自我和他者的问题，当自我与他者发生关系时，自我被他者“注视”，成为对方的客体，如果自我无法保持自身的独立性，就会被他者吞并。正是基于此，张柏和秦思最终选择了结束理想的共生状态，从而保留个体的独立自由。

与此相似，第二则故事中女记者琴师和教授张松发生了一段感情，当二人进入到如胶似漆的阶段时，琴师对这种缠绵与纠缠感觉到了不适，或许是这种可能陷入“合体”的危机触犯了她所追求的自由、快乐、没有束缚的爱情原则，她选择了分离。作者在小说中展示了男女在恋爱时微妙的情绪和思想变化，将世俗感情转换为哲学命题，进而探讨个体与他者相“冲突”的某些不可抗因素。

我们无法逃离的，是爱情的悖论，我离你更近了，可我却看不清我自己。在所有爱情关系中，都有这样一条危险的窄路，正如穆旦在《诗八首》中所说，“相同和相同溶为疲倦，在差别间又凝固着陌生；是一条多么危险的窄路里，我驱使自己在那上面旅行”。

单孔衍射 | 刘洋

一、输运

这个世界从来就没有绝对的公平，就像没有绝对纯净的单晶硅一样。

古河再次从痛苦中领悟到这个道理。

看起来一切都很美好：公开的招聘、笔试和面试，所有评阅的试卷和成绩都可以联网查询，还有层层的监督机构、投诉举报制度，烦琐得甚至让人觉得有些过分。

但是自己又一次落选了。从公布的信息来看，获聘的是一个三流大学的本科生。当然，并不能以学历来判断能力的高低，可是他那局长侄子的身份却又不得不让人心生疑惑。有人举报过，可是那人的笔试和面试分数都很漂亮，漂亮得让人找不出任何瑕疵。就像一拳打在棉花上，只会让人更加憋屈。

很多时候都是这样。我们很难知道，在外表的公平下面，到底包裹着什么东西。

就像晶体一样。他想，肉眼所能看到的永远只是表面。再漂亮的晶体，内部都一定充满了缺陷、错位和扭曲。

"古河，你太急躁了！"读博的时候，导师常常这么说他。

是的，他也这么觉得。很多时候，他也想静下心来，认真地盯着一个方向做下去。他脑海中总有一个影子，那是在徐迟的报告文学中出现的陈景润。几十年如一日地盯着一个课题做下去，这何尝不是陈景润的幸运。可是时代变了，这是一个发条总是紧绷着的年代。被裹挟在国内的科研氛围里，所有人都紧跟着最新、最热门的潮流，这样才可以更快、更多地发论文。就像渔民，紧随鱼汛，大把撒网。很多真正重要的东西，反而没有人去做。原因很简单：难啃的硬骨头，短时间又怎么熬出浓汤来呢？

论文至上。一篇混毕业，五篇找个好老板，十篇就可以在国内高校里评个副教授了。

在浮躁的时代，没有人能静如止水。每个人都像在水中做布朗运动的小颗粒，在热运动的海洋里，踉踉跄跄，被撞得东倒西歪。

更何况他还有个正在上小学的弟弟和常年瘫在床上的母亲。

这几天嘴角总是上火起泡。毕业前一段时间也是这样。

那时，他跟着导师做的是一个面上项目"快子纠缠态时间输运系统"，简单地说，就是一个指向未来的单向时光机。这个项目在几十年前曾经热门过，但是因为其中的重重困难，现在已经鲜有人跟进了。导师是一个传统的物理学家，严谨、认真、执着，独立在这个领域研究了近三十年。刚来的时候，他觉得导师的行为近乎偏执——对于这样一个明显没有什么前途的方向，何苦要盯在上面，耗尽自己的一生呢？

可是很快，巨大的惊喜就击中了他们。通过一个巧妙的算法，他们绕过了拦在路上的最大的绊脚石。接下来展现在他们面前的，竟然是无比平坦的大道。他和导师在激动中度过了难忘的一个月：每天起早摸黑地推导着公式，然后在计算机上编好模拟的程序，拿到国家超级计算中心去验算——结果非常理想。几次数值模拟的结果都完美地支持了他们的理论。

很快，他们在实验室里做出了一个原型机。

他还清楚地记得第一次实验的那天，夕阳的余晖透过窗帘，映红了整个实验室。他颤抖着拿起一块单晶硅，放在原型机的传输舱里。在一阵轻微的“嗡嗡”声后，再次打开舱门，里面是一片虚无。

他和导师尽情地欢呼着，大叫、流泪，然后大口喘息。

眼前的一切都那么明亮，像镀上了一层钻石薄膜。

“哥哥，你今天为什么一直在笑？”

“哈，小云，很快我们就可以搬家啦！”

“搬家？”

“是啊，过一阵子，咱们就搬到城里去住，而且找最好的医院给妈妈治病。好不好？”

小云使劲地点了点头。

他看着弟弟灰扑扑的头发，心里再次涌起一股紧迫感。弟弟和母亲还在城郊的棚户区住着，那里紧挨着一个大型的垃圾填埋场。在家里，空气中总是飘浮着一股说不清道不明的恶臭。屋里屋外，锅碗瓢盆，桌椅板凳，不管什么东西，仔细擦拭干净后，不到十分钟，便又落满了灰。

自来水也不通，每天一早就得去几里外的水井里提水。以前自己常常扛着水桶在垃圾堆里穿行，现在家里没有劳力，只靠着邻里的帮衬勉强度日。

不能让他们再在那种地方待下去了，他握紧了拳头，一天也不想！

时间输运是一项真正伟大的工作，他清楚地知道，自己有幸参与其中，是多么幸运。

原型机不断地在改进，实验也不断进行。从单纯的晶体，到粉末状的多相混合物，再到流动的液体和软凝聚态物质，传输都完美地进行着。单向传输的时间间隔通常都设定为一天：一天之后的同一时刻，在传输舱里，会瞬间出现所传输的物体——就像前一天它瞬间消失一样。

一切都很顺利，直到遇上那只该死的猴子。

猴子是从生物实验室买来的。棕毛，看上去很安静。

这是很重要的一步。之前传输的都是简单的无机物或植物，这是第一次动物实验。设定传输时间的时候，也许是过于激动，古河颤动的手指不小心点错了一个按钮——设定时间从一天变成了一年。在按下了确定键之后，他才发现这一点。

“怎么搞得……”导师皱着眉头抱怨道，“我可不想花一年的时间来等这只猴子！”

他连声道歉。为什么不看清楚呢，心里也暗暗埋怨着自己。掀开舱门，看着里面空空如也的样子，他叹了一口气。

“没事，只好重新找只猴子了。”导师拍拍他的肩膀说。

“那它……怎么办呢？”他想着这只猴子一年后突然出现在实验室里的样子，总觉得有些麻烦。

“做好记录吧。明年的这个时候准时接收就好了。”

也只好如此了。他点点头，正准备关上舱门，这时，一缕棕毛突然擦过他的手臂——那猴子回来了！

他呆呆地看着传输舱，像见了鬼似的。

那之后，一切都变得混乱起来。

短时传输没有问题，可是在一年左右的传输时间上，便总会出现严重偏离预期的结果。他们在那天进行了三次动物实验，时间分别设定为364天、365天、366天，结果第一只实验体在第二天就出现了，第三只实验体再也没有出现过，第二只竟然瞬间返回了！

更令人疑惑的是，实验不可重复！第二天再次进行同样的实验，结果是：传输到364天后的实验动物在半天后就出现了，设定为365天和366天的动物则不知去向。第三天，又出现另一个结果：设定为364天的动物几分钟后就出现了！

他们把长长的推导过程，挨个公式检查了一遍，没有发现问题。机器的源代码也仔细地推敲和调试了几遍。就在这几天，他的嘴角开始溃烂。仿佛是老天对他们开了个玩笑，“这玩意儿根本不好使嘛”，耳边似乎听到了这样的声音。

“不如……我们先发一篇论文，之后再找找问题在哪儿。”古河跟导师商量着。

“这怎么能发？明显地有问题，现在发文章是不负责任的表现。”导师想也不想地说。

“至少短期传输是没问题的。”他坚持。

“时间的长短，只是变量的不同，没理由一个成立，一个不成立啊。如果错了，那就是全错。我们现在要做的，是搞清楚到底错在了哪里。”

“可是……”他犹豫了一下，“我只有几个月就毕业了啊！”

“哦，这个嘛，延期一年吧，”导师轻巧地说，“一年之内，我们争取把问题搞清楚。”他低着头继续看一篇文献，仿佛什么事情也没有。

听着导师轻描淡写的这句话，他感到体内有一股热血渐渐涌了上来。脸开始有一种灼热的感觉。

是，你可以不管不顾地做你的研究——你有安稳的家庭，你有宽敞明亮的房子住；你的孩子不用每天天不见亮就爬起来，穿过满是臭味、遍地铁钉的垃圾森林，到几公里外的学校去读书；你也不用弓着身子，带着满身的灰尘在垃圾堆里扒拉几个小时，只为了找到几块有用的回收金属；你也没有一个整天躺在床上，连吃喝拉撒都要人服侍的家人；你有大把大把的时间耗下去——可我不行！

他握紧了拳头，身体微微地颤抖着。眼前的一切开始模糊，脑海中出现了短暂的空白。一些碎片般的记忆包裹着他，在周围飞速地旋转：

在垃圾堆里的低矮棚户区，满是中药味道的阴暗小屋，穿着底部开裂的胶鞋艰难行走的小男孩，扛在稚嫩肩膀上的那沉沉的水桶。一股无比强烈的戾气像火山喷发般从心里冲出来，他一拳狠狠地打在面前的实验台上，手臂上的青筋条条冒起。

导师瞪大了眼睛看着他，惊讶而愕然，似乎还有些不知所措。

他什么也没说，转身离开了实验室。林荫道上的凉风一吹，脸上痒痒的，像是刚有两条湿漉漉的东西在脸上爬过。

两个月后，他还是顺利毕业了。虽然实验还有问题，但凭借着工作的突破性和原创性，他在几个重要的期刊上都顺利发表了论文。

去你的时光机吧！在离开学校的那天，他这样想着。

二、壁垒

从最后一个公交站下车，沿着平整的水泥路面前行，绕过一座灰扑扑的三层建筑，脚下立刻变得柔软起来。

这是一片坑坑洼洼的泥地。路面湿滑，凹处积满了污水。积水表面泛出绿色的泡沫，密密麻麻地挤成一堆，像有一只巨大的蟾蜍隐藏在下面。几百米外，是一片低矮的石棉瓦盖成的棚屋。这些灰色的建筑连绵成片，像是某种匍匐在地上的巨兽，风一吹过，便“吱呀吱呀”地晃动着嘶吼起来。站在这里，身后不远处便是都市那五彩迷离的高楼，近在咫尺的眼前却是这些落满了尘土的简易窝棚。就像有一道看不见的壁垒把这两个世界如此分明地间隔开来，通过壁垒的界面，似乎连阳光也发生了折射，变得灰暗起来。

“小云，我回来了。”古河站在一扇用木板掩住的门洞口喊道。

“哥，快点进来，有人找你！”一个男孩的声音从屋里传来。

小心地掀开门板，一股混合着汗臭和草药味道的热气分子的浪潮汹涌地撞击过来。古河睁大了眼睛，努力适应着屋里的黑暗环境。

在卧床的母亲和弟弟身边，站着一个瘦小的老头。似乎被外面透进来的光线刺激到了，他一边用手略微遮着眼睛，一边眯缝着眼看向门口。

“古河！”

“老师？”对于导师的到来，古河有些摸不着头脑。他知道，因为不顾导师的反对执意发表论文，让这老头对他很生气。

从压抑的小屋里钻出来，两个人都长出了一口气。

“找到工作了吗？”

“还在找。”声音中透出一股萧瑟。

堆积成山的垃圾在夕阳映照下泛起一层妖异的色彩，奇崛的构型，鲜明的光影，仿若一座现代派的概念雕塑。老人面对着这夕照下的小山，沉吟了半晌。

“有个新成立的研究所，现在正在招研究员——我推荐了你。”

“哦。”声音很平淡，似乎没有多说什么的欲望。

声波激起的振荡逐渐在空气中消散。

“你知道吗？”导师突然转过身，面对古河，“我知道时光机的问题在哪里了。”

他不出声，只是低下头，用脚细细碾磨着地上的一个橡胶做成的玩具齿轮。齿轮缺了一个角，嵌在一堆连杆之中动弹不得。

“我们没有错！理论推导、数值计算、原型机都没错，一切都按照我们的设定在运转。”

古河咧开嘴，有点想笑。

“错的是老天爷！是这个世界！”老人的声音突然变得低沉下来。

他终于缓缓地抬起头来，看着导师，皱起了眉头。在对面那双布满皱纹的眼眶里，有一种近乎绝望的神情在闪烁，像是被逼到了悬崖边的狼。

“看看这个，”导师从口袋里拿出一张小小的记录纸。纸的边缘已经磨得皱巴巴的，显然长期被人带在身边，“这是一些传输后却很快就返回的实验结果列表。”

古河接过纸条，上面是一列用铅笔写出的整齐的文字：

3月2日　传输时刻:12:00:00

目标:354天后　重现时刻:(3日)00:13:36

3月2日　传输时刻:14:00:00

目标:354天后　重现时刻:22:13:36

3月2日　传输时刻:18:00:00

目标:354天后　重现时刻:18:13:36

3月3日　传输时刻:09:00:00

目标:352天后　重现时刻:(4日)03:13:36

3月3日　传输时刻:15:05:30

目标:352天后　重现时刻:21:08:06

3月3日　传输时刻:18:06:00

目标:352天后　重现时刻:18:07:36

……

3月8日　传输时刻:18:06:30

目标:342天后　重现时刻:18:06:36

渐渐地，古河睁大了眼睛。在这些看似混乱的实验数据中，似乎有某种隐藏的规律存在。心跳开始加速，眼前仿佛有一层面纱即将揭开。

这时，这位瘦小的老头弯下腰，从地上捡起一根断裂的细轴承，用力地向远处抛去。“咣！”轴承击中了几米外的一个竖立的废铜板，蹦跳着又弹了回来。

“看懂了吗？这就是问题所在！”

“一个时间……壁垒?”古河喃喃地复述一遍，露出一丝恍然的神情。

“不错。公元2018年8月25日18时06分48秒！”老头确定无疑地报出这串数字，“这就是壁垒的准确坐标。在这个时刻，我们的时空中会出现一个壁垒。这就是为什么时间传输出现异常的原因。那个壁垒距离现在只有122天了。如果现在我们传输一个物体到244天之后，你会发现，这个物体会立刻出现在当下——因为它被弹回来了！就像我刚才扔出去的那个铁块。”

古河张了张嘴，却不知道该说些什么。

“我们被困住了，孩子！再过四个月，时间将终止，无法再向前流动。我不知道到时候会发生什么，那已经超出了我的思考能力。”

像一只被困在卧室里的飞蛾。古河的脑子里突然出现了这个画面。它不断地撞上窗户的玻璃，啪地被弹回来一点，然后再次探头探脑地撞了上去。它一定不明白，为什么那近在咫尺的地方，自己却一直到达不了——明明什么障碍都没有啊！

“新成立的研究所叫作‘时间壁垒研究所’，总部在伦敦，北京有个分所。那里汇聚了世界各地顶尖的理论物理学家。来帮我吧，我也在里面负责一个实验小组。也许……我们还可以做点什么。”导师用殷切的目光看着他。

一阵风吹过，却没有带来一丝清新的空气。地上的沙砾和尘土打着旋，升腾起来，在垃圾堆成的甬道里肆意地拍打着，像被困住的活物一般。

“我就不去了吧。”他长长地叹了一口气，“比我优秀的人多的是，我很清楚这一点。而且，我也不是拯救世界的那块料。”他想开个玩笑，嘴角却僵得怎么也翘不起来。

“壁垒是我们先发现的，你的重要性不可忽略……”

“是老师您发现的，跟我无关。我只是一个不太合格的助手罢了。”

“唉。”老人抬起头，看着渐渐沉下去的夕阳，“那……你接下来是怎么打算的？”

“我也不知道。也许是在家里，好好陪着母亲和弟弟吧！122天，呵，时日无多了啊！”

“好吧。既然如此，我也不勉强你。”老人递过一张银行卡，“拿着！”

他疑惑地看着导师，没有伸手去接。

“这是你应得的。昨天晚上瑞典那边已经打电话给我了，确定我们为今年的获奖者。过几天就会正式公布了。这应该是历史上从发表成果到获奖最快的一届了吧！希望它不是最后一届。唉……拿着奖金，带着家人出去走走吧。你也不希望他们在最后这几个月还一直住在这种地方吧？”

很奇怪，心里竟然很平静。古河拿过那张轻薄的卡，像是拿着一张单层石墨烯薄片，没有一点现实感。一抹斜阳把两人的身影拖成了一条弯弯曲曲的长线，扭曲着盘桓在遍地花花绿绿的塑料袋上。

壁垒的存在从来没有对外公开过。可是在这个世界上，总有些人能够知道普通人无法触及的消息。

一座普通的四合院，在北五环外，本来是一个相当偏僻的地方。这几天却不时有名贵的跑车群在门口停驻。形形色色的人从车上下来，满脸焦急地走进小院里。门卫老万板着脸一一检查他们的证件，然后点点头，放他们进去。

刚开始，那些名片上的头衔还不时地让老万感到震惊，到现在，他已经完全麻木了。金融寡头、政界名流、娱乐教父，好像这里变成了全世界的权贵们集合的中心。

老万目送他们匆匆地走进接待室，然后由一个瘦小的老人领进了二楼的实验室里。过不多久，他们便会阴沉着脸从楼上下来。不知道有什么事，让他们心神不定，有次一个中亚石油王国的王子还在楼梯口踏空，把右脚崴了。

“不过如此！”老万撇撇嘴，喝一口茶，继续坐在门卫室里翻着报纸。他对这座小楼中发生的事情并不关心。几个月前，他在有色金属研究所做门卫，现在这里不仅工资更高，条件更好，就连喝的茶也好得多。就这样干到退休，倒也不错。现在他心里最牵挂的事，是儿子和儿媳妇——两人结婚也有五年了，还一直不肯要孩子，说是工作太忙。这样下去，什么时候才能抱上孙子啊！

然而，在距离老万几十米的实验室里，气氛就没这么轻松惬意了。

“反弹？那就把我反弹回去好了！”一个年轻男子红着眼，咬牙切齿地说，“总之，我不想等到那一天，一头栽在你们说的那个什么‘壁垒’上。多少钱都行！把我弹回去，弹到几十年前就行。”

“不是钱的问题。”一个专门负责接待这些“金主”的研究员有些无奈地说，“事实上，我们不缺钱。”

很多人都有这种想法：既然不能沿着时间的河流前行了，不如就反弹回过去，一样可以舒舒服服地继续生活。

“那是什么问题？你们不是做过实验了吗——那个什么猴子来着？”

“是的，壁垒反弹实验证实，确实可以通过弹射使生物体回到过去，甚至更早的古代时期，但是有个问题：弹射回来的生物体，往往活不过几天，就会迅速衰老，然后死亡。不同的物种生存期不一样，一个幼年期的猴子经过反弹后，存活的时间一般在一周左右。对于人来说，虽然至今仍没有进行过弹射实验，但是我们相信，情况也不会好多少。”

“为什么？为什么会这样——难道解决不了这个问题吗？”

“阿努王子殿下……”一位瘦小的老人站出来，插嘴说道，“如果你还保留了一些物理学常识——听说你大学是物理专业的——想必应该知道，什么叫半波损失吧？”

王子愣了片刻，歪着头想了想：“记不太清了……好像是说什么相位来着。”

“简单地说，就是电磁波从光疏介质射向光密介质时，在界面处反射回来的波，与原来的波形有半个周期的相位差。”

他有些茫然地点了点头，全然不理解这和当前的事情有什么关系。

“我们最近发现，时间壁垒的弹射会产生与之类似的半波损失。任何生物，经过弹射之后，其时空相位都会与我们正常的时空相位产生一个特定的差值。这种差值是在量子水平上体现出来的，从宏观上看不出什么异样。但是，随着与周围环境的相互作用，量子退相干的逐渐体现，这种量子效应最终会体现出来——它会对生物体造成严重的不可逆转的伤害。”

王了眨了眨眼睛，似乎还在思考刚才这一段艰涩难懂的话有什么含义。“也就是说，”他顿了顿，然后说道，“现在，我们要么等着时间终结，到最后随着整个宇宙如同卡帧的电影一样，戛然而止地停顿在那个时刻；要么弹射回过去，在几天后痛苦地死去？”

“我们正在想办法，也许情况会有转机。”老人看了一眼天边正渐渐落下的夕阳，叹了一口气，“只是，留给我们的时间真的不多了。”

二、相变

−243℃，掺铜铁化硒晶体，压力略小于7.8Gpa。

从铁原子最外层游离出来的电子在晶体中游弋着。它们磕磕碰碰地前进，一路不断在其他原子上散射和反射，周围环境中的各种振荡和磁激发，也一起阻碍着它们的运动。现在，一点点增加外界的压力。突然，在某个临界压力下，情况发生了戏剧性的变化：这些电子自然地关联成一种特殊的对儿，与此同时，它们在整个晶体中流动的阻力便瞬间消失了。

电阻的消失不是逐渐出现的。它是非线性的，突然形成的。如果从电阻图像上看，你会看到一道突然下降的直线，从某个高度上直接降到了零。

这就是“超导相变”。

几个月以后，古河才意识到，在巨大的压力下，不仅是铁化硒，整个世界都会发生人们完全无法预料的突变。

这是第三次来到派出所，为了办理旅游护照。他决定带家人去美国待一段时间。“申请表没填对。”他还记得上次那个中年妇女冷漠的话语，“这里，这里……还有这里——拿回去重新填！”

现在，他多少也算个名人了。而且，钱也不少。如果他遵循这个社会隐藏的一些规则，也许这些事情办起来会容易很多。但是他深深地厌恶这一点。曾经他相信，世界上每个人都是平等的，总统或乞丐，决定他们身份的绝不是外物，而是他们自己的努力。这个信念像火苗一样，温暖了他埋藏在垃圾堆里的整个童年。

他慢慢地长大，拼命地学习让他考上了全国最好的大学。那天，整个棚户区像是过年一般欢腾，大家都为他自豪。他走出了这个阴暗的角落，进入了那些他以前从未踏足的领地。可是，时光流逝，不知不觉中，心里那个温暖的火苗却悄然熄灭了。

很奇怪，今天这里空荡荡的，没有以往那么多排队的人了。

“你好。”他试着和一个值班的男子搭话，“我是来办护照的。”

“办护照?”那人一脸惊讶地看着他，“你昨天没看报纸，没看电视吗?”

确实没有。他想了想，昨天一直待在家里。家里没有电视，更没有网络。

那人随手递过一张报纸给他。他拿起来，看着头版上斗大的标题，皱起了眉头:

自由迁徙协议通过，世界九成国家签署。

一种强烈的不真实感从心里冒了出来。他耐着性子看完了新闻的每一个字，愣了片刻，再次回过头看了一遍。

不用护照，取消签证，从今天开始，你可以在世界上自由地来去了?

他跌跌撞撞地回到家，脚下轻飘飘的，像是踩在云上。

可是不对啊，今天家门口怎么这么多人? 一大群人围在那里，有街坊邻居，也有些衣着笔挺的陌生人。

“怎么回事?”他大喊一声。

“哥，他们要我们搬出去!”弟弟古云几步跑了过来。

“别误会，先生。”一个前额微秃的男子连忙解释道，“这是政府的改造计划:我们会在一个月内，给你们盖上新的住房——当然，都是免费的。这段时间，希望你们可以配合一下，暂时住在我们提供的宾馆里。”

“什么? 改造……免费的?”古河觉得有点不大对劲。

“对，政府不收取一分钱的费用。当然，这期间你也可以寄住在亲戚家或者别的地方，我们额外提供每天一千元的房租和生活补贴。”

没有理由拒绝这件事。只是，古河没有住进政府安排的宾馆，而是带着家人登上了去往佛罗伦萨的飞机。

生平第一次，他和家人如此长时间地待在一起。推着轮椅，他和母亲在国家公园湛蓝的天空下，一路聊着天，慢慢地走着。大片的白发中，夹杂着稀少的几根黑色。母亲是什么时候变得这么苍老了呢？他有些自责地想到，自己为他们做的真是太少了。看着弟弟蹦蹦跳跳地跑到远处，这里摸摸，那里看看，再欢呼着跑回来，他突然有种想流泪的感觉。

一个月后，当他们回到家时，这里的一切都变了。

他几乎找不到一切记忆中熟悉的标志物了。垃圾填埋场没有了，取而代之的是一座座崭新却陌生的六层小楼。空气中充满着泥土和青草的香味。因为他们家的特殊情况，他拿到的是一间一楼的套房钥匙。推着母亲的轮椅，进入这个还微微透出油漆味的房间，他不禁有些感慨。

阳光从窗外肆无忌惮地掠进房间，把屋里的一切都映得亮堂堂的。

“沙发，衣柜，床，都是全新的。你们看看，如果有什么需要再联系我们。”前来安置他们的政府职员耐心而细致地介绍道，“油漆虽然刚粉刷完毕，但绝对是绿色无毒的，请放心入住吧。”

最后，他弯下腰，深深地鞠了个躬：“下个月本人会竞选市长，请多多支持！”

6月底，全国所有地级市的市长普选拉开了序幕。人们第一次通过自己手中的选票，一票一票地选出了自己的市长。同时，监察机构的改革也迅速地进行着。纪委从政府机构中独立出来，转型为一个大型的信息处理中心。每天，各地政府的行政数据从网络上传到纪委的中央处理器里，系统通过智能算法判断其中是否有违规之处。随后，这些政务信息通过整理，发送到每一户人家里的政务终端显示屏上，供民众打分和评价。

在这期间，各地的最低工资标准开始大幅度提高，平均增幅达到了百分之一千。官方公布的目标是，在8月底的时候，要将基尼系数[①]降低到0.01以下——如果你懂一点经济学的常识，你就知道这是一个多么疯狂的目标。但这个目标绝不是天方夜谭。近来，几乎所有的财团和金融巨头都在大把撒钱。他们直接通过银行把巨额的金钱转入所有普通民众的账号中，不管是谁，去银行开设一个空账户，过不了几天，里面便会多出了几十万的余额来。

都疯了！古河想。他完全无法理解这种行为。即使世界末日快要来临，也许有一两个大富翁会这样做，可是绝不可能所有的有钱人都同时发起了善心。而且，不管你工作与否，能力高低，从事何种职业，大家都同时得到巨额的财富，这岂不是变成了另一种大锅饭？

然而，不管他怎么腹诽，还是无法改变这个荒诞的现实：所有人都成了百万富翁。

但是很奇怪，这些卡上的资金却是冻结的。有人试图取出一点钱来，却被告知，只有在8月24日以后，这些资金才会解冻——到时候大家便可以自由支配了。

听到这个时间点后，他几乎可以肯定，这些事绝对和时间壁垒有关，可是却完全无法理出一个头绪来。

变革仍在继续。

医院、学校等公立机构都实现了全面免费——即使在美国，如此激进的议案也迅速地得到了通过。几天后，死刑被废除，现在关押的所有囚犯都纷纷被减刑。

随后，一个叫作社会公平监督局的机构成立了。公报上宣称，它负

①基尼系数：一种综合考察居民内部收入分配差异状况的重要分析指标。其数值在0和1之间。基尼指数的数值越低，表明财富在社会成员之间的分配越均匀。一般发达国家的基尼指数在0.24到0.36之间。

责处理所有社会上涉及违反公平原则的事项。它具有独立的执法权。人们通过网络或者电话举报后，针对不同的事项，它会成立不同的专案组，联络不同的政府部门会商解决。它甚至具有立法权！在处理完一个事项后，为了以后不再出现类似的事情，它可以制定新的法律或者更改现在通行的规则。

“凭什么市长的办公室比我的大?”与市长在一个办公楼的某个工作人员说。很快，情况就得到了改变。政府的办公大楼进行了重新分配，过大的办公室进行了简单的隔断，尽量把各个房间的面积变得相同。然后，所有人进行抽签，得到了新的办公室。原来市长的办公室现在住进了一个环保局的主任。

诸如此类的事情每天都在发生。你能想到的所有不平等的事情，不论大小，政府方面都有专人负责处理。

时间一点一点向着壁垒进发。持续的社会变革愈演愈烈，像是有一把无形的巨手，无情地把所有凹凸不平之处抹为镜面。

国际秩序方面也是一样。发达国家慷慨地向贫穷的、欠发达的地区提供技术和资金，帮助他们发展经济，改善民生。那些建立在第三世界国家的重污染企业全部关停。美国首次宣布加入全球碳交易市场，并制定了今后十年的减碳目标。

三十六国组成的联合国军进驻中东，那里常年弥漫的战火硝烟和混乱局面也得到彻底的改善。

终于，在最后的8月到来的时候，这种社会结构的突变达到了极致。

中国、美国、俄罗斯和欧盟宣布合并，成立了一个统一的政治实体——地球联邦。第二天，日本、韩国、澳大利亚等一百多个国家宣布加入联邦。第三天，又有七十多个国家加入。到一周以后，也许是受到了某种强大的压力，最后一个独立的国家——梵蒂冈，也终于宣布加入联邦。

国家消失了。几千年来，在地球上不断改变着形状的密集而扭曲的各国国界，再也不复存在了。

这几个月，古河就像在做一个梦。那些轰轰烈烈的大事，尽管有那么多报纸、电视台和网络，在大肆报道着，可还是毫无真实感。

这不是我所认识的那个世界了，他想，也许可以去找老头子聊聊。一定有某些我不知道的事情发生了。

三、衍射

走进久违的实验室，古河稍微有些恍惚。

消毒水混合着高压下产生的臭氧的味道，散落一地的凌乱电线，一切都是那么熟悉。不同的是，时光机的模样变了很多。相比以前的原型机，现在的机身更加庞大，制作工艺也愈发考究了。

“就知道你会来。”导师抬起头来，看见了站在门口的他，“正好，看看我们这次实验的结果吧。”

几个年轻的助手把一头小猪、一只黑猩猩和一只鸽子一起放进了输运箱中几个大小不等的隔间里。一个微胖的中年男子深吸一口气，望向四周，向大家点了点头，然后大步走上前去，躺在了箱子中央的那个最大的隔离间里。几个助手随即关上箱盖，仔细检查起系统的气密性来。

“他是志愿者之一。”导师不知何时站在了古河身边。

所有人都有条不紊地做着各项准备工作。没有人说话，只有不时响起的电脑自检提示音回荡在安静的房间里。

古河觉得心跳开始加速，竟不自觉地紧张起来。

系统自检完毕后，开始设定目标时间。

26天。他在心里默默计算着，应该是刚好弹回到现在的时间长度。

“开始吧。”指令声下，一个年轻的助手在控制台上输入了开始传输的语句。

只有微弱的气流喷射的嗤嗤声，古河发现他们现在已经使用液氮来冷却中央处理器了。很快，一切就又重新恢复了平静。

一个绿灯亮起，箱盖自动弹了起来。

里面空空如也。

古河愣了半刻，过了好一会儿他才体会到其中的意义。没有被弹回来！他们穿过壁垒了！

“这——这是怎么做到的？”他一脸震惊地望向导师。

“我们在壁垒上钻了个孔！”老头子言简意赅地说。然后，他走到一个黑白显示屏旁边，静静地看着上面。周围的人也聚拢在一起，像是在等待着什么。

眨眼之间，一片空白的屏幕上闪出了几个简单的汉字：安全抵达。

所有人都像是松了一口气。

“这是利用隧穿效应在壁垒两边进行通信的工具。”导师扶着屏幕，向古河解释道，“通道很窄，现在只能传输文字，还无法进行大规模的数据传输。”

“可是我们毕竟可以穿过壁垒了！不是吗？”古河激动地说，“所有人都会感激你们的，你们拯救了这个世界！”

导师却只是微微一笑，没有回应，反而问道：“你知道现在的基尼系数降到多少了吗？”

古河愣住了。

“昨天，地球联邦最高公平委员会出具的报告显示，现在全球的平均基尼系数为0.06。”导师继续说道，“比预期的值要略高一点。接下来的这十几天，他们可有的忙了。”

“这全都跟壁垒有关是不是？”古河脱口问道。他现在才想起自己今天过来的目的。

导师仍然没有正面回答他的问题，而是叹了口气，慢悠悠地说："时间是量子化的，这个观点在很早以前就曾被人提出过——这体现了时间的粒子性。同样，时间也是一种波。在这几个月，通过壁垒反射试验，我们更加确定了时间的波动性——我们甚至测量出了它的波长！"

古河安静地听着，他能感觉到，自己就快摸到这一切背后的那个关键点了。

"我们在壁垒上激发出一个局域的时间真空态来，这相当于是在这堵墙上凿出了一个小孔。我们调用了几乎所有能调集到的力量——站在我们背后的，是这个星球上所有顶尖的势力。可以说，在这件事情上，人类达成了有史以来从未有过的团结。我们已经竭尽全力。可是，很可惜，这个小孔的直径只达到了几个普朗克长度——和时间波长大致相当。"

导师转过身来，注视着古河的眼睛："我想，现在你应该能猜到接下来的事了吧？"

像是一道闪电突然从黑暗中划过，一个大胆的猜测像一团一闪而过的影子，突然呈现在了脑海里。古河直视着导师的眼睛，轻声地说了一个词："衍射。"

"你的物理直觉还是那么好！"老人笑了，"不错，一切的起因都是这单孔衍射。"

"衍射现象是在第一次人体传输中发现的。我们通过返回的文字信息发现，在传输成功后的志愿者身上，发生了一件我们万万没有想到的事情——他变成了另一个人！在文字中，我们可以强烈地感觉到他的恐慌和无助。'这手不是我的，脚也不是我的，'他惊恐地诉说着，'我不是我！我到底是谁？'在我们的安慰之下，他详细地描述了自己的一些身体特征——那确实不是他。

“我们曾经疑惑这是否是时间传输中的一次偶发事故，可是接下来进行的每次实验，都出现了同样的情况。他们全部变成了另一个陌生人，甚至有男性志愿者变成了女性的情况。我们完全迷惑了——直到第一百八十一次实验。那次实验中，传输成功后的人惊讶地告诉我们，他变成了他的一个同事！

“后来，我们渐渐发现，以前的每次实验中，志愿者们变成的新的‘人’，都是在现在这个世界上真实存在的人。这种情形就像是一个人的意识，突然钻进了另一个人的身体里。一段时间后，终于有人提出，这会不会是一种衍射现象呢？”

在一个挡板上，钻一个和入射光波长大小相当的小孔，当光通过小孔后，会在后方的屏上形成一圈一圈的明暗相间的条纹。这就是单孔衍射。古河回忆起了大学本科在光学课上学过的基础知识。他现在发现，也许自己就将变成这样的一个光子。

“在单孔衍射现象中，有一个与我们现在非常类似的情形。”老头子还在絮絮叨叨地说着，“每一个光子，不管入射之前的情况如何，从小孔出来后，打到屏上的位置完全是无法确定的，或者说，它是一种概率事件。你永远也无法知道，这个光子将落在中心处的光斑上，还是会远远地跳到第五个明环上面。唯一可以确定知道的是，这个光子的频率绝不会改变。

“与在时间壁垒上发生的衍射相比，你会发现，不同的身体，代表着不同的位置，而我们真正的意识、思维——或者，请允许我用这个词——灵魂，则相当于光子的频率。”

古河有些抑制不住内心澎湃的情绪，在那里，早已刮起了比十二级台风更震撼的风暴。

“你永远也无法知道，单孔衍射之后，你会变成谁？理论上说，你可能变成世界上的任何人，从嗷嗷待哺的婴儿，到行将就木的老人，只是概率不同罢了！”老人的声音还是那么平静，“这就是一切疑问背后的答案。”

超级富豪们为什么要大肆把钱分给民众？那是怕自己在衍射后立刻变成一个穷光蛋！

一切都合理了。

“可是不对啊。”古河突然说道，“如果我是富豪，就把钱存在一个不记名的银行账户上，之后再凭记忆中的密码去取钱不就可以了？”

“你忽略了一点。你身体的新主人同样会知道这个密码，不管怎么样，你的记忆蛋白始终在你的大脑里，这是你带不走的。”

“这样的话，他岂不是知道了我记得的所有事情？”一股冷汗冒了出来。

“是啊，所有人内心的阴暗角落，将被迫赤裸裸地展示在另一个人的面前。在这场混乱的剧变中，没有任何隐私可言！”

平移对称性是一种只存在于理论中的情形：把一个电子从晶格的某一处，平移到另一处，它周围的环境和受到的作用力完全相同。真实的材料中，这种理想的情况是不可能出现的。就像这个社会，人人平等同样是一个美好的理论模型。

但是现在，一切都在向着这个模型靠拢。

原本以高高在上的姿态面对民众的官员们，当他们明天就很有可能变成一个普通的民众时，他一定会立刻积极主动地改变现有的政治生态；垄断集体的既得利益者，当他们想到自己也许马上就会变成一个中小企业的老板时，他一定会努力打破这种垄断机制。

发达国家或发达地区的人民，会去积极帮助欠发达地区；社会高层的精英，会去真正地了解社会底层的处境，帮助他们获得更加平等的公民权利；利益阶层会竭力打破这种僵化凝固的分层机制，促使底层民众有更多机会获得提升。

而这一切最妙的地方是：促使这些无私行为产生的，却正是人性中自私和利己的那一面。

因为不知道自己明天会变成什么人，以什么身份重现在这个世界上，他们只有竭力抹平这个社会上所有的不公平——至少暂时做到这样。

在衍射的不确定性面前，人人平等。

古河想起了一个词：天下大同。这个一百多年前，一个著名革命家口中描述的理想社会的框架，现在正在逐渐形成。可惜，靠的不是革命，而只是一个小孔。

尾声

母亲有些心不在焉地做着晚餐，不时抬起头望向窗外。那里，一轮红日正缓缓落下。

古河看了一眼挂钟，心里默念着：还有一个小时。

两周之前，政府公开了壁垒的存在和衍射计划。引起的震动虽然相当强烈，但总算平息了下来。

没什么不满意的，古河想，至少母亲的腿治好了。医生们竭尽全力，用最好的药和最快速有效的治疗方案，终于赶在壁垒之前完成了治疗。

大家都松了一口气——衍射后自己变成残疾人的可能性又小了一点。

弟弟还趴在桌上，认真地做着家庭作业。

明天老师不会检查作业了哦！他在心里默默地对弟弟说。

看着被夕阳映红了的房间，他又想起了那天临走时，和导师说的那番话。

“壁垒很明显不是自然形成的，那是文明的造物。现在，我们可以确定，这个宇宙中，我们并非唯一的智慧存在了。”在研究所外的白杨林间的小道上，老人一边缓慢地走着，一边对古河说。

“他们为什么要对我们制造这样一个壁垒，是为了困死我们吗？”

“没有人知道他们的目的。但是你看，客观上，通过这个壁垒，我们这个世界变得更加民主了。”说到这里，他想了想，然后一字一句地说，“一个独裁的文明，比起一个民主的文明，对其他文明更容易产生危害，不是吗？”

下午六点整。天光渐渐变暗了，太阳只剩一小块还露在地平线上。

全世界都屏息凝神。

古河走到母亲身后，轻轻搂住了她的肩。

突然间，时间似乎停顿了一秒钟。所有的光芒瞬间消失，再瞬间重现。整个宇宙仿佛对着自己眨了眨眼睛。

一个新的世界诞生了。

选自《文艺风赏》2014年第6期

评鉴与感悟

《单孔衍射》：科幻外壳中的政治寓言

刘欣玥

刘洋在《单孔衍射》中关于“时间壁垒”的设定与美国学者约翰·罗尔斯(John Rawls)在《正义论》提出的一个重要的概念“无知之幕(Veil of ignorance)”不谋而合，两者都是对于实现社会公平的一种思考。在罗尔斯设定的政治理想模型里，在进行社会身份分配时，每个人都处在一道无知的幕布背后，每个人都不知道自己走出这个幕布后将在社会里扮演什么样的角色，当成为市长和清洁工的概率相等时，制定分配规则的人都会尽可能地争取实现公平和正义：没有人会得到的比别人少，同时，也不会有人得到特别多。这是一个没有特权阶级，人人平等，天下大同的乌托邦社会。小说中的“时间壁垒”和“无知之幕”一样，好比一次集体投胎转世，政治、经济、历史、宗教、阶级差异被完全遮蔽，没有歧视、剥削和压迫，有着只是在绝对未知和不确定性面前的人人平等。无论是罗尔斯还是刘洋都在传达一个信息，只有当人们不知道自己会成为什么人的时候，所谓的公平正义才有实现的可能性，小说中所谓“平等”最终因为人心自私而实现，无疑又内嵌了一层对人性的讽刺。

毫无疑问，在衍射的不平等面前人人平等，这只是一个美好的理论模型，小说“天下大同”的结局也有过度理想主义的嫌疑，但理想显然只是一个表象。选择这种大洪水重生式的叙事，或许恰恰起于作者对社会现状的失望与无力，在小说中涉及普选权、环境污染、战争与社会资源分配种种，无一不指涉当今中国乃至世界的现实困境。乌托邦式的解决方案，恰恰缘于现实内部已经丧失了调整和自救的有效机制。在这样的维度上，《单孔衍射》将自己与传统意义的科幻小说区隔开来，或许将其理解为一则包裹在科幻外壳中的政治寓言，会显得更为恰当。

作为一篇科幻小说，《单孔衍射》提供了一种新的书写可能。其特别之处有三点值得注意。其一是小说的现实关怀。科幻小说的任务早已不仅仅是建构一个截然不同的世界/平行世界，用以安置天马行空的想象。《单孔衍射》来源于对社会现实的思考，科学和幻想扮演了探索社会合理体制的手段，在设计一套有强烈现实针对性的解决方案的同时，科学幻想是虚，讽喻社会方才是实。从某种程度上说，此类作品可谓承续了晚清中国科幻小说的传统，只是在刘洋笔下有了更广阔的全人类的关怀。其二,故事发生在2018年,虽然离今日不远,但小说确实提供了一个面向未来的时间向度,但这种未来式的科幻又是建立在反思现实的基础之上的。相较之下,这种未来视野正是当下许多偏爱历史的严肃文学作品所缺失的。在文本层面上,《单孔衍射》处理的是一个时间问题,而且叙事层面上它也提供了一种科幻擅长的时间向度,这在小说内外形成了有趣的关于“时间”的对话。其三,在小说对科学原理的阐释中不难看出作者的缜密用心,严密的学理阐述在相当程度上保证了科幻小说在叙事逻辑上与阅读体验上所需要的真实感。但是另一方面,作品中曾经历过小说服务于科学,将科幻作品等同于科普读物的时期,但显然,这样的处理方式会大大压缩小说的想象空间,也有损于文学与美学性。《单孔衍射》的成功在于兼顾了“科学性”与“小说性”。

可以说,刘洋提供了一个非常精巧的装置,在我们司空见惯的警钟式的末日毁灭书写之外,提供了另一套简易、乐观的解决方案,这是一次另类的末日创世纪书写实验。但是另一方面,故事层面解决方案的简易似乎也造成了叙事层面的简单化,如果说中篇小说是一个需要精心打造的艺术品,那么除了精巧的情节装置给人以阅读惊喜,《单孔衍射》在思想与情感的复杂性上显得太过单薄。但无论如何,此次《单孔衍射》的入选显然与科幻小说近年来的复苏和崛起有着密切关联,以科幻小说为代表的类型文学更多地进入我们的视野之中,得到更多的关注甚至研究。类型文学不再仅限于纯粹、褊狭和通俗大众,相反正在走向复杂化,充满各种跨界的可能性。《单孔衍射》中古河奋斗史的挫败,正与严肃文学常批判的社会结构板结化、阶级流动凝固的问题密切相关,甚至可以看到一点底层叙事的影子,这样的相互交织或许也是今日文学生态的复杂所在。或许,在严肃文学与类型文学之间的壁垒也会日渐需要经历一次新的“衍射”,后者至少应当在被关注的视野中,用更多的可能性赢得更多的目光。

深圳蓝

邓一光

戴有高离婚，事业遇到瓶颈，遭遇了自己的中年危机。一个比他面临更多危机的问题少女来到他的面前，他们会一同堕落，还是可以相互拯救？

台风“贝碧嘉”经过深圳的那天晚上，戴有高做了一个梦，他梦见自己和一群脑控机器人打电玩。那些家伙衣着鲜亮，发型时髦，口哨吹得够炫。他技输群雄，被灭得厉害，觉得特别自卑，一时没有控制住，弄来一把菜刀悲愤地把自己给劈了。那帮家伙茫然地看着倒在血泊中的他，叽里咕噜一阵商量，然后纷纷上前撕开同伴的硅胶假体，掐下芯片，相继倒地而绝，现场一片血腥。

早上醒来，戴有高在宿舍里走来走去，回忆梦中的自戕过程。他不大相信自己——或者说人类——能够靠榜样的力量诱使机器人大面积崩溃。问题还不在这里，戴有高弄不懂，他已经把自己劈成了两半，照说魂飞魄散了，怎么会看到机器人互相残杀的场面？戴有高认为这一段梦境非常不真实，但他不愿意掐去它，不然他连一点再做梦的自信心都没有了。

台风过后，负氧离子充沛，空气湿答答的，伸手便能抓到细小的水珠。那些水珠是活的，如果戴有高不走来走去，安静地站着或者坐着，他就能听见水珠们在房间的各个角落里对他窃窃的嘲笑声。回南天结束之后，戴有高一直在等待台风。这半年他的运气有点衰，干什么都掉瓷，接连做砸了两单活，业绩出现下滑趋势，这让他对自己很不满意。他本来打算和将要连续到来的热带风暴玩上几把，把身上的霉气冲洗掉，然后再重新披挂上阵，没想到，第一个台风到来的时候他就被脑控机器人缠住，错过了“贝碧嘉”。

戴有高在一家线上奢侈品公司工作，负责商品打样和采购管理。作为奢侈品电商，公司推出的商品能否在本土市场落地是关键。戴有高整天和市场部筛选顾问们沟通，分析国内市场莫测的品牌变化，研究顾客变态的组合诉求，然后向分布在世界各地的职业买手们发布采购报告。四大时装周期间，他还得飞往欧洲现场看样，向买手们下达商品调整单。有一年圣诞节，公司搞派对，老板喝多了酒，当着员工们说，你们中间有几个人决定着公司的生死存亡。老板没有说出那几个员工的名字，但大家都心照不宣，戴有高是其中之一。不过，戴有高从不夸大自己在公司里的作用，他理智地认为，他这样的商品赏金猎人不过是人力资源部门配置中的一枚棋子，在技术时代里不难复制，只是公司和他彼此找到了合适的对方而已。

这个周末，戴有高刚从欧洲回来，他发现整座宿舍楼里人都走光了。之前公司抢春季档抢得硝烟弥漫，连续八周没有休假，这一周才放员工们休了两天，同部门的老丁和小佟昨天一下班就走了，连宿舍都没有回。戴有高在宿舍里走来走去，然后站下来朝镜子里看。镜子里的他头发蓬松，脸颊深陷，颧骨上有一抹可疑的红晕，看上去像19世纪彼得堡那些患上了痨病的诗人。在国外奔波了四十多天，难得遇上一个周末，可以休息也可以杀人，戴有高却像一只试验鼠似的在宿舍里走来走去，这是一件不正常的事情。他决定干点什么。他决定去看看李爱，顺便看望一下他的房子。

戴有高有四个多月没有见到李爱了。李爱是戴有高的前妻，房子是他的房子。李爱二十六岁，比戴有高小七岁，他俩有过三年混沌的同居生活，两年茫然的婚姻生活，最终以分手结束了这段关系。戴有高是客家土著，父母是西涌人，深圳建市时家里押地成了地主，以后父亲忙着盖房收租子，母亲当上了公务员，父母俩联手打拼，日子过得红红火火。戴有高和很多土著家庭的孩子一样，从生下来到长大基本上都守在这座城市里，深圳大学毕业后就留在深圳工作。李爱不同，李爱是湖南人，在一家私募基金做投资分析员，她来深圳时间晚，政府的廉租房排不上号，以她的收入在深圳根本供不起房，他俩共同生活时，一直住在戴有高的房子里。戴有高的房子在华侨城，是戴有高的婚前财产，他父母出国前留给他的；房子不大，两间带双露台，靠近著名的天鹅湖湿地，环境优美，住着相当舒服。它证明戴有高的父母不爱他们的出身国，但还是爱戴有高的。两人分手的时候李爱没处可去，提出暂时借住一段时间，等找到房子再搬走。这是一个相当合理的要求。戴有高在公司是高级员工，有一间带厨卫的专用宿舍，如果不满意，凭借不菲的薪酬他能支付一线区域内任何一套两居室的首付，就为这个，他也应该答应前妻的请求。一想到离婚后能前嫌尽释照料前妻，就像照顾一只无家可归的流浪狗，戴有高就有一种特别的慰藉，对这个结果感到满意。

戴有高回到华侨城，用钥匙开了门，他和李爱都吓了一跳。李爱基本上光着身子，香汗淋漓地倒插在一张瑜伽毯上练蚂蚱式，埋怨戴有高不该不摁门铃就往屋里闯，问戴有高来干什么。

戴有高不喜欢李爱警惕的表情和口气，好像她忘了这是他的房子，他有权随时回来，她光着身子并不能改变他对私产随时监管的事实。再说他俩虽然离了婚，但他的东西全在这里，他和它们没离，至少他可以回来拿几条换洗底裤吧。

李爱有点不高兴地从瑜伽毯上爬起来，一边脱下练功服去盥洗室冲凉，一边毫不客气地要戴有高走之前把钥匙留下来。

戴有高没有和李爱计较。他困惑地站在客厅里朝四下看，那个样子就像他在找一张床，他打算现在睡上去，到明年这个时候再醒过来。但他不是在找床，而是在打量屋子。这是他的房子，法律上是，借给前妻李爱住，但他怎么都觉得自己走进了一个完全陌生的地方。

李爱性格上大大咧咧，不喜欢做家务，他俩一块儿过的时候家里乱糟糟的，到处堆放着等待处理的垃圾，这对讲究品质生活的戴有高简直就是毁灭性的折磨，他俩没少为这个吵架。现在不一样了，屋子收拾得很干净，整洁得像天使的住处，和戴有高半年前搬去公司宿舍时完全两样，好像在他离开以后，李爱立刻变成了一个田螺姑娘，她就是为这个才和他离婚的。

这也就罢了，最让戴有高不能接受的是屋里的家具全都换了，原来那套自己喜欢的苏格兰湿地风不见了，取而代之的是一套小清新的“宜家”。戴有高是奢侈品营销人，但并非品牌崇拜者，他个人的生活持简约主义，有那么一点点理性控制下的轻奢，他不反对时尚主张下的心理干预。比如李爱因为治疗情殇需要经历一次浪子回头的洗礼，但他决不接受刻意的生活置换——有时候凤凰浴火后不但没能脱俗，反而越发显得平庸，就像他现在看到的情景。

戴有高对自己的发现有点不舒服，这个发现有点刺痛了他，让他觉得自己的房子被人轻薄了，自尊心受到伤害。

“请家佣了?”戴有高大声问。

李爱关上喷头，隔着盥洗室的门问戴有高说什么。戴有高重复了一遍刚才的话。

“没有啊，怎么啦?”李爱反问，从盥洗室里露出湿漉漉的脑袋，让戴有高去卧室为她取衣裳。

戴有高照办。走进卧室以后才发现那不是一个明智的行为。梳妆凳上放着一件蓬松的毛球衫，一条带蕾丝边的底裤，这个发现让他妒火中烧。他俩在一起的最后那段时光，双方都尽量保持着彼此生疏和如何不让生疏蔓延，以至于最终讨厌对方和自己的那种边界重合关系，两个人选择的都是性别差异基本被模糊掉的内衣，他希望李爱和自己一样，离婚之后继续保持利兹睡袍和CD补水晚妆，即便那样对各自的孤独毫无补偿，至少表示生活仍在可控的暗线上延续。现在他发现自己错了，李爱不光把床和床上用品换了，连内衣的款式都换了，保守的利兹换成了活泼的香奈尔款式，梳妆台上的CD也换成了雅诗兰黛套装，看上去在离开他之后，她正快速地绝尘而去，并且对这一切相当满意。

戴有高憋着一股气，两根指头捏着毛球衫和蕾丝底裤从卧室里出来，推门进了盥洗室。李爱正用一条大浴巾擦拭身上的水，身子缩住往外推戴有高，说你干吗呀？戴有高挤开李爱，抹去她扑在他脸上的水珠，在搁衣凳上坐下，问她原来那套家具去哪儿了。李爱把浴巾递给他，让他替她擦拭后背上的水，回答说家具卖了，卖家具的钱买了现在这套，等于是置换。戴有高心里疼了一下，那套苏格兰原木二十几万，能换三套“宜家”，李爱不该一声不吭就给卖了，他心里就有些不高兴，没有接她递过来的浴巾。

“打算什么时候搬走？你没打算和我未婚妻一块儿住吧？要是她住进来，你俩不会夜里讨论驻颜术，把我赶进书房里睡吧？”

“这么快就有人了？”

李爱停下来，用手捂住一只眼睛，另一只瞪得大大的，有点吃惊地看着戴有高。

李爱人有点神经大条，看人喜欢用手捂住一只眼睛，然后换另一只眼睛。她这样吓到过不少人，比如她的前婆婆。戴有高的妈妈被李爱捂着一只眼睛看过两次，怀疑李爱是反贪局的卧底，来侦查戴家的巨额不明资产情况的，不然她那个样子可够怪的。戴有高知道李爱不是反贪局的人，要这样，她牺牲五年的色相来做卧底成本也太大。戴有高知道李爱只是想试试，捂住眼睛看和不捂着眼睛看，那些人有什么区别，除此之外没有别的意思。他为这个在母亲面前替李爱抱不平，因此严重影响了他在母亲心中的信赖度，也直接导致了父母携带巨额资产移民国外时，只给他留下一套小户型产权房的恶劣结果，为这件事他感到十分痛心。

“这个可以有。可以有吧?”戴有高清楚自己这样是对李爱焕然一新举动的报复,心里有一丝小小的满足,“你就说什么时候搬走吧。你不能老赖在这儿,迟早我得带一个女人回来,也许是另一个。我不能把人带到宿舍去,公司会杀了我。”

“在我买房之前你不会赶我走。”李爱停下往头上套衣裳的动作,胳膊支在一对十分出色的乳房旁,样子就像一个因为硕果累累而神情笃定的农妇,“要是你支持我一大笔钱,我现在就去买房。”

“那是你自己的事,我……”

“我知道,你没义务赞助我,我也不打算让你包养。”李爱打开戴有高替她往腰下拉浴袍的手,套好衣裳,抓过一条干毛巾裹住湿发,毛巾角挽一圈掖在脑后,“没关系,我会慢慢攒。其实我不在乎买房,我在假日广场看中两双鞋,它们太漂亮了,我超想买,攒了三个月也没能攒出钱。我能肯定那笔钱它们根本不存在。”

李爱的意思戴有高明白,她根本没有能力买房,说不定一辈子都没有能力买,她不打算很快搬走,这正中戴有高下怀。戴有高有一份不错的收入,社保交纳记录和银行信用都没有问题,懂得自持,有幽默感,会享受生活,有几个边界清晰关系稳定的朋友,算得上安全感较高的那一类男人。心仪他的女性不少,离婚后也有过两次和女人短暂擦出火花的事情,但李爱仍是他唯一拥有过的女人。戴有高有职业病,不喜欢浑身光泽的女人。李爱没有城府,大眼睛,奶子像梦露的奶子,货真价实,有一种落寞的明星范儿,不需要什么东西来装饰。和李爱共同生活的这五年,戴有高有一种中毒似的感觉,他觉得自己和李爱还是有破镜重圆的可能,要是那样,对他俩都好。

李爱很快收拾好,这样两个人就可以坐到客厅里去说话了。李爱光着两条腿在戴有高面前走来走去地拿茶罐和杯子,问戴有高最近怎么样,有没有一点晋升部门主管的苗头?戴有高叫李爱别寒碜他,他最近运气糗，身后连蚊蝇都不跟，更别说晋升需要的人气。

戴有高说的是实话，这半年他的情况变得很糟糕，离婚综合征影响着他，他的时尚判断能力在大步衰退，执行力也出现了问题，公司里的人看他的眼神有点不对劲，部门主管也开始对他有了微词，甚至传出公司在考虑换人的说法。

老丁、小佟和戴有高同在采购部，是他的部下，三个人平时关系不错。他俩一个怂恿戴有高去香港大学医院开点便秘药，彻底排排毒。另一个建议他去领养一条狗，接受宠物心理治疗。戴有高觉得老丁和小佟有点心态不正，但他不能因为这个去"京基100"上演纵身一跃的狗血秀。

戴有高对自己状况不满意，弄不懂怎么就在生活中走岔了道，开始有了讨厌人的感觉，一想到他讨厌的那个家伙不是别人，而是他本人，他就想抽自己。但这些话戴有高没有告诉李爱，免得她得意。

"我每周都在拼命工作，"戴有高喝着烫嘴的绿茶，考虑怎么说才能博得李爱的同情，"还好，只不过拼命干上七天，结果失败七天。"他告诉李爱一件事，这件事让他十分困惑，"我最近老做同一个梦，梦里我认识了一个人，那个人就是我，我怂恿自己干了好多坏事。"

"你干什么了？"李爱吓一跳，差点没把茶杯碰倒。

"我说的是做梦，干什么碍不着谁。"戴有高不耐烦地解释，"我不是为这个愧疚，你说，我在梦中认识的那个人是我，那我是谁？"戴有高说了这次去欧洲发生的几件事，大多是工作上的，总之全是不顺的事情，"一想到每天撅着屁股忙，和大伙儿一块儿为养活政府和建设公共福利体系纳税，到了夜里别人有老婆搂，我只能搂枕头，就觉得活着特别没有意义。"

"你不是找人了吗？找人了你拿枕头出气，让活人闲着？"李爱看戴有高，"戴有高，你堕落了，不是有点，是非常，这样你会越来越堕落。你得把枕头丢掉，换成女朋友。"

戴有高发现自己失算了，不该拿没有的事情来炫耀，连忙把话往回引，承认他是有点堕落倾向，但她比他也好不了多少，至少她不应该光着身子到处走，而且冲凉的时候她需要一个男人替她递递衣裳，冲完凉替她把身上的水擦拭干净。现在一切都乱糟糟的，看上去事情严重失控，她要还是他的老婆，他不会让她这样糟糕。

李爱不同意戴有高的观点，她认为戴有高的问题和她不同；他有一个靠押地起家，转而考上公务员，最终成功地洗劫了国有财产逃之夭夭的女强人妈，这一生注定了哺乳期完不成，要是没有个成熟奶头叼着就变不回人。他应该找一个平胸女人过日子，这样就能找到解决之道。

“我们已经离婚一年了，你完全可以重新开始。”李爱说。

“六个月零十二天。”戴有高提醒李爱。

“我说一年是客气的说法，加上分被窝的时间，我俩分居时间超过一年半，等于啥时结的啥时离的。”

李爱坚持她的观点，去冰箱里拿来一小篮洗过的车厘子，意思是这样他俩就能吃车厘子，不用打嘴巴官司。但她还是尽前妻之道，像小妈似的倾过身子蹲在戴有高面前，拍着他的手诚恳地说：

“戴有高，咱俩婚姻失败不是你摊上了我，没摊上母子恋的错。我乳房大点你有安全感，你新女友要是平胸你也没有那么累。重要的是你得去找一个人来爱，像男人一样承担她，这样你的问题就能迎刃而解。你得让我放心，不然我觉得欠了你什么。我不欠你的，你不该让我有这种负疚感，对吧？”

戴有高不喜欢李爱那么说，那等于把他撇开了。他希望李爱对他的生活不放心，希望她欠他的，欠到没法偿还的地步。而且事情并非全然如李爱说的那样，他俩走到一起，李爱的乳房的确起了很大的作用，但他也遗憾她年龄比他小，不那么成熟，无法让他充分满足。况且他真正需要的并非丰满的乳房，而是一些没法遇见的东西，那些东西让他去哪儿找？

“丹顶鹤，火星，百慕大，UFO，远方，”戴有高愤愤不平地数下去，“你不会让我去找它们吧，能找到吗？”他的意思是，台风“贝碧嘉”刚过去，天气不错，也许他们可以谈点别的，也许他可以搬回来住，“反正有两间房，你住一间，我住一间，要是非讲环保不可，我俩共住一间，省下一间也行，随便。”

“然后呢？”李爱警惕地盯着戴有高，“我俩做连体运动？”

“连体，不运动。”戴有高耍赖，“你了解我，我没那么贪婪，夜里有个人搂着就行，困劲上来了我回自己被窝睡，不打扰你。你有没有发现，你脸上没长痘，一颗也没长——如果不算你胸口上那两颗的话。最近我也没长，是不是说明我俩在离了这半年后有了某种默契？”

李爱看了戴有高一阵，把他推到沙发上靠着，自己坐回烈焰状的概念沙发里，人陷进去，重新捧回茶杯。

“我死之前门都没有，你还是去找你的幼齿女友随便吧。”

李爱说的幼齿女友是戴有高公司的同事，叫吕冬冬，年纪小戴有高一轮还多，是个精灵古怪的女孩。公司里的人都知道吕冬冬和戴有高走得很近，这事李爱也知道。李爱把话说到那个份上，戴有高无话可说。接下来的路子就乱了，两个人说不到一个点上。李爱惦记着去“义工联”领工作，赶戴有高离开。她在“义工联”临终关怀小组里做潜伏，借此发展那些不打算把财产带进坟墓的濒危老人为客户，没有时间和戴有高逗嘴皮子。

从李爱那儿出来，已经到了中饭时候。戴有高回到香蜜湖，在公司附近的“仓桥家”要了两份寿司和一份味噌汤，把自己撑得半死，觉得那以后顺理成章就该思淫欲了，结果不尽如人意。

回到宿舍后他进了卫生间，却一点没有浮想联翩的感觉，从华侨城带回来的邪念一直躲在临界点后不出来。那以后他放弃了，在网上看了马克·福斯特的《僵尸世界大战》，看完再玩《模拟人生》。这是他玩了两年的一个老版游戏，和李爱婚后第二个月他就开始玩了，他在《模拟人生》中给自己建立了一个家庭，娶了"妻子"佐恩，生了"女儿"卡蜜儿，这份生活他坚持了两年没丢掉。

那天晚上戴有高"家庭生活"过得不顺，他和佐恩为烤松饼的事发生了争执，他没有控制住，发了脾气，佐恩赌气要离开他。卡蜜尔也不省心，在一旁大哭，他的幽默分和信赖分瞬间大跌。他费尽心机安抚母女俩，使尽浑身解数给佐恩买礼物，讲笑话，趁机和她亲热了一番，幽默分和感情分有所回涨。安排好妻子，他再转头对付女儿，带卡蜜儿去游泳池嬉水，借机塑造自己的形体。回到家，他给母女俩做了一顿完美的烧烤，魅力分和感情分达到当天的最高值，他也累得精疲力竭，望着水漉漉的天花板发了好长时间的呆。

夜里十点来钟，戴有高拨通了李爱的电话。

电话响了一阵，李爱在那头接了。她刚回来，抱怨今天运气不好，走掉的两个老人都是空仓户，她一份业绩也没做下。戴有高心不在焉地安慰了李爱两句，告诉她从华侨城回来的时候他没坐地铁，走了一个小时，为了磨鞋。那双鞋他已经烦透了，可它没穿破，他不能好好的鞋就抛弃它，这于他过不去。

"对你也一样，我不能你还没破就把你丢了。"他诚恳地对电话那头的人说。

"我知道你还没有放下，"李爱沉默了一会儿说，"但我已经放下了。我没法接受我俩的婚姻关系，没有任何人会接受这样的婚姻关系。"

李爱很快挂了电话。戴有高也挂了电话。电话刚挂断就叮当一声响，是吕冬冬的微信，问戴有高在干什么。戴有高告诉吕冬冬自己无所事事。吕冬冬说她也无所事事，而且比他多了一样灰心丧气。他问她怎么了。她说周末没回父母家，本来想留在宿舍里好好表现一下，做两样说得过去的菜孝敬一下自己，最后放弃了。

“一想到每天把自己打扮得那么精致，”吕冬冬说，“最后还得把精致的包装剥掉，露出不堪入眼的本来面目，就觉得什么意思也没有。”

戴有高懂吕冬冬的意思，她招进公司不到一年，属于公司最低一级的员工，收入远没有大多数顾客高，让她这种月薪四五千的员工整天指导和帮助月入五六万的顾客如何穿衣打扮，怎么都有点人前装，挺累的。吕冬冬说反正明天休息，能睡懒觉，今晚不想宅在宿舍里，问戴有高愿不愿意给她当一晚死磕，面对面那种。反正也没有什么值得做的事，戴有高就说过来吧。

吕冬冬是什么时候调进公司的，戴有高完全不知道，他俩不在一个部门，吕冬冬在设计部，戴有高猜他俩不止一次在公司大楼里擦肩而过，但他从来没有注意过她。直到有一次，戴有高去总务科了解一笔回单情况，看见一个个子不高，人有点削瘦，长相是那种看上去怯怯的，让人觉着特别饿的女孩。那女孩站在总务科里号啕大哭，总务科几个大姐愣在那儿不敢上前劝。戴有高不知道出了什么事，站在门口不敢动。

“谁有一块钱，请你们大方地走过来给我吧，”女孩哭够了，掏出面纸狠狠擤鼻子，抽搭着大声说，“我会还你们两块，我说话算话。”

她那句话说得很认真，逗得所有人都笑了，戴有高也笑了。

戴有高后来才知道，女孩来总务科报销，人有点马大哈，算错了账，差一块钱。本来不是什么大不了的事，总务科的人说算了，她们替她补上，以后注意点就行了。没想到就这句话，她哇的一声就哭了。

戴有高把女孩从总务科带走。她不能在那儿闹下去，要是让上面的人看见，她工作都得丢掉，说不定还会连累别人。戴有高把女孩带到茶水间，去旁边的办公室给她弄了一只卷纸。她需要把脸上好好收拾一下，以便人类能够认出她。

戴有高说，不就一块钱吗，干吗那么较真？女孩表示一块钱她不在意，就是不能接受别人主动关心她这个事实。戴有高问如何区分主动和被动。女孩举例，譬如她失足从桥上掉下来，有人伸手接，接住了叫主动；没人伸手接，她刚好砸在谁身上，那叫被动，她只接受砸在谁身上这种事。

“我还头一回听说，主动搭手反倒成了过失？”戴有高哭笑不得，“你怎么跟别人的想法不一样，脑子没问题吧？”

“你看出来啦？”女孩很惊讶，兴奋地抹一把脸上的泪花，“我老在想，我要是死了，肉烂光，我的骷髅它长什么样，有没有现在的我好看，越想越上瘾，就想找把刀来把自己捅死。可又一想，要是死了我就看不见自己的骷髅了，我就不愿死了，特纠结。”

女孩一点开玩笑的意思也没有，那副口气把戴有高吓了一跳。戴有高想到他也做过死了的梦，在梦中他能清楚地看到死了的自己，原来有这种念头的人不止他一个，为这个发现，戴有高差点没让自己的口水给呛着。

几天之后，戴有高又碰见那个女孩，是在公司楼顶的天台上。政府发布戒烟令后，公司禁止员工在大楼内抽烟，戴有高仗着是公司的骨干，手里捏着公司0.2%企业股，大小是个股东，偷了一把会议室淘汰的靠背椅，在天台上给自己建了个露天吸烟区。那天戴有高上天台抽烟，女孩恰好也在那儿，她像刚溺过水，爬上岸吓坏了，拉开架势歪着脑袋单脚蹦跳着控耳朵里的水，样子极怪异。

“我脑子里全是豆浆，控控水。”看见戴有高，女孩脸红了，挺不好意思，急急忙忙解释。

“你脑子怎么啦？”戴有高吓一跳。

“我觉得我脑子出了毛病，”女孩朝两边看了看，把戴有高拉到一旁，躲着谁似的，其实天台上除了他俩，一个人也没有，“躺着的时候还好，一站起来坏念头就一个劲儿地往外冒。刚才我忍不住往部门QQ群里发了一组惊悚照片，没想到我们部长上去了，人吓得不轻，吐了自己一身。”

“那你还在这儿跳什么，还不赶紧回去把案底删掉！”戴有高给出主意，“查IP跑不了你，起码避免次生灾难发生，你们部长别再二次受伤。”

“我知道错了，图片也删了，”女孩乖巧地瞪着一双羚羊眼，“可手还痒，想再发一组更恶心的上去，怎么劝都劝不住自己，就来这儿修理一下脑子。”

戴有高闷骚地咧嘴乐，在椅子上坐下点上烟。台风过后，天高地远，从大楼的天台上能看到深圳湾对面的新界自然保护区。戴有高想，也不知道那些红隼和蓝喉歌鸲在台风中是否遭了难。也许是两个人都做过死了的自己关注活着的自己的梦，戴有高对搞怪女孩有几分天然亲近，问她是哪个部门的，叫什么，不然下次她哭的时候他没法替她找纸卷，她搞破坏他也没法替她出主意。女孩心神恍惚地看着他问，是不是一定得自我介绍，如果是，我叫吕冬冬，十九岁，大龄空虚寂寞女青年一枚，在设计部做助理分析员。

那以后，戴有高和吕冬冬就熟悉了。吕冬冬职校毕业，在设计部给设计师做助手。她人很聪明，对品牌设计缺陷十分敏感，能看出设计师的遗珠之憾。同时在商品组合创意上眼光过人，能把不同品牌的单品搭配出风格独特的套件，是同一批招进的专业员工中最出色的，设计师们都争着抢她。但她手快却又爱捅娄子，只需要一半时间就能做得比别人好，另一半时间也没闲着，用来把做好的事情再砸掉，以至于把她抢到手的设计师用她不到三天，就会把她踢给别的设计师。她性格怪癖，除了自己的造型师，基本不理其他人，别人认为她傲娇。戴有高看出来，她只是太过好奇而又胆小，有交际恐惧症。

吕冬冬很快过来了。她的宿舍就在戴有高楼上，因为资历浅，住的是六人员工宿舍。她是深二代，父母是第一代来深务工者，经过三十年打拼，条件已不似当年，家里有两套住房，地铁用不着转乘就能到家。可她平时不爱回家，用她的话说那样每天少睡两小时。

“昨晚我梦见你了，”吕冬冬进门就喜滋滋地对戴有高说，“你对我太好了，给我买了好多吃的。”

“后来梦醒了?”戴有高头也没抬地操作着电玩。今天佐恩和卡蜜尔的情况让他警觉，他打算连夜改善家居条件，换一套够炫的音响，增加一组漂亮的水族箱，从源头上正面引导卡蜜尔的人格塑造，也为佐恩的良好情绪制造环境，不然这个家就得毁掉。

“梦醒了还可以继续做，说不定有一天就能梦想成真。”

吕冬冬说着两腿一盘在地板上坐下，够过身子眼睛往戴有高脸上睃，这样戴有高就不得不抬头看她。她穿一件粉红色伊佐衫，海蓝色七分牛仔裤，特雷托恩帆布球鞋，哈罗猫咪绒线帽下一张红扑扑的脸蛋，一副可爱萌打扮，却是空着手来的，这一点保持了九〇后孩子的作派。戴有高不得不放下平板去冰箱里给她翻零食。

“我没吃饭。”吕冬冬朝戴有高搬来的那堆零食看了一眼，不满意地蹙了蹙鼻头，“我不接受别人不正经地把我打发掉。”

“凑合着填几嘴吧，又没做成一单大生意，轮不上你吃大餐。”戴有高回到沙发上继续打电玩。

“擦，给我买只鸡腿包又不会让你折翼。”

吕冬冬生气，朝戴有高脚上的两只袜子看一眼，怪声怪气地说，“能不能袜商就生产一种颜色的袜子啊，老弄得一只意外身亡，另一只就得被逼当屌丝，还不如殉情呢，一点袜道也没有。”

戴有高顺着吕冬冬的目光往脚上看，发现自己袜子又调包了。他没有理会。她说话没谱，小他一轮多还在他面前冒充大龄空虚寂寞女青年。这也罢了，居然管他袜子穿错衣纽扣错的事，把他这个整天和美鞋美包配饰控顾客打交道的奢侈品杀手不当一回事，这让他不高兴。

吕冬冬也不计较，从地板上爬起来把戴有高往一边挤，人上了沙发，一大堆零食堆在腿弯里，强暴犯似的恶狠狠撕开一包燕麦巧克力架包装，一眨眼工夫吃掉好几条，然后推戴有高。

“我原谅你了。说说你的事。”

“没见我忙着？乖，自己玩，我得把佐恩和卡蜜尔安顿好，不然真得找一个完美的自杀计划把自己了结掉了。”

“别摆谱，我也忙，光收拾自己捅下的娄子就够我忙活一阵的了。”

“又捅娄子了？”

“这周控制得不错，抽风好点，只有七八件烂事没收拾完，周一再解决。”吕冬冬往嘴里填了一块巧克力，拿手堵住往下落的巧克力渣，嘴里唔唔地不停，伸手去夺戴有高手里的平板，“说好了今晚你归我，不许耍赖，给我说说你今天的烂事。”

戴有高不得不收掉电玩，把去李爱那儿的事说给吕冬冬听了。

“哇噻，你老婆真贱，真想抽丫。”吕冬冬听完大惊小怪地嚷嚷。

“是前妻。”戴有高纠正她。

“一样，反正你俩按法律程序正规睡过。”

吕冬冬脸上露出由衷的神情，“我挺羡慕前妻的，她们都欺负过一个活生生的男人，有的还欺负过两个，爽呆了。”接下来她开始埋怨戴有高，“你是缺钙货中的极品，都赎回身子了，为什么不把前妻赶走？难不成还让她在你的国家成立殖民地政府？”

戴有高就说了自己的不甘。他不想离，但没办法，李爱坚持离；他对李爱难以割舍，总觉得她是他身上的一块肉，被离婚这把手术刀给切掉了，而房子相当于手术台，他不能把手术台撤掉，那样他连再做个缝合术的可能都没有了。

“明白了，你是你爸从垃圾堆里捡来的，没喝过亲妈的奶，真的缺钙。”吕冬冬蔑视戴有高，然后兴致勃勃地支招，指导他如何骗取前妻的关注，让她重新爱上他，方法就是在微博上关注她，再取消她，把她拉黑，再取消拉黑关注她，每天这么抽筋十次，前妻非被他弄得神魂颠倒，戴有高就有机会赢得梅开二度，“但也有可能她会被你弄疯。”她警告说。

戴有高觉得头疼，要照吕冬冬说的，他先就把自己拉黑了，省得李爱真的疯了，他也好不了，害人害己。吕冬冬承认事情是有点风险，但既然戴有高还在打前妻的主意，这方法就值得一试。她对他分析，他和李爱目前的状况属于既有历史已经翻过这一页，现实又没有脱掉干系，很像1898年时候的大清帝国和大英帝国，但又不完全像，大英帝国只是盘算着找SB中国皇帝弄点银子，没敢想吞并大清帝国的事。戴有高不同，他想卖身给李爱，李爱嫌弃不要，属于软弱无能那种，不过毕竟主权在他，不如学1997年的中央政府，向李爱下达领土收复令。李爱属于寄居蟹，她得考虑去留问题大，还是继续给戴有高当陪床保姆代价大。就算一咬牙走人，至少戴有高能够收复领土，不会一点眉目都没有。

戴有高脑子快不过吕冬冬，嘴也不如她，明知占不了先的事情，没兴趣谈前妻的话题，叫吕冬冬老老实实吃燕麦巧克力架，小破孩儿别装经验丰富。

“谁说我没经验，”吕冬冬不高兴，“我谈恋爱的一大爱好就是问男朋友能不能让我杀了他，他要说能，我就放弃杀他的权力改为宠他，这样他就不可能抛弃我去爱别的女孩了。”她一说起自己的事就傻呵呵地乐，“我还有一个爱好，就是老叫我男朋友把嘴张开让我钻进去，这样我就能看清他的五脏六腑，知道他到底爱不爱我了。我这样是不是有点犯贱？”她思路跳跃得厉害，说完不用戴有高吐槽，立刻不好意思地自黑一通，“我这货吧特装逼，喜欢的男孩子不愿上去说话，得他主动找我，等他找我了我又烦他，他要不找我我就委屈。哎呀妈呀贱死了！”

“你到底几个男朋友？不是养了个宠物吗，还要去喜欢谁？”戴有高有点犯疑惑，警惕地问。

“你管,又不是我妈。”吕冬冬瞪戴有高一眼。她的眼睛大到令人吃惊,就像从卡通玩具商店里买来的,瞪人时有一股冲击波,电得戴有高麻酥酥的,“就算妈也没用,我从不告诉她我和男孩子睡觉的事。都是前世欠的债,小时候我问我妈我是打哪儿来的,问到第五遍我妈发了脾气,要我去问我爸。她就不能好好告诉我,我是她没能忍住的产物,非得在我心中落下阴影,害得我现在一和男朋友上床就紧张,光着身子到处找避孕套。”

“能不能嘴不那么利索,审审再往外蹦词,一个女孩子,多少得有点矜持。”戴有高皱着眉头训斥吕冬冬,心想还真不能轻视了现在的孩子,再想想自己的情况,有几个年头没见过避孕套的模样了,不免心里升起一股小醋意,“你不会告诉我你和很多男孩子上过床吧?”

“那倒没有。”吕冬冬打了个嗝,不好意思用手捂住嘴,动静很大地从戴有高身上爬过去,够过一瓶可乐,拧开盖咕嘟咕嘟灌了一气,长叹息一声,剩下半瓶塞到戴有高手里,让他替她拿着,“我不集邮,总和一个男生保持肉搏关系。”

接下来吕冬冬说了她和那个男生的故事,内容很常规,没有什么新鲜的——他约她去他家玩,表示他俩可以玩自己的,她玩电玩,他玩她,各不妨碍。她没同意。他很郁闷。他是射手座的,可打高小遗精起他的精子就没在正经的地方出现过,基本上撞手纸自杀了。她问他是不是觉得自己给射手座丢脸了。他说是。他说完那句话就哭了。

“你就因为这个和他睡了?”戴有高张大了嘴,有点不相信。

“嗯。我使劲憋也憋不出别人那种崇高。你想咧,我和很多人头一回见心里就犯嘀咕,会不会和他好上?只要是帅哥我都这么想。你是不是觉得我有点像人尽可夫的贱女?”

吕冬冬看戴有高。戴有高沉哦着没有回答。

吕冬冬看出戴有高担不住这个话题,耸耸肩膀,换了个话题。

“对了,你为什么要和李爱离婚?”

戴有高还是回答不了。其实他是不想和小女生谈自己的事,谈不了。以后他就不怎么理睬吕冬冬,顺过平板继续玩电玩。吕冬冬坐在那儿没人理,挺无聊,两条腿抱在怀里玩自己的磕膝头。

“一看见这对圆润的膝盖骨我心里就发痒,你说,要是我把它们磨成水晶球会怎么样?”她下颏枕着膝盖呆呆地问。

那天晚上戴有高惦记着支出力问题,心思不在吕冬冬身上,他打算安排佐恩和卡蜜尔母女俩去听歌剧,自己留在家里阅读和学习专业技能,以便换取更多的工资。佐恩喜欢那条昂贵的波斯地毯,他会把它买下来,然后他会尽快赚钱换一套带花园的别墅,让家人过上美好的生活。吕冬冬被冷落在一旁,看出戴有高不打算再理她,玩了一阵磕膝头,刷了一会儿屏,打过第三个哈欠,从沙发上爬起来走了。人已经摇摇晃晃出了门,又探进脑袋问:

“老大,你不带把菜刀进被窝?”

“没人杀我。”戴有高头也没抬,手上机械地操作着。

“你心情不好,说不定会自己杀自己,意外身亡呢。”

吕冬冬笑嘻嘻说完就缩回脑袋不见了人影,然后是脚步咚咚上楼的声音,能想到她闲得无聊,闭着眼睛两手伸向前方,学盲人摸索着上楼的样子。一会儿戴有高的手机叮当一响,是她的微信。

“鼓奶。”

“?”。

“睡个好觉,表达美好祝愿的意思。”

戴有高看了看时间,凌晨两点。他决定再打五小时电玩,把支出力补足,早上泡麦片,吃完去华侨城。他放不下李爱,没法放下。他觉得要是自己不抓住李爱的麻花辫,总有一天华侨城那套房子也会嫌弃他,自己做主找个新主人,那个时候他就真的无家可归了。

第二天一大早，戴有高就赶到华侨城。这次他学乖了，没用钥匙开门，摁了门铃。李爱开门的时候也没有光着身子，穿了一条简洁的及地长裙，是那种神秘的非洲花纹，大胆的色彩和图案有极强的节奏感。一头长发梳成粗粗的麻花辫吊在脑后，这让她像附着了一道魔咒，魅惑无穷大，戴有高不得不用胳膊肘儿撑住门，才没让自己顺着门框滑下去。

“别表演慈善事业那一套，”李爱看一眼戴有高怀里大大小小的纸盒，一脸警惕，“记得吗？结婚以后你就给我买过一支冰棍，自己还吃了一多半，那是你最慷慨的一次。”

“不是连人都给你了吗，贪那点外财。”戴有高把拦住门的李爱挤到一旁，抱着纸盒往屋里走。

屋子收拾得和昨天一样整洁，戴有高尽量不去观察干净整洁的屋子和那套看上去庸俗不堪的小清新家具。他不能给自己找不愉快。他希望今天的情况有所改变，他和李爱能在洁净的房子里坐下来好好谈谈，谈完李爱高高兴兴系上围裙去厨房给他做两样小菜，他俩好好吃一顿饭。戴有高有充分的理由相信，房子是一个奇迹，它会在培育出田螺姑娘之后产生更多的惊喜，包括突然拥有的了不起的厨艺、幡然醒悟后破镜重圆的家庭生活，以及佳人扑怀而入的感恩零涕。

“等等。”李爱跟进客厅，拦住往下卸大大小小纸包的戴有高，“我不需要你把公司里的积压货往我这儿搬，我不需要你讨好我。”

“谁讨好你了？没看出我这是在意你吗？”

李爱把胳膊抱在胸前，看戴有高，看得很认真。戴有高不得不恋恋不舍地把目光从她手臂后面那一大片地方移开，看她的脸。

“怎么啦？”

“当一个人不断告诉你他在意你的时候，你觉得他是在提醒你别忘了他的在意呢，还是他没有那个把握，是在提醒自己别忘记了那个在意？”

如果事情只是这样还算不上糟糕，戴有高完全可以劝说李爱放弃当一个哲学家的打算，两个人回到温馨体贴的交谈、卡通图案的围裙和可口的小菜上，可事情却出现了一些失控。这个时候，从屋里走出一个人，准确地说，是从戴有高和李爱曾经睡过五年，戴有高昨天还光顾过的卧室里走出一个男人。那个男人约摸四十岁，大块头，大脑袋，头发厚而密，就跟戴了一顶乱糟糟的帽子似的。他穿着一件皱巴巴的睡袍，好像刚睡醒，眼睛被洋葱冲了似的眯着，看模样不像是家佣，也不是管道修理工。戴有高一下子就傻了，不相信自己的房子里除了李爱还会藏着个穿睡袍的男人，就跟每天都刷牙，有一天突然从毛刷缝里冒出一只天蚕蛾，戴有高当时就有一种崩溃的感觉。

“他是谁?”戴有高问李爱。

“认识一下，”李爱介绍，“这位是戴有高，我前夫。这位是蔡张望，我男友。”

戴有高的脑袋轰的一声大了。男友? 李爱怎么会有男友? 而那个大块头的蠢货肯定没听明白李爱在说什么，竟然咧开厚厚的嘴唇笑，抢上来和戴有高握手，说你好你好，早听李爱说过你，今天终于见面了。好像他这辈子活着没有什么事，就等着见戴有高似的。

“见我干吗，想杀了我?”戴有高脑子一片混乱，他不知道对方是干什么的，但确信对方家里没有一栋百年以上的老宅子，中堂的墙上一排挂着十几个用炭条画的戴瓜皮帽穿黄马褂面无表情的老人画相。戴有高一把推开大块头，扭头冲李爱喊，“你不能这样，我俩的事情用不着别人掺和!”

“我俩什么事也没有。你忘了，我俩已经分开了。”李爱镇定地说。

“那是个愚蠢的决定，”戴有高控制不住地朝李爱喊，“我建议我俩立即纠正这个愚蠢的行为，你让这个蠢货马上离开!”

戴有高的话伤害了那个叫蔡张望的男人，他眨巴了几下眼睛，生气地看戴有高，再看李爱，一副无辜的样子。

“我不会再回到过去，”李爱没有去接蔡张望的眼神，她深深地吸气，盯着戴有高。戴有高突然有一种预感，她会为她的蠢货男友报仇。她果然那么做了。“知道吗，每一次见到你，我就觉得这辈子实在活够了。”

戴有高张着嘴站在那里，他就像一个白来这世上走了一趟，同时还走错了地方的人，不知所措地看着他面前的李爱，不知道接下去该做什么。接下来的事情是李爱处理的，她让蔡张望离开客厅，找个地方待着。那个大块头的家伙真是听话，很快从客厅中消失掉。戴有高觉得自己好像做了一场梦，茫然地朝四下看看，一屁股坐到“宜家”出品的烈焰状概念沙发上。李爱站了一会儿，过来蹲在他面前。

“记得吗？我俩是去年冬天前去市民中心换的证，证换好后你开玩笑，说你一点也不喜欢冬天，但你不反对在冬天获得自由。可你知道，我怕冷，非常怕，这个冬天太漫长了，我熬不住，得找个人来御寒。所以咱俩分开不久，我就和他交往了。”

“御寒为什么不找我，”戴有高愤怒地朝李爱喊，“我才是你的老棉鞋，冬天都是我搂着你睡！”

“有高，有高你要讲道理，”李爱尽可能保持住平静，“你知道我不顾一切地爱过你，那个时候我非常害怕，不知道什么时候失去你，不知道能不能和你同一天死去，我甚至考虑要怎么才能有效地损害自己的健康，在你死去的那一天我的生命刚好结束。”

“我也这么想，但我没敢说出来，”戴有高觉得自己的话非常无力，好像话不是从自己嘴里说出来的，“我比你大七岁，会比你早死，那对你不公平。”

“你也知道不公平了，”李爱笑得凄婉而迷人，但戴有高知道她在笑什么，“你应该说说对我的不公平，为什么你不说？你说你搂着我睡，那不过是你害怕黑暗，你需要确定灯熄灭以后有人待在你身边，一旦睡意上来你就会缩回你的被窝里，丝毫不管我是什么感受。”她凄凉地笑了一下，“和你在一起，我都不知道我是不是有G点，这真是太可怕了，我怎么就成了一个没有G点的女人？”

戴有高知道事情会是这个结果，他一直都知道。他觉得自己真是找抽，他到底是怎么想的？但他还是像被人打了一个耳光，心情坠落到万丈深渊。他认为李爱没有说出事实的全部，他们有过性。那一年他带她去惠州海边度假，他们在海滩上喝冻梅子酒，吃烤海鲳，吵架，在海滩上做爱，彼此搂抱着在珊瑚沙上睡去。子夜过后，涨汐将他俩淹没，他从海水中捞起尖叫着的她，两个人拼命游上岸，水淋淋地攀上一块礁石，在礁石上忙不迭地剥去对方湿透的衣裳。

“我俩是一对淫荡的狗男女。”李爱气喘吁吁地说。也许婚前三年的纠缠让他们耗尽了所有激情，也许她比他小，他一直有所不甘，伊甸园的快乐很短暂，不光他，李爱也一样，他俩开始有意无意躲避对方。有一段时间他俩都感到茫然，他不知道希望她成为什么样子，她也一样，他们有着同样的恐慌。在正式分手前，他们甚至试图找到一种不那么决绝的方式，比如彼此不占有对方身体的爱，像亲人一样活下去，可惜没有成功。“我找不到自己，无法证明自己还有欢愉能力，我没法肯定自己是值得被爱的。告诉我，我还是一个女人吗？”李爱歇斯底里地哭着向戴有高喊叫。戴有高能说什么？他没有同性之爱，也反对建立多边情感关系，这个李爱全都知道，但即使在单一的情感关系中，他也没有做到她希望的一切，现在他落到这个地步，唯一的想法就是能不能慎重地哭一次。

后来又发生了什么，他是怎么从那团燎人的火焰中站起来，离开自己那套婚前财产房，满脑子空白地回到公司的，戴有高一点也记不起来了。

戴有高是在离公司一条街的地方看见吕冬冬的。他俩隔着一条烟火气极浓的街道，来往的路人遮挡着，吕冬冬没有发现他。她鬼鬼祟祟躲在一大丛灿烂的三角梅后面，朝一个小区的大门里探头探脑，然后蹑手蹑脚过去，快速抱起一只小狗，把小狗胡乱塞进一个大挂包里，连人带狗穿过马路消失在人群中。看上去她身手敏捷，但真不适合干小偷的职业——她完全把自己打扮成了摩纳哥公主的样子，印花短裤，军绿色亮片装，帅气的捆绑式比基尼抹胸，套了一件垮到屁股下的秋冬季人头衫，这样的她在人群中非常抢眼，隔着三条街都会被人认出。

戴有高出现在公司大楼天台上的时候，吕冬冬正和那只被劫持的小狗玩得起劲。那是一只两三个月大的雌性贵宾，她俩争一只皮球，人和狗追逐着皮球在地上打滚，一直滚到戴有高脚下。吕冬冬吓了一跳，张着大嘴眨巴着眼睛躺在地上看戴有高，小狗趁机把皮球抢走。

“你看见我偷美娜啦?”

“谁是美娜?”

“它呗。我给它取的名字。在偷之前就取了。你没看过《海贼王》?”

“不光我看了，小区门口的监视器也看了。”戴有高情绪不高，找了处没风的山墙靠着，没精打采地在兜里掏香烟。

吕冬冬从地上爬起来，抱着美娜过来靠在戴有高身旁。“你得先刷牙，不然我不会亲你。”

她不让美娜舔她的脸，伸出一只指头警告丑巴巴的小家伙，抬头快速看了戴有高一眼，“我不是故意要偷的，主要是特别希望找个人来保护，可找来找去没人需要我，只好找它。”

戴有高被烟呛了一下，差点没笑死。世上苍生济济，他想不出来还有谁比吕冬冬更需要人保护。

“别不信，”吕冬冬生气地朝戴有高瞪眼睛，“我真这么想，和好几个人说过，他们都笑我，我就灰心了。本来都放弃了，我打那儿过，它啪的一声出现在面前，让我小欣喜了一下，这说明上帝同意我的愿望，派它来归我保护。”

戴有高扭头瞅那小家伙。它躲在吕冬冬怀里，探出半张脸来看他，看上去它很满意和新主人的关系，这让戴有高有点相信吕冬冬关于上帝的话。他让吕冬冬放心，他不会检举她偷窃的事情，虽然这样做他就有了知情不报的嫌疑。

“我让美娜叫你大舅。”吕冬冬开心，让美娜给戴有高作揖。这回她俩亲上了，唔唔地互相乱啄了几嘴。

深圳湾方向有一些乱云在快速聚集，它们像一大群栗褐色的枯叶蝶、彩虹色的琉璃小灰蝶和大陆红的粉翅蝶，在海湾潮湿的气流中回旋，一会儿聚敛一会儿又散开，形成一簇不断变化的巨大树冠。这是深圳初夏最好的景色，这样的景色让人伤感。戴有高很快说起之前发生的事，他和李爱，以及李爱的男朋友蔡张望。

有一阵吕冬冬没有说话，撅着屁股趴在地上给美娜掏耳屎，没有看戴有高。过了一会儿她有些发呆地开口：

“我特别希望我和男朋友见第一面的时候，他在楼梯上，我在楼梯下，他俯视我，我仰视他，这样他看起来就好了不起，我会一下子爱上他。”

“你不是有男朋友了吗？光着身子摸黑找套儿的那个，还和谁楼上楼下地乱看？你不会说你是多边关系主义者吧？要这样你离我远点，我讨厌这号的。美娜你也给人家还回去，身上七八种男人味，它会嗅觉紊乱。”

“你真信啦？”吕冬冬惊喜地问，又晃脑袋又跺脚，开心得要命，“就是说，我还是有骗人的天分，耶！”开心了一阵，她很快沮丧起来，“算我不要脸，那是骗你。我没男朋友，一个也没有，只是不想让人瞧不起，也不想自己瞧不起自己，才编了个故事。每次跟人说我男朋友特别在意我，我男朋友什么什么的时候我都想哭。我觉得自己太猥琐了。”

戴有高不解地看吕冬冬，他觉得这件事够荒唐，吕冬冬没有男朋友却冒充有，编一大套热闹故事，弄得跟真的似的。他有妻子却把妻子弄丢了，妻子变成了前妻，他俩都是蠢货，都猥琐。

这么一想，戴有高伤感万端，极力摆脱强烈的挫败感，把烟头摁进凉茶罐里。

“没有也罢，至少用不着摧残自己，别像我，辛辛苦苦经营了五年，好容易把婚姻经营起来，女人经营得像老婆了，现在却被别人享用着，心理特别不平衡。知道吗，最糟糕的感觉莫过于仇人就在眼前，你却不能揍他，想起来就泪奔。”

吕冬冬这回没有幸灾乐祸，把美娜抱在怀里，抱得紧紧的，不怀好意地看戴有高。

“看什么，你当我有道德洁癖？你妹才有。他块头大，我担心揍不过他，自取其辱。我现在特别怀念精子时代，那个时候我有无数的好兄弟，他们会和我同仇敌忾收拾那个异族家伙。”戴有高屈辱地猛踢一块脱落掉的水泥尸体，“靠，擦，Shit！”

“还能再恶心一点吗？你有没有‘我他妈真欠揍，怎么没有人来揍我一顿’这种犯贱的感觉？”吕冬冬小脸涨得通红，朝地上恶恶地吐一口唾沫，夸张地在胸口画了个十字，“主啊，请让这个人从我眼前消失吧，我发誓一辈子都不说你的坏话。”

戴有高接不住吕冬冬的话，一时沉默。吕冬冬看他一眼，突然蹦出一句：

“你是一个傻逼。”骂罢立刻换了一张讨好的脸加上一句，“来，换你骂我了。”

戴有高不解地看吕冬冬。

“犯贱是不是？这样我俩都赢了一次。”吕冬冬认真地解释，“你需要过溢性疼痛疗法，忘掉让你耻辱的前妻。我需要强制性忏悔，这样我就不会因为偷人家的小狗睡不着觉了。”

戴有高情绪坏到顶点，他觉得吕冬冬把事情弄岔了道，他不想和一个小姑娘玩互相掴掌的自虐游戏。他只想收拾那个抢他前妻的人，一想起蔡张望那颗巨大的脑袋他就面瘫，恨不能找根一次性筷子戳死那家伙。戴有高这么一想，就起身朝天台入口走去，没走几步就被吕冬冬追上来拦住。

“现在看出来了，你真的是贱民。”吕冬冬把美娜放在地上，站到戴有高面前连比带画，演动画片似的跳来跳去，“知道什么是贱民？你上街去，拦住一超级大块头，冲他喊，鳖孙，有本事揍我，不揍你是小妈养的！小子来呀！噼，哦，啪，哦，”她东倒西歪，抱着脑袋痛苦地躲闪着，捂住小腹踉跄着，嘴里嘶嘶地喘着气。美娜不知道发生了什么事，兴奋地撵着她的脚转圈子，“噼，哦，啪，哦，小子别光拳头，动脚，你踹我一脚！对，往这儿踹，踹心窝子！对，还有腰眼！对，再来两脚，尼玛有点力气好不好？脚抬高点好不好？你直接踹我脑袋会不会？再添点力气，哦谢特，太爽了太感谢你了！”

表演完毕，吕冬冬气喘吁吁，额头上冒着小汗，回到戴有高身边，伸手拽过戴有高的胳膊，用他的衣袖揩了一把汗涔涔的脸蛋。

深圳湾那边的蝶阵突然散开了，有一种风起云涌的架势，看来晚上会有一场让人感到欢畅的暴雨。戴有高突然觉得自己好多了，眼圈没来由地发潮。

“谢谢你，我没事了。”

“你没事了我有。”吕冬冬快速躲过戴有高伸过来摸她脑袋的手，“我这人吧特贱，伤心的时候怎么都无法摆脱伤心，非得找一件更伤心的事情做才能从前一个伤心中挣扎出来。”她把摇晃着尾巴跑向她的美娜抱进怀里，真诚地看着戴有高，“你刚才让我伤心了，你得让我宰你一顿，请我吃顿好吃的。信我，这样我会好起来。”

戴有高觉得这是一个不错的主意，他把吕冬冬拉到身边，学她的样子捏住袖子为她擦去脸上的一道汗泥。他估计那是美娜的屎汤。

他们去了滨海大道的“蓬巴度”。那是一个精致的西班牙餐厅，大厨的名字叫迭戈，脾气很大，食材供货商都很怕他，但他的菜烧得非常地道，在熟客中很有名气。坐上后，吕冬冬十分兴奋，装模作样看了一会儿菜单，气馁地把菜单丢给戴有高。戴有高乐了，叫过点餐员，为吕冬冬点了金枪鱼腩配白芦笋，一杯三得利樱桃酒，他自己要了香煎白芦笋，一杯马天尼白。点菜员离开后吕冬冬殷勤地露出两排白牙冲戴有高讨好地乐。戴有高问她乐什么。

“看到我眼睛放光没?”她把两只胳膊支在桌子上，接吻似的朝他凑过来，样子神秘兮兮。

她的眼睛真的在放光，就像月光撩拨海面，海面上掠过无数条发火鳗。“一看这个你就知道我是个吃货。”她得意洋洋地缩回身去，“每次看到好吃的我都警告自己收嘴，告诉自己那里面放了毒药，但一想到毒药我就兴奋，想看看自己横尸街头的样子。一想到好多警察帅哥围着我的尸体转我就抓狂。”她叹了一口气，“要是我能嫁给一个做烧鹅的顺德师傅就好了，这样我一辈子都有鹅头啃。”她甜蜜的眯缝眼冲他笑了一下，摇晃身子发嗲地加了一句，“我真是不要脸，对不对?”

两个人坐在那儿等菜上来。吕冬冬闲不住，老是转过身去看隔壁桌上人家的菜盘子。戴有高脸臊，觉得自己带出来的女孩怎么就这么没志气，也是有点好奇，把她的脸从别人桌上拧回来，问她，她看上去没什么大毛病，挺可爱一个人，怎么就一个男孩子没缠上，非得把自己弄到编谎话的地步?

吕冬冬脸拉下来，先不肯说，后来说了，她没法和男孩子待在一起，那样她会忍不住数他们脸上的痘痘，一数就泄气。不过最近事情有进展，她看上了一个，20世纪40年代的制服男，魅力无法抗拒。“我特别想强行跟漂亮衣裳和鞋发生关系，”她由衷地说，“一旦得手，我就立刻艳光四射，特别能驾驭，同样的愿望也适合用在他身上。"

"那还等什么，扑啊？"

"扑什么，我得有点尊严，等他来扑我。"

"他扑了？"

"整理仪容、调正领带、捋顺衣领褶皱、用暧昧的目光凝视、装出不在意的样子上来搭讪，男人示爱就那么几步程序，对吧？我在他面前的时候，他从来不发给我上述信息。"

戴有高乐了，心想这孩子刚开蒙，嘴上热闹，不过是看上了某个男生，关系没搭上，连主动示爱都不敢，只能拉着他这个路人甲当陪聊，相当于嘴硬的为心软的疗伤。又一想，这样的吕冬冬其实挺悲催，不应该，就有点儿替她难过，收了笑。

"说吧，小屁孩是谁？我把他拎到你面前，你抽他，抽完再让他好好和你搭讪，剩下的事你自己处理。"

"你谁呀？"吕冬冬不高兴，"自己的事都处理不好，管人家的事儿？"想想又咨询戴有高，"你说我要是考上公务员他会不会注意我？要行我就辞职考丫的。"说完她又烦，一个劲地抓狂，"我哎特他了吗？他不要脸地往上凑，老往我梦里钻，被子卷成筒也不管用。哎呀烦死了，怎么也没个警察大叔来管一管！"以后还没完，再加上一句恶毒的点评，"我这人怎么这么龌龊呀，只配吃麦当劳，你就不该请我来这儿吃大餐。"

闹腾了一阵，菜上来了。金枪鱼经过适度的烙制，激发出鱼肉的油脂香味。白芦笋完全白灼，配上淋过黑橄榄油的田园沙拉、牛油果、阳光下自然晒干的番茄干，色彩斑斓，闻着就能昏厥过去。吕冬冬立刻忘掉了刚才的烦躁，刀叉并用，吃得直哼哼，两条腿还不老实地在桌下乱晃。她穿一双方头厚底皮鞋，踢得戴有高直抽气。戴有高没工夫生气，他自己的那道菜也挺不错。那顿饭他俩吃得都很开心，吕冬冬尤甚，把俩人的四片蒜蓉面包全塞进嘴里，让戴有高大惊失色，弄不懂这家伙这种吃法，怎么人就能瘦成这样。吕冬冬没觉得自己无耻，声称这辈子最大的愿望就是吃遍人世间凡能入口的东西，然后含笑九泉。为此她申请来一瓶正式的酒，最好是黑坛芋烧，而不是黏糊糊的甜酒。戴有高觉得这个提议不错，他觉得他俩这样的情场悲催者都需要安慰。

那天晚上两个人都喝多了，从“蓬巴度”出来，戴有高拽着吕冬冬的衣领，吕冬冬牵着戴有高的衣摆，两个人像两条尾鳍不稳的钉尾鱼在人群中回游碰撞，步履蹒跚地穿过海风阑珊的大街。一回到宿舍戴有高就吐了，像吃了药鱼的狗一样，撅着腚抱着马桶翻江倒海地吐。吕冬冬也想吐，但觉得吐掉太可惜，忍着没吐，伺候戴有高换下脏衣裳，把他弄到床上躺下，再从自来水管里接了一杯水让他漱口，然后消失掉。一会儿她又出现在宿舍里，一手搂着美娜，一手捏着两只橘子，人东一下西一下站不稳，慵懒地躺在地板上睁着迷蒙的眼睛，断片似的哼着含混不清的流行歌。美娜在她和橘子当中跳来跳去，把唾沫涂了她一脸。那是戴有高彻底醉过去之前最后的印象，以后的事他就不记得了。

第二天早上戴有高醒来时天还没亮，窗玻璃上趴着一层欲进无门的乳白色熹微，他看见了吕冬冬。她腰板挺直地盘坐在窗前的沙发上，怀里抱着酣睡的美娜，眼睛盯着窗外空荡荡的大街发呆。戴有高被吕冬冬纹丝不动的专注姿势打动了。他猜她就那么坐了一夜。他还猜，她是在看那些趁夜在大街上散步的鬼魂，而且他们肯定被她的专注样子吓坏了，在黎明到来之前作鸟兽散，所以除了她之外，没有任何人类看见过他们。

“你在床上的姿势难看极了。”戴有高从床上滚下地的声音惊动了吕冬冬，她回过头来看了他一眼，人少见的安静，没有平时的作怪，目光亮如启明星，也是平静的。“我爬床的姿势就特别好看，不幸的是那是爬我自己的床，没骗你，每天晚上我都会强迫自己早点睡，而且睡觉的时候总是把姿势保持得端庄大方，这样万一我死了，第二天早上别人就会说，哦，这是一个公主。”

戴有高昏沉沉的，头疼欲裂，捂着脑袋坐在床头呆呆地看吕冬冬，他觉得那是他听过的最好的“早安”。然后他去盥洗室撒了一泡尿，往牙刷上挤了平时两倍的牙膏，用力刷牙，从盥洗室里探出头来问吕冬冬是不是一夜没睡。

“算你欠我一次，以后加倍还。”吕冬冬把美娜抱起来，人从沙发上起来，美娜放回沙发，让小家伙继续拉着小呼酣睡，“再说睡也没什么意思，好多事情都会在你睡着之后溜走，后悔都来不及。”

戴有高想到大街上那些幽灵，哑然一笑，差点没咽下一口牙膏沫。

“要我睡也行，” 吕冬冬打开微波炉热牛奶，“我也没别的奢望，就想谁趁我睡着的时候塞根红线在我手里，我醒了就顺着红线找到他把他吃掉，别让他没事儿到处跑。”

“我也是，我对绳子着迷，就想找根绳子把李爱拴上，别让她跑掉。”戴有高往池子里吐漱口水，他在想他和李爱的五年，这五年就像手机短信，一个字一个字地写，伤眼耗神，挺不容易，到头来一摁键全给删除了，五年的生命就这么夭折掉，“我俩太像了，要不你也别找制服男了，你跟我过吧。”

吕冬冬背对着戴有高，手在微波炉按键上停下，接着又摸索了一阵。“你说真的?”她的声音有点不对劲。

“别吓着，就一句比喻。”

戴有高把泡沫吐进水池里，开始洗脸。他就是不能接受李爱有了人这个事实，他决定找到弄丢的线头，把李爱拽回来，把丢失的五年找回来，不能说删就删掉。他那么想的时候，吕冬冬把热好的牛奶从微波炉里取出来，插吸管时没当心，牛奶溢出来洒了一地，人站在那儿看着地上的牛奶发呆。

接下来的日子戴有高心如杂草，没心情干活，好几次外出工作时坐过了站。一到晚上就失眠，睡不着，玩《模拟人生》玩到凌晨，困劲儿来了也没法入睡。有两次他去盥洗室对着镜子打飞机，打完把自己洗涮一遍，上床安静地发呆，等着天一点一点亮开。戴有高不想让自己老陷在坏情绪中，给自己找了一件事情做，去献血站扎了一针，抽掉200CC。可献过血以后情况还那样，纠结没戒掉，夜里依旧失眠。他一咬牙又去扎了一针，这回加了码，让护士为自己抽掉300CC，可情况仍然没有好转。他完全绝望了。

有时候戴有高和吕冬冬会在天台碰上。吕冬冬上班的时候偷偷把美娜藏在那里，下班后再装进大包带回宿舍，这样小家伙整个白天都能在蓝天白云下撒欢，不会被宿舍的管理员捉走。戴有高去天台上抽烟，好几次看见吕冬冬和美娜争抢台湾烤肠，她要抢赢了就得意，抢输了就吼美娜，心眼儿小得要命。戴有高觉得吕冬冬这样挺无聊的，不如正经找个人玩，制服男不上套，换个别的品种也比和美娜厮混强，那样谁欺负谁都合理。吕冬冬先绷着脸不回答戴有高的问题，后来忍不住说了，制服男放弃了，现在换了个幽灵男，但还是没成功。

“一般情况下，和他起腻是缓解压力的好办法，我是说如果能够和他起腻的话。”吕冬冬打不起精神来。

“他白天宅在幽灵屋里不出来，没给你起腻的机会，还是夜里你害怕，没敢去幽灵屋找他起腻？”戴有高嘲讽地问，问过以后立刻明白那是怎么一回事。还是老问题，吕冬冬有交际障碍，揣着一份意淫自己折腾自己，根本就没和人家幽灵男纠缠上。

“不是怕献丑，我在他面前用力表演，结果他一点也不喜欢我这号小丑。有时候真想掴自己嘴，我要再想他就把自己倒进抽水马桶里自行了断。”吕冬冬烦躁地冲戴有高瞪眼睛，“看什么？我知道我有问题，但是我能称呼自己寡人，你行吗？还有个前妻，想当寡人都当不上。”

戴有高心想她说对了，自己做不了寡人，不愿意做，没法做，但不光他有问题,吕冬冬也有,整个世界都出了岔子,该开始的开始不了,开始了的中途翻车,怎么就会这样? 这么想着,情绪不高地把烟头塞进凉茶的空罐里,起身离开天台。

"如果你喜欢我,"吕冬冬在后面大声喊,"明早叫我起来的时候给我打包牛肉面外加两罐脉动,不过你要是假装不喜欢也没关系。"

戴有高没有回头,他有新的决定,他不能像吕冬冬那样坐以待毙,最终把自己荒芜掉,他得打起精神做最后一次努力,不行就收回房子,把李爱和那个大脑袋的男人撵到街上,让她随便去。

星期六一大早,戴有高再度出现在华侨城。

他进门的时候,大脑袋的蔡张望系着一条图案夸张的围腰,手里捏着块清洁棉在收拾碗筷。李爱不满意地问戴有高这次又来干什么。戴有高本想理直气壮地告诉她,自己来取东西,顺便查查自己的物品是否被随便什么人翻动过,有没有贵重物品不翼而飞,但他看了看桌上的残汤剩羹,没说那话。

"你俩谁下厨?"戴有高问蔡张望。

"李爱。我做饭她不爱吃。"蔡张望眨巴了一下眼睛,朝李爱看了一眼。

戴有高发现两个贱人的小日子过得比他嗨多了,李爱显然已经学会了广东人调精养气的一套,煮了鱼骨菜粒粥,蒸了牛肉球和紫薯。"这份贴心巴肝的早餐他惦记了五年没惦记上,现在让大脑袋的蔡张望享有了,这让他火冒三丈。

戴有高扭头看李爱。李爱知道戴有高看什么,有点窘,支吾着让蔡张望去晾台收衣裳,蔡张望一离开她就气汹汹问戴有高想干什么。

"我就想要怎么做你才能重新归我。"戴有高说。

李爱崩溃了,这回没捂眼睛,而是捂住脑门在客厅里转了个圈,像一只找不到自己尾巴的猫。

“知道吗戴有高，我不想你打我的主意，那让我有一种被人偷了的感觉，我还是想完整地睡在自己床上。”

“这我能保证，但你得跟我睡在床上，而不是跟别的什么蠢货。”

戴有高咬住了，他知道这是关键时刻，自己必须咬住，说完他把李爱撇在客厅里，带着一把椅子去了晾台。

蔡张望在晾台上收拾衣裳，怀里红红绿绿抱了一大堆。戴有高坐到洗衣槽上，勾勾手指示意蔡张望过来，坐在他搬来的那把椅子上。蔡张望狐疑地看了看戴有高，抱着衣裳神色凝重地过来了。戴有高想，也不知道暴打这小子一顿会不会让他高兴起来。

“介绍一下，我叫戴有高，李爱的男人。”戴有高说。

“上次介绍过了，我知道你是谁，”蔡张望狡猾地眨了眨眼睛，“你说李爱的男人那是从前，现在换人了，换了我。”

“我明白你的意思，”戴有高拍了拍蔡张望宽厚的肩膀，示意他别自作聪明地抢话。他猜自己是想试试对方的力道，要是对方没那么壮，而且不反抗的话，他会上手掐住对方的喉咙，然后在那张大脸上狠狠地来上一记，“你是说，我上辈子是一堆狗屎，你也是，我们隔着一条街，没有机会见面，但臭味相同，这辈子都惦记上了李爱。”

“你想说什么？”蔡张望警惕地看戴有高。

“我的意思是，咱俩做兄弟肯定不合适，挺虚伪的，但咱俩是男人，和李爱前后脚离着不远，至少能交交心。顺便说一句，你未经许可使用了本人私权法保护下的便池，侵犯了本人的权利，这话没冤枉你吧？”

“我不是故意要用的。如果你想听实话，你的审美趣味糟透了，你这儿没有一样东西能满足我的审美需求，包括便池。”蔡张望竖起一只手指阻止住戴有高，“听我把话说完。小区里没有公厕，开头两天我不敢喝水，每次来这儿前我恨不能用榨果机把自己榨两遍，可我肾不好，一口水不喝皮肤都能自动吸水，的确出于无奈，闭着眼借用了一下便池，这个请你原谅。”

“便池的事先放一边，”戴有高发现对方表面不失礼节，其实挺硬的，不是一个容易拿住的家伙，不便转移话题，“我问你，你打算拿李爱怎么办，是玩一下就下线呢，还是拿她当《海贼王》，打算陪她几十年如一日地熬下去?”

“你认为我是个无赖?”蔡张望有点不高兴。

“或者更糟，你确实是无赖。”戴有高一点不客气，不让自己的目光从蔡张望脸上移开。

“放心，我已经向李爱求婚了，她说考虑考虑再回答我。”蔡张望说。

“你脑子没问题吧? 你又不是兀鹫，非得吃人家丢掉的腐肉!”戴有高有些急。

“我就好这一口。肉太新鲜我蛋白质过敏。”蔡张望一点也不脸红。

“知道了，”戴有高看了蔡张望一会儿，“你是我见到的最蠢的奇葩，就你这种智商，还说让人放心的话。别急着上火。你面前坐着个和李爱结过婚的人，他俩在一张床上满怀激情地滚了五年，到头来还是离了，你当决心一下就能消化她?”

“这样啊，”蔡张望笑了，很快收住，慎重地说，“我和前妻一起生活了七年，加上拍拖，一共十一年，资历不浅。我看重有经历的女人。”

戴有高愤怒地盯着蔡张望，亏了他的眼睛不能发射子弹，要是能，他保证自己会抠住扳机不松手，一口气打空弹匣里所有的子弹，让大脑袋贱男当场横尸晾台。那一刻他突然想起吕冬冬的口气——我是杀了他，杀了他以及杀了他，还是杀了我自己? 但他光那么想了，没来得及行动，因为蔡张望开始反击了。

蔡张望把一堆衣裳堆到戴有高怀里，拿戴有高的怀抱当了衣篮，拿过一件娴熟地叠着，他接下来的话把戴有高牢牢地钉在那儿动弹不得。

“先申明，话不是冲你说的，冲咱俩。你想过没有，咱俩其实挺无聊的，虚情假意说了半天，有一句替李爱想的吗？她奔三十了，老大不小，往前一步叫中年，你没见她最近总穿反年龄款式的衣裳，蕾丝亮片全上了？那叫角色焦虑。你把自己换成她想一想，皮肤不再光滑了，乳房往下耷拉，走路身子向后坐，心不催人，岁月逼人，再往下问题会更多，她撤不下来，得抗争对不对？可她又不是那么好侍候的主子，同性亲密做不到，性爱社区不愿进，你让她拿什么去抗争？”

蔡张望将叠好的衣裳放在一边，长长叹息一声。

“她只剩下一条路，抓住情欲能量守衡定律，对抗中年危机的全面到来，这个，你自己琢磨琢磨行不行。你总不能让她成年累月在自己的男人身边守寡吧？那样你会被我笑死。”

戴有高呆呆地看蔡张望，脸上红一阵白一阵。现在他看出来了，对方不光脑袋大，胸怀也大，大到能装下岁月这种东西，连同着把李爱妥妥地装进去。这样的胸怀他没有，也做不到。戴有高一时泄了劲，知道他和蔡张望之间的交手已经结束了，蔫头耷脑地坐了一会儿，怀里的衣裳堆回蔡张望手上，起身离开晾台，穿过客厅，拉开门进了电梯间。

有两周时间，戴有高没有再去骚扰李爱，不是不想骚扰，是在和蔡张望交过手之后，他中了意志瓦解弹，勇气尽失。那两周他的情绪不好，心里充满恨意，每次看到路上驶过油罐车他就激动，像是见到前来增援的战友。戴有高告诉自己别犯傻，李爱跟自己五年，够苦了，如今她有了一个能够容纳无尽岁月的大脑袋和有希望的新生活，他应该祝福她脑体双赢，从她身边消失掉，别再不依不饶地缠斗下去了。

那两周戴有高也没有见到吕冬冬，晚上她也没给他发微信要他陪聊。有时候戴有高会想起她，一想到这个神经大条的削瘦女孩，他总是会心一笑，觉得自己也不是世上最软弱的，软弱者大有人在。可吕冬冬什么消息也没有，好像人消失了。要不是有一天小佟和戴有高提起她，戴有高甚至都记不起他俩有啥关系。

那天一下班，小佟就拉住戴有高，说要请他吃饭。戴有高心烦，不想去，小佟说了实话，吃饭是假，请戴哥做晏婴是真。原来小佟看上了吕冬冬，追她有些日子，女孩一直不搭理。小佟知道她和戴哥走得近，求戴哥替自己在吕冬冬面前美言几句。戴有高先盯住小佟的脸看，没看出脸上长痘痘，又问小佟有没有制服癖。问完乐了，不说乐什么，答应小佟这事交给他办，他找吕冬冬说去。但小佟也别闲着，抽空恶补几部幽灵片，做好心理准备。虽说吕冬冬早到了发情期，是最好的上马情歌下马草窝的调情对象，可这孩子情绪多变，小佟得做好受虐准备。小佟高兴坏了，表示不用看幽灵片，今晚他就抱床被子溜进西丽公墓去当幽灵，练好了灵现吕冬冬爱怎么虐待他都陪着。

说什么撞上什么，第二天戴有高就在天台上遇见了吕冬冬。他去那儿抽烟，她在那儿，人趴在墙头呆呆往远处看，美娜在一边气汹汹咬胶骨她也不去抢，看上去有点打不起精神。

"吓我一跳，"戴有高走近时吕冬冬惊了一下，夹起胳膊护住胸口，"我还以为一摊屎掉下来了。"

"看什么？"戴有高朝吕冬冬看的方向看了一眼，"是不是约了外星人，飞船在路上遇到了什么麻烦，误点了？"

"没心情约人，就想伤心死算了。"吕冬冬打不起精神地说，"不光我，巧克力也很伤心，它漂亮，可人们还是会吃掉它；鞋子也很伤心，它能走路可没人问它想去哪儿。"

戴有高看吕冬冬，她脸色不太好，样子有点魔障，戴有高就自责，他俩在一起的时候老是聊他的事，聊一个扑过咬过，然后又被撵出巢穴的过气老男人的不堪生活史，从来没有认真涉及过她的事情，他怎么会这样？戴有高那么一想就觉得自己挺不地道。

"这星期没看惊悚片，抑郁症犯了？为什么不告诉我，我带你疯去。"

"警告你，对我坏一点，别那么爱我，"吕冬冬显然不喜欢听这话，回头冲戴有高扮出一副随时可能发作的脸，“总有一天我会发现你不那么爱我了，我会杀了你，然后大哭一场，这对我们两个都不好。”

有一阵他俩谁都没有说话，看戴有高来之前吕冬冬看的那个方向。初夏快要结束了，凤凰木和木棉树的芬芳早已飘零尽。天气预报说6号台风“温比亚”已经形成，就要来了，那个以马来西亚棕榈树命名的家伙躲藏在一览无余的晴空后面，看上去来者不善。然后戴有高提到了小佟。小佟是好小伙，南京大学硕士生，二级运动健将，准男神级别，这些优点公司的人全知道。

“别提他，”吕冬冬像吃了一颗没渍好的话梅，咧开嘴抽气，“每次看到他我都面瘫，他怎么不去扶贫？”

“别说假话，他配昂碧丝难度大点儿，配你算你撞上了绩优股。”

“能不能再恶心点？都二十六了，整天抱本《美少女战士》看，武内直子知道了牙都得笑掉，凭什么要我给他当御姐？”吕冬冬支起两只瘦弱的胳膊，钳猩猩似的捂住耳朵，看上去他俩不是一个星球的，她是奥尔德兰行星的丽亚公主，他是银河帝国死星的执行官黑勋爵，两个人不共戴天，“顺便说一下，只有一次我想当御姐，不是报纸上讨论好多男人在家里都挨老婆耳光的那次，是电视里说有个美国娘儿们开坦克上班的那次。”

“犯贱是不是？”戴有高不高兴，怎么说小佟是他手下的人，他不愿小佟被糟蹋。

“特别不好意思告诉别人，我就犯贱。”吕冬冬冲戴有高翻白眼，“我是这样的人，谁愿意打我一顿，让我嗨到翻，我就一辈子对他好，腆着脸往上凑的免谈。”

他俩僵住了，谈不下去。戴有高觉得自己在这方面特别无能。他觉得所有的男人在撮合漂亮女孩搞对象这方面都天生无能。他提醒自己耐心点儿，就当活到三十三岁，忽然在大街上捡到个老爸在外面偷偷生下的妹妹，得把这个妹妹打发掉，不能带回家去争遗产。戴有高破例没有坐在他的吸烟专用椅上,同时破例吸了第二支烟。

“你多大,十九了吧? 给你普及点法律常识,就你这样的,要活在孝惠皇帝那会儿,四年前就罚你六百钱,私田没收掉了。要活在宋仁宗手下,六年前你就得嫁人生孩子,不然没你活的资格。改活在明太祖手下,你这种还单着的主,东厂的大棒子早打死你五年了。这会儿你还捂着不脱光,你那是不道德,天理难容。”

“我不想那么麻烦,”吕冬冬不爱听这套,大大咧咧地说,“我就想这辈子能包养谁,证明我有这个经济实力,但又想那只能证明经济实力,别的什么也证明不了,那又何必包养,改约炮还能证明泡哥手段。”

戴有高双眉倒竖,夹烟的手伸向吕冬冬,指住她的嘴。吕冬冬立刻咬住嘴唇,惊恐万状地用手捂住,然后松开手。

“别说我,说你的事。又去见前妻了? 好玩吗?”

戴有高伸出去的手指还没收回来,一时收不回来,愤怒地盯着吕冬冬,心想她过分了。吕冬冬感觉到自己的失态,愣了一会儿,突然发飙。

“我擦,只为一个人活着这种事根本就不靠谱,说明这个人得和世界一样了不起,太不科学。”她烦躁地抱起美娜就走,看上去要不那样她会立刻哭出声来,“尼玛现在我算知道了,心情不好的时候躲着不见人的姑娘都是好姑娘!”

天台的门在一人一狗身后关上。戴有高呆站了一会儿,告诉自己潮气重,别在天台上待太久,再待下去他会很快变成一个发霉的人。他这么想过,掏出烟盒点上了第三支烟。

当天晚上戴有高就病了,病得莫名其妙,没头没脑的就烧到三十九度多。那天正好是周末,老丁一下班就没了影,小佟问过吕冬冬那边暂时没有进展,悻悻地表示自己有耐心,能等,也消失了。戴有高在宿舍里糊里糊涂睡了一夜,中间起来灌了两罐水,接着又睡。

第二天早上醒来的时候,戴有高看见美娜兴致勃勃地在床边拱着一大堆零食袋，吕冬冬木偶似的坐在地板上，不断地支着腮帮子打哈欠，看样子困得要命。看到戴有高醒了，吕冬冬立刻开心起来，问戴有高渴不渴，要不要喝脉动、宝矿力、佳得力或者尖叫。饿不饿，要不要吃薯片、巧克力、果冻或者一口鲜。她怕他挑食，各种品牌买了一大堆，保证必有一款适合他。戴有高想了一会儿，没想明白，昨晚没约陪聊，吕冬冬是怎么进来的？

“昨晚做了个噩梦，吓得不敢睡，就下来了。”吕冬冬老实交代，“打算踹你门，门就没关，还以为你招了妓，想见识见识那姑娘。我特别佩服那些能把自己大把换成钱来花的女生，我就没她们勇敢。”

“羡慕什么不好羡慕高危职业，你当那份钱好挣？”戴有高迷糊着爬下床，感到骨头散得归不拢，身上凡有缝的地方都钻风似的隐隐作疼，“梦见什么了要踹人家门？”

“梦到我爸了。”吕冬冬过来把戴有高按趴下，跪在床上给他捏腰眼儿，“他抱怨说骨灰盒子里太憋闷，问我能不能带他出来散散步。”

戴有高愣一下。吕冬冬过去老爸老妈的嘴上说得挺热闹，他没想到是这样。

“那，你妈呢？”

“在别人床上。她自己的家，床是那男人买的，那男人说他不想睡别人的床，这样我妈就得在自己家里睡别人的床。”吕冬冬偏过头快速看了戴有高一眼，显得特别烦，“你能不能不这么八卦，我这么说我妈特卑鄙。快去刷你的马牙吧，我肚子饿了。”

戴有高愣一会儿，想到吕冬冬父母是创一代，艰辛打拼了三十年，杀出一条生活的血路，最终把自己杀没了，家杀没了。又想到吕冬冬住宿舍的原因，不是她说的能多睡两小时，那么一想，心里就凄凄然，起身往盥洗间去。

戴有高很快收拾妥当，从盥洗间出来。吕冬冬已经撕开包装，食物全倒出来，盛在好几个盘子里，兴趣盎然地摆满一桌，俩人在晨曦初映的窗前吃早餐。

“能不能吃什么开什么，”有了刚才那一出，戴有高心里涌动着没来由的疼惜，埋怨吕冬冬，“都撕了吃不了全得潮。”

“我爱潮，”吕冬冬不买戴有高的账，白他一眼，“我拿我的钱买的，等于我的孩子，我愿宠它愿掐死它是我的事，碍你什么了？”

戴有高知道没法争，就不争了。他咬着巧克力夹心饼，看吕冬冬，她今天穿了一件粉嫩的冰激凌色连衣裙，外面套一件极简风格的藕色皮革甲胄，难得的贴近本色，不矫情。

“你是不是觉得我今天打扮得特别炫，祸害大街上那些帅哥超有资本？”吕冬冬笑嘻嘻地把一块士力架塞进戴有高嘴里，顺手抹掉沾在他嘴角上的巧克力渣，“我也感觉出来了，早上去二十四小时店里买东西时看见那些帅哥的眼神吧，就觉得他们犯了选择困难症。我这种人真该被整死，不然留着害人。”

戴有高笑了一下，突然不笑了，觉得事情有些不对。他看吕冬冬。她也在看他，眼神就没从他脸上挪开。他有些犯愣，联想到他对她提起小佟的那件事，还有过去她和他聊的那些话，脑子里不由得冒出一个念头，这孩子不会是在和自己套磁吧，这么一想就认真了。

“冬冬，我们谈件正经事，”戴有高把吕冬冬的手从自己脸上拿开，正色道，“为什么不考虑小佟，他人哪儿不好？”

“提他干吗？”

“别回避，就说这个。”

“凡是温情脉脉给我让路的男人都是好人，老实说，他算一个。可你没见他往脸上抹兰芝护肤霜的样子，很难判断他在往脸上糊屎还是糊像屎一样的东西，我没法接受这个型号的，还不如跪求坏人勾搭。”

“直截了当，你是不是喜欢上了我？”

吕冬冬愣住，看戴有高。戴有高看她直愣愣的眼神，心里咯噔一下，想还真是啊，就觉得事情有些荒唐，怎么会这样？没容戴有高往下想，吕冬冬演默片似的咧一下嘴，然后狂笑起来。

“都让前妻消费成这样了，你也真敢想。”

吕冬冬笑得撑不住，人往地板上倒，看出戴有高反应不过来，连忙抬手抹一把笑出来的眼泪，爬起来解释，“我没打击你的意思啊，就是一个比喻。谁不知道啊要你教，千万别缠大叔，防大叔和防妖孽同等重要，他们的严肃脸装逼眉讥讽口气非常危险，他们的深邃眼神啊啊啊啊我就不说了。”她想了想又补充，“不过你这么说也对，一个正常女生一生中总要迷恋一个闺蜜、一个随便什么样的动植物、一个正太和一个大叔，要不，我考虑考虑拿你当个人选？”

“别闹，算我脑子烧出毛病了，没事瞎琢磨，一会儿能动弹了请你去吃大餐。”戴有高闹了个大红脸，觉得自己没意思，连忙找话撇清往外撤。

“这个我同意。”吕冬冬笑嘻嘻推开戴有高，翻过他窝进沙发中，“其实大叔也挺好，生气的时候可以扑进叔怀里，舔，蹭，起腻。小男生脸皮薄，一般经不住，而且身上光是骨头，蹭起来不舒服。”

“要这样，干吗不蹭猪肉去？”戴有高掩饰着去抓可乐瓶，仰头灌一气，被水呛了一下，“免费提供一个忠告，那种清清爽爽肥瘦相宜的大叔都是电影里编出来的，世上真没有，你得去找小佟那款的，明白吗？”

“你是不是觉得我要闲着了你会害牙疼？”

吕冬冬看戴有高一眼，认真了，收拾起嬉笑，“每次付完钱取回冰激凌，我都会把冰激凌交到另一只手里，对自己说，给。每次迈脚下台阶，我都会告诉后面一只脚，跟上。我什么时候向你卖孤独了？”

“行行，算我没说，你爱孤独不孤独。”戴有高打算撤掉，起身去盥洗室。

“别走，我话还没说完。你说你喜欢我，”吕冬冬急急忙忙解释，“这是有可能的。我刚才说正常的女生一生中会爱上四种男人，正常的男人也一样。不过男人挺物质，不会爱上动物和植物，他们会爱上一个女神，一个女神经，一个御姐和一个萝莉。你前妻是女神，还是御姐，占了两样。我呢，又神经又萝莉，也占了两样，这样我就不得不成为你的下一个目标了。"

戴有高站在那儿，思路一时乱了，人有点控制不住，回头看一眼盥洗室，再看吕冬冬，火气往上蹿。

"想和我玩是不是？咱俩玩碎尸，你干吗？"

"吼我干什么，我该你嚣张气焰啊？"

吕冬冬被戴有高吓住，愣一下也发作，冲戴有高大喊。喊过以后两人都不说话。屋里很静，能听见晨曦快速从屋外通过时擦拭玻璃窗的声音。吕冬冬突然垮了，丢下手里的食物，身子缩下去，再缩下去，脑袋埋进双膝间，扳住脚趾不让戴有高看她的眼睛。

"我觉得自己特没出息。我不是故意要恨你的。好吧，我就是故意要恨你，我以为这样你就会来杀我，你没杀我就说明你爱上了我，可这种好事一直没发生。我叨叨叨，叨叨叨，只不过想让你知道我想和你说话，我宁愿遇到一百次找厕所无门的事也不想你不理我。我知道你讨厌我，嫌我话多，没一句有用，可我想说地球总有一天会爆炸，我们要及时行乐你听得进去吗？"

堤坝轰的一声垮了，戴有高被冲得身子往后仰，脑子发蒙，有点失去控制。他努力平衡住自己，心想怎么会这样，这事是怎么发生的，怎么处处他都在场，处处他都聚不住焦？一塘泥鳅，他是塘里的泥，条条泥鳅都和他有关系，哪条他能抓上手？

"人犯贱要有个底线，明知不该做的事千万别做，"戴有高语无伦次地说，"别的东西能理赔，人要受损了理赔不了。"

"我愿意损，"吕冬冬犟在那儿不肯后撤，"损了我活该。"

“我真想把指头磨磨，好好搅搅你的脑浆，”戴有高咬牙切齿，“你刚才都说了，我是个废人，你说对了，我不会对你负责，我连自己的责都负不了，能替谁负？”

“我对我的手机也这么说，”吕冬冬固执地把脸埋在腿弯里，不看戴有高，“每次买新手机我都会告诉它们，我不会对它们负责。”

“你有毛病？”戴有高拉下脸，“你当萝莉是iphone5s，人人都排队抢购？恶心死了。我就惦记御姐，我就守李爱，你就当我和她正练分居课好了。”

“那好，那我和她就成了情敌。”吕冬冬一听这话就从腿弯里把头拔出来，毒舌地冲戴有高说，“再说她已经有了人，她已经不要你了，有些事情一旦错过就无法挽回，就像融化掉的雪糕，你得另买一支填进嘴里。你可以买我。”

“你的意思你想撸一把？”戴有高无路可退，回头朝没来得及整理的床上看了一眼，“咱俩上床玩Sadomasochism？”

“别了，怪累的。”吕冬冬吓一跳，下意识地往后缩，带着桌上的食物泥石流一般往地板上掉。戴有高以为把她吓住了，松一口气，没想到她随即发作起来，冲他尖叫，“傻逼，谁让帅哥一出来一堆，难道他们不知道好姑娘都有选择困难症吗！”

戴有高愣一下，他知道吕冬冬在说谁，她在说小佟。那是她的菜，她明白这个，一点也不糊涂，她本来应该种到他身边去，他俩共同浇下一瓢大粪，再浇上一瓢大粪，然后彼此纠缠着可劲儿地生长，但她管不住自己，上瘾似的要从泥地里往外拔，非要找棵歪脖树把自己祸害掉。戴有高那么一想，突然明白自己和吕冬冬一样，他们都是Masochism患者，都在成长期长错了地方，悬在青黄不接的枝头不上不下了。

“知道吗，就你这种找虐的，快递公司要有业务我就直接打包把你邮寄给随便什么人，他爱收不收。”戴有高烦躁极了，踢开一地的薯片过去拉开宿舍的门,“滚回楼上去,我吃东西困难,不想吃进去再吐出来。”

“我不走,别赶我走。”吕冬冬知道事情闹大了,央求着不肯离开。

“回你宿舍去。”戴有高指门外,眼睛瞪得溜圆。

“至于那么厉害? 就陪你一会儿,会死吗?”吕冬冬小脸发白,嘴唇哆嗦。

戴有高过去拽吕冬冬,把她从沙发上拽起来,拎着胳膊往门口搡。吕冬冬拼命反抗,低头狠咬戴有高手腕。戴有高疼得倒抽一口冷气。美娜过来帮忙,咬住戴有高的拖鞋,他差点没踩死它。

“你才找虐,你真觉得你有前妻很酷,受虐受出了气场?”吕冬冬死死扒住门口不让戴有高关上门,“问问美娜它怎么想,它会笑死!”

戴有高把吕冬冬推出门,美娜也吱哇乱叫地丢出门,回手把门插上,看一眼咬出牙痕的手腕,回到床上拉过被子蒙住头。吕冬冬在外面踹了好半天门,以后就没动静了。

戴有高昏昏沉沉睡到下午,直到一个电话把他叫醒。

打死戴有高他也不相信,电话那头的人竟然是蔡张望。他吞吞吐吐地约戴有高见一面。

“我们谈谈,”他殷勤地说,“李爱去龙华给客户送生日蛋糕了,你来家里吧。”他说“你来家里吧”,没说那是谁的家,口气暧昧得让戴有高想骂人。戴有高烧没退下去,让吕冬冬一闹,热度又上来了,人打不起精神,第一个反应是不去,但他却像让鬼撵着了,从床上爬起来穿衣裳,穿好抽自己一耳光,摇摇晃晃地出了门。

蔡张望为戴有高开了门,从鞋柜里拿出鞋套递给戴有高,让他套上鞋套进门,告诉他自己做证券投资,在家里穿着拖鞋就能把钱赚了。蔡张望的确穿一双暧昧的双色人字拖,但戴有高不喜欢他说家里的话,鞋套丢在鞋柜上,脱了鞋穿着袜子进了门。

以后他俩就坐下来谈事,蔡张望上来就说了找戴有高的原因。李爱最近变得很烦躁，每天都像要来大姨妈似的，脾气很大，让人费琢磨。蔡张望不想事态恶化，决定冒险屈尊找戴有高，从他这个前夫嘴里弄点有用的情报，看看怎么才能把李爱伺候住。

“我和李爱年纪都不小了，不打算耗下去，要能成，过了夏天就把事办了，”蔡张望诚恳地说，“知道找你是下策，但实在没有上策可用。”

“你不是能量守衡研究得不错吗，也没着落了？”戴有高不太适应蔡张望的直率，努力调整着，“如果你刚好想来一盘凉拼人心，我又刚好打算把心废掉，这事儿就凑到一块儿了，你觉得在李爱的事情上咱俩能凑到一块儿？”

“能。”蔡张望厚颜无耻地说，“别怨我说话直，你应付李爱能力差点，但心里放不下她，会替她考虑。李爱杀你你不干，李爱要你一根手指你会想一晚上，然后咬牙剁给她，这事我看出来了，不然我不会找你。”

戴有高被蔡张望胸有成竹的口气震住。他问蔡张望为什么不跳马桶自杀。蔡张望不含糊，回问戴有高为什么不憋气自尽。戴有高后来想了想，自己输了。

“好吧，”戴有高没有发火，相反冷静了，“我对你的忠告是，喜欢就喜欢一下，你带李爱去买哈根达斯双球，你给她买俩，花你的钱，再让她给你买俩，花她的钱，然后你俩各自回家。我的意思是，你回你自己的家。你有家吧？不会蹭女人的便宜吧？”

“我有三套房，一套五年前就供到手了，两套做投资，我不会赖在你这儿。”蔡张望平静地说，“我说过我不喜欢你的风格，是李爱不同意搬去我那儿，她说缺乏安全感。”

“你看，这说明她不信任你。”戴有高没来由地乐，“人都有故乡情结，所以身在曹营心在汉的事不光我能摊上，你也能摊上。”

“不说三国的事。”蔡张望底盘很稳，不受打击，“李爱嫌弃你，这个我不说你也知道，重续前缘你没希望，也管不了李爱和我过，不如顺水推舟送个人情给我，顺便把李爱安顿了，里外你都不吃亏。"

戴有高看蔡张望，他虎背熊腰端坐在那儿，人很真诚，没有半点开玩笑的意思。戴有高再低头往脚上看，他坐在自己的房子里，脚上穿一双配搭可疑的袜子，样子非常滑稽。他明白事情已经走到了尽头，李爱对蔡张望的犹豫不决正是打他这儿带下的，自己真的要放下了，不然自己没希望，李爱也没希望。戴有高沉默了一会儿，开始向蔡张望分析李爱——他俩差着年龄，没同过学，家庭背景也不一样，不是门当户对。但两人是一路货色，上幼儿园时他就掀过女同学的裙子，她也应邀看过男同学的小JJ，打小就是一对淫娃，两人在一起那会儿老拿小时候的糗事当笑话。

"你说，世界上到哪儿找我和李爱这样浪漫的一对?"一说起这个，戴有高就特别兴奋，眼里不禁有了一丝温暖的潮湿，"这些事她从没给你说过？怕你吃醋？我就不明白了，她干吗把自己弄得像个僧人？就算僧人，你说那些斋饭是什么意思？豆腐就豆腐吧，又不丢脸，干吗偏要伪装成大肉?"

"说李爱，别说你，也别说大肉。"蔡张望脸不变色地拦住戴有高，手指朝戴有高胸前戳了戳，意思让他抓住主题，把自己和大肉摘掉，"你忘了，我也是打懵懂过来的，也有过前妻，说这些你伤害不了我。而且，你说的都是小时候的事，往大了说你就得伤害自己。"

"那你要我怎么伤害你?"戴有高愤怒，"你别以为我什么用也没有，我还真伤害过人，伤害过她！"

"伤害她什么?"蔡张望眼睛一亮，来劲了，"就说这个。你把她怎么了？她是不是有什么后遗症，这会儿工夫犯了?"

"你能不能不那么八卦?"戴有高特别烦，"给弄口水，我要还在这儿做主，不会让客人干坐着。"

"不好意思，你看我把这事忘了。"蔡张望连忙起身去弄水，回头指示戴有高，“别停下，继续说，说李爱。”很快他就笑嘻嘻地回来了，一手绿茶一手轩尼诗VSOP，指间夹两只酒杯，指尖一挑，两只酒杯竖在茶几上，动作十分娴熟，“我有个习惯，凡遇大盘整理我就会来上一杯，清茶佐饮，不急着下咽，酒含温了，慢慢顺下去，过半分钟来一口绿茶，一会儿工夫就能进入境界，以后偶尔解决一些想不明白的事情也用这个办法，挺管用。和李爱好上以后，我还照这样，眼闭上，脑子里就会浮现出一个女人的形象，面目不清，变化莫测，但味道够劲。”

“你玩迷幻？”戴有高抓住，“李爱知不知道你玩这个？”

“玩什么？自己的女人，等于就是她。”蔡张望给两只酒杯各斟了少许酒液，取自己的那杯摇晃几下，等酒液徐徐落回杯底，抿上一小口，指导戴有高，“试试，要不习惯白兰地我这儿还有威士忌和雪利，朗姆和黑坛芋烧也有。你当主人那会儿家里没有这个吧？我一进门就看出来了，这家清汤寡水，不败才怪！我给经营出来了，算是填补空白吧。”他感慨万端地把一碟巴西开口松子推到戴有高面前，“你吧，应该向我学，总结一下为什么失守。我指的不是李爱，李爱现在和你没关系，但你需要总结，不然往后你还得失守。”

“说那么有把握的话干什么，你不也离了吗？就没有前车之鉴的阴影？”戴有高觉得蔡张望其实不像之前认为的那么糟糕。他端起酒杯，小心地呷了一口，闭眼数秒，等酒液顺下去后好用茶培养境界。

“我对我前妻那块总结过了，总结了整整三年，时间不短，过程繁复，可以说满腹经验。”

蔡张望给戴有高杯子里添了少许酒，酒液像流动的琥珀，在玻璃杯里晃荡一下沉下去，“不是气你，你要拿经验当核心技术，我自己也能摸索，多绕点路而已，就怕路绕远了李爱吃亏。没办法，人这辈子干得最多的事就是从头学，但婚姻的事有个规律，一个女人一个世界，学你得换个女人学，不能在同一条河流上再溺一次，对吧？

“要学我还找李爱，溺死也干，换别人我不习惯。”戴有高说，心里已经没有了底气，自己也知道是气话。

“饭上没点稀屎就不是饭，吃不下去，非得盖浇一下？依赖性怎么这么强？”蔡张望皱眉头，然后吩咐戴有高，“行了，顺口茶，别说话，细心体会茶汤往下走的感觉。”

戴有高被蔡张望的话逗乐了，他觉得对方挺幽默的，这一点不比自己差。他还想，该松手了，再纠缠下去别说境界，连茶根子都没有了。

戴有高慎重地呷了一口茶，闭上眼慢慢下咽。有一阵，他感觉有点魂不附体，飘飘忽忽不知身在何处，接下来他像中了邪似的，一股仙气在脑子里转悠，人很快兴奋起来。

不知道是不是这个原因，戴有高开始帮助蔡张望分析李爱，从大姨妈来之前爱哭的乖舛脾气，到减肥是家庭经营的首要原则，事无巨细一一道来，殷勤得连他自己都不明白发生了什么事。蔡张望听得津津有味，不断地点头，特别是戴有高揭露李爱一些不为人知的小秘密时，他就咯咯咯的，屡笑不爽，戴有高实在不明白那些话笑点在哪儿。

“你没被外星人抓去过吧？他们给你置换了笑神经？”戴有高不满意地瞥蔡张望，指了指茶杯让他给自己兑上茶。

李爱回来的时候，两个人已经喝了不少，不光白兰地，朗姆和日本烧也上了，基本就像一场品酒恳谈会。蔡张望非常有修养，每给戴有高斟一次酒都会加上一句“不好意思”，两人基友似的在沙发上凑成一堆，看上去就像两片没来得及黏合上的韭菜合子。

“不可思议，陨石就没砸着你？”

李爱看见戴有高愣一下，然后向两人面前井架似的酒瓶子看一眼，有点不相信。她去卧室里换衣裳的时候两个人还聊着，她换好衣裳从卧室里出来，动静很大地在两人面前来来回回走了几圈，两个人还是没理她。她没忍住，把戴有高从沙发上拎起来，人搜进厨房，问他究竟在玩什么把戏，警告他别对蔡张望下手。

“你当他是你能拜把子的兄弟，拜完你俩往死里捅？告诉你，他在武警干过两年，你不是他的对手。”

“心疼了？怕我吃他的亏？”

戴有高嘻嘻地痞笑，惦记着蔡张望，想回到客厅去，李爱拦着不让。后面蔡张望脚下踩着云朵似的进了厨房，抓住手腕把戴有高带回客厅，两人继续聊。李爱管不住，去了浴室，做完护理后到客厅，想掺和进两人的聊天，却一点也插不上话，只好回卧室睡了。中途见他俩还谈得热烈，怀疑地起来看了好几次。头一回的表情是心里没数，第二回换成心事重重，第三回成了心浮气躁，再以后就心烦意乱了。

“你俩到底在聊什么？”

“男人聊天，没你什么事，回去睡你的。”戴有高不耐烦地冲李爱挥手，回头示意蔡张望再给自己来点够劲的琥珀液体，也不管李爱还站在那儿捂住一只眼睛看他，掏心掏肝地对蔡张望说，“女人一到欧巴桑年龄就惨不忍睹，要是她们还长了一颗欧巴桑心肠，你就恨不能找根鸡毛掸子狠狠抽她们一顿。别点头，你不一定要附和我的观点，不然就不会出现有的人把老婆弄丢了，有的人把别人的老婆弄到手这种事情。”

“老兄，你说得太对了。本来吧，一个人挺老实，用不着说瞎话，可一旦想要成双配对，瞎话就自然生长。一个男人加一个女人就是一个谎言制造厂，没有所以。”

“知道什么叫前夫了？女人形形色色，各有垂死挣扎的秘密武器，非三年五载伴卧不能掌握其秘籍，但凡前夫都留着一手。不过别泄气，只要需要，我立马向你提供必杀技。”

“这你得让我怎么感谢你？要不你也跟我学操盘，我保准你能挣不少。”

“讨好我是不是？觉得我神经不正常，拿自己不当一回事是不是？

擦，我从来没在专注、衷情、不贰、一根筋中捞到稻草，凭什么不可以博爱、互情、群扑、光芒四射？可是你知道吗，我就是做不到。”戴有高目光发呆，眼眶湿润，双颊发潮，充满了羞愧，“我坐在这儿，这是我的房子，但我不在我的房子里，就跟我的衣裳穿在别人身上，我光着身子到处找衣裳里的我，怎么也找不到。我想啊想啊，就想我出了什么差错，怎么衣裳还在，人却回不到衣裳里去了？但是你知道吗哥，结果就是我把自己想出脑水肿了，身子和衣裳还互相躲着，它俩越离越远，这就是一个回不了自己房子的男人的悲催经历。”

“我知道，我知道。”蔡张望鼻子发红，眼里有了泪花，朝戴有高移过来，想拍拍戴有高的肩头安慰他，身子有点不稳，拍了两次没拍上，只好叹息地把手落在自己腿上。

天快亮的时候，戴有高离开了华侨城。蔡张望没有送出门，他已经歪在沙发上打起了呼噜。

戴有高临走的时候在玄关边站了一会儿，从兜里掏出钥匙，把钥匙留在了橱柜上。

戴有高沿着深南大道摇摇晃晃往福田方向走，身后跟上来一辆亮着顶灯的出租车，然后是第二辆，第三辆。戴有高想，那是一个奇怪的场面，远处的地平线有一道诡谲的光环，台风“温比亚”很快就会到来，那之后会是一连串好天气，天空中将出现人们喜欢的蓝天白云。人们热爱它，管它叫深圳蓝，这是一个听上去让人感到慰藉的名字。而这个时候，一个离开了自己房子的男人，他带着一长溜放空的出租车在深圳最著名的大道上走着，他是一个走着的人，那是一幅多么奇怪的画面啊。

两个小时以后戴有高回到公司，他在隔着公司一条街的地方看见了吕冬冬。天刚亮，路上没有什么行人，吕冬冬没有看见他，她抱着美娜匆匆走到小区门口，在那里把美娜放下。

“回去吧，替我给爸爸妈妈说声对不起。”

她伤感地对那只发蒙的小狗说，然后扭头就走。

小家伙唁唁叫着，撵上去叼住她的裙摆，拖带着在地上打了几个滚。她站下来朝它跺脚发狠。

“别理我，我就九个粉丝，不配人理。”她说，然后低着头快速走掉。小家伙难过地站住，这回没再追。

一进办公室戴有高就被小佟揍了。论打架小佟不是戴有高的对手，况且戴有高是小佟的顶头上司，小佟一定是疯了，低头朝戴有高冲来，一头撞在戴有高的肚子上，接着又是一下。

戴有高没有提防，人被撞得仰天倒下，后背重重硌在文件柜的棱角上，将文件柜带倒。

“看看你把她害成什么样！”小佟像一头红了眼的土狼，咻咻地盯着倒在地上喘不过气来的戴有高，“你这个害人虫！”

事情很快平息下来。老丁冲过来拉开小佟，搀扶起骂骂咧咧的戴有高。戴有高后背剧痛，这让老丁和随后赶来的同事紧张了一阵，他们把他送进医院，片子出来，警报消除，大家才松了一口气。

从医院出来，老丁送戴有高回宿舍，在路上把一份A4材料纸交给他，告诉他昨晚有人突然在公司QQ群中公布了吕冬冬的微博，呼吁关注吕冬冬的微博。公司员工纷纷上去看，二十分钟后博主删掉了自己所有的微博内容，A4纸上是几条他人下载的内容，事情已经在公司里传开了，有人猜测是小佟干的。老丁提醒戴有高，公司不干涉员工的私生活，但不会坐视戴有高这样的业务骨干被废掉，吕冬冬肯定饭碗难保，得走人了。

一回到宿舍，戴有高就看那份A4纸。他很快找到第一次见到吕冬冬那天她记下的内容：

“没有人比得过上帝，我一哭上帝就把我想要的人送到我面前来了。他为我弄了一大卷纸，人好到我尿崩，整个今天因为我哭了一次变得让人可以接受。"

戴有高坐在床上发呆,他想起一年前的那一天,瘦削的吕冬冬站在财务科里毫无主张地咧嘴大哭,他把她从那儿带走,弄了一大圈纸巾让她把脸上的泪揩掉,他怎么知道这卷纸巾会和一个女孩子的上帝有关?

接下来他很快看完了A4纸上的其他博文:"我一点都不强大,就想他走过来对我说,胳膊借你用用,用完记着还给我。"

"谢特他有个前妻,但是你说他有什么用,一星期丢三双袜子还都不是同一双的。"

"对有些人来说,最伤心的事情不是男朋友离开了,而是他离开之后又回来了。对我来说最伤心的事情是我住四楼,男朋友住三楼,但是他不知道他是我男朋友。"

"这几天本人忧伤得连屎都拉不出来,他又去纠缠前妻了,那样好玩吗?现在的人都不兴决斗了,真是烦人,不然我就找个前妻来杀杀先。"

"他去献血了,我也想去,但是我害怕。我恨不能立刻处死自己,免得继续留在世上装逼害人。"

"现在他光说爱我已经不够了,爱憎两样我都要。他得先朝我讨厌的人吐舌头就是他前妻,然后换张脸说他爱我。"

"本想找个男朋友来欺负,没想受欺负的是自己,就决定去偷个小狗来养养,让未遂预谋在小狗身上完成。"

"希望闭眼前月亮带着他来看我一次,月亮要是忙,来不了,他代表月亮也行,这样我就可以瞑目了。"

最后一条微博发于昨天上午十点二十分,也就是戴有高把她从宿舍里扔出去几分钟后。

戴有高怔忡片刻,丢下手机,从床上爬起来冲出宿舍。

室外狂风大作,落叶气势汹汹地在天空中相互砍杀。戴有高顶着如刀的落叶去了公司,设计部的人告诉他,人力资料部的人也来找过吕冬冬，但她今天没有请假，也没来上班。戴有高冲上大楼天台，台风的第一批先遣队已经到了，银杏大的雨点砸得天台一片天响，那里也没有吕冬冬。戴有高冒着狂风骤雨返回宿舍楼，人被浇了个透湿。他冲上四楼，推开吕冬冬宿舍的门口。

吕冬冬蜷缩在房间的角落里，人寂寞得就像一只丢弃在路边没人收拾的快餐盒，看见他冲进来，瞪着一双大眼睛看他，摆出一副你要对我不耐烦你可以杀了我，我决不举报你的架势。

“能不能不那么拿大，不知道台风能把人吹走，我死了你埋呀！”戴有高气吁吁抹一把脸上的雨水，愤怒地朝吕冬冬吼。

“你要死了就别理我。”吕冬冬充满恨意地擤鼻涕，纸巾丢在身边一大堆同伴尸首中。

“眼瞪那么大干吗，不怕落灰？”戴有高朝吕冬冬走过去，地板上留下了两汪雨水，“别板着脸，就算没自己希望的那么漂亮，鼻子是鼻子，眼是眼，这才是一个女孩的基本要求。”

“做个要强的人有什么好处，连躲在谁胳膊下哭一次的机会都没有。”吕冬冬往墙脚里缩了缩，声音里带着一股压抑住的哭音。

戴有高伸手要拉吕冬冬起来。吕冬冬躲开他，哇的一声哭出来，然后对戴有高拳打脚踢，要他滚远点别理她。她是来真的，下手非常狠，戴有高脸上和脚踝处挨了好几下，疼得直抽气，直到他把她制服住，连同胳膊紧紧抱进怀里。

“我不该劝自己不恨你，现在后悔都来不及了。”吕冬冬在戴有高怀里放声大哭，抽搐得要背过气去，“我老是演从来不想你的游戏，可一次也没成功，现在我怎么办？我死后唯一的遗言是把我埋在芒果树下，这样你从树下走过的时候我就能变成果子砸死你，我们就又能成为冤家对头了。”

“我知道，我知道。”

因为跑了太多的路，戴有高背上的伤疼得他直抽气，他那样抱着吕冬冬有些困难，他想最好能有一张椅子让他坐下来。但吕冬冬不肯离开墙角，他不敢松开她，怕她缩进墙角里，然后从那儿彻底消失掉，他再也找不到她。

“你当我是绝缘材料是不是，是不是？”吕冬冬呜呜地哭着，好几次要憋过气去。

“你当然不是。我知道你不是。”

戴有高感觉到身上的雨水渗洇开，怀里浸洇掉的她有多么脆弱。他的手触碰到她的一只乳房，他能肯定她已经过了小满，接近夏至，就是说，她已经成熟了，可以收割了。他想最好就这样，他俩一直保持这样的姿势。

“有什么了不起，来电就跟眨巴一下眼睛那么容易，”吕冬冬一张小脸乱得稀里哗啦，可惜现在他们谁都没法抽身去弄卷纸，“但我还是想睁着眼睛看清楚谁上了我，他上我的时候是不是睁着眼看着我的眼睛，是不是看清楚了我，这就是我老也找不到那个我想让他上我的人的原因，我这个样子还不如死了的好。”

“别这么说，”戴有高心被狠狠地刺中，他能听见自己的心脏不堪重创，发出清晰的破裂声，血液冲出血管，在腹腔中汩汩流淌，“世界上只有一个你，没有第二个，知道吗？濒危物种，死了你就绝种了，知道吗？一想到这个，你就应该有自信，不会乱来。”

吕冬冬在戴有高怀里困难地转了个身，仰起脸来泪眼婆娑地看他，一副给自己最后一次机会的样子，这样他俩就脸儿对着脸儿。

“难道你就真的不愿意把我当成一个玩具买回去玩吗？”

“别他妈的蠢，蠢也得有个理由。”

戴有高全身僵硬，快要站不住了，他腾出一只手快速撸去脸上的雨水，再快速搂回吕冬冬。他觉得现在好了一些，他能喘过气来了。他觉得自己应该更好一些，这样她才可能更好。

“知道吗，我想带你去我的房子。我说房子，没有说家，因为那是我这个大叔的终结地，那里过去一片荒芜，现在一片废墟。”

吕冬冬抽嗒一下停止呜咽，扬头看戴有高。她脸上有太多的泪水，还有他带给她的雨水。他停下来，伸手把她脸上的泪水和雨水擦拭掉。他想，在他和李爱两年的婚姻中，他一直拥有两个妻子，李爱和佐恩，他还在李爱出门的时候在卫生间里解决过冲动，这些事情都是怎么发生的，为什么会发生？他是在什么时候停止了生长，在什么地方从生活中走失了？

“不是我丢掉了家，丢掉了李爱，是我把自己给丢掉了。家和李爱还在那儿，我不见了。现在你知道了，那套房子它不是家，是废墟，我从那片废墟中逃离出来，去和脑控机器人互相残杀，然后同归于尽。我再也找不到自己，那个完整的我不见了。”

他脑子里一片混乱，不知道自己想要说什么，但他不能停下来——她学他的样子把手从他的胳膊中挣脱出来，在他脸上胡乱擦拭了一气。她已经解脱出一只手，很快会是第二只，一旦他停下来，她就会从他怀里挣脱出来跑掉，那样他再没有机会抓住她了。

“但你不该在废墟里，你连什么是家都不知道，废墟不是你待的地方，你应该去找你自己的家。”

她看着他，目光有些犹豫，对他的说法明显不相信，但他坚定地看着她，不让她从他凶巴巴的眼神下逃离开。她有点害怕这样的他，有点退缩，像一只刚刚孵化出来害怕世外风雨的蛾子，不情愿地点了点头。他高兴了，现在他有了希望。他决定继续，不让她有任何退回茧囊的机会。

“现在你听好了，我来告诉你，你该待在什么地方，和谁待在一起。”他用力咽了一口唾沫，“以后没有男朋友就算了，要是有，你俩得互相是菜，糟糕也得是同一个型号，别来混搭。要是夜里你想打电玩，他不肯陪你打你就抽他，要是他陪你陪到睡着了你勉强忍着，让他睡，但是你赢了他得爬起来陪你欢呼，你输了他得起来安慰你，给你买打包肠粉外带一份冰激凌，要是没赢没输你就骂他丫一顿，让他陪你从头再打。”

吕冬冬有些狐疑地看着戴有高，然后破涕为笑。

“你说这个我喜欢。我喜欢他是我的菜，喜欢半夜吃冰激凌爱吃多少就吃多少。”

她是哭着笑着的，脸上很快又糊满脏兮兮的泪水。

“我知道了，我还以为大叔是爱情，那不过是我饿昏了头，我这个不要脸的吃货。”

戴有高筋疲力尽地点点头，他觉得自己已经说完了，没有什么好说的了，吕冬冬也明白了，同样没有什么再需要说的，他就打住，不再继续。

吕冬冬抽嗒着，很快在戴有高怀里睡着了，脑袋窝进他的臂膀里，在梦中还止不住抽嗒。戴有高小心地护住她，慢慢顺着墙滑下去，靠在墙脚上不动，害怕动一下就会惊醒怀里的她。他在想，她会睡多长时间？醒来之后的她会是什么样子？她还来得及完成生命中最后一次成长，然后纵身一跃，跳进她自己的生活中吗？他想不出答案，头疼，索性就不想了。

窗外狂风暴雨大作，戴有高困难地扭过脸朝窗外看。正如他期待的那样，“温比亚”终于来了，它势不可当地在室外冲撞着，把天空和大地彻底搅了个个儿。戴有高希望有人告诉他，“温比亚”会在深圳待多久，什么时候它会离去。他知道所有的台风都一样，它们不是长性的，总会离去，那个时候天空会露出大片洁净的深圳蓝。但有多少人和他一样，因为糟糕过、怨怼和茫然过，因此盼望台风出现，当它们嚣张完，他们就能长长地叹息一声，有勇气继续走下去。

吕冬冬在戴有高怀里抽搐着说了一句梦话，听起来像呜咽。戴有高低头看怀里的她，他觉得他应该去弄一只卷纸，为她处理一下脸上的埋汰，不然她看上去就像一只没人搭理的小狗。但他很快放弃了，决定把这件事情留给她的上帝去做。他由着刚才的思路想，也不知道李爱现在在干什么，也许她在屋里蹿来蹿去地两头跑，惊慌失措地看两个露台是否灌进了雨水。他知道那和他没关系，他不会再去纠缠李爱，也不会再去华侨城的房子，他只是需要一点时间，让自己慢慢好起来。只不过，他不知道自己能不能好起来，好了以后又能怎么样，就跟来去莫测的台风，他说不清楚。

评鉴与感悟

蓝光背后的认知迷幻

——评邓一光《深圳蓝》

樊迎春

邓一光新作题为“深圳蓝”，有着鲜明中国城市特色的“深圳”二字配上颇具西方特色的“蓝”，让人耳目一新。在英语中，“蓝”除了代表颜色之外，还有着“忧伤”的含义，feelblue正是表示忧郁、伤感。而在邓一光的这篇小说中，“蓝”似乎被赋予了中国特色的明朗和清新，暗示着雨过天晴后的重新出发。但我想，这也只是邓一光的一件华丽的隐身衣，在这明朗和清新背后，是社会主义市场经济时代深重的怅惘和迷幻，还有为抵抗这怅惘和迷幻所进行的挣扎与拯救。

“城市文学”书写下的“新”“老”深圳人

杨庆祥曾在《“伪发达资本主义时代”的城市文学》中说道，“城市文学的起源和发展，并非是一个自然的过程，而是社会经济发展到一个阶段的产物”，中国社会经济发展的速度与深度早已具备孕育城市文学的土壤，但中国城市文学的发展似乎又有着“先天畸形，后天不足”的困境，但困境永远不是终点，邓一光的这篇或许便是不错的例证。

戴有高有体面的工作，可以在深圳的任何一个核心区轻松地付上一套房的首付，在公司里也享有较高的待遇和地位，虽然暂时面临工作的不顺，但依然是公司不会让其“废掉”的骨干力量。他是这个大都市里典型的中产阶级，在基本物质生活充裕的条件下感到精神生活的空虚寂寞，惦念着不曾好好珍惜的前妻。这里也相当巧妙地展露出其性格中资产阶级的那份软弱、自私，他的恋旧情怀也被赋予一份暧昧的温情。如他的前妻李爱所说，“这一生注定了哺乳期完不成，要是没个成熟奶头叼着就变不回人”，戴有高是土生土长的深圳人，他的成就、懦弱与依赖或许正是那一代深圳人，或者说那一个阶级的共同特征。而吕冬冬不同，她是“深二代”，对这个大都市并没有本源上的认同，她有才华，有活力，靠自己的力量在公司里崭露头角，她勇敢、自尊，但同时却又孤独、恐惧，甚至有一些“变态”，不能接受别人主动的帮助，内心里有“犯贱”和“受虐”的渴望。她是在这个城市过了艰难的始创期并在飞速发展时成长起来的新一代的深圳人。

邓一光以简单明了也颇具潮流意识的词汇书写着自己的“城市文学”，他没有写困扰中国城市青年人的买房买车等大众问题，而是把焦点直接置于更高的精神层面与整个城市的脉搏上。如果说以戴有高为代表的中产阶级是深圳这座城市的中坚力量，那么以吕冬冬为代表的新深圳人或许就是这座城市可持续繁荣的不可或缺的因素。三十三岁的戴有高其实还可以被称为“青年才俊”，十九岁的吕冬冬也能算得上是“花样少女”，但戴有高却已经是显出疲惫状态，未老先衰的“大叔”，吕冬冬也开始面对着职场的苦恼，生活的孤单寂寥。代表着中国对外开放成就的年轻的深圳，却隐藏着这样相似的“两代人”，不知道该说这座城市早衰，还是说邓一光在这里书写的城市文学依然是“景观化、平面化”（杨庆祥语）的。但，我们也可以翻到硬币的另一面，来看看这“景观”与“平面”的另一副面孔。

自我认知的渴望与迷幻

在小说中，戴有高对吕冬冬产生一点“知音”的感觉是因为吕冬冬给他讲了自己的一个荒谬想法，就是想看看死了的自己是什么样子，戴有高因为这点而对这个女孩有几分天然亲近。“死了的自己关注活着的自己”是一场不能实现的梦，但我们却可以从中窥视到这两代深圳人共同的渴望。

在大都市的繁华喧嚣中，事业有成的戴有高却不知何故与妻子渐行渐远，直到离婚后的今天仍然不得其解，只是在夜晚只能“搂着枕头”的时候“觉得活着特别没有意义”，但这也只是害怕夜晚的“孤单寂寞冷”，他并不清楚自己离婚的根本原因，也不知道自己想要挽回的究竟是什么，却在虚拟的游戏世界里竭尽全力扮演“好男人”，所以在前妻已经开始新生活的时候，他自己却始终不愿拆掉他们夫妻的“手术台”，甚至在见到前妻的男朋友时依然垂死挣扎。而吕冬冬，面对工作和生活，也始终做不到得心应手，她为自己制造“为了多睡两小时而不愿意回家”美丽借口，她为自己编织“有男友有精彩私生活”的潇洒生活，却始终无法掩盖自己被别人误以为“傲娇”的社交恐惧症。她常常“自黑”，说自己“不要脸”，说自己“犯贱”，甚至偷别人家的宠物狗，一半时间工作，一半时间“捅娄子”，与其说是大都市里叛逆的“问题少女”，不如说是迷茫困惑的一代，她不知道自己的方向在哪儿，甚至在“一群帅哥”中也有“选择困难症”。

他们俩都想要看看“活着的自己”是什么样子，即使那时候自己已经“死了”，那是因为他们在“活着”的时候看不清，自我认知的困境让他们在潜意识的睡梦中渴望这份“超能力”。戴有高的前妻李爱也是一样，她决绝地选择离婚，更换家具，甚至穿衣习惯，开始新的生活，也是因为“我找不到自己，无法证明自己还有欢愉能力”，即使是对生活有着清晰明了认知的李爱的男友蔡张望，他也需要借烈酒和绿茶让自己“进入境界”，“玩迷幻”，以此“解决一些想不明白的问题”。

自我认知的渴望弥漫在分属不同职业与阶级的他们身上，但死了的自己永远无法看见活着的自己，“自我认知”的理想终究只能是虚无迷幻的一场梦。

台风过境的假面拯救

这篇小说以台风“贝碧嘉”开始，以“温比亚”结尾，文中也不时穿插着戴有高渴望风暴冲洗的欲望。台风的残暴与酣畅淋漓是否是戴有高的“风景之发现”？但更多的，我愿意把它与曹禺的《雷雨》相联系。在那部严格遵循“三一律”的经典戏剧中，雷雨前的压抑与焦躁弥漫整个舞台，酝酿了一场感天动地的悲剧，而在《深圳蓝》中，戴有高错过的“贝碧嘉”和正在经历的“温比亚”却是深圳人期待和喜爱的“深圳蓝”的前奏，那么，被期待的“深圳蓝”是否可以抵抗当下风暴的暴虐与冲撞？没有“同母异父兄妹乱伦”的命运悲剧，过境的台风是否完成了对这几个形形色色的深圳人的拯救？

让戴有高“放下”与走出来的或许是李爱的决绝，或许是蔡张望的“推心置腹”；让吕冬冬幡然醒悟的或许是戴有高的拥抱，或许是“饿昏了头的不要脸理论”；让李爱和蔡张望继续前行的或许是对中年危机进行抵抗的意志，或许是烈酒与绿茶的迷幻。但我想，一定不是台风。在社会主义市场经济的先驱试验田深圳，敦促这群都市人前进的也正是当初拖累他们的，大都市的物质与繁华，对成功的渴望与追求，生命原初的本能与欲望。即使没有东京与巴黎的纯正资本主义，即使充斥着烂俗的家庭、婚姻悲喜剧，这个承载着当代社会经济发展的大都市依然是“你我的深圳”。

邓一光的笔端活跃着鲜明的人物形象，大段的对话推进的是略显粗糙和做作的故事情节。他是想写一个台风过境的拯救故事吗？其实，台风从来不是拯救，这个都市也从来不存在拯救，自然界的暴虐与之后的蓝光，只是自我认知迷幻前面遮挡的幕布，蓝光背后，是在这迷幻中挣扎前进的，孤独却顽强的都市灵魂。

总裁班 | 杨小凡

一

在北京，许多事情都具有极大的不确定性。

人生活在这里，感觉与爬行在路边的蚂蚁差不多，一阵风都可能改变命运的方向。王加法虽然在北京生活了十几年，可他对这个城市从心底里还是排斥的。

很多时候，他觉得自己就像空中的白色塑料袋，一会儿飞起，一会儿飘荡，一会儿落地，没着没落，几乎把控不了自己的行踪和命运。

首都变成"首堵"后，王加法最窝火的就是堵车这事儿。但没有办法，他也就晚了几分钟，那个经济纠纷案被同事抢走了，堵车硬是耽误了一单几十万的生意。时间就是金钱，堵车就是堵钱。

出租车可以容忍，堵车时计价器照样在蹦着，再说了，北京哪个出租车司机没有演说狂啊，堵车正是他们发挥话语权的机会。可是，对于王加法这样的小律师就不一样了，他必须按约定的时间与当事人见面，否则就会给人一种不诚信的感觉，当事人的信任感就会大打折扣。这样一来，他就被逼出一种习惯，总是提前动身，把堵车的时间预想得长些、再长些。

今天，王加法却不想按时到达上课的燕清大学。这是他精心策划过的，是为了达到一种目的，他为这个策划已经得意了许多天。出门时，他一改往日的习惯，慢腾腾地拎起包，步履散漫地来到车库。进了车库，他明知自己的那辆黑色普桑就泊在每天那个位置，可他还是不直奔那里，而是四处瞅瞅。终于，还是来到了车前，他犹豫十几秒钟，最终决定把车擦一擦。其实，车子并不脏，但他还是一下一下地擦起来，分外认真。他真是从没有这样悠闲和从容过。

车子出了小区门，进入道路便是绿灯。王加法在心里骂了一声：今儿个咋偏偏不遇红灯了呢。这时的绿灯却成了麻烦，车子必须向前开，不然后面车里的人会骂娘。真是奇怪，王加法从出小区便一路是绿灯，从昌平到燕清大学西门一个红灯都没碰上。这简直就是奇迹，在北京开了十几年车从没有遇到过。王加法看看表，我操，竟比自己预定的时间早到了五十多分钟。这可怎么办呢？王加法有些犯愁了。

王加法之所以想晚到课堂，那是因为班里有一个规定，迟到者可以自愿交罚款以充班费。这个班是EMBA班，也就是社会上统称的总裁班，同学多以房地产老板为主，当然还有一些政府官员和其他行业的人。每个人都像一口深不可测的古井，开口国外楼市闭口美国金融，千万元在这里变成一毛，一亿被说成一块。上个月开学参加拓展

训练时，王加法第一次听他们私下这样谈论钱，着实吓了一跳。原来有钱人是这样看钱的，钱在他们眼里真他妈连粪土都不如。心里的自卑犹如泰山压来，让他喘不过气来。在这个班里，他肯定是最穷的，五十万的学费都是贷来的，和人家简直是天地云泥般的差距。

开学第一天，王加法是想过退出的。可学校不退钱，退路是没有的，必须硬着头皮向前冲。

对自己在班里的状态，王加法是有过预想的。

他知道肯定不能与那些老板和官员相比，但是，自己既然费那么多劲闯过入学门槛进来了，就要向目的地进发。读大学看学校，上研究生看导师，读EMBA看同学，进这样的班并不是为了学什么，关键是看与谁同学。王加法是抱着赌的心态来的，就是为了能与这些人同学，给自己带来意想不到的业务。对于他这样从山里混到北京的农村孩子来说，命运一赌再赌是他成功的重要原因。

他很欣赏那部叫《红与黑》的小说，觉得于连的许多做法就是他的榜样。人生何处不辛酸，不忍苦中苦，哪会成为人上人呢。

王加法是有心理准备的。但他显然准备得不足。

开学的前两周，他就为自己穿什么衣服发愁。这种班里同学的穿戴肯定都是国际名牌，可王加法的衣服连国内名牌都算不上，从上到下都是淘宝网上的货色，这显然是不行的。思来想去，他决定反其道而行，就穿一套中式唐装。你们玩名牌，我玩另类，另类就是别具一格，别具一格就能吸引眼球，要的就是引起那些同学的注意。王加法剪开快递送来的白色唐装包装，着实得意了一阵子。

可进入班里时，他立刻傻了：班里一色的运动装，虽然他不知道都是什么牌子的，但多是他没有见过的。班主任是个让人看不准年龄的女人，名叫赵燕美。尤其她那抿嘴一笑，让王加法更是晕菜，二十岁？三十岁？四十岁？五十岁？每个年龄段女人的味道都在里面。这是个什么女人？王加法的头有点晕。正在这时，赵燕美说："王加法同学，你没看通知书吗？这一身扮相，是要唱哪一出啊！"班里的同学哄然大笑。王加法分明听见坐前排那个叫程琳的女孩大声说了句："奇葩！"

王加法站在经管楼外的草坪上，回想着第一天上课时的尴尬，脸上像出了火一样发烧。他又摸出一支烟，点上，狠狠地抽起来。这支烟抽完，他又不自觉地掏出一支，点上。这时，他心里有些怵了，他不能确定这次又会是一个什么结局。这次，他是故意迟到的，他要主动交上五千块钱罚款作为班费，希望能在同学那里扳回一些面子来。

其实，他很心疼这五千块的，故意迟到然后掏钱，这他妈才真是傻呢！班主任赵燕美规定迟到至少罚一千，理由是中间进教室影响别的同学听课。王加法本来一分都可以不掏的，因为他完全可以不迟到一次。但这次却是铁了心地要掏五千，不然根本引不起别人的丝毫注意。这样坚定了决心，他习惯地看一下左腕，却没有了手表。他自嘲地笑了笑。

从报了这个班,他的手表就不戴了,那种牌子的表戴肯定不如不戴。于是,他又掏出手机,看看时间,觉得与自己的计划差不多了,就提提精神,快步向经管楼走去。

王加法上到二楼,脚步变轻了,掐着步子来到教室门前。

他站在门外并没有直接敲门进去,而是侧耳听听里面的动静。

今天,按课程表的安排是香港风水大师无空的《风水与环境要旨》。无空大师显然很有范儿,声音不高,却字字铿锵:风即元气和场能,水乃流动和变化,风水本为相地之术、校察地理之法,源于战国、创于九天玄女,核心为人与自然和谐之玄术……王加法正听得入神,班主任赵燕美却从旁边的办公室开门出来。王加法一时不知是进是退,如何是好。这时,赵燕美来到他身边,笑了一下,小声说:"加法,休息时再进去吧!"这意思很明显,她是提醒王加法现在进去是要交迟到费的。

赵燕美显然不知道王加法的本意,他就是专门要交罚款的,怎么能不进去呢?

王加法没有说话,只对赵燕美笑一下,推门进去了。门被推开的瞬间,教室里的同学都把目光投向了他。王加法不好意思地向讲台上的无空大师点一下头,迅速地掏出早已准备好的五千块钱放在讲台上。无空大师一愣,这时,教室里哄地笑起来。无空大师幽默地笑着说:"我是不收小费的!"教室里再次笑起来,紧接着便响起噼里啪啦的鼓掌声。

教室终于安静下来。无空大师继续开讲,被王加法这一穿插,他似乎更有激情了。可王加法却听不清每一句话,他的心跳得厉害,脑子里一团空白一团漆黑地晃过来晃过去。

休息时间到了。班长金惠水来到讲台前,拿起王加法刚才放在那里的五千块钱,在空中甩了几下,笑着:"同学们,这是加法同学的贡献。来点掌声!"人们或坐或站地拍着手。王加法赶紧站起来,不好意思地说:"影响大家听课,应该的,应该的!"教室里又起响起各式各样的笑声。在教室里坐了一个半小时，肯定是有些累了。同学们走出教室门，有的在走廊的茶歇案前吃水果，有的在抽烟或说笑着。另处十来个人却围着无空大师，让他看相。

据说无空大师道行很深，风水玄学、麻衣神相、梅花易数无所不能。王加法没有吃水果的习惯，掏出一支烟点上，就站在了人外，听无空大师给程琳看相。开始，王加法没有听清楚无空大师说什么，只看到人们望着程琳在坏笑。他向前凑了凑，便听清了几句，大意是说程琳是旺夫相，将来必然嫁亿万富翁。王加法在心里想，这是有点靠谱。这小女子在班里随便给谁当小三都有可能坐享亿万资财，当然自己除外。上三次课了，王加法还是摸不清程琳的底，不知道这女人是何底细，只听说过她在某个宫廷戏里演过一个宫女。

正要转身离去，却突然听到无空大师对自己说："那位同学，我来给你看看！"王加法有点不相信自己的耳朵。面前围着这么多人不看，为何单要给自己看呢？这时，就有人笑着说："来啊！来啊！让大师看看。"

王加法突然感觉自己的脸有些发烧，怎么紧张起来了呢。他极力让自己平静，走过来。无空大师对他凝目几秒钟，开口说："天仓开阔，地阁圆满，鼻梁高挺，乃大富之相……"

王加法听着，感觉自己的脸红得更厉害了，像被火烤的一样。

二

这几天，王加法一直处在兴奋和紧张中。

兴奋和紧张来自班长金惠水的信任。他要把金惠水这次互动讲座组织好。

在这种EMBA的总裁班中，不仅有专家、教授们讲课，而且还要安排班里同学的互动讲座和移动课堂。当然，两年的学习时间里，不可能每一位同学都有机会做互动讲座，也就是十来个名额。

很显然，能从听课座位转移到讲台上与同学们交流，那一定是班里的角儿。谁能到讲台上与同学们互动，虽然没有明确的标准，但潜在的规则是有的，一定是这个班里最有钱的、所任官职最大的、最能忽悠的、给同学们贡献最大的。两次课后，班主任和同学们基本都心知肚明了。

在这个班里，金惠水的东北亚生态集团公司资产最大，网站公开的数据是二十多个亿。有这个身价，他理所当然被选为班长。金惠水为人是很低调的，每次来上课从未像其他人一样带着秘书和司机，都是自己驾着那辆六成新的奥迪A8，从他在北京的会馆悄无声息地来到教室。现今社会普遍是这个样子，谁的官大、谁的钱多，谁就是真理在握。金惠水自然就第一个被班主任赵燕美安排为互动讲座人选。

其实，金惠水并不是真心想第一个出来弄这事。他想往后放一放，哪怕第二个第三个也好。

这样的想法来源于他的经历，树长高了风必然先吹你，枪打中的往往都是出头鸟。但赵燕美不同意他的推托，班委会几个同学也起着哄不同意。

金惠水只好应承下来。

定下要做这次讲座后，金惠水就对王加法半开玩笑地说："加法，这次互动讲座，你来给我当助理吧！"王加法听到这话，有些激动和吃惊，他没想到自己会得到金惠水的信任。这很显然是金惠水把他当兄弟了，他当然乐意效劳的。如果这事办好了，不仅会让金惠水开心，而且也会让他在同学们面前长面子。他来这个班的目的很明确：不在乎你让我做什么，只在乎能与你在一起。道理很简单，来这里的都在混一个圈子，有了关系就有平台，有了平台就不愁事业没有发展。一起同过窗、扛过枪、分过赃的人，是当今社会三大铁关系，这句话虽然并不一定永远正确，但同学这种关系相对还算可靠性强的。

给金惠水当助手，其实并不难。金惠水是哈工大的本科生，课件什么的自己当然会做，而且就是不用课件，同样可以讲得很精彩。王加法的工作只不过是帮他张罗一下，某种程度上是帮他营造一种氛围，说白了就是调调投影仪、接接电脑这些活儿，在恰当的时候领领掌、暖暖场而已。

第二天下午四点半，贾教授的课结束后，金惠水的互动讲座就要开始了。

王加法没有出教室休息，而是立即去接电脑、调投影仪、把金惠水的茶杯放在讲台上。

金惠水讲座的题目很直白——"商业地产的机遇与变数"。

班主任赵燕美略带煽情地把金惠水及他的东北亚生态集团做了介绍后，王加法立即带头鼓掌。掌声很热烈也很有讲究，总共有两次：一次是赵燕美讲完后；另一次是金惠水不好意思地挥手叫停后，王加法又领起一阵掌声。这是王加法精心设计的。看得出来，金惠水在讲台上很高兴，讲了一段很真诚的谦虚话后，就开始从一个故事讲起。

他说：有这样一个人，上大学时不是好学生，四年本科读了五年才毕业；费了老鼻子劲才被一家街道机器配件厂接收，分到厂里很散漫，常被厂长熊得一头汗；后来就调到销售科去卖配件，可一出差联系业务就喝醉，结果配件卖不出去，厂子几年后被他折腾停产了。讲到这里，王加法又一次带头鼓掌，掌声很热烈。同学们被金惠水的幽默和经历吊起了胃口。有人竟脱口而出："这个金惠水，果真是个有故事的人。"赵燕美笑着插话道：

"同学们hold住，你们哪个不是有故事的人啊！"教室里又一阵笑声和掌声。金惠水接着说：

厂子停产怎么办啊？那些工人们放不过这个人了，要让他来解决吃饭的问题。没办法，他就承包了这个厂子。可没两年就赶上国家推行集体企业改制，这样的烂厂子卖不掉，只能砸在他手里；这百十亩地大的厂子不能开工终究不是个事儿，于是就把厂子推平了；推平了又能干什么呢？那只有建楼了。就这样，这个人就被逼成房地产商了。在同学们的笑声中，金惠水喝了口水，又接着说：那时候真是愁死人，楼建好了卖不出去，怎么办呢？只有以楼入股引进连锁商业入驻。于是，这个人又成了地产兼连锁商业的集团公司老板了。许多事往往都是在变数中凸现机遇的……

金惠水的时间卡得很准，尽管中间不断有掌声和同学提问，正好六点的时候却准时结束了。

一阵热烈的掌声之后，金惠水再次开口："亲爱的同学们，鄙人已在会馆略备薄宴，请赏光！如果有一位同学不出席，就是对我金某人刚才一个半小时讲座的全盘否定。"话音刚落，王加法再次带头鼓掌。掌声停后，班主任赵燕美走上讲台。她首先对金惠水的讲座点评了几句，然后说："今天的晚宴既是惠水同学的一片心意，也是班里的集体活动。谁不参加，谁就是违反了班规。违反班规不参加集体活动，后果是很严重的哟！"

教室里再次响起热烈的掌声。

金惠水的会馆坐落在东三环边上。门楼不高，典型的北京四合院，但进入里面却别有一番天地。影壁墙上的浮雕端庄素雅、层次分明，灯光照过来，山石的厚重、树干的粗壮、枝叶的茂密、花瓣的丰盈，给人一种逼真的质感。再往里走，古树花枝奇石小桥流水，移步易景，古朴拙美大气。更让王加法感到吃惊的是，两旁迎宾和服务的小伙姑娘一色藏蓝装束，那身材和模样与人民大会堂的服务人员真有一比。王加法暗自叹了口气。

菜是粤菜，酒却是中西结合，茅台、古井贡、拉菲、黑啤。

这种同学的聚餐场面基本都是一样。开始的时候，彬彬有礼，共同喝三杯后，开始敬酒，每个人都是要敬一圈的。接着，便渐入混战期，但看似混战，却暗藏机宜，与谁喝、怎么样喝、是碰杯还是炸雷子，几乎都是有讲究的。王加法虽然在不停地喝着酒，可他的脑子里却一直在想那句话：饭局即人生，酒场是战场。

时间还没到一个小时，真正的混战开始了。

说的、闹的、喝的、唱的，转桌敬酒的，四个桌子上的人互相换着位置，乱成了一锅粥。要想控制住这种场面，真的不太容易。赵燕美要宣布下次移动课堂的事，可她开口几次都被酒桌上的声音压住了。坐在赵燕美旁边的齐青海有些急了，他离开桌子，从服务生手里接过话筒，走到大厅中央，清了清嗓子，大声地说："同学们，请安静，请安静！下面请赵老师宣布一个重要决定。"

大厅里终于静了下来。赵燕美接过话筒，微笑着说："亲们，现在我宣布：下月我们安排的是移动课堂，课堂就设在丽江！"

话音一落，掌声四起。紧接着就有人大声喊："怎么在丽江啊！那可是情色之地啊，还让不让我们学习呀！"

接着，大厅里笑成一团。有人还吹起了口哨。

赵燕美装作严肃地说："张家坤，你想哪里去了！"

大厅里又是一阵怪笑。这时，赵燕美又接着说："下面有请这次移动课堂的东道主——齐青海同学讲话！"王加法立即带头鼓起掌来，有节拍的掌声中，人们齐声喊："青海，你都给哥们安排什么节目啊？"

移动课堂都安排在有实力的同学那里。谁承办移动课堂，谁就是这个月的轮值主席，场地安排、参观企业、吃住行玩、礼品赠送，一切开销都是他来埋单的。一次移动课堂办下来，人均没有一万肯定是打不住的。齐青海是在云南红河州开稀土矿的，钱对他来说早就只是个数字。赵燕美之所以把第一次移动课堂交给他承办，也是给以后定个调子，将来谁再承办，肯定不会再比第一次标准低了。

齐青海接过话筒，还没开口，就先向人们深深地鞠了一躬。掌声停歇后，他笑着说："小弟我没有什么好说的。只一句话，这个月你们都要节欲，下个月带着各自的好身体去就行了！"大厅里立时一片爆笑。

酒桌上的高潮再次被掀起来。

王加法不会放过这个机会。他不停地去与别人碰杯，现在已经醉意很浓了，走动的时候小腿发软、两股颤颤，小脑控制力严重下降。他显然是喝多了，但他仍然又端着酒杯来到金惠水面前。金惠水见他站立不稳，就拉了个椅子让他坐下。王加法半个屁股坐在椅子上，头向下一低，就定在了那里，没再抬起来。金惠水扭过脸看一眼王加法，见他没有反应，就又把头扭过来，向王加法看的方向望去。只望一眼，金惠水就把目光移过来，大声说："加法，喝酒，喝酒！"

王加法抬起目光，把自己的嘴伸到金惠水的右耳边，大着舌头小声说："大哥，这妞还真够萌的，摸起老白的大腿了！"

刚才，金惠水也看到了，坐在他侧面的程琳正在摸着身旁白东升的大腿。

金惠水动一下头，也小声说："你小子，这也能定住你的眼珠子！"

王加法不好意思但又不服气地说："他一个副市长的大腿有什么好摸的！"金惠水端起酒杯，跟王加法碰了一下，小声说："你真不懂还是装啊。那不是大腿，那是权力！"

王加法一时没有明白过来，正在犯怔，金惠水就又大声地说："喝，兄弟。我看你是真喝迷糊了！"

金惠水说罢，举杯一饮而尽。

三

在这种EMBA总裁班里学习，真不是一件轻松的事儿。

半年学习下来，王加法觉得学习的过程还是很严格的。学员旷课超过三次，这门课就取消了学分，甚至会被取消学习资格。至于学位，更是不好混，听说在论文答辩的时候，很多董事长级别的人物，都会被评审教授问得汗流浃背。

一个学生能不能考试过关或毕业，关键看你碰到一个什么样的教授或导师。现在王加法的压力就特别大，这个压力来自厉宁纲教授和他的“税务筹划”课程。王加法是学法律的，对这样的课程学习起来十分吃力，甚至一些基本的原理都不太明白。面对一大堆作业，他着实有些发蒙。可这个厉教授又特别较真，王加法真怕这门课程拿不到学分。毕竟，王加法还是看重这个学位和文凭的。

现在，王加法还有一件发愁的事儿，那就是带什么礼品去见大江银行的行长陶宝乐。

前天，王加法突然接到陶宝乐的电话，想介绍他做海洋生创中票发行的律师。这是一个让王加法吃惊的大单子。如果顺利做下来，法律服务费是相当可观的。挂了手机，王加法坐在沙发上，脑子里突然一片空白，他觉得这件好事来得太突然，简直不敢相信。平时在班里，他与陶宝乐接触并不算多，他怎么就会看上自己，而且还把这么好的机会主动提供给自己呢?

大江银行作为海洋生创中票的主承销商，行长陶宝乐当然有机会推荐服务律师了。王加法镇静下来的时候，第一想法就是：如果这单业务做成，他将把佣金的三成送给陶宝乐。

这是行规，王加法知道，陶宝乐肯定也知道。王加法想，陶这样做既是对我的信任，也是一个极好的选择。从同学那里抽取佣金，相对来说安全系数还是大的。但这样的事必须选择合适的时机当面表示出来，又不能太直接了。这样看来，就必须尽快见到陶宝乐。陶宝乐电话里说三天后才有时间，这正好给了王加法准备的时间。业务上的事，王加法是有些把握的，这是他的专业，可去拜访陶宝乐带什么礼物却令他犯难。

便宜的东西拿不出手，贵重的又不太合适，何况人家一个行长什么礼品没见过呢。王加法坐在书房里皱着眉头一直在思考。吸了几支烟他记不太清了，只觉得整个书房里烟雾飘动，不由自主地咳嗽了几声。他起身打开窗户，望一眼格子笼一样的小区楼群，又回到书桌前。这时，他看到书桌上的水笔，突然来了灵感：就送他一支笔！对于陶宝乐这样的人来说，笔就是权力的象征。有时，握笔签下几个字却字字抵千金！

王加法为自己的灵感而激动。有了目标就好办，要送就送最好的笔。说真的，平时他对国际品牌还真是了解不多，这些东西与他现在的生活离得有些远。于是，他打开电脑上了百度，要查一查哪个品牌的笔最合适。百度改变思维，这句话一点不假。王加法从百度上找到了万宝龙这个品牌。近百年时间里，该品牌的笔曾与无数风云人物一起指点江山，共同书写世界历史。王加法精心选好款式后，突然感觉有些疲倦。他伸个了懒腰，准备冲个澡后休息。

王加法在冲澡时，身体突然有了冲动。他已有半个月没与妻子汝玮亲热了。怎么会是这样呢？半年前，还是标准的每周两到三次，可上了这个班，竟没有了这方面的兴致。汝玮似乎对他也理解，这段时候太忙，每月又要上四天课，这方面的要求淡一些也是正常的。像他们这样在北京安家的小两口，压力真的太大了，为工作、为房、为车、为贷款，忙活一天后连做爱的兴致都没有，快三十了还没有要孩子。王加法这样想着，便加快了冲澡的速度，他想今天也该享受一下上帝奉送的肉体之乐了。

汝玮躺在床上看着韩剧，半眯着眼，很倦怠的样子。王加法上了床，就把手搭在了汝玮的胸上。一起生活了五年，彼此的肢体语言双方都了如指掌。汝玮笑一下，说："想了？"王加法应道："嗯！"汝玮直起身子，一边脱睡衣，一边说："好。"

虽然两个人已经没有了以前那种语言上的缠绵，这种直奔主题的方式还是让王加法立即进入战斗状态。毕竟，快半个月没有过，冲动对他这个年龄来说是应该有的。

王加法的冲动从冲澡时就有了，而汝玮显然没有准备好。面对王加法的翻身上马，汝玮不仅心理准备不足，身体也没有准备好。汝玮皱一下眉头，表现出一种不舒服的感觉。但对于她这个年龄的人来说，这种不适也就是几秒钟，很快就渐入鱼水之乐了。可令汝玮失望和不乐的是，正在她要入佳境时，王加法的身体却突然像漏了气的皮球，噗地软耷下来，一动也不能动了。汝玮愣一下神，一把把他推下身子，愤愤地说："你还让人活不活啊！"

王加法从汝玮的身上滑下来，软在一旁，一言不发。但在心里，他却狠狠地骂着自己：真邪门了，偏偏这个当口想起那笔，由笔想到了陶宝乐，由陶宝乐想到佣金。钱钱钱，他妈的钱把老子都弄成这样了，要钱还有屁用啊。王加法在心里骂过自己后，还是想安抚一下身旁的汝玮。可他刚一动身子，汝玮就生气地说："去！别现眼。"王加法很无奈地扭过头，脸对着天花板，长叹一声。王加法如期来到陶宝乐所在的城市。

两个人相见，是十分愉快的。

尤其是王加法把那支精制的笔送上时，陶宝乐很高兴。他看重的并不是这支万把块钱的笔，而是这支笔的寓意和王加法得体的做法。晚上喝酒的时候，王加法多喝了几杯，这是对陶宝乐的感谢，也体现自己的高兴与真诚。酒这东西，说到底是精神层面的，许多时候人们在意的并非喝什么酒，而是为什么喝酒。陶宝乐见王加法这么主动，自己的兴致也高起来。两个人说着喝着，一直到很晚才结束。陶宝乐把王加法送到酒店时，王加法得体地笑着说："哥，你对兄弟这般提携，我懂规矩！"

陶宝乐笑着说："哥相信你，我不会看错人的！"王加法伸出手想握别一下，可陶宝乐没有去握，而是抬手在王加法的肩上拍了一下，然后开玩笑地说："兄弟，这酒店是哥的地盘，你完全可以酒后乱性的。"王加法故意把醉意加重，回道："兄弟我是有心无力了！"

两个人在酒店大厅笑了起来。

陶宝乐来银行前是一家大公司的基金经理,他对中票的发行无论从技术层面还是资源层面都是相当过关的。海洋生创之所以把四个亿的中票交给大江银行主承销,看重的就是陶宝乐这个人。只用了三个月的时间,尽职调查、申请和注册文件制作等前期工作均已完成。王加法并没有操多少心,只是按规程出具了相关法律文件。现在,正根据利率的走势在等待发行的最佳时机。

王加法是第一次参与中票发行的事务,对其中的道道儿并不甚明了。

但他在审查那些材料时,总隐隐觉得海洋生创这次中票发行的用途有问题,可能募集来的钱并不一定真的投入到海洋生物提取的科研,一定会有一部分资金另作他用。但他也没有证据能佐证自己的判断,这种判断只来自于直觉。他曾经侧面问过陶宝乐,这四个亿的中票发行是否真如预想的那样顺利。陶宝乐就笑着说:"现在,我们承销商就是爷,拿到券就是拿到钱了。我还想试一试我们班同学们的眼力和财力呢!"

王加法附和了几句,就不再说什么。

这次课程,安排的是"金融模式的设计与创新"。前三天是教授上课,最后一天安排的案例讨论。王加法估计到,陶宝乐会在这次上课时向班里的同学推介海洋中票,所以,他不希望在案例讨论的抽签分组中与陶宝乐分在一组,那样的话,他作为律师会感觉到一种说不出的尴尬。王加法担心的事最终还是没有发生,他没有与陶宝乐分到一组。这让他心里多少轻松了一些,但也一直有些不安。他不想让人知道他做了陶宝乐的生意,也不想让同学们有太多的猜想。

陶宝乐显然是做了充分准备的。轮到他这一组给同学们分享案例讨论结果时,他很巧妙地推介了正在发行的海洋生创中票。十分钟的发言结束后,班里突然响起一阵掌声。接着,就有人问他给同学们预留了多少额度。陶宝乐不好意思地说:"我们行已经预留了两个亿,剩下的两个亿也都有去向了。我在这里只是与同学们分享一下这件事的创新之处！”

这时，齐青海就笑着说：“宝乐，你是怕分给同学们拿不到提成了吧！”

同学们便跟着鼓掌、哄笑起来。

陶宝乐竟有些不好意思，也笑着说：“青海你这个矿主也太小看我了吧，我陶宝乐是靠提成生活的人吗？”教室里又是一阵笑。陶宝乐想了想，接着说：“这样吧，下课之后想要买的立即登记，过期不候！”

让王加法万万没有想到的是，两个亿的额度竟在下课后几分钟内被分完。看着人们争抢额度的劲儿，王加法心里很复杂，这种情形是他听都没听到过的。几分钟之内就可以卖两个亿！在这里上课的人，也他妈太有钱了吧。王加法觉得必须改变自己原来的判断了。不到一年时间，他真的变化太大了。刚入学时，班主任赵燕美说：“自己能不能发生变化、发生什么样的变化，最终取决于你与什么人在一起！”

王加法现在回想起这句话，心里翻江倒海一样。

四

王加法进入教室，就感觉同学们眼光的异样。

他下意识地放低目光，瞬间有一种不敢面对的恐惧感，后背也紧了几下，而且有些发凉的感觉。他快速地走到放着自己名字的桌子前，坐下，掏出教材，才长长地从鼻子里出口气。他的这种感觉完全是自我意识，别人也许并没有在意他的到来呢。但他还是感觉有些心虚，这缘于他上次课的请假。

临上课前的两天，他突然接到姐姐的电话，说母亲病得不轻。于是，他就请假回了老家。按说，一次不上课没有什么大不了的，而且是请了假的，可关键是那次也是一堂移动课堂，而且选在西宁，课间还安排了到玉树灾区学校的捐款活动。听说，同学们一次捐了六十多万，而他却没有参加，更没有捐款。这样想来，他就觉得别的同学会以为他王加法是怕捐款才请的假。

鬼都是从自己心底生出来的。

其实，这几天他都做好了准备，他是想这次来上课时，找班主任赵燕美补捐一万元的。但现在毕竟自己还没捐，同学们会不会真的认为自己不想捐呢？在这个班里，王加法可以说是最没有钱的人，越是没有钱，越怕别人说自己不舍得。正是基于这种思维，这些年来王加法从没有占过别人的便宜，也没有在熟人面前表现出过太丢份。这就是他的做人原则，自己可以没有钱，但不可以让人看不起。

赵燕美走上了讲台，她简单地讲了此次课程要注意的问题。她讲完后，王加法就站起来说："赵老师，上次去青海我请假了，这是我补捐的！"赵燕美望着他手里的那叠钱，笑着说："上次活动已经结束了，下次吧！"有几个同学就小声地笑起来。王加法的脸腾一下红了，他觉得班里的同学认为他在作秀。于是，他脱口而出："那好吧，我自己去贵州支教半个月，把对孩子们的亏欠补回来！"

赵燕美显然对他这句脱口而出的话没有思想准备，歪了一下头，质疑地说："你真的要去支教？"

王加法坚定地说："是的，这节课结束后就去！"同学们很吃惊，没想到王加法有这个想法。这时，班里响起一阵掌声。

课程结束后的第三天，王加法就起程去了贵州。

他没有和贵州那边联系，而且没有征得妻子汝玮的同意，就背起背包上了机场。但他的目标是明确的。前两天他一直在网上查，最终决定选择毕节市黔西县雨垛镇紧口坡小学。这个学校在地图上都没有查到，但网上却有这个小学的一些信息。虽然这样做是很仓促，但他已经决定了，而且没有回头路。在教室里的承诺，自己必须做到，不然就会失信于那些人，也会让自己一直无法面对那些人。

王加法下了飞机，直接乘大巴上贵遵高速，再走贵毕高速。下了高速，到达黔西县的时候，天已经黑下来了。

他找了一家小宾馆住下，洗了脸，就到街上去找吃饭的地方。夜里，他给汝玮打了个电话，汝玮没好气地又跟他吵了几句，挂了手机，他实在觉得无聊，就刷起微博来。第一个看到的就是程琳的问话：加法，你真去贵州了？王加法一边继续刷，一边庆幸自己真来了，如果不来贵州肯定会被那些人耻笑的。

第二天一早，他就到汽车站搭上一辆去雨垛镇的破中巴车。出县城不久就进入了坑坑洼洼的石子路。他的手紧抓前面的座位，还是觉得五脏都要被颠出来似的。有好几段路是挂在山体上的，山下是一块一块的玉米田，显得山沟更深了。

王加法想，车子若是翻下去，车上的人肯定没命。

车子进入平坦地段，就见到每隔一段都会有一个标语，比如"少生孩子多养猪""没有女孩，就没有男孩"。王加法看着，心里有一种说不出的滋味。

这辆破中巴终于停下来。可王加法更犯难了，一打听，进紧口坡没有任何车辆，只能靠自己的两条腿。他没敢耽误时间，问清了路就向紧口坡进发。大约走了一个多小时，他感觉实在累了，原来已经是下午三点，自己却没有吃饭。于是，他从包里掏出一碗康师傅方便面，坐在路旁，就着矿泉水嘎嘣嘎嘣地嚼起来。

一块干面快要吃完的时候，一辆摩托车在尘土中吱的一声停下来。一个三十岁左右的男人两腿着地，把王加法看了十几秒钟才开口说："到哪里？"王加法心里一喜，站起来说："我是去紧口坡支教的。"男人突然张着大嘴笑道："紧口坡？支书是我叔公，我捎着你！"

晚饭是在周支书家吃的。

吃饭的时候，桌子上端来一小碗辣椒、一碗豆芽辣椒炒腊肉、一盆酸汤和两碗米饭。桌子前就王加法和支书两个人，两个孩子和女人窝在灶屋埋头吃着，没有一个人出来。这时，王加法想起来背包里还有两碗方便面，就掏出来想送到灶屋里让孩子吃。可被周支书拦住了。他接过那两碗面，放在桌子上，然后说："这是城里人吃的东西，山里的孩子会吃刁嘴的。"见他态度坚决，王加法只好作罢。周支书似乎不太爱讲话，一顿饭翻过来调过去就一个字：吃！吃！

吃过晚饭，周支书领着王加法到小学去。学校在村外两里多路的一个平坡上，说是学校，其实就一幢两层小木楼。木楼没有电，支书点着蜡烛。烛光下，木楼显得更破，让人觉得随时都有倒塌下来的危险。下面是两间教室，楼上也是两间，摆着一些很矮很旧的小桌子和长板凳。在二楼的窗前站定，周支书终于开口了，他很高兴地说："王老师，你来得真好。这里的老师去城里看病快二十天了，娃们天天在这里疯玩！"接着，他介绍说，这里从一年级到五年级共有二十一个学生娃，却只有一个老师。平时，二、三年级一个课堂，四、五年级一个课堂，一年级单独上。

夜里，王加法被临时安排在支书家休息。

他想给汝玮打个电话，打开手机才知道这里已没有了信号。这里的蚊子很多，听声音应该个头也不小。王加法难以入睡，躺在床上不时地驱赶着嗡嗡飞动的蚊子。他设想过这里条件会很艰苦，可他绝没有想到会是这个样子。他一边驱赶着蚊子，一边又想起了自己的同学们。贫富的差别真的太大了，那个教室绝没有齐青海的一个打火机值钱。唉，想到这里，王加法觉得这次来得值。在这里生活半月，回到北京肯定不会再有那么多的抱怨了。望着窗外的月光，他决定要把这里的一切拍成图片，让那些同学们看看，一定要为这所学校的孩子募到一笔钱。

这里的条件是艰苦的，信息是闭塞的，可这里的教学生活给王加法带来从没有过的快乐。孩子们对知识是那样地渴望，对他是那样地信任。从他们纯真的眼神里，王加法觉得自己变了。孩子们教会了他怎么安守宁静的生活，怎么才有一个快乐的心态。

王加法还觉得人生在这里变得简单，但却更加深刻。

离预定回去的日子没有几天了，王加法决定去一个叫高美的学生家进行家访。来到高美家那栋老屋里，他立刻感觉到了惊讶和悲凉。狭小的房间，昏暗的灯光，一个破旧的炉子、一个灰暗的柜子、一床破被，就是全部家当。爷爷十多年前因病去世，父亲外出务工至今无音讯，妈妈四年前改嫁。如今，只有祖孙二人相依为命地守护着这个破败的家。奶奶快七十岁了，但为了生计和供孙女上学，独自一人耕种了五亩多地。更令人难过的是，高美三年前在上学的路上意外摔倒，左耳竟失聪了。但高美懂事，她怕奶奶为她担心难过，就选择了沉默，至今奶奶都不知道她的耳朵失聪。

可她有一颗坚强的心，她对大山外面的世界充满梦想和渴望。

王加法想起高美曾经问过他："知识真的能改变命运吗？"

去县城住院的苗老师终于回到了紧口坡，王加法决定第二天就走。临行前一天，他跟周支书和苗老师说，明天一早就出发，赶在孩子们来上课前，因为他实在不忍看到孩子们与他分别的场景。周支书很动情，眼睛潮湿地点着头。

太阳还没露脸，山道上湿漉漉的，不时有鸟儿飞鸣着掠过。

这是唯一通往山外的路，这条路连接着山里人的多少梦想啊。王加法坐在周支书的摩托车上，有些悲壮，有些难过。

五

到镇子上，王加法打开手机，他吃惊了。

这里已经有了信号，手机不停地嘀嘀响着。这些天，那么多人给他发过信息、打过电话、发来微博，这是他没有想到的。王加法一条条刷着信息，心里热乎乎的，他突然感到从没有过的温暖。

这些信息可以分为三类，一类是同学们的问候，问他支教有什么困难，有什么见闻；另一类是业务上的，律师事务所的同事和几个客户发信息，联系一些工作上的事；更多的是电信公司发来的未接电话的信息。他把信息全部看完后，第一个电话就打给汝玮。

电话第一次没有接，他点了一支烟，吸了几口，又打过去。这次，汝玮接了。电话一通，她就焦急和责怪地大声说：“我以为你失踪了呢，都报过案了！你不要回来了。”听着妻子的责怪，王加法心里很激动，他知道汝玮这些天肯定为他担心死了。于是，他一直赔着笑脸给汝玮赔不是，请求她原谅。汝玮就是不说话，但喘气声越来越重，竟哭出声来。王加法赶紧哄着说：“好了，好了，我回家让你好好打一顿、让你骂一顿还不行吗？我马上就坐车到黔西县，然后就去贵阳坐飞机！”汝玮这时止住了抽泣声，狠狠地说：“你不要回来了，回来我咬死你！”

从镇子到黔西县的路上，大巴一直颠得厉害，车上坐着拎包出去打工的男男女女。他们应该都是熟人，一路上说说笑笑，谈论着各自在城里打工的经历和家里的收成。这中间，王加法是想过要给程琳打电话的，这些天她给他打了十几个电话，发了四五条信息，要他立即回电话，是关于让他担任法律顾问、起草公司章程的事。但现在这种情况，乱哄哄的，车又颠得厉害，打电话确实不合适。再说了，是程琳急着找自己，他表现得不能太欣喜了。

其实，王加法从心里对程琳是不喜欢的。这种不喜欢还是起源于那天晚上，他看到程琳摸老白的大腿。老白就是白东升，是一个市里的副市长。在这个班里是有规定的，不管你的职务有多高、公司有多大，同学之间一律不能称职务，互相都直呼其名，或者姓前加个“老”字。有谁违反了，就当场罚款一千。王加法想到程琳时就想到了老白，这样顺着想下去，他就不想给程琳回电话了。虽然程琳说让他担任法律顾问，多少是一笔业务，他王加法与钱也没有仇，但还是在心里排斥着、犹豫着。

从黔西到贵阳的高速快客车上安静多了，几乎没有人在说话。王加法看看车上的人，突然明白了，原来这车上坐的人，与镇子到黔西的中巴上是不一样的。拎大包小包的民工几乎没有了，有那么几个民工也都是年轻人。这时，王加法突然想到了“钱”这个字，钱就是粗细不一的筛子，可以把不同的人自然筛选开的。车票贵了些，就把一部分人筛下去了。他由此想到自己所在的总裁班，五十几万的学费就把高端人士给筛出来了。

车子快到贵阳的时候，他的手机响了。

划开屏，来电显示的竟是程琳。手机接通后，程琳责怪地说："加法，你当真失踪了啊！再联系不上，班里就要派人去贵州找你了。"王加法表示着感激和歉意，介绍着山里信号不通、出山又难的情况。程琳显然是没兴趣听他说这些，而是直奔主题说了业务上的事。

王加法终于听明白了，原来齐青海牵头成立了一个同创房地产公司，同学们登记入股一个亿，要在老白所在的市拿块地运作一个楼盘。王加法问程琳，你这事靠不靠谱啊，你在这个公司担任什么角色？程琳有些不耐烦地说："你啊，怎么这样女人调，这有什么不靠谱的。我被推举为副总经理，也就是给同学们打打杂！"这时，王加法明白了，拿地的事肯定是程琳与老白商量好的，一定有些勾当。王加法脑子发了岔，眼前又闪出那晚程琳摸老白大腿的事儿。

平时，还真看不出程琳是个急性子人。她听不见王加法说话，就大声说："你这个加法，怎么不说话了。我也马上登机了，晚上我们北京机场见！"

挂了电话，王加法突然对程琳改变了看法。他回忆着程琳平时在班里的表现，才觉得自己还是眼力不够毒。平时，怎么就没看出她这种风风火火的性格呢。这个程琳还不到三十岁，是什么样的经历，让这样年龄的女孩具备了这种性格和做派呢？王加法越想越觉得程琳也有些深不可测。他把班里每一个同学在脑子里过了一遍，又觉得几乎每一个人背后都深不见底。这时，他越发觉得自己贷款上这个班是英明和正确的。如果不进入这个班，他是无论如何也接触不到这些人这些事的。

飞机起飞后，王加法闭上眼，还在想事儿。

有些事是不能向深处想的，一旦往深处想了会感觉很可怕。现在，王加法基本做出了推断：这些同学合伙成立项目公司，说是做一次投资实验，其实，肯定还是通过老白拿到政府资源，然后实行收益共享。这些同学有的是资金和投资经验，但这些资本不跟权力结合是肯定不能效益最大化的。这时，王加法就想起那天晚上金惠水那句意味深长的话：那不是大腿，那是权力！

想到这些，王加法开始犹豫了。

这个公司其实就是钱、权、色的结合，一旦老白哪天犯事了，说不定就会扯出一串子来。有这种担心，他就有了不想蹚这个浑水的想法。可再想想又觉得自己拒绝不了。咱算哪根葱呢？这么多同学都不怕，人家又这样看得起自己，如果不是进了这个班，这样的好事永远也不会落到自己头上啊。再说了，像老白这样的人物哪个没有出事的可能呢，但出事的毕竟是少数。退一万步想，即使是出事了，自己作为法律顾问参与明面上的事务，那些内部的勾当与自己又何干！按这个思路想，是不能拒绝的。但他在心里还是觉得底气不足，知道这其实就是自找理由，自甘同流。王加法心里很乱。

王加法出舱后，拨了一下程琳的手机，她的手机是关机状态。自己比程琳早到了。

王加法取了行李，从出口来到大厅，在门外抽支烟。抽完烟，王加法才想起来要给妻子汝玮打个电话，告诉她自己已经下飞机了。电话通后，王加法说自己落地了，但要同一个同学谈点事再回家。汝玮听到他的话，有些不太相信自己的耳朵，她大声问道："王加法，你再说一遍，九点多了还要在机场谈事？是你脑子被舱门夹住了，还是我耳朵不好使了？"

王加法就耐心解释了一遍：这件事很急，牵扯到同学们成立公司的大事。汝玮显然不高兴，嘟哝一句："你就不要回来了！"说完便按断了电话。王加法握着手机，看着大厅里晃着的人影，一时不知道如何才好。

六

所有总裁班几乎都一样，要想上课前一天所有同学都按时报到，真是一件难事。

对这种总裁级的人物来说，时间更是金钱，而且用钱换算起来，一分一秒都是惊人的数字。大家都忙，世界各地全国各地的飞，缺课就是很自然的事。这也就给一些人提供了插班补课的机会，不少人还乐于插班补课。插到另一个班里补课，其实就等于又认识了一批人，这正合了上这种班的目的。时间长了，大家也对插班补课的人多了份心眼，因为这些人的目的性更直接。

晚上过来的也就十几个人，有几个匆匆地又出了校门。剩下的六七个人，齐青海嚷嚷着要请客。程琳和老白就说，到哪里啊，都吃烦了，没有新鲜的去处是肯定不去的。齐青海就朝着老白诡异地一笑，然后说："白大市长，今天我请你们去个四合院，那里是一个尼姑开的素斋！"说罢，对着程琳干笑了一下，说："程美女，尼姑开的店，你不忌讳吧？"

程琳瞪他一眼，大声说："你也太不了解本姑娘了，我是尼姑院里还俗的，你还不知道吧？"几个人嘻嘻哈哈地上了三部车，出了校门。

这个坐落在东四十条深处的院子不大，正中三间正房，东西各三间厢房。正房门头挂一块木刻镏金匾额：心斋。统共也就四个包厢，蓝厅、红厅、杏厅、紫厅，分布在正房和东厢房里。齐青海他们进了正房的蓝厅,淡淡的水沉香味让人心脾为之一颤,镏银的青花餐具旁,蔚蓝色的餐巾纸煞是惹眼。真是一个不错的地方呢。

五色斑斓的素食很快就端了上来,酒是没有的,只有各种现榨的果饮。刚吃了一会儿,程琳就说:"听班主任说,明天要来一个插班的,不知道是哪路神仙呢!"老白似乎对程琳冒出这句话不太感兴趣,就说:"估计不是什么仙人,到这个班上哪个不食人间烟火啊!"

齐青海见老白不搭程琳的话,感觉程琳是有些生气了,老白不应该这样堵她的话。于是,他就打着圆场地说:"不说这些了,我们还是说点正事吧。"他夹了一块素鸡,有些讨好地望着老白说:"老白,我们的同创房地产公司手续办好了,你能给多少地?"

老白放下筷子,掏出一支烟。这时,陶宝乐就说:"程美女,这点烟的事,总不能让我们老爷们干吧?"程琳嬉笑了一下:"嘁,不是说男人的事业越大越绅士吗,这事还劳本姑娘的大驾!"说罢,就拿起火柴,擦着,给老白点烟。老白喜欢火柴点烟的那种木香味,他只说过一次,程琳竟没有忘,这让他心里有几分得意。烟燃着了,老白很美地吸了一口,吐出烟雾后,才看着齐青海说:"我正要对你们说呢,要拿就把那五千亩一齐拿了。我们是要招大商的,否则,我可不帮你们玩!"

取名"同创房地产公司"顾名思义是"同学共同创业"的意思。班长金惠水被推为董事长,齐青海是总经理,程琳是副总经理。齐青海听老白这样说,就试探地笑着问:"白市长,可不带这样玩的啊。我们这同创是同学们玩玩儿的,弄个千把亩地就行了,你这明显是不想给我们玩!"

"五千亩啊?再怎么说也得百十万一亩吧,公司总共才入股一个亿,这没法玩呀。"程琳表情夸张地看着老白说。

老白又吐了一口烟,笑着说:"你们不会是合伙坑我吧?如果拿得少,再咋说也得二百万一亩呢,要想拿便宜地,不五千亩一起拿,想都别想了。哈哈,在我的地盘上,空手套白狼的事可做不成!"

话虽然像斗嘴，但信息量却很大。很明显，老白的底牌是只有五千亩地一起拿，才有可能便宜。这也是政府便宜拿地的猫腻所在，只有以大公司入驻为条件，才可能有机会底价挂地。陶宝乐夹起一筷子菜，停在空中并没往嘴里放。他环视了一桌人后，才笑着说，“你们都装傻吧，白市长的意思真不明白？只有五千亩一起拿，才有钱赚！”说罢，把菜送到嘴里，又接着说：“放心吧，钱的事，老金会有办法的！”

众人见话题转到了金惠水身上，就附和道：“吃，吃，这事明天见了惠水再议吧！”

“就是啊，还让人吃不吃了，同学的饭局也吃得满嘴铜臭味！”程琳嬉笑着说。

同学们对“企业家与企业的中医养生”这个模块的课，是早有期待的。

自20世纪80年代以来，中国已有一千多名企业家因为自己摆脱不了心理障碍走向了自杀身亡的道路，更有两千多名企业家过早离世或突然骤死。再大的事业，撒手而去后都与自己无关，这几乎是每一位中年企业家的焦虑和心病。企业家的养生自然成为热门，更何况，这个模块的老师是国内最知名的毛玉斋教授。

第二天九点，同学们早早地到了教室里。

毛教授面带红光，蓄着雪白的胡须，却让人猜不出年龄。班主任赵燕美介绍说，毛教授已经七十三岁，教室里便响起声音不高的赞叹声。

课开始了。毛教授慢慢地环视教室里的每一个人后，才开口说话：“2009中国城市健康状况大调查显示，参与调查的52万人仅有3%的人处于健康状态，97%的人处于疾病和亚健康状态，调查样本主要来自中国企业，而企业家这个特殊的群体，更是心血管疾病、颈椎病、肠胃疾病的高发人群。

“西医用治小白鼠的试验结果拿来给人治病，显然有些不靠谱，我以为，博大精深的中医才是治本之术。对于企业而言，要实现可持续发展，不仅要有健康的企业管理模式，更要有一个健康的管理者；而对于企业家而言，健康和财富是特别重要的两个方面。”

此话一出，教室里便发出一阵唏嘘声。毛教授又环视了一下大家，接着说：“中医不仅可以医治大家的身体，同样可以调理各位的企业。”

教室里又是一阵声响。王加法冒出了一句：“中医还可以治理企业啊！”

有几个同学把目光投向王加法。显然，毛教授也听到了王加法的话，就深不可测地说：“养生的观念不仅适用于企业家，更适用于企业。现代企业管理者的眼界、境界和心态，才是决定一个企业健康与否的关键。预防疾病、心态恬淡、闲而少欲，才是企业家的养生之道。”

毛教授顿了一下，教室里便响起热烈的掌声。他拧开保温杯，喝了两口茶后，掌声才最终停下来。

教室里只有一个人没有鼓掌，他就是班长金惠水。

金惠水知道自己的肝病越来越严重了，他听到毛教授讲上面一番话，心里咯噔一凉。人的病很大程度上在于心态，有时只要一想到病就会感觉不舒服，更何况语言的刺激呢。金惠水这两年隐约感觉自己的病可能治不好了，极有可能是早逝的那一拨人。但他是坚强的，他没有把病情告诉家人，更不会让别人知道。对于一个身价二十亿的人来说，身体的状况应该是头等机密。这一点，金惠水是深知的。

金惠水没有鼓掌，毛教授看得真切。

课间休息的时候，有五六个人向休息的毛教授围过来。他们是想让毛教授给把把脉，看看自己的身体状况。毛教授显然对围上来的并不感兴趣，他的注意力在金惠水身上。他在中欧EMBA班上课时，就因为给一位学员治好了失眠和头疼的毛病得到两百万。这样的机会，毛教授是不会放过的。可以说，这些年讲课只是他的一个幌子而已，真正的目的是寻找肯出大价的企业家。

金惠水从座位上站起来，他是不想去讲台上围观毛教授的。可毛教授却向着他微笑说："这位同学，我观你气郁太过、肝阳浮越，可能肝有些不舒服吧！"金惠水心里一惊，心想这人还真有两下子，但马上一脸的平静说："毛教授果真好眼力，我以前肝是不太舒服，不过现在好了。有机会我单独请教！"金惠水说罢，向教室门口走去。

晚饭过后，齐青海和程琳来到金惠水的房间。王加法已经先他们到来，正在与金惠水聊着什么，见他们进来，就起身说："班长，那我先走了。"

金惠水也起身说："走什么，他们来商量同创公司的事。你这个法律顾问要全程参与啊！"程琳接着说："是啊，是啊！什么事也不能瞒顾问啊。"

齐青海和程琳把拿地的事和老白的话，对金惠水说了一遍。金惠水一直静静地听，中间并不插话。他们说完了，金惠水还是没有答话。房间里静下来。这时，金惠水才开口说："没了？"

"嗯，没了。我们就是担心拿五千亩地的钱如何筹措。"齐青海看救星一样地望着金惠水。

很显然，金惠水刚才听时就已经想好了对策。他抿了一口茶，笑了笑，然后才说："这不难，办法有两条。"说罢，又端起杯子喝了口茶。

程琳有些沉不住气了："董事长，你就别卖关子了，我们都恨不得杀了这个老白。他老难为我们。"

金惠水意味深长地看了一眼程琳："哪是老白难为咱们，是我们在难为老白啊！"

七

金惠水最近感觉有些累。

这种累，来源于他的第六感觉，他觉得似乎有一些麻烦正一步步向自己逼近。

这么多年，他坚信自己的第六感觉是准的。

这些天，他明显感觉到资金有些紧张，这种紧不仅是他自己的东北亚集团公司，似乎是所有公司都突然出现了这种状况。对这种突然而来的状况，他是敏感而有判断的。一是国家银根的收紧，二是国际热钱的回流，这似乎是国际性金融危机的前兆。既然感觉到了这些，他肯定要提前做筹划。现金为王这是谁都知道的，越是在经济大势出现动荡，现金流越是重要。他用了两个月的时间，才差不多调整得有了把握。

这期间，有一次课他没有去上，因为他去了趟美国。

他的美国之行，一是看一下华尔街的情况，另一方面是去检查了一下身体。身体是本钱，尤其在这种时候，身体是不能垮下来的。但这次禅修课他是不能缺的。这些年，他一直在禅修，也从中得到了意想不到的效果。何况这次安排在冶父山如真禅寺呢。他到如真寺去过，但那次没有见到了云主持，一直是个遗憾。当班主任赵燕美给他打电话确认能否来上课，他肯定地说："一定！"

禅修是佛法智慧的一种古老修为形式，金惠水这些年的禅修让他似乎越来越懂禅了。

金惠水本来是可以从美国直接飞到合肥，然后再去冶父山与同学汇集的。但他还是先飞回了公司，他要从公司把那套海青搭衣取回来。

飞机落地的当天晚上，齐青海就给金惠水打来电话。

金惠水给同创公司支的两招，一是先用已有的一个亿拿五千亩中的一千亩开发，然后用赚来的钱再拿后面的地滚动开发；二是这些同学股东再成立一个投资公司，然后以这个项目为基础，通过银行发信托拿回所需的五个亿。虽然后一个办法麻烦些，但现在也只有选择这一条了，因为老白那边态度很明确，为了确保低价拿地和自身的安全，必须一次性把地拿完。但齐青海是开矿出身的，对信托产品不熟悉，甚至都听不太明白。这件事，必须金惠水撑起头来做，不然就成不了事。

金惠水也知道发信托是唯一的一个行得通的办法。这些年，他与政府官员打交道，太了解这帮人了。没有人傻到愿意直接冒风险，很显然只有用五千亩的大盘这个理由，才有可能便宜拿到地。

但金惠水现在没这个心情，一是他想静下心来参加这次禅修，二是还有一件事让他揪心。他的城市综合体的两个商场都出现了亏损，亏损的直接原因是这些实体店成了人们的体验店，很多人都是在这里看好商品然后到网上去购买。前两年有人说这是实体店的命门，他还不太相信，现在看来得真快。基于这些，金惠水接到齐青海电话时，情绪就很差。他对齐青海说："兄弟，明天就要去禅修了，请你这几天别跟我提这事！"

齐青海听出了金惠水的不高兴，就笑着说："好，好！反正你是董事长啊！"

金惠水觉得刚才那话说得有些硬了，就笑着说："兄弟，禅修首先是要静心的。你也静下来，有咱们挣钱的机会。"

齐青海心里舒服多了，就接着说："跟着哥混，还愁赚不到钱啊！"

出合肥不到一个小时，冶父山便在了眼前。

这次禅修本来是打算住在如真寺的斋房，但由于定得晚了，就只能住在山脚下的金孔雀温泉国际酒店。进了房间，稍稍休息后，金惠水就准备去山上转转。中午这里刚下过一场雨，现在上山应该不错的。在酒店大堂，金惠水碰到齐青海、陶宝乐、王加法正在那里聊天，就说了声上不上山。

齐青海他们三个呼应着说："正想上山呢。看这山不高，上去也就个把小时的样子吧。"于是，四个人结伴出了酒店。

冶父山不大，踞长江北岸不远。自山麓盘旋而上，群峰耸拔，满眼怪石嶙峋。这天大雨初霁，晴空万里，登上顶峰，上有浮云紫雾，下有群峦叠翠。金惠水长长地舒了口气，现在心里和眼里只有这青山和翠竹了，好不惬意。

晚饭自然有酒，红酒、白酒、啤酒都有，自取自喝。班主任赵燕美说，这里是佛门禁地，我们又是来禅修，明儿个可没有酒了啊，今天要喝就多喝点。这时有人瞅着老白又瞅一下几个女同学，大声起哄说："赵老师说得对啊，明天开始可就酒色全断啊！憋出毛病来可是自己的事了。"

程琳接过话："狗嘴里吐不出象牙。"

餐厅里响起一阵哄笑。

晚餐到十点半才结束。结束前，班主任赵燕美告诉大家，课程表和海青搭衣都放在每个人房间，回到房间后大家都不要再互相串门了，今晚要先静静心，明天早上都别忘了沐浴，然后换上海青搭衣。

禅修对他们大多数人都是第一次，新鲜和好奇还是有点的。第二天早饭后，一片海青搭衣汇集在酒店大堂，引来不少人注目。班主任赵燕美又讲了一些注意事项，就带着大家徒步向山上走。她走在前面，边走边说："我们这就算出坡了！"人群里就有人问："赵老师，什么叫出坡啊？"

金惠水解释说："出坡就是劳动！也是禅修的一部分。"

半个小时的工夫，到了如真寺。了云大和尚已在寺门等候。

进了寺内，赵燕美简单讲了几句，了云大和尚盘坐在前面，开始说话。

他先要让大家分两边盘坐下来，然后开始讲禅修仪规。仪规很多，这是简化了的，就是如何坐香、何时坐香、如何禅茶、何时诵经之类。禅佛的仪式感很强，光这些简化的仪规就讲了两个小时。开始的时候还好，时间长了，大家就都感觉到腰酸背疼，不少人已经坐不稳了，左右扭头或晃着身子。

这时，了云大和尚就说："禅须静虑，静即定，虑即慧，虚灵宁静，把外缘摒弃掉，不受影响；把神收回，使精神反观自身方好。人的心灵，若能如莲花与日月，超然平淡，无分别心、取舍心、爱憎心、得失心，便能获得快乐与祥和。水往低处流，云在天上飘，一切都自然和谐地发生，这就是平常心。

“拥有一颗平常心，人生如行云流水，回归本真，这便是参透人生，便是禅。”

这番话后，了云大和尚便让大家起身。起身后，就有人要找茶喝，赵燕美说：“这里吃茶也不得随便，先活动活动，接下来还要禅茶。”

在寺里吃过素斋后，又开始坐香，坐完这次香，才可以下山。

此时，寺内烛光摇曳，檀香正燃。三槌木鱼响后，开始坐香。老白身体很胖，穿上搭衣竟与猪八戒有一比。吃饭的时候，程琳就悄悄地用手指捅了一下老白。老白从她的坏笑中，感觉到了自己的滑稽相，强忍着没有笑出来。这时，老白趁着烛光朦胧向程琳瞅去。程琳穿上这身海青的搭衣，该凸的更凸该凹的更凹，比平时更加性感诱人。

老白下身一热，冲动顺着脊梁传到大脑，他立即决定今晚必须要一次程琳。有了这种想法，他再看烛影中的程琳，便更加心旌神迷了。

晚上十一点多钟，程琳如约悄然推开了老白虚掩着的房门。老白见程琳进来，起身抱住了她，把嘴贴在她的耳根，小声地说：“我的小青尼，老夫今晚破了你的身子！”

程琳轻轻地推了一下老白，浪声浪气地说：“我们可是在老和尚那里禅修了一天，这事办不得的！”

老白把她搂得更紧，笑着说：“怎么？提老和尚能增加你的性欲啊！”

他说完，把嘴堵在了程琳嘴上。

八

王加法说是同创公司的法律顾问，其实他现在就是一个跑腿的马仔。

这三个月来，在金惠水的指导下，大家先是成立了一个同鑫投资公司，然后做这样那样的材料，通过陶宝乐的大江银行给同创房地产公司发五个亿的信托。这一圈流程操作起来，靠的是路径熟悉、方方面面关系顺畅。

从信托项目的立项、预审、终审、项目成立，每一个环节又有许多子环节要走流程，真是繁复严谨。以前，王加法只是从文本上看过这些流程，但在具体办理时才真切地感受到金融的魅力：一张张表格上签字、盖章，花花绿绿的票子就从银行转到了这些人手上；这些钱买来土地，开发成房子再卖出去，更多的钱又回来了。

怪不得金惠水嘴里常说“钱就是纸，纸就是钱”，此言不假啊，纸金纸金，纸在一些人手里就是金钱呢。如果不是上了这个班，直接参与了这些事，王加法就不会了解这些年那么多富人是如何出来的。以前听说穷人骑自行车把钱存到银行、富人开宝马去取出来用，然后再用这些钱去赚穷人的钱，他还不太相信，现在他彻底相信了。这让他的心里有了激愤，同时也产生出窃喜，庆幸自己入了道儿，最起码亲历了这些事。

信托的手续是全部办好了，但金惠水并不主张现在就发。按金惠水的话说，钱每时每刻都是有成本的，利息能晚付一天就晚付一天。他让齐青海他们先到老白那里把地看好，然后把一个亿的定金交上，等挂地的文件条款全谈妥了再发行这五个亿都不迟。现在无论哪个城市，从摘牌到交地款都会留下十天半个月甚至更长时间，土地摘牌后再发行信托肯定是不晚的。何况，在没有拿到土地之前，老白的承诺是不能全信的，对老白也要留一手。齐青海、程琳、王加法三个具体办事人越来越佩服金惠水了，这个人真是人精，什么事什么环节都考虑得细之又细，简直天衣无缝。

从老白那里回来的路上，王加法一边开车一边计算，他已经有半个月没进家了。

开始的时候，妻子汝玮每天都给王加法打电话询问行踪，后来就不再打了。王加法在睡前给她打电话，汝玮每次都很是生气地说："以后晚上不要打了，你还让人睡不睡啊！就当没有我这个人没有这个家！"王加法知道汝玮生气了，但又有什么办法呢。谁叫自己没钱呢，哪个男人不想成为亿万富翁。深夜，在酒店里睡不着的时候，王加法就劝自己：忍忍吧，不受苦中苦，哪来满口甜呢。何况自从上了这个班，人生已经飞跃到了以前从来不敢想的台阶上，辛苦是辛苦，但挣钱之多也是他没有想象过的。如果这个项目成功了，他王加法也能摇身一变成为千万富翁呢。现在这个社会，丑小鸭变天鹅的事每天都在发生着，如今居然轮到了自己头上。

王加法到家的时候才五点钟，妻子汝玮下班到家至少还得三个小时。他决定亲自烧几个菜，一是弥补一下这些天没在家的缺憾，二是讨好讨好妻子。女人天生下来都是要被哄的，这一点王加法体会是很深的。他回到家里，换了拖鞋，去到厨房拉开冰箱，里面只有两块面包和两盒牛奶。

唉，男人不在家，女的日子就不像日子了。再看客厅，也是几天没有收拾的样子，沙发上四散着乱七八糟的东西。王加法在收拾客厅的时候，突然发现了几根短发，这显然是男人的头发。他小心地捡起来，贴在眼前看看，心里便一凉：怎么会有男人来呢？莫不是她外面有人了？这不可能，但这又是怎么回事呢？王加法的脑海里乱哄哄的，不是个滋味。

但他还强迫自己不这样想。他把思维转到做菜上来。客厅收拾好了，他的主意也定了，选择了汝玮最爱吃的四个菜：鲜虾炒白菜、凉拌黄瓜片、拔丝苹果、清炒芥蓝。家里什么菜都没有，巧夫也是难为无米之炊的。王加法立即下楼去小区的超市买东西。鲜虾炒白菜和拔丝苹果是典型的鲁菜，但王加法做得都很拿手，这缘于他的父亲在山东老家是有名的大厨，看得多了再加上父亲的指点，自然就会做了。

王加法正在剪虾须时，汝玮开门回来了。

王加法讨好说："回来了啊，你看我给你做什么好吃的了！"汝玮来到厨房门口，见王加法正在忙着，却不热不冷地说："我胃口不好，你自己做自己吃吧。"王加法知道汝玮这是给他使小性子，就笑着说："还生我的气啊，我这不是赔罪了吗?"汝玮转身去了客厅，没有答话。

四个菜一会儿就做了出来，端到餐桌上，汝玮的情绪好多了。她走到王加法背后，给他解围裙的带子。王加法顺势一扭头，在她脸上亲了一下。汝玮嗔怪地说："你跟那些人学坏了，没少亲那个姓程的女人吧！"王加法坐下来，笑着说："嘁，她是想当亿万富翁的主儿，咋能看上我呢！"

汝玮说："那可不一定。女人除了钱就没有别的需要了啊?"

王加法听到这句话，心里突然一酸："这些天，家里来人了吗?"

汝玮的脸一寒，立即厉声说："王加法，你想说什么? 你怀疑我在家养汉子吗?"

正在这时，王加法的电话响了。他拿出电话，见号码显示的是程琳，就有些为难。汝玮这时更带气地说："接啊，接啊，这刚分开就撵到家里来了。自己一身毛，还说别人是妖怪！"说罢，起身离开了餐桌。

一个星期后，齐青海、程琳和王加法又去了老白那里一趟。

这次把摘牌的协议敲定了，一切都按金惠水事前设计的条款做的。第二天，这个协议就要上政府常务会了。这个会上完，老白那边就会挂牌。政府常务会能不能顺利通过，王加法还是有些担心的，但程琳却一副志在必得的样子，她让老白安排人陪他们三个去西柏坡看一看，一是散散心，二是坐等会议结果。见齐青海同意了程琳的想法，王加法不好说什么，就开玩笑地说："程总是要到西柏坡朝圣呀！决战之前，西柏坡可是吉祥之地啊。"

等他们从西柏坡回来，政府常务会就顺利通过了。那天晚上，老白请他们喝了一场大酒，大家都痛快得很。在这个公司，老白安排的一个亲友占了8%的股份，这也是他们提前约定好了的。王加法喝着酒，看着老白掩饰不住的得意，心里便不是滋味起来。这个世道真的变了，现在的当官的也太贪了，转了个圈，银子就哗哗流过来了。可自己呢，说不定为了挣点钱，绿帽子都戴头上了！想到这里，他自己倒了满满一杯，仰头喝了下去。也许是喝得太快，呛得差点儿现场直播。

这时，程琳就笑着说："加法喝多了，都抢着喝了！"桌子上的人就一阵笑。

半个月后，同创房地产公司顺利摘下了这五千亩地。按照协议，二十天内要付第一笔款：两个亿。王加法按齐青海的安排，来到金惠水在的会馆。他要来向金惠水详细报告一下这边的进展情况。到现在为止，金惠水并没有到老白那里看过地，只是通过规划图看了一下。金惠水见到王加法时心情不错，他们边喝茶边聊着。金惠水说："我已给宝乐打了招呼，信托明天就开始发了！"

信托发得很顺利，五天之内五个亿就到同鑫投资公司的账上了。金惠水签过字，两个亿当天就转到了老白所在的国土局账户上。可万万没有想到的是，第一笔款转过去的第四天，老白突然被"双规"了。齐青海和程琳都担心得不行，就给金惠水打电话。金惠水比他们还早半天知道这事，但他想老白不会是因为这块土地，一定是因为过去的事儿。让他担心的是，这块地可能也会受影响。虽然是政府常务会研究过的，但毕竟比市价低得太多。按金惠水的经验，现在必须沉住气，不能轻动。

于是，他就对齐青海说："不要急，老白不是因为这事进去的。你们先到国外转一圈，躲躲风头。这边让王加法打听着，有事我们电话商量！"

当天，齐青海回了云南。他计划到缅甸玩几天。

九

齐青海到了缅甸之后给程琳打个电话，问程琳现在哪里。

程琳说在北京家里窝着，哪也不想去。摊上事了，躲是躲不掉的。

齐青海就说："来吧，这里赌玉挺好玩的！"程琳说你还有心赌玉呢，老白这一出事，我真担心咱这项目要泡汤了。齐青海就说，不会有太大的事，大不了老白在里面扛不住说出自己的股份，我们弄不成这项目，钱总能抽回来的。程琳不这样看，她觉得事情可能没有那么简单，她隐约感觉老白的事不会小。这一年多与他在一起，偶尔从电话中也能听出一些信息，他与商人关系很密切。

这些日子，参与同创和同鑫两个公司的不少同学给程琳打电话。虽然电话里说得都很隐蔽，也都很委婉，但她还是感觉到了大家的担心。这中间，程琳想过离开，出去躲一躲，但细想想还是不能。她认为纪委肯定会找她的，这么大一块地，就是老白不吐，人家也会怀疑中间有问题。不仅自己不能走，她还要把齐青海叫回来，现在越躲越会引起怀疑。是祸躲不掉，是福自然来。虽然她是一个女人，可她却有自己的主张，摊上事的时候还真一点也不怕，俨然一副女汉子的做派。

事情最终还是来了。就在齐青海回到昆明的当天晚上，他就与程琳、王加法被三拨纪委的人同时带走了。

当然，程琳他们三个人彼此并不知道这个情况，是他们一个星期后从纪委出来时，才知道的。尽管程琳做好了一切思想准备，但还是没有经受住纪委的问讯，进去的第三天就开口了，一五一十地把同创公司和同鑫公司的情况交代出来。不过，程琳最终还是没有交代自己与老白的那种关系，因为她从那些人的问话中感觉到老白并没有交代。再说了，老白也完全可以用同学关系来掩盖住与程琳的那层关系。虽然是进去了，能少一事肯定还是要少一事的。

这中间，问话的人也试探地问程琳与老白有没有男女关系，但程琳同样用同学关系做了掩饰。她装作很生气的样子说："你们小看我们这种EMBA班的女人了，有那么容易说上床就上床吗?"

程琳和齐青海、王加法是同一天被放出来的。齐青海和王加法也与程琳一样交代了全部过程，三个人交代的情况相同，而且与老白的交代也全都对上了。他们临出来时被告知：随时接受调查，那个项目暂停，等弄清楚后再行通知。

程琳出来后的第二天，齐青海就给她打电话。齐青海说，金惠水的电话打不通，是不是也被叫进去了。程琳想过这个问题，她进去的时候就觉得纪委一定会叫金惠水的，因为他是这两个公司的董事长。现在，金惠水的电话打不通，又不能肯定是不是还在里面，他们就决定到金惠水在北京的会馆去问一问。

齐青海、程琳和王加法三个人一同来到金惠水的会馆。这地方，他们是来过的，但今天却关着门。齐青海敲了一阵门，里面没有声音。他抽了一支烟后，再次敲门，门才轻轻地拉开一条缝。开门的女孩显然对他们三个人是熟悉的，就把他们迎进去。进了一间客厅，程琳开口问金老板这些天在哪里。这个女孩犹豫了一下，最终还是开口了："金老板身体不舒服，听说一周前去了美国。"

"啊，去了美国?"齐青海有些吃惊地问。

女孩表现得相当镇定，她扫了一眼他们三个人，平静地说："金老板走的时候交代过，他身体不舒服去美国，半年后回来。"

程琳的脸色变了："半年后才回来啊!"

三个人出了会馆的门。齐青海说："老金不会是跑路了吧?"

程琳有些紧张地说："赶快去查查账户！那三个亿的资金还在不在，说不定被他卷走了!"

王加法见他们两个这样说，心里就不舒服起来，他感觉到金惠水绝不是那样的人。东北亚生态集团那么多资产，怎么会为三个亿而跑路呢。

这样想着，他就说："别这样想人好不好！班长不会是这样的人，再说了他国内有还有这么多资产，至于吗？"

程琳白了一眼王加法，有些不屑地说："这事你不懂的！我们赶快去查账户。"

车子开动，王加法想起最后一次在会馆见金惠水的情形。那天，金惠水心情不错，他亲自拿出陈年普洱泡上，又从恒温红酒窖中取出一瓶罗曼尼康帝，打开倒上，才点上雪茄。他们一边喝着茶，一边聊着。不一会儿，私家厨师送来四样私房菜。金惠水举起酒杯，淡淡地说："过去二十年的事业是干出来的，未来的事业是玩出来的。"

见王加法一时没明白什么意思，他笑了一下说："喝，兄弟！过去靠拼搏，现在靠人脉。兄弟你记好啊，有事找哥！"

想到这些，王加法怎么也不会相信金惠水会跑路的。可他们三个人到了银行，一查账户，都傻了眼：账上的那三个亿被金惠水转走了！

王加法愣在了那里，感到眼前一阵眩晕和空白。

半年后的一个凌晨，王加法的手机突然响了一下。

这半年他最怕的就是夜里手机响，大都是同学们找他的。他作为法律顾问是要承担责任的，那个项目里，老白的事可以算做意外，但金惠水卷钱到美国不能说自己没有责任。当初，他是有责任从程序上制约金惠水自己提走款的。

王加法抬起头，打开手机，一翻身坐了起来。

信息是金惠水发来的：

加法，那三个亿及利息我刚安排人打到鑫创投资的户上。你负责还了银行后把这个公司解散了，把股金退给同学们。我已是肝癌晚期，得有一段回不了国，我来时已写好了委托，请你协助我儿子做好东北亚的事务。

惠水于纽约。

王加法睡不下去了。这一切都出乎他的意料,又都真切地发生了。他披着衣服出来,看了看汝玮的房间,一点动静也没有,就来到客厅,掏出一支烟,点上深深地吸了一口。

连抽了三支烟后,他给金惠水回了条信息:

哥,同学们的事我会办好的。东北亚的事,等我去贵州支教回来后再说。

弟加法。

信息发过后,那个紧口坡小学就出现在了王加法的眼前:木楼显得更破,让人觉得随时都有倒塌下来的危险。

选自《当代》2014年第4期

评鉴与感悟

“关系”时代下的忧虑与自救

董丝雨

杨小凡的中篇小说《总裁班》,通过一个并“不接地气”的领域,揭开了生活在“金字塔顶端”的一群“精英”们的面纱。题目中的一个“班”字将这些身家不菲的企业家与高官们集合在一起,临时形成了一个圈子。总裁班中的同学不仅仅是共同学习的人,甚至根本不是共同学习的人,在作者笔下,他们是一群有着“同学关系”的人,按作者的说法,“有了关系就有平台,有了平台就不愁事业没有发展。一起同过窗、扛过枪、分过赃的人,是当今社会三大铁关系。”马克思曾经指出:“人是一切社会关系的总和。”对于一个个体而言,他与其他个体必然会发生关系。身在总裁班中的所有人，彼此之间也存在关系，但是他们每个人，无疑都想从这一层关系中获得利益。这种以利益为前提和终极目的的所谓关系，就像文中第一句话中描述的北京城那样，“具有极大的不确定性”。在这里，关系已经不是客观的必然存在，而成了一门必修的学问，是总裁班的生存法则。

可以说，在总裁班内，金钱是划分等级的标准。首先，通过五十万元的学费将进入总裁班里的“高端人士”从社会中筛选出来。其次，总裁班中最有金钱实力的人会被推选为班长或者承办移动课堂，得到大家的敬重。金惠水以二十亿的身家“理所当然”地被推选到了班长的位置，而贷款进入总裁班的王加法，自然成了处在底端的人。同时，钱成为了一种“惩罚”的手段，例如迟到了要罚钱，破坏了规矩也要罚钱。这些所谓的“惩罚”其实也是一种象征，一种你是属于这个群体的证据。

总裁班和其他普通群体一样，都会存在着个别异类，王加法就是这样一个“异类”，他没有显赫的身家和社会地位，他煞费苦心来到这个班，是期望通过与这些“权贵”交往从而获得利益。虽然带着明确的目的来到总裁班，但身为班里的“底层人”，王加法更渴望被人“看得起”，因此有着强烈的自尊心和虚荣心，他想通过故意迟到和补交捐款来表示自己对钱的不在乎，迫切地想要被这个不属于他的群体接纳。他的确通过这个班认识了一些人，与他们有了关系，从而获得了自己期望的好处，但是他也渐渐从中看出了隐藏在光鲜外表下的丑陋的一面，在集资创办公司的事件中，高官与商人之间的勾结，通过女色来完成交易，利欲熏心，声色犬马。

总裁班既然是以学习为主，那自然少不了上课的环节，虽然上课对于这样的班里的人来讲只是一件形式上的事。在我看来，作者写到的几节课都很有意思。比如香港风水大师的无空的《风水与环境要旨》，比如毛玉斋的《企业家与企业的中医养生》，再比如禅修课。风水、中医和禅修在近些年来成了有钱人的必修课，基本上社会上有点地位的人都会通过这三项来提升运势，调理身体，积攒功德。虽然说风水、中西和禅修都是很大的学问，但是对于总裁班中的人来讲，学习这些，一是身份的象征，二是对于生命中一些不可逆元素的“抵抗”。总裁班中的每一个人，都拥有一般人渴望得到的东西。金惠水和齐青海财富可观，老白拥有权力，程琳拥有美貌，但是他们在另一个层面上也是普通人，同样会面对生老病死的恐惧和精神的空虚。他们期望通过上课来“反抗”这种恐惧和空虚，他们以为用大把的金钱来上课就可以填补他们所缺失的一切。但是上课终究只是一个表面化的形式，虽然可能得到风水大师、中医大师的指点，在某种程度上可以获得提升，但是生命中真正的空虚却依旧存在。

小说中穿插了一段王加法去贵州支教的情节，乍一看这一段可能有些格格不入，有些牵强，但仔细回味，王加法去支教这段经历是总裁班其他人所没有的，而这段经历也成了他自我拯救的转折点。可以说，支教与集资创办公司构成了一个对比，支教的行为越高尚，越能凸显总裁班的“金玉其外，败絮其中”。

人的一生归根结底图的是一个心安，总裁班的“精英们”光鲜的奢华生活背后是寝食难安，有权者担心被“双规”，有貌者担心年老色衰，有财者担心经济危机，互相有利益关系的人担心彼此的背叛，所有人都担心疾病与死亡。在金惠水生命即将终结之时，他退还了大家集资投资公司黑色项目的三亿资金及利息，解散了这个公司，也解散了总裁班，终结了他们之间的关系，原本如同“拴在一根草上的蚂蚱”的众人作鸟兽散，也使半年来坐卧不安的王加法获得了解放，他想要再一次回到贵州支教，在经历这一切荒唐的黑色事件后重新求得一份温情和希望。王加法在最后看到了紧口坡小学，木楼显得更破，让人觉得随时都有倒塌下来的危险。这或许是一种忧虑，从贵州再一次支教回来的王加法将何去何从，他对于人生的选择又会是什么，这些我们都不得而知。但是一个人的一生与他身边人的关系大概就像那个木楼，即使外表看起来再辉煌，也随时都可能崩溃坍塌，单凭王加法一人之力无法决定结局和拯救众人，那么我们在这样的时代里该如何自救，这也是读完《总裁班》之后每个人应该有的问号。

老闺蜜

须一瓜

高老太婆和林老太婆这次出名了。当着那么多人的面，警察差点对俩七旬的老太婆动粗。第一次警告，警察已经吼得很绝望：你们是不是想跟我们走一趟！但是，她们轻视了警察的警告。事情到最后，很多年轻腿快的坏人都跑掉了，高老太婆和林老太婆因为迟钝、傲慢，真的被带进了出事辖区的小天青派出所。

高老太婆面如重枣发如雪，如果她一不高兴吐出假牙，就像一个风干的枣子。七十来岁的老高满头白发，依然保持静电牵扯的张扬动感。如果是年轻姑娘，有这样一头倔强的雪发，人们会说非常前卫，但是，在一个干瘪的枣子脸上，你只能感到怒发冲冠，世事不平。

林老太婆整个人像一个腌橄榄，黑褐色的，两头尖中间粗。橄榄尖上端，年轻时可是一张细腻无骨沉鱼落雁的脸，鼻梁秀美，下巴轻盈，标致得令人无措，现在呢，一张用旧的脸上，杏眼下垂，鼻梁和眼袋争锋，下巴界限模糊了，但总体而言，她比一般的老太婆，还有几分姿色残余，尤其是丰硕的胸部和丰硕的臀部，虽然感觉上看去质地稀软垮塌，但走起路来，那些性别元素的摇曳，也还是有些女人味道的。林老太婆依然是个美女，如果按分组评断的话。

两个老太婆今天上午出的门，相约在红茶餐厅。她们边喝茶边等张丽芳。如果不是张丽芳，隔一两个月在红茶餐厅见见面的高老太婆和林老太婆，肯定还是按照老习惯，八点半九点过来，然后一杯老水仙茶，吃点雪片糕，排毒似的，各自抒发完心中的郁怨，十一点钟左右又各自回家做中饭。但今天张丽芳要参加，计划就有点改变了，变成要一起吃午饭。是谁提议的，都记不住了。高老太婆和林老太婆总觉得是张丽芳要请客。张丽芳去新加坡陪儿子孙子，两年三年一个来回，一回来总是眼界不凡，四处批评。开口闭口“人家外国”。高老太婆和林老太婆听来先是羡慕、后来渐渐生气，觉得张丽芳太神气太不爱国。而且，她每次回来的礼物又总是很轻。上回带回来的是比较独特的圆筒湿纸巾。昨晚，张丽芳来电话，说回国了，要叙一叙，说给她们俩带了礼物。高老太婆和林老太婆并不动心，但碰上她们既定的约会日子，两人就顺口邀她一起来世贸中心旁边的红茶餐厅见了。张丽芳说，好呀好呀，一起坐坐。

张丽芳当时还撒了点娇，说，哎哟！人家都多少年没回来啦，怎么找得到呢？

打的呀！高老太婆气鼓鼓地骂，你儿子那么有钱！你全家那么有钱！你不打的谁打的?!

这一天，皇历上肯定是老太婆不宜出门的日子。

从一开始就哪里不对了，可惜两个七旬老太太到底迟钝，照样克服困难，执拗地按照习惯行事。事后，两个逾七脑袋瓜寻思一下，一起埋怨张丽芳，如果不是她插进来又约吃饭，又害她们等了老半天，就不会发生那么麻烦的事情。谁知道呢，真是很糟。关键就是，张丽芳害她们一直拖延在那个很糟糕的情况里。惹毛警察，平心说，也从来不是高老太婆和林老太婆爱做的事。她们还是有点敬畏警察的。何况老都老了。一个老人，除了坏脾气，还有什么可以拿出来做有恃无恐的凭据呢？

这一天的早晨有雨。高老太婆翻出自己裤缝笔直的灰色涤纶裤子，特意把插电的小暖水袋放进包里。关上自家的门，她慢慢走下五楼。还是那样，两只膝关节上下楼走一步疼一下，平路就不痛，有时，左边膝关节每下一步就嘎嘎响，这声音让高老太婆觉得自己的膝盖里面好像是天津麻花，随时就四分五裂地炸开了。

楼道有点潮湿。高老太婆扶着旧住宅楼生锈的铁栏杆，慢慢往下走。身边，那些赶上班赶办事赶上学的邻居们，左一个右一个，兔子狐狸老虎一样跳层而下，冲冲撞撞地超过她，奔窜下楼。男女老少都比她快，没人和她打招呼。六楼那猪脸男人，边大步冲边为那个总是迟到的上学女儿打开雨伞，弹开的伞刮了高老太婆肩膀一下，他也没有一句请罪招呼。这个多层建筑是丈夫单位二十多年前盖的。单位的人有一半把这个便宜的房改房卖了，去外面换了大房子。现在住进来的住户，高老太婆大都不认识。就是本单位的，谈得来的人也越来越少，他们的子女亲戚住进来，更是彼此视若路人。不过加装电梯运动的时候，四楼以上的住户彼此都是战友同盟。但说起关系，真正只有一楼103独居的老头子叫赵会计的跟她最好。赵会计退休前很会巴结高老太婆的丈夫王局长。王局长死了以后，他对高老太婆一家比之前不那么周到，但也没有一落千丈。前年加装电梯一事，赵会计就态度明确地说，他签字同意，完全是因为五楼独居的高老太婆，她走楼梯太困难了。不是可怜她，他绝对不同意安装电梯。因为他根本无需电梯。那个时候，这个九楼的居民楼，为了加装电梯，高层住户彼此热络同心同穗，住户代表开会、找专家论证、研究电梯供应商、跑申请手续、低层逐户谈判。诸方面交集密集而贴心，但这事最终流产。因为104和203的住户坚决反对，尤其是那个104的钉子户，说，谁敢叫她签字同意，谁就先和她换房子。对峙一年半毫无结果，有些人对"百分百住户同意"的政策丧失信心，就把房子卖了，走人，去别的地方住带电梯的房子去了。高老太婆没地方走，虽然儿子女儿都住电梯房，虽然高老太婆最需要电梯。但高老太婆没地方走。

一楼的赵会计家的擦脚垫，被上下楼梯的人踩得稀拉拉的。即使雨天，也挡不住那门缝往外冒出的孤老头子的腐臭气味。高老太婆皱着鼻子，厌恶地走过他家大门。刚走出防盗门，就听到赵会计的问候：下雨啊，还出去。

他正在阳台上挂晾一件白得发灰发黄的白衬衫。

一个老同学从国外回来啦，高老太婆炫耀式地抱怨似的说，下雨天！非要见！神经病！

高老太婆说得有一点点夸张，这个夸张让她感到满足。

那也等雨停啊，赵会计说，和赶上班的人一起挤车，不好。

确实不好。赵会计说得没错，挤上公共汽车，那些赶上班的人，有座没座的，看到高老太婆都很不高兴。站着的人瞪着她，嫌厌这个不识时务的老太婆，堵了抢座的机会；有座的人更不高兴，这个颤巍巍的老东西，分明是来煎熬人的。尊老扶弱谁不懂啊，但你也不能因为我们懂这个道理，就一大早过来逼迫人啊！高老太婆更不高兴，知道自己不该拣这个点和年轻人一起挤公交，可是，既然已经上来了，让个座会死吗？一个个在座位上假装看风景、看手机，打瞌睡，尤其是她跟前座位上的一个女人还看起了病历！高老太婆一直想啐她一口。看上去，高老太婆是紧抓着扶手，其实呢，她是暗暗控制身子，为车辆的颠簸推波助澜地摇晃。果然，后排有个坐客看不下去，起身要让高老太婆来坐。高老太婆一看是个六旬干瘦老汉让座，而且老汉头发比她还白，高老太婆气得断然拒绝。老汉看出她的客气，更加想让，结果拉扯间，碰翻了一个女孩的早餐麦奶。女孩大怒：说你们还嫌不够挤啊！一个四旬女子趁乱坐了下去：嘿，你们不坐我坐！老汉傻眼了。高老太抡起伞柄就要敲那个女人，车子正好一个颠簸，高老太婆连人带伞，栽进一个小伙子怀抱，小伙子反应不及，自己也在趔趄中。高老太婆滑到地上，还撞到了铁扶手。额头顿时鼓包，老太婆痛不可挡。她听到了自己膝关节脆麻花的嘎嘎响。她的拐杖掉在一个推销员一样的男人身上。

男人怒斥：站都站不稳，还打架啊！

高老太婆分不清他是敌人还是朋友，便放任地哎哟呻吟着，捂着额头不起来。

整车人立刻屏住呼吸。没有人过来扶她，但整车人只是不呼吸了一下子，渐渐就松动起来。有人见老太太凝然不动，大喊，不好啦！老人家怕是摔坏啦——

司机吓得靠边停车。乱七八糟的声音同时传来：

——哎呀添堵！刚才人家让座她又不坐！

——老人骨头松，要去医院好好查查！

——喂快开啊！上班迟到扣五十块啊！

——真他妈的缺德，抢老人让座的位子坐！

——天啊，这会害死人哪，我有个早会啊！

——老人可碰不得，一碰就骨折。

——这都站不稳了，大清早还来挤什么公交！捣乱嘛！

那个抢了干瘦老汉让给高老太婆的位子的女子，招呼熟人一样大喊着，说，来来来，老人家还是你坐吧！站都站不住你还客气什么呢？来！来！你坐下来休息一下！

高老太婆把脸一下扭开，看都不看那女子一眼。

你来啦来吧——那女子又骨头轻滑地叫唤着，语气间甚至有了些大人宽容倔强小孩子的语气。

高老太婆狠狠回头，说：——你、不、得、好、死！

这一声诅咒，有点震撼，不让座就是死——这个惩罚，有点重，多少让乘客们消解了不少歉意。高老太婆也感到大家不友善的安静和嬉笑，但她不在乎他们想什么，反正，这个车厢里的人，根本没有一个好人。

刚才那一撞，额角很痛。高老太婆真的后悔挤这趟车了。

这时，女司机哭丧着脸分开乘客走过来，她对着老太婆喊，她以为她耳朵不好还是怎么地，事实上，高老太婆很明显地戴了个助听器。她喊：一个摩托车突然冲出来，我、我……——女司机眉眼悲愤，但眼神茫然地不敢聚焦某一个人，她歇斯底里又有气无力地，我都播放三四遍了，请给老弱病残的乘客让座——可你们——

——嚯！刹得那么急，绑在位子上都会跌下去的，你想怪谁？

你一路都把车子开得像甩干机!

更多的乘客齐声吼起来:喂喂! 要迟到啦先开车!赶紧先开车!

有个好心的声音说,让公交公司领导到下一站接老人去医院——

女司机犹豫着似乎想把高老太婆扶起来:老人家,你……还好吧?能起来吗……你要是摔坏了,我肯定要扣奖金了,我已经……

女司机畏首畏尾地不敢动老太婆。原来安坐在老太太跟前大看病历的女子大声说,我不是不让老人家座啊,我是自身难保,去医院保胎哪……一车人齐心笑起来。笑得聪明又阴险。高老太婆勇气倍增,自己抓着旁边的座位扶手,呼地站了起来。膝盖嘎嘎乱响,有点惊心动魄。高老太婆痛得又弯腰抚膝。有个男扮女声的戏谑的声音说,奶奶,下车我们打市长热线去! 又有个声音反驳说,别听他,没用! 那电话我打过两年了,一次都没有打通过! 那才真正是聋子的耳朵,还没有助听器!

整车人嬉笑起来:好啦好啦快开啦快开啦。

高老太婆在下一站就告别了这趟不义的公交车。

红茶餐厅就在站点的斜对角。她下去的时候,有个同下车的人,若有若无地搀扶了她一把,老太婆感到她移动踏上下车梯阶的时候,车子里面的人,都随着她嘎嘎刺耳的膝盖骨头响声,又一起屏住呼吸了一下子,然后,那辆车就如释重负地走了。

红茶餐厅的鲜黄色的招牌一抬头就看到了,不能看到全部,是因为它旁边有个世贸中心副楼的世贸美食城霓虹灯大招牌的铁架。红茶餐厅都是白色钢塑桌子,白塑料椅子。茶绿色的大吧台。它是那种猛看一眼很时尚打眼,细看一下就明白是讨巧的低档粗糙货。但客人还是很多。它有各种茶,包括奶茶、鲜榨果汁,还有早中晚的商务简餐。高老太婆和林老太婆总是在这里约会,她们会选大玻璃幕墙的那个拐角座位,那里和大堂之间有个装饰性半墙,装饰着塑料爬山虎和紫藤什么。半墙表面,贴的是红砖墙纸,每一次来,高老太婆和林老太婆都会发现,那逼真的红砖墙纸又被手贱的客人撕掉了一些，暴露出的水泥面积越来越大。

高老太婆落坐老位置的时候，发现林老太婆居然还没有到。高老太婆很不高兴。是她提议要早来，说好久没见，想说一点不要外人听的体己话，言下之意就是避开张丽芳先说点私房话，高老太婆欣然应允。没想到，林老太婆言而无信，害她在公交车上受那么大的委屈，都没有时间去计较。

高老太婆坐在那个半墙边的座位上等林老太婆。一落座，和原来一样，高老太婆招来服务生，把她的软质插电热水袋递给他。服务生迟疑了一下，扭头看柜台里一个女子，女子像点头那样一闭眼睛，服务生便看不出表情地接了热水袋，到柜台把不知谁的充电手机拔掉，把老太太的热水袋插头用力插上。

高老太婆把加热后的热水袋，捂在自己的左膝盖上。她小口啜吸着一杯有柠檬片没柠檬味的免费柠檬水，抚摸着自己肿胀的老膝盖。她瞪着世贸美食城七楼那大白天也灯光明亮的玻璃大窗，在钝痛中发愣：七楼那里那么明亮奢侈的光，感觉照耀的不是地方小吃，而是世界宝石。这时，她看到一个咸橄榄一样的两头尖老太婆，涂着鲜红的嘴唇，抓着一个分辨不清颜色的旧伞，裤缝笔直地一步步向这边走来。

雨过天晴了。一街道的树木和地面，都是湿淋淋的阳光碎片。高老太婆觉得林老太婆走得太神气也太造作。她一辈子都自我感觉是美女。高老太婆皱了一下眉头，额角包也跟着痛了一下。

高老太婆今天看林老太婆特别不顺眼。她远远地看着那个生姜黄的熟悉身子过来，就感到额角的包在一步步跳痛。当然是都怪她。要是晚一点出来，什么屁事也没有。那个生姜黄是鸡精广告T恤，林老太婆前一次穿的时候，非常得意。她把胸口上棕色的母鸡图案，用一朵巴掌大的粉红梅花给缝盖掉了。她觉得自己手很巧，但高老太婆觉得很拙劣。

林老太婆的手是巧，她甚至能把礼品包装盒里的黄色白色绸缎，一块块收集缝制起来，然后连成片，把家里的被头一一包上。这样，容易肮脏的被头，就被保护起来了。生活里的这些小聪明小匠心，让林老太婆有成就感而且自视不低，她一向看不起手笨的女人。

高老太婆是个手笨的女人，不过，林老太婆看得起她，非但看得起，而且有类似崇拜之情。她们俩说话，基本是高老太婆拿主意、定主张，林老太婆积极附和，她的语句一般是：是的呢！是的呢！或者：真——的是！真——的是！为什么会这样，因为高老太婆和街道里的那些女人不同。这是从小就注定了的。干部家庭出身的高老太婆，虽然从小到大都不漂亮不苗条，但从来都是很骄傲的人，虽然她也不会读书，除了大嗓门，除了鲁莽大方，没有什么更多的过人之处，但是，她就是很神气。到处都是她嘎嘎嘎嘎大笑的声音。班上的同学们也就是允许她骄傲。其他女孩如果比她整齐漂亮，可以的，但是比她神气骄傲，别说她自己不答应，全班同学都不同意。有的人就是这样一辈子被人从小到大地惯着。这两个人同过桌，后来上课太爱讲话被老师分开。直到初中，两人已经结成飞短流长的铁闺蜜。虽然，高老太婆年轻时就从心底看不起小市民林老太婆。但高老太婆由衷羡慕来自街道小巷的林老太婆的小家碧玉的干净漂亮与乖巧，好像和她在一起，她自己也变得熠熠生辉起来；而来自街道的小市民闺蜜小林，则从小就羡慕高老太婆干部家庭的无厘头的优越气质。甚至她的彩色皮筋、白球鞋、她家里的大收音机，都是林老太婆年轻时的无尽向往之物。反正有这么个闺蜜，她在街道的身份自然就高了些，在学校，她们形影相随，获得的礼物也是连带享受的。

两个闺蜜平平庸庸地交往了几十年，共同应对生活的磨难。林老太婆因为美貌，嫁给了一个城东九市王汉哥，也就是第九菜市场那边的一霸。九市王汉哥的父亲家族是屠夫世家，虽然养了四个男孩，但家里有点积蓄。汉哥啸聚九市四大街，人高体壮，义字当头，喝酒打架，有钱有威风，当时吸引过不少街道小女生，最终还是林老太婆嫁给了他。生了一男一女。后来九市王赶上严打发配新疆最后死在那边了；同年，他们那个长得比女孩还美貌的十一岁男孩子，莫名其妙死在河里。所以，林老太婆也算命苦。

高老太婆和一个门当户对的干部家庭孩子结了婚。这对出自小地方干部家庭里的一男一女，彼此都有点自命不凡，所以，两人互不买账，吵吵闹闹地过了一辈子，为子女起名、为借钱给邻居、要不要纠正孩子的左手写字、为公公死后的拉舍尔毛毯分割、为儿子工作、为先买电风扇还是中华鳖精，什么大事小事都要吵一吵。但是没有离婚的念头。高老太婆每次都是到林老太婆那里，狠狠说了一大堆丈夫的刻毒坏话，然后，就怀着深厚内疚而生发的柔顺心情回到丈夫身边，继续过一般般的、吵吵闹闹的、互不买账的日子。

两个女人，从年轻到老，就经常诉说她俩以外的、所有人的坏话，包括国家领导人、包括张丽芳。张丽芳也是她俩的同学，初中之后常和她们一起玩，但是，她们两个还是暗暗另眼看她，只要她不在，她们就要嘀咕一顿，恶评几句。这样宣泄，保证了她们再见张丽芳时的格外友好友爱。所以，张丽芳一直以为自己是她们最好的朋友。嘀咕、抱怨、差评、谩骂，好像成了两人的养生健身之道，这样无须负责的宣泄，好像花蛤吐泥一样，不仅使她们身子轻快，更主要的是使她们精神纯净轻快。

两个小闺蜜就这样互相精神按摩地厮混到了老闺蜜。

四

大橄榄一样头脚尖、裤缝笔直的林老太婆，春风盈盈地进了店里。她觉得自己是熟客，所以主动跟一个穿白衬衫打黑领结的侍者优雅点头微笑。侍者很淡漠，甚至有点皱眉头。说起来，这些阅人无数的角色，基本看不起这些一杯茶一包雪片糕耗一上午的顾客。这些老家伙，几乎清一色的小气得要命又挑剔得要命。茶都续成白开水色了，还是舍不得再泡新的；一包雪片糕吃一半还剩一半带回去，一份布丁蛋糕，恨不得用挖耳勺吃；不过有些迟钝厚道的侍者，也不一定都给这些讨厌的老顾客以眼色看。好在天下还是迟钝厚道的人多一点，所以，红茶餐厅大体还是和谐招客；而林老太婆看到那侍者的白衬衫下摆发黄发暗，就对侍者本人和这个店的管理十分不屑，立刻敛起优雅笑容，回敬对方一个不屑性的冷脸。但是，转眼她看见高老太婆又乐了，她笑着走过去，一拉开白色钢塑座椅，就放了一个响屁。

高老太婆避嫌地捶了下桌面。林老太婆很洋派地耸起一个肩头，很无奈很潇洒，也有一点点的机灵的造作，这主要是害羞造成的，但那个屁实在是很响亮。高老太婆狠狠翻了她一个没好气的白眼，说，我上次就跟你讲，这鸡精衣服难看死了！还穿！你给人家做免费广告，人家一包鸡精有便宜你两块钱吗？神经病！

神经病是高老太婆的口头禅。林老太婆也好不到哪里去。她也习惯用神经病来表达吃惊、愤怒、不解、咒骂，不过，她最近有了个新的口头禅：搞笑！

太搞笑了！她说，我家那个做肉松的，你知道吗，没事了。什么世道！这种人要关起来枪毙！肯定是花钱消灾摆平了工商局那些混蛋。

高老太婆更想让林老太婆关注她额角的青包。她心里也惦记那个黑心肉松店被查处的事，可是，她还是先把自己的飘扬的白发归拢按到一边，好让林老太婆看到她的包。

林老太婆果然看见并大为惊讶：搞笑啊！这么大的包！你摔倒啦?!

这样，今天俩老太婆见面第一主题就是骂人心冷漠、骂公交车司机素质低。因为住菜市边上，见多识广的林老太婆旁征博引地揭批了很多她所知道的公交车的可恶，比如，一辆新公交车，把菜市口一个靠修自行车微薄收入糊口的自行车修车铺整个撞塌。

有人可骂，就比较上下通气。老水仙茶第一杯也差不多喝完了，俩老太婆心情转好，高老太婆开始关心林老太婆要避开外人跟她说的事。她说，你什么鬼事？害我这么早挤车被摔，快点说啦！

林老太婆矜持地挺拔了有些佝偻的身子。

跟你说的那个，老苏，他又来提那事了。

高老太婆愣怔了一下，并为对方害自己显得迟钝的囫囵表达而生气：什么老苏啊还藏头露尾的，不就是苏景贵！怎么，高老太婆说，他子女想通了？同意你们结婚啦？

屁。谁答应他了？

神经病！那苏景贵说什么？

他说两个办法，一是要我直接住过去，反正他一个人，好互相照应；二是，我们去领证，但做份公证，说我自愿放弃苏家全部财产，这样各方都安宁——搞笑啊！

那你呢？

我不是来听你的意见？我自己在想，年轻的时候，他老苏不要张丽芳，死活追我，这你知道的，我没答应；后来老苏他老婆死了，守寡的张丽芳又对他动了心思，老苏也没理她。你知道吗，张丽芳每次从新加坡回来都偷偷邀老苏吃饭——看，从来不叫我们去！——还说她就是为了老苏才回来的，唉。林老太婆缩着脖子笑，那身体语言是蔑视张丽芳的肉麻。林老太婆说，她说新加坡比我们这文明。不是为了老苏，她根本不想再回来。这次，她还给老苏送了两包新加坡肉骨茶——他老苏偏偏又都送给我了！搞笑吧！我才不稀罕。你说，我们女生再怎么也不是没有原则是不是？是你在追我啊，怎么又跟我讲条件？我一个人过得好好的！你老苏一直叫我住过去，说我现在的这一间也租出去，说反正干洗店和肉松店都想扩张，谁出钱高就租给谁。噢，我那么下贱啊，我要么跟你非法同居，要么公证弃权，还把自己搞得没地方住，这太搞笑了吧?!

林老太婆上气很快，刚才还笑吟吟的，现在嘴角都气得又白又皱，而且唾沫飞溅，高老太婆一把推开她的脸，不客气地阻止她唾沫飞到自己的茶杯里。高老太婆哼了一声说，干洗店和肉松店想扩张，你不说，苏景贵怎么会知道？高老太婆讥讽地刨问。

林老太婆嘟嘟囔囔地避过高老太婆的锋芒：我才没有穷到帮黑心店赚钱呢！

嚯，你清高啊！管它们扩不扩店，也都是黑店，你老早不也租给他们了?！

那我原先又不知道。现在知道了，老苏不是叫我提高租金不是，说就让他们……犯罪成本变高。这是向不良现象做斗争。

哼！我就知道你什么事都要跟苏景贵说！现在你和他，比和我说的话都更多。

才没有呢。

在第九菜市边的林老太婆的家，是林老太婆嫁给九市王汉哥后一直住的老房子，六七十年了，它实际是面临拆迁的砖木旧房子。那是解放初期的政府公房。后面那一排火灾过，就拆掉了，前面这一排也说要拆，几年前就有部门来察看过，也在墙上写了很多“危”字，并加了红圆圈。但后来又没有动静了。紧临菜市，那些小日杂店、粮油店、鱼丸店、制冰店、豆腐店、馒头油条铺、青草药铺挤挤挨挨占道经营地开，菜市场越来越膨胀发达，后一排的林老太婆那些要拆迁没拆迁的二线房，也沾上了出租需求的较好风光。林老太婆只有一个日型套间，但她嫁出去的女儿和女婿帮她把套间前一间出租，而且一分为二，五六平方租给卖肉松的，六七平方租给隔壁家租户扩张过来求租的干洗店。老太婆自己住里间，里墙打了个小门，简易地外搭了个小厨房。

林老太婆的生活从此有了改观。在倒闭的街道拖鞋厂退休的林老太婆，过去不时去收市的菜场，拣点贩子们卖不了的菜，人家也说得好听，说帮帮忙我带不走啦。当然，贵的菜，比如龙须菜、猪肚菇、荷兰豆，人家还是再麻烦也会带走的，处理好明天再来卖。但是，自从两个屁大的小店面租出去后，林老太婆就不再去帮忙处理那些卖不了的菜了。说起来也都是不像样子的烂水叶菜。她小心眼地告诉高老太婆：你想如果洒洒水，明天还能有卖相的，她们哪里舍得送给我？

现在林老太婆也是个收房租的人了。她不仅不要靠卖春饼皮的女儿接济，每月三四千的收入，还让她自己也有了一点点富人的感觉。本来，高老太婆的条件比她好很多，后来，丈夫王局长死了，两老太婆就基本扯平了。只是，事业单位退休的高老太婆，加上两个儿女不是公务员，就是医生，整体经济状况还是优越些。不过呢，两年前的一天，回国的张丽芳跟她们倒八卦，竟然说，她妹夫单位有个离休老领导，已经在医院高干病房住了十二年！高干的老婆干脆把自己家房子出租，也搬到医院病房里去住。白住、白用，其他什么都由护士等医院人员照料，吃喝拉撒，连水电费都不用交，这比住自己家好多了。高干病房反正是一个套间，高干妻子在外间用电磁炉煮饭炒菜，护士医生一点办法也没有。如果他们批评劝告，那位老干部就呼吸不畅、心跳加速、病情加重。

高老太婆听得气得要命，痛斥张丽芳造谣传谣：这是不可能的！这是社会主义社会！

张丽芳说，你自己去第一医院看啊，人家有名有姓，又不是死人！你儿子不是医生吗，你去问啊！

林老太婆关心的是——那老干部自己房子的租金是多少？

我哪里知道？人家离休干部，肯定是三房四房好地段，租金肯定比你的破房子高啦！

轮到林老太婆气得要命。一个人，怎么能生病住院都在捞公家好处？！

这种糟糕的话题，会让两个老太婆气结很久，她们要通过骂很多人、批评很大范围的事，才能一点点缓过气来。慢慢地，也不知道是不是她们越来越老，心胸越来越萎缩，脾气越来越坏，还是世道越来越糟糕，越来越让人失望，反正，高老太婆和林老太婆一杯老水仙茶在手，总是戳天骂地，唾沫四溅，比巫婆还遭人讨厌。不过，一旦招呼服务员添水、要纸巾什么的，她们都会比赛似的让自己显得优雅尊贵，有时彬彬有礼到让服务生背过身去哂笑。不过她们今天没有一直麻烦服务员，她们不约而同地要等张丽芳来，才点茶点，比如雪片糕布丁蛋糕什么的。这是礼貌，也可能是推断出张丽芳会愿意埋单。反正，尊重她的意思吧，人家两三年才回国一趟呢。俩老太婆达成共识。

五

张丽芳还没有来，反复过来的是一个新来的服务生。他很固执地向两个老太婆推荐一种绿豆做的新式茶点。高老太婆礼貌地说她不喜欢吃甜食，林老太婆也优雅地解释说绿豆太凉了。但那个该死的服务生，竟然走马灯一样，又拿来了核桃咸糕，又拿来花生芝麻酥，又拿来了板栗饼。他说这些都是名品新茶点，不甜，有的健脑，有的健脾胃。高老太婆问了一下价格，林老太婆率先放弃礼貌地叫唤起来：死贵啊！这一份都可以买三份雪片糕了呀！

高老太婆就火了：说不要就不要啦！你靠推销拿提成啊?!

服务生用无辜而实质傲慢的耐心说，在这里喝茶的人，都要用茶点的！

两个对神气与傲慢最为敏感的老太婆，立刻接收到服务生骨子里的瞧不起人的信号。高老太婆叫嚣：叫你们何老板来！他知道我们喜欢吃什么！

就是这个时候，林老太婆又放了一个很响的屁，但是她很快地指着服务生说，上班时间不要放屁！

服务生哭笑不得、百口莫辩，他瞪着高老太婆，指望她给他平反。没想到高老太婆哈哈大笑，说，去去去，先去拉屎再来卖你的绿豆糕——

服务生绝望得汗都要下来了，也就是这个时候，所有本来被这两老一少吸引的全体服务生，呼啦都跑向餐厅大门口，每个人都在急切地抬望世贸大厦的美食城餐厅那里。

俩老太婆的玻璃幕墙边的桌子位置太好了，只是一转脑袋，她们就看到了那个自杀的男人。在世贸中心九楼的美食城霓虹灯广告牌上，一个穿蓝钢笔水颜色旧外套的男人站在上面。俩老太婆惊得茶杯都拿不住了。有人要跳楼?！真真切切地要自杀呀！她们不约而同地站起来，也到大门口去看，但很快就发现，大门口还不如她们的茶位看得清楚，但是，她们听到了一些议论，确认那个男人是真的要寻死，因为，他把美食城通往户外平台的小门反锁死了。而且，即使他没有锁死门，那也很难走过去，因为那个巨大的LED灯广告牌钢架，把那上面的空间都挤占得差不多了。是怎么发现那个男人的？有人说，听到他哭着上去，有人说，他把球鞋砸下来了。那男人坐在广告招牌的最外缘钢架边上，有时站，有时坐。坐的时候，两只光脚就晃荡在九楼边缘，把下面的人看得非常紧张。不过，他站起来的时候，大家也跟着捏一把汗，因为，他会剧烈地晃动手臂，好像在抱怨，在对天诉说什么，看得出他情绪很激烈。下面的人总以为他狂乱挥舞着手臂，会计划外地提前失足摔下来。

十几分钟过去了，那个男人并没有跳下来，也没有失足掉下来。张丽芳也没有来。半个小时过去了，俩老太婆站在人群里看得很累，慢慢回到自己的茶桌前，继续喝茶。茶水变得冷了，高老太婆招呼服务生过来换。好一会才有个女孩过来，一声不吭地给她们续杯，还抽空看了两眼那个准备跳楼的男人。

高老太婆说，我就不爱喝太浓的茶。

是的呢！她以前也是拖拖拉拉，我就是跟她合不来。林老太婆说。

女孩不理她们，加了水离去。

六

两个老太婆隔着落地大玻璃墙，为那个准备自杀的人，设想讨论了很多种理由。因为那个人久久不跳，茶餐厅的现场经理把手下都呵斥回岗。那个被她们栽赃放屁的推销茶点的服务生，路过她们的桌子就绕开了。高老太婆和林老太婆见状，交换得意又调皮的眼色后咕咕直笑。高老太婆说，我们还是买一份核桃咸糕吧，可怜可怜他吧，反正叫张丽芳请客！

老太婆对那个服务生招手，服务生迟疑着。

高老太婆突然吹了一声锐利的口哨，吓了所有人一跳。高老太婆若无其事。林老太婆替高老太婆谦逊又自得地耸起一个肩头，一偏脑袋，很洒脱地示意那小弟快点过来。

吃着核桃咸糕，俩老太婆悄悄议论：味道还真是不错呀。

不知道有没有放什么化学毒在里面。现在好吃的东西，一般都放了毒。

对，对。我第一口就觉得味道好得有点怪。

因为张丽芳还是没有到，她们一边关注那个孤零零呆坐在高高的世贸九楼广告招牌下的跳楼男子，一边开始打赌那个男人到底会不会真的跳下来。

两个老太婆都认为他不会真的跳下来。不是会不会的问题，是她们一致认为，是敢不敢的问题。她们觉得他不敢跳。跳楼是那种很勇敢的寻死人才能做的事，高老太婆说，以前他们总工会有个女人跳楼，电线杆把她腿刮了一下，那条腿就分家了。掉到地上，哎呀那个响，简直比放大炮还响！脑浆都像核桃仁一样摔出来了。

我没告诉你吗？

林老太婆说，没有。

肯定有。

我觉得没有。

是你忘记了！

不会了。

你就是忘记了！你现在忘性大得很！

是的呢。不过，如果摔成那样我怎么会记不住？

高老太婆叹气，你真是老糊涂了！

高老太婆是个爱抱怨的人，因为个性明亮坦荡，所以她的抱怨都具有明火执仗的激烈攻击性。

林老太婆说，你的头要不要紧？回去叫你那个医生儿子看看哦。

哼，他几个月没有来我那里了。

他那个红包风波过去没有？是不是真的都退缴了？

我哪知道！他们主任带头退，下面还不是都得乖乖退！

也是，是不应该拿病人家红包了。病人多可怜啊。

医生不可怜啊？你不懂！我老二累死累活，赚的不及他出国同学的零头，人家外国医生一天才几个病人啊！国际上的情况你又不懂，我也懒得跟你说！

高老太婆锋芒毕露，林老太婆不接她的话茬，又开始吃核桃咸糕。但这两个老太婆是闲不住嘴巴的，缓了缓，林老太婆说，他为什么几个月不回你家啊，唉医生还真是辛苦啊！

看你这忘性！不是每次都跟你说，他老婆不喜欢他来我这吗？来我这她会死啊！神经病！

哦，那个老护士。她那人不好。我怎么不记得，我都记得的。那个人不太好。过年过节到你家来，买了一袋苹果也要叫你儿子报销的，对不对？还把人家巴结你老头的画，借回家挂了就不还你，对了，还有那年你生日，他们没有一个人记得你生日，只有一个骗子，来骗你钱的骗子，对你说生日快乐的那次？

高老太婆有点发愣，她只是感到莫名的不快，铅块似的堵了心口，可是林老太婆以为她记忆不好，大声解释说，不是嘛，骗子声音很像你儿子，他要骗你打款，你一直说，阿斌，你不是出差了吗？阿斌，我还以为你是来跟我说生日快乐的。然后，那骗子就说，妈妈，生日快乐。后来你问阿斌，才知道，他根本没有给你打过电话啊。那天，只有一个骗子，跟你说生日快乐——你看，我都记得清清楚楚。

你都是记坏人坏事！阿斌太忙了。

林老太婆说，你就没有说过他们什么好事。唉。对了，你外孙女钢琴考级过了没有？上个月我们一起喝茶，你说她要考级不是？

是是是，算你记忆好！

那考过了没有？

神经病！哪有那么好考过的？

是呀，那就不要再考了，都是烧钱呢。我早就说了，培养这个培养那个，都不如培养孩子孝顺心。他不孝顺，你让他上天也没用。你看你。辛辛苦苦煮了一桌菜，他们来了，儿子啊、孙子啊，女儿呀、外孙呀，一大桌人吃啊喝啊，没人要等等你。说是来陪你呢，给你面子呢。等到你解下围裙到饭桌边，人家都吃了一半了。然后呢，大人小孩手上都一个手机，每个人都低头玩自己的，谁搭理你啊。你买啊洗啊煮啊炖啊，累死累活，就没有人想和你说一句话。你看，我的记忆好着呢。不过，你女儿晶晶还是比儿子好，她给你买过鞋，是你嫌太小给我穿了，是不是？我都记得呢。她小时候真是漂亮。人家还以为她是我的孩子！我们家爱华丑是丑，不过，还比较孝顺啦。算啦算啦，人世就这样，有一好没有二好，我们爱华虽然肯陪我逛服装城，但是脾气坏得没有人受得了，所以她只配一辈子卖春饼皮没有出息，可你们晶晶是公务员喏，退了休，什么都不干，一个月七八千块，保险还不用自己管。一个天上一个地下，我们爱华……林老太婆絮絮叨叨地说，她没有注意到高老太婆正专注地伸着脖子，转脸在看那个想自杀的男子。

也真是搞笑呀，林老太婆剥着核桃咸糕，笑吟吟着。吃咸糕怕掉散粉，所以，她的嘴变得尖尖的，舌头也不时伸出来，吃相很像一只老土拨鼠。她以为高老太婆盯着自己，所以，她吃得很悠然。从小她就知道，小伙伴的脾气很坏，基本上是只有由她欺负自己的份。但是，现在，高老太婆已经没有地方任性了。她要是不乐意听高老太婆说话，那高老太婆真是连个说话的人都没有，哼。所以，俩老太婆的友情，随着世事变迁，越来越平等，这个情状，让林老太婆变得报复性地爱表达，爱指点。

核桃咸糕的粉已经沾了林老太婆一鼻尖，但是，对面的高老太婆没有发现，她在开小差。当然，核桃粉不是那么白，可能她看见了也看不真切。靠林老太婆自觉发现，基本不可能。人老了，不止视力差了，皮肤也变得迟钝。俩老太婆曾经吃雪片糕，被一阵风吹过，弄得像两只花猫脸，不是店老板老何路过，连忙发她们纸巾并示意揩擦，她们还一样挺着腰身很郑重地喝下午茶。

鼻尖发灰的林老太婆说，想一想就很搞笑，你以前一直反对我嫁给汉哥，我为什么爱嫁九市王汉哥？说白了，他就是个孝顺人啊，他死在劳改农场，虽然不得好死，但是，凭这一点，我到现在都没有后悔呢。

高老太婆敲了一下桌子，哎！你说人跳到消防员那个垫子上，是不是蛮舒服的？

林老太婆张大眼睛。

不知什么时候，世贸楼下来了很多警察和消防员。八九个消防员，在拖像席梦思那么大的大方块，跟着上面走动的那个男子，把垫子移来移去。围观的人更多了，有人性子急，大喊起来，到底跳不跳啊！把人累死啦！

嗨呀呀，要跳就跳好啦！林老太婆其实视力很差，但她起哄地说，那些消防队员真是一头汗哪！啧啧啧——

我打赌他不敢跳！要跳早都下来啦。

林老太婆说，我也赌他不会跳。

高老太婆转过脸来，你要赌他跳！既然打赌，当然要不一样，我说不敢跳，你就要说他敢跳。不然我们赌什么赌?!

那我也觉得他不会跳啊！

你前面就有说他会跳，还说张丽芳来晚了看不到好戏。

林老太婆想了想，好像她是说过这样的话。

你赌他跳！我赌他不跳。高老太婆说，输了的人埋单，或者买一斤卤鸭心！

唉张丽芳这个人一贯说话不算数。到底还来不来呢，再不来人都跳下来了！

看——你又说他跳了！高老太婆大叫一声。我们不管她了，反正我们赌了。输的埋单。不靠她！

七

没想到又等了快一个小时，那个男人还是没有跳。他只是把他的蓝钢笔水色的旧外套扔了下来。下面一阵潮涌，以为是尖峰时刻，但不是。很多围观的人发现浪费了太多时间，折损了太多期待，所以，对他只扔外套不扔自己都有点生气了。有一些人走掉了，又有新的人加入。一直不走的人，就是那些很执拗要看到结果、又没什么事干的人了。

所有的人都疲沓了。有个警察好容易挨近那个地方，通过一个小间隙，给那个寻死男人送了一瓶矿泉水。俩老太婆以为他会不要，没想到，他还真没志气地接过了。他在上面肯定被太阳烤得够呛。一接过水，他就拧掉盖子，仰头大喝起来，随后，把瓶盖又扔了下来。人群又有一点点骚动。喝够了水的男人，又开始晃晃悠悠地走在高楼广告钢架子的边缘上，从下面看上去，他真的很像随时都会一脚踩歪就掉下来，但是，那个男人就是没有跳也没有掉下来。警察一头臭汗，拿着一个灰色的小喇叭筒轮流在喊什么话，那个男人打着剧烈的手势表示不屑，表示反对，也表示了愤怒。他做很多有力的动作，大家都以为，他就要跳下来或者他马上就要掉下来了，可是，很奇怪的，他就是不掉下来。

下面的人真是筋疲力尽。七八个消防队员猫着腰，提着那个沉重的救生大垫子，急急忙忙地跟着他在下面移来移去，一会儿东一会儿西，围观的人们也跟着他拥过来拥过去，一个个也累得慌。那个男人就是没有跳，他张臂比画了很多好像是毅然决然的跳跃意思，大家阵阵惊声潮起，后来发现都是骗局，是自己白白捏了把汗，继而就淡定麻木了，而且，一个个越来越不高兴，有的人简直是大光其火。

这个进行中的自杀事件，让俩老太婆的吐槽约会也有点心猿意马。

玻璃墙外，那个自杀的景观一直没有突破性变化，前后快两个小时了，很多人有了审美疲劳。两个老太婆又开小差骂了一会张丽芳。按过去约会时间，待了两个多小时，想倒出来的话也倒得比较彻底了，想骂的人也基本骂得比较痛快了：周遭景色渐渐迟钝，茶叶淡了，心也空了，该一身轻松地分手说再见了。但是，因为那个要来不来的张丽芳，俩老太婆只好再坐一会儿。又因为那个想自杀又不自杀的男人，害得她们今天的谈话断断续续，身心都有点不舒坦，好像便意还在却拉不出屎了。再后来，那两杯老水仙茶，也确实有点和白开水差不多颜色了。高老太婆说，算！反正张丽芳埋单，再来一份核桃咸糕！

可是，高老太婆喊出来的是，再给我热一下热水袋。

一个系绿色小围裙的女服务生过来，说，刚不帮你插过了？灯不亮。

现在可以了！高老太婆把热水袋高高递着。女孩沉着脸一把抓过。旋即又把热水袋拿回来，放在桌上还有点手重：灯不亮！女孩边说，边利用这个好位置不动声色地瞟察外面进行中的自杀景观。

喂！高老太婆说。你是给我说话，还是跟那个找死的人说话？

女孩愣了一下，说，没有彻底降温，指示灯真的不会亮。还、不、行——

其实那女孩语气已经婉转了，但高老太婆没有觉察。她发出了耳背人习惯性的高亢音量：什么态度？！那放柜台等就不行啦？马上给我摔回来——还给我脸色看！顾客是上帝又不是神经病！

柜台里一个领班模样的人，立刻走了过来。那女人笑起来牙缝发黑，但是，一张大胖脸倒很机智随和。喔，您别着急，她拿起热水袋说，奶奶，我再试试。我们小妹是怕你要捂腿，所以，插不上就先还你了，好不耽误你捂腿嘛。我知道奶奶风湿病，每次来几乎都带这个，是吧？

风湿？哪有那么简单！我是关节增生，半月板也退行性坏了。上个月又打了玻璃酸钠，昨天还在里面抽了液。风湿我才不麻烦你们呢！风湿！

哎哟，可怜啊，看不出奶奶遭这么大的罪还来照顾我们生意呢。

黑牙缝的美女边说边偷瞄美食城上那个要自杀的男人。到了这个前线位置，她也到底忍不住。高老太婆也在偷觑自杀的动静，但却不喜欢她们一个个对待她的事这样三心二意地分神，所以，她斩钉截铁地说，知道就好！问你们何老板，他懂！我这快碎掉的老膝盖，上下五楼一趟，起码要十分钟！这样的老顾客，一个小服务生还给我脸色看？我神经病啊！

领班呵呵笑，哪里！奶奶！我们最喜——

领班的话还没有说完，就看到自杀围观者忽然地波涛汹涌，奇怪的是，内围的警察和消防队员没有一个奔窜。茶餐厅所有的服务生和顾客都站了起来。这时，大门外一个男服务生报信似的疯狂大喊，癌呀！！扔个本子呢！说是遗书下来啦——

关键的东西还是没有下来。

围观秩序很快又恢复,单调和沉闷也很快卷土重来。俩老太婆收回枯燥的目光,重新落座。可是,黑牙缝的美女发现自己忘了刚才说了一半的话,她不为人觉察地愣怔了一秒,马上呵呵笑着,说,奶奶,这样吧,我送你俩一杯新茶吧。那热水袋我先拿过去,等好了马上给您送来?

高老太婆舒坦了,但她依然把不舒坦横在脸上,就不给对方占一丝便宜。高老太婆凝重地点头,说:那人是真的要跳楼?

黑牙缝美女哂笑,说,也许他在等什么人。

高老太婆狠狠啐了一口,最看不起这种男人!死能解决什么问题?搞笑!林老太婆说,他也不一定真的想死呢。你看吧,说不定他闹够了就走了——唉张丽芳怎么还不来啊,等下子人都跳下去了,她还没有到。

你不是说,他不会跳吗?高老太婆说。

我是说万一跳了,或者不小心掉下来,她就看不上好戏了。

对啊,我们这个位置简直就是贵宾席啊。

老太婆们重新兴高采烈起来。她们喝着领班赠送的新茶,一边牵牵挂挂地赏景喝茶,没一会儿,又各自轮流去了趟厕所。高老太婆回来的时候,一直对林老太婆使眼色,林老太婆循着她的暗示,东瞅西看,看不出餐厅里有什么变化的名堂,只看到一个女的从她们桌前款款走了出去。

你猜那人是男是女?高老太婆说。

哪个?

刚不叫你看了吗?就那个!

女的啊。

男!的!他从男厕所出来!!我吓了一大跳!

林老太婆说,我才不会被吓呢。哼。现在的男人,都喜欢打扮成女人的样子。我们家肉松店那小老板的表弟还是什么人，哎呀，你要不听他讲话，他就是个女人！还动不动比画兰花指，小指头这么粗，恶心死人了！有一次，我看他拔拔鼻毛、拔拔眉毛，那眉毛修得比女人还弯……

都神经病！高老太婆说，我上次跟你说的我们顶楼来小偷的那事，记得吧？

林老太婆的茫然又刺激了高老太婆。她说，你真的老糊涂了，很多事情你都记不住！一个人老不老，就是看你记不记住事！你现在要我回忆我们小学的事，我都一清二楚。有一次，我经过我们学校那个闹鬼的老樟树，邹老师她……

你刚说小偷什么呢？

又打岔！我说过我说话你别打岔！很不礼貌又让我脑子乱了——谁小偷？

我不知道。是你说的。

我没说小偷。我不是跟你说我们学校那棵闹鬼的树吗？那树在河边的那树……

是的呢。

那树上老挂下一种黑色的毛毛虫，这么长的，高老太婆比画了一下，有一天，王安富……哎，我们说学校干吗呢？

说闹鬼呢。

不是不是！我想说什么来着？——都怪你！我说话你非要打岔。

俩老太婆沮丧地沉默下来，她们各自看着玻璃幕墙外，都致力于糟糕记忆的挖掘中。那个自杀的男人叉腰站在高空，有些愤世嫉俗、仰天长啸的样子。几个警察和消防队员上上下下的，有人给那个男人打手势，好像是从一个缝隙给那男人递送一盒快餐，警察拿着一个导游用的那种老式喇叭，在跟那男人咿咿哇哇什么。男人背对着警察和快餐，根本不猫腰看后边广告牌钢架缝隙外的东西。他迎风而立，沉默决绝。

一个男服务生过来，一边给她们续杯，一边顺便瞅着外面的自杀风景。高老太婆指着那个男服务生说，你这个小指头的指甲长得打卷，都像瓜蔓了。还不去剪掉！

是的咧！林老太婆说，还两只手都这样呢。

服务生居高临下地瞟了她们一眼。什么也不说，水壶一收，转身就走。

林老太婆倾过身子，对高老太婆耳语。她说，他还有耳洞哪！什么世道啊……

我听得到！高老太婆一把推开林老太婆，口水都到人耳朵里了！

你不是助听器没有电了？

有电！是快没有电了。我关掉是好等一下再用！等一下，他真的跳下来了，等一下张丽芳来了，都要用的。现在，我听得见！你不要自己像个聋子一样，对我大叫大嚷。高老太婆愤愤地盯着那个男服务生，说，哼，不稀罕！男人打耳洞，我早就不稀罕了。现在的男人还算男人吗？哈！我想起来了！我刚跟你讲小偷的！还记得吧，我前年讲过，说我们那栋楼来过小偷不是？

轮到林老太婆一直斜眼瞟察玻璃幕墙外的自杀动静，她觉得围观的人好像潮动了一阵子，她这个角度，看不到那个自杀的男人的一个工友来了。救援的人和男人的老乡们，好像在热烈交换什么救援意见。林老太婆分了心，但她对高老太婆点头，说：嗯，搞笑咧。

就是我们那个楼道顶楼的那次，那一家，那个男人和儿子，小偷一来，父子都躲进了卫生间，只留老婆在外面和小偷对打。那十四岁的儿子很胖呢，那个男人也很壮，结果，那个瘦瘦的女人差点被小偷砍死了。

真的是！搞笑啊。

那女人平时是凶，但是，你说，一个女人再凶，那种关键时候哪有你男人的力气大？结果，真是笑话啦，那女人在客厅和小偷对打，男人都躲起来发抖。所以，我不是跟你说了吗，那女的妈妈在医院甩了她女婿一大耳光。活该！

你上次是说，是她爸爸打了那个女婿一大耳光。

高老太婆一下子反应不出来林老太婆在说什么，直愣愣地看了对方半天，掉转眼睛看玻璃墙外面。两个老太婆似乎彼此都接不上话，彼此看上去都有点呆头呆脑。

那个男的还是没有跳下来。

高老太婆突然用力砸了一拳桌子。她自己也不知道怒气从哪里来。所有的男女服务生包括收银台小妹，都一起转过来看老太太。高老太婆指着外面美食城上准备跳楼的男人的方向说，他肯定不敢跳！我就是赌他不敢——他不敢！

高老太婆怒气冲冲地虎视红茶餐厅。没有人接她挑衅似的目光。

八

张丽芳还是没有来。外面围观自杀的人，不知道换了多少拨人马，很多人拿着手机等着精彩一刻的拍摄，后来一直等不到，实在熬不住，就随便拍了一个见证现场的意思，怏怏离去。到中午下班时分，围观的人更多了，很多人举着手机在拍。也不断地有口讯号外，在附近传播，这大大满足了那些不得不坚守在岗位上又实在牵挂这头的人们，比如，那些卖处理毛线的特价摊子、那些广场一楼化妆品专柜的小姐们，京东包子铺、牛排馆、茶餐厅、土特产超市、果蔬地带等形形色色伙计们。总之，以自杀者为中心点，百米半径的范围内，各色人等都在引颈翘望，工作者基本都三心二意。有消息说，消防人员准备从侧楼飞吊过去，但又害怕惊动自杀者，反而促发他急跳；所以，还需要有人在这一边吸引自杀人的注意，让他分神。有消息说那男人的亲生父亲来了，又有人说是他舅舅。说那个来的人一直在用老家话，破口大骂上面寻死的人。大家听不懂，可是,大家心里都巴望九楼上寻死的人能听到他的鞭策;最后,有个模糊不祥的消息传来说,这男的是个精神病患者,要不就是在精神病院做护工。还有人说,他是个大学生。

关于寻死者的简介陆续传到茶餐厅,高老太婆和林老太婆渐渐地变得越来越不以为然。不知早上在公交车上趔趄的那一跤,是不是伤到了老膝盖。高老太婆感觉自己的膝盖仿佛越来越痛,那个自带的热水袋,死死捂着,好像也没有缓和多少。高老太婆心烦意乱。

看来自杀也是相当耗神的事,围观者虽然没有作为,但是那种关注与巨大焦虑,就是劳民伤财的本身。所以,那个男人久久没有付诸自杀行动,很多人嘴上虽然没有说什么,愤怒失望的心里也有了一些鄙夷。

茶餐厅里,高老太婆和林老太婆虽然没有和外面一线的观众交流心得,但是,很明显,她们对这一突发事件,正在淡化关注,鄙夷感也有那么一点点滋生暗长。

张丽芳还是没有来。俩老太婆不由又说起了张丽芳的坏话。林老太婆把椅子往高老太婆身边拉。林老太婆说,你知道张丽芳对老苏怎么说我吗?她说,我要是用租金入股,就是合伙犯罪。嘿嘿,她说我犯罪?!

又老苏!神经病。高老太婆在轻轻按摩自己的膝盖。哼!可惜人家才不要你入股。

你说什么呢!当时最早的时候,那个肉松店被我发现用豆粉掺假时,他们家就是怕我呀!那时,我要入股不是一句话?

高老太婆睥睨着林老太婆。她已经想不起来那事后面的发展,但出于维护记忆的自尊心,高老太婆闭口不问。其实,左右租户违法乱纪的事,一直是林老太婆每次见面必聊的大事,只是,一耳朵进一耳朵出,高老太婆竟然忘得差不多了。

你想想,一斤肉松起码掺了三两豆粉,是不是太过分太黑心了?我心里就是一直有这个气。他租我的房子,就在我眼皮底下发横财,不讲良心，这怎么行呢！

怎么不行？高老太婆一个指头塞在鼻孔里，然后退出指头使劲捏鼻子，鼻子似乎很痒，听上去也有鼻涕的动静。林老太婆赶紧递了一张纸巾给她。高老太婆瓮声瓮气地：怎么不行？你又不是公安局的。

公安局才不管这个！工商局管。我女儿说这黑店有保护伞。

你不是告过他？高老太婆心不在焉地掉转眼光去看自杀风景。林老太婆絮叨说，老苏说，我行动太慢了。等人家有保护伞你再告他，他就不怕了。老苏说我心太软了。

高老太婆意义不明地哼了一声。

林老太婆贼头贼脑地窃笑，鬼祟中透着自得。她说，张丽芳没有想到，任凭她怎么说，老苏还是护着我。老苏就说了，肉松加点豆粉。至少是人家可以吃的东西，添加物算是很绿色啊！这比那些毒奶粉、毒豆芽、毒凤爪、毒盐、毒银耳、毒粉丝、毒腐竹、毒水产，还有毒什么毒什么的有良心多了。是不是？加豆粉就是加植物蛋白，对身体好着呢！

高老太婆被林老太婆的话吸引得扭过脖子，一下子老脸渐渐涨得通红。

她说，是苏景贵说的？

林老太婆侧脸看外面自杀的动态，幸福地点着头。

那是不是还要给这个假肉松店发红旗？发文明经营奖状？

林老太婆吃不准高老太婆是不是生气了，她谨慎地咕哝着：豆子是有营养的。附近的幼儿园都进他家的货……吃不坏，反而好……

那你那时告他家干吗去？

就是看不惯在我眼皮底下乱来。要是让入股的话，收入也比租金更高一些嘛。

你还想入股干洗店呢！你说过。我记得清清楚楚。

是啊。那个黑店又不一样了。她们家弄了个报废的干洗机做摆设，说是干洗，其实全部是水洗。乱洗嘛。主要是靠烫。后来那次，我不是跟你说的，她们把人家西装给洗坏了，变得很短，衬里这么长！吓死了，赔了钱了。五百块！我最知根知底。老苏说了，要么提高租金，要么让我们入股分成。不能由他们黑得这么逍遥自在！

什么黑店你都想入就是！高老太婆咬着腮帮子，好像膝盖很痛。

我说句良心话吧，说黑也不是很黑了，就是弄虚作假了一点点。用水洗也很辛苦的，唉，你不知道，现在的人和我们那时不一样，什么衣服都要干洗噢，是写在衣服上的，它就要你干洗，不干洗就不好看。所以，如果我们两人合伙开个干洗店，那真是……

开你个骨头店！成天做梦发财！高老太婆瞪起浑浊的老眼。

不是我想发财噢，是他们都这么坏地赚钱，你不做真是不甘心……

苏景贵从来就不是个东西！我看你现在——

高老太婆突然发现了一个人。那个人抱着一包超市的大购物袋，站在人群里看自杀的热闹。其实他看了蛮久的，老眼昏花的老太婆刚刚才发现。一看清那人，高老太婆的满头白发，通电一样直立如刺猬。她不说苏景贵的事了，她说，看到没有？就那个男人！

林老太婆懵里懵懂，说，什么呢。

就是他！那个穿大头菜颜色衣服的，军裤，抱着个白色大袋子的，看到没有？白汽车那边，喏，他在走动，就那个，那个红衣服女人旁边，看到没有？

林老太婆茫然，而且也没有多大兴致。高老太婆站了起来，她的膝盖嘎嘎地响了几声，果然像要爆碎的麻花。这声音让高老太婆一下又跌坐下来，膝盖随之再次爆响，高老太婆像被子弹打中一样，呆滞了一下，一脸凶恶之相随之而起，看上去有点疯狂：

就是我跟你说的那没出息的混蛋，204室的混蛋！他同意我们补偿他两万块，让我们加装电梯，家庭代表开完会大家都签了字了，后来他就反悔了,说他老婆不同意,他说的不算数。你看,就是那混蛋!都签了字了的!什么烂鸡巴东西!算什么男人!高老太婆像个备受委屈的孩子,绝望而愤怒地指着外面。她已经把话说完了,可是颤抖的老胳膊还是指着外面点点戳戳。餐厅里的服务员被老人突然的激动震撼了一下,以为那边终于跳下来了,腿快的直接往大门外跑。

结果,服务生们的仓皇行状,又刺激到俩老太婆,她们也慌慌起身,林老太婆站得比高老太婆利索,她边站边扭脸看了一下那个想跳楼的男人,无恙啊!那男人还在高高的顶楼边上矗立着。高老太婆无比焦躁地捶了一下桌子。

林老太婆说:急不来的。

高老太婆使劲擂桌子,两万块啊!她说加装电梯会挡住他们客厅的光。说谁要她同意,谁就先跟她换房子的!神经病啊!这么自私自利的混蛋!七楼有个八十岁的老头子,十年都没有下过楼。下不来嘛!他那个老婆明明看到我上下楼梯很难,到处造谣说我装的!说我假装走得慢假装上不了楼梯。我气得又上楼去拿病历,我就要给她看看。她竟然把我的病历一把拨开,说,她不看!她没吃那么饱!她老公出来,就那个混蛋,他系着花围裙出来说,这年头造一份假病历太简单了!爱信谁信!我当时就要用拐杖打他,她护着他赶紧关门,躲在里面还骂我。后来看见我都躲着我。我使劲打他家门,都不开。门上有猫眼……

林老太婆就是不被跳楼者分心,就算她认真听,高老太婆这段他她不分的指代,她也糊里糊涂,根本听不明白谁和谁的。但反正她知道,高老太婆就是被人欺负了。所以,林老太婆说:真的是!这种人怎么不去死?

林老太婆说这话的时候,高老太婆已经离开茶桌,她直接往店外走。走平路她好像还行,虽然缓慢,倒也步伐分明,看不出拖泥带水的艰难,膝盖也没有嘎嘎直响。林老太婆也拉开椅子,但她想了想,怕店家或别的茶客以为她们要走，把这观赏跳楼自杀的贵宾席给占了，她把自己的雨伞放在桌上。走两步又怕雨伞被人顺走，又过去收回伞，然后把一方手帕放在桌上，特意与核桃咸糕的碟子整齐摆在一起，表示正在使用中。

九

一出来才知道自杀场面气氛的鼎沸喧腾。

刚才，隔着玻璃幕墙，就隔绝了那种生煎的情绪波澜。那种高度牵挂的紧张与期盼，那种箭在弦上、又缓滞绵长的尖峰时刻，那种让时间变形、空间变异的生死对决，都在空气中发酵、弥漫、涌动，大潮一样、针尖一样击撞人心。这些稠密幽微的气息，到底不是玻璃幕墙能够传达致意的。

走出茶餐厅的老太婆们完全感觉到了。

高老太婆还是向那个抱着超市白色大购物袋的男人走去。有两个赶路的人，因为扭脸察看高高在上的自杀者，先后不小心撞到了高老太婆。但他们不约而同都一指天上的自杀者，莞尔而过。老太太瞬间就谅解了彼此不看路的缘由，因为她自己也不断抬头看那个自杀者，她一改平时敏锐的被冒犯感。在这件进行中的自杀前提下，围观者好像已经达成一种包容的默契。就在高老太婆就要走到那个抱购物袋的男人后面时，那个男人突然登高，站到了一个水泥预制排污管的大圈上。那上面还有两个观望男人。他们似乎正在打赌那个男人跳不跳、死不死得成。水泥预制圈那个角度，能看到一个黑衣女人在警察的帮助下，正在接近那个自杀男人。救援者一直在打着手势，喊什么。

裤缝笔直的林老太婆，一出茶餐厅门就叹了一声：真的是！不知道她是感叹自杀的漫长，还是抱怨高老太婆的快捷，抑或是感叹场面的热闹。她语焉不详，攥着伞，絮絮叨叨地追赶高老太婆，一辆黑车从她身边过去，噗的一声，车里飞出一口浓痰，正好打在她手背上。林老太婆难以置信地看了手背好几秒，忽然恶心得想吐。她转身去追那辆车子，谢天谢地，那辆车子也爱看自杀的热闹，它在人群外慢慢地蹭，给了林老太婆赶过去的时间。

林老太婆用伞把子使劲打那辆黑车的门，因为用力过度，不单司机吓了一跳，围观自杀的很多人，也被她分心，纷纷掉头看她。司机降下玻璃窗，正要咒骂，却发现一只老胳膊老手翻手在车窗上揩擦。

司机惊得弹跳出车子，没命地喊：你想干什么？！

瞎了你狗眼！痰往哪吐你！林老太婆把浓痰搽在车窗上，此间的滑腻让她想吐。

你神经病啊！司机怒吼。

林老太婆伸着胳膊，上前就往司机身上擦。司机惊恐闪躲。车里有个人说了什么，林老太婆没有听到，她也看不清深色车玻璃内的其他人影。但司机听到了。

去！司机暴怒中熄火，老太婆，司机说，给你五块钱擦痰去吧。

围观者忽然“轰”地移动摇晃起来，远近高低，所有的围观者，他们都在大幅度变动体位，仰脸向上，就像一圈一圈密匝匝的向日葵，炫目的蓝空中，一团黑影大剪刀一样下来了，不是人腿的姿势，是裤子，是一条深色的牛仔裤，无耻地连着皮带。

那个家伙、那个所有的人都以为他要跳下来的家伙，还站在高高的美食城顶层！阳光在他的头部，打着金色的光圈。

围观者炸了窝，愤怒与失望的情绪，火山一样地爆发了。恼怒像传染病一样地蔓延。连最有耐心、脾气最好的围观者也说话了，他们说，去他妈的！这人到底是不想死呢！他们说，他到底想要什么呢？

有两个男人，对着天上的自杀者，直接竖起了中指。一个人竖在耳边，一个人竖在伸臂极限。

对自杀者的蔑视与愤怒情绪，完全占了舆论上风。

被那条飘扬落下的牛仔裤吓了一大跳的警察与消防队员，似乎半天恢复不了拯救元气。他们呆立着，面面相觑中，看上去是无奈，实际上偷偷交换鄙夷与厌烦。四个小时了，神仙都要中暑了。

就这个惊恐混乱失落交织的时刻，林老太婆再回过头，那辆吐痰的黑汽车已经悄无声息地溜走了。连刚刚叫嚣给五块的擦痰钱也没有留下，就这样乘乱逃走了。林老太婆极目张望着，骂骂咧咧。有个同样大年纪的老太太以为她骂自杀者，忍不住过来觅知音地发表意见。那个老太婆说，笑死人！她佝偻着背，特意走到林老太婆跟前，说，真是一个天大的笑话！我活了一辈子……

林老太婆弯腰，朝地上狠狠吐了一口唾沫。

林老太婆看到了高老太婆。她莫名其妙地站在一堆围观者的后面，看上去很不高兴。这群围观者占据了最有利的位置，既可以看到救援人员在顶楼送水送饭做思想工作的顶层交接点，又可以看到地面消防队员疲于奔命地拖拉救生垫。几个救援临时核心成员也不时在这边的紫荆树下碰头，他们商量的各种失败对策，会隐隐约约地飘到这厢来。

林老太婆捡了张树叶，擦了擦自己的手背，气鼓鼓地去和高老太婆汇合。如果她再看到那辆黑车，她要踢它一脚，再报警、再索赔。天下没有这么便宜的事！

林老太婆拉了高老太婆袖子一把，高老太婆回头一瞪眼睛：死到哪里去了你，一出来就找不到你了！

还说人家！林老太婆说，你自己先走，头也不回，人家才是找不到你，慌慌张张的，还被一个没素质的流氓吐了痰在……

高老太婆转身突然挥臂高喊起来——

不就是个死嘛瞎？——这又算什么难事！

周围的人，一下肃静，那条苍老气虚的衰老嗓子，传递出的决绝和干脆，既令人憎恶又令人亢奋，它撕裂了人们的耳膜，与其说是人心被震撼，不如说是围观者被点燃了，那个绝望而癫狂的老嗓音，就像一块浇了汽油的破棉絮，熊熊燎过各色人心。

林老太婆脸色死白了一下，马上她就明白高老太婆不是冲她疯狂，她也马上明白，这里是真正的短见高峰论坛，里面很多声音已经歇斯底里地竞赛尖叫与吼喊了。

死就死嘛！做人要干脆！

快啊！预备——跳！

不敢跳就滚下来嘛！

搞给谁看？我操。

快跳啦，我的脚都站麻啦——

下来吧，再不跳，警察都没有力气接着你了！

老子看你就是胆小鬼！

这种事也磨磨唧唧，活着也是干屁！

受到公众情绪影响，林老太婆也喊了一句：是男人你就跳了嘛，都四小时啦……林老太婆到后面变成了咕哝。她从小到老都不习惯公众发言，何况呼喊。这和高老太婆不一样。所以，基本上没有人呼应她的意见。但是，一个警察严肃地站在她身边，警察暴喝：闭嘴！统统闭嘴！不要干扰救援！

人群安静了一下，林老太婆突然放了一个响亮而悠长的屁，林老太婆正感到扭捏，戴了助听器的高老太婆一下就盯住林老太婆，嘎嘎大笑了。多少有点尊老情感的警察，尴尬地愣怔着，无言以对。他转身离去。

人群里有个贼而欢乐的声音喊，嘿！婆婆，还是你干脆！

更多的人笑了。好像在小品剧场里，嘎嘎、呵呵、嘿嘿、嘁嘁，各种笑声都有。有人借题发挥，又对自杀者叫喊，快点啦——干脆点！一爽到底！

这小子就是不敢跳，毛二！今晚的酒老子赢定你了！

喂——早死早投胎哪——

小子哎，你秀够了吧？——

跳啊，快跳啊——

这一拨人太放肆了，笑浪声潮起潮落，他们互相影响共同娱乐，各种各样的促死俏皮话竞相出口，声音也越来越大，一种娱乐至死的视死如归的狂欢氛围，怪诞、密致地浓郁起来；这个既定的结局，似乎没有人再允许它改变方向了，甚至不允许它拖拖沓沓。人们不仅仅失去耐心，失去柔软，大家正在失去善之习惯，失去本能的、对同类生命的小心翼翼，失去了对处境艰难者的怜惜与尊重。本来嘛，谁没有委屈哦，谁没有被欺压哦，谁不是每天沟沟坎坎摸爬滚打地挣扎求生，累都累死了，一颗同情好心，长在一肚子的乱麻心事里，又能坚持多久？谁能耗得起他人这样几个小时不明不白的生存与死亡的折磨？

快点！按既定方针办吧。

高老太婆的204室的死敌，一手抱着超市购物袋，一手拿着苹果在啃。他已经挤在了前排，他倒什么话都没有喊也没有说，但是，他大口嚼食苹果的满足样子，让高老太婆火冒三丈。一个自私自利的恶人！高老太婆冲着那个她够不着的啃苹果男人喊：真丢男人的脸！你为什么不去死！不就是一个死吗?!

太搞笑啦，叽叽歪歪的……林老太婆也小声呼应。

嗬，连老太婆都受不了了！

一拨好事之徒又推波助澜起来。这个角落简直就像个死亡啦啦队。他们叫嚣得太厉害了，几个警察从不同方向往这里走过来。看警察不怀好意，一些人慌忙闭嘴或者移开位置。几路警察果然不是怒气冲冲就是虎视眈眈，没有一个吃素的表情。一个满脸横肉的家伙呵斥，真他妈太过分了！换是你们亲人，你们也这样没心没肺地起哄?!

另一个脸色像磨刀石的家伙阴沉地说,是不是想跟我们去派出所一趟?

高老太婆的仇人,拿着吃了一大口的苹果,从人缝里悄悄移步。他距离高老太婆越来越远。人群渐渐松散,大家也不是想离场,高潮应该快到了,已经熬了这么久,不看最后有点可惜啊。但是,似乎每个看客都觉得,远离警察总归是安全的。这帮警察在这里无所作为,有点作为也显得失败,大家都看到他们效率这么低,能力这么平常,寻死的人还在那里高高示威,警察自然是很窝囊的。现在,几个警察一起包抄过来,明显就是来找出气筒的。所以,这群乌合之众,这群死亡啦啦队瞬间瓦解,腿快的已经消散在围观半径的那一端。他们换山头了。

但有两个愚蠢的人,对形势估计不足。那个高老太婆竟然再次大喊,她冲着天上,手势夸张,她在仰天长啸。那个大嚼苹果的家伙的背影已经难以分辨。老太婆喊——

是男人你就跳哇!!我就赌你不敢跳!

她的战友,林老太婆也喊,再不跳,大家都走掉啦——

林老太婆平生第一次这么粗鲁、这么高声大气地叫喊。

两个老太婆一唱一和。

警察饿虎一样,一个转身,扑了过来。

选自《收获》2014年第2期

评鉴与感悟

“中国式”的老人故事

——评须一瓜《老闺蜜》

郝慧子

芬兰插画师Inge Löök有一个名为《Old Ladies》的插画系列,近年来在中国的网页、微信上广为流传，作品里两个满头银丝，掉了牙齿的欢乐老太婆或是坐在树上小酌，或是泛舟湖上，或是躺在阳伞下大笑聊天……网友转载插画后的评论多是“欢乐的老闺蜜”，“正能量老太婆”，“偕老永恒的快乐时光”，无疑，它勾起了人们对于老年，对于友情的诸多美好向往。如果顺着这个思路，再看到须一瓜发表于《收获》2014年第2期上的中篇小说《老闺蜜》，反差之大令人心悸，当代中国作家显然对此有着另一番描绘和看法。

这对“中国式”的“老闺蜜”已年逾七旬，出身干部家庭的高老太婆虽长相普通，却天生带着优越气质，来自街道的林老太婆小市民出身，从小就姿色出众，两人从学生时代起就结成了飞短流长的铁闺蜜。值得注意的是，须一瓜笔下这两个人物是生活在现代都市中的时髦老太太，她们的口头禅是“神经病”“搞笑啊”，她们定期去茶餐厅见面聊天，丧夫已久的林老太还展开着一段“黄昏恋”。不同于乡土小说中处处受人欺负，低人一等的老太太，她们显得格外骄傲，神气，有着敏感的不能被冒犯的神经，受了气也会大声呵责对方，绝不吃亏。然而，她们浑身又充满了小市民气，刻薄、小气、小心眼、故作优雅，在低档的茶餐厅里算计着由谁付账，一同攻击比自己混得好的同伴，利用对方的短处来自我安慰，浪漫的“黄昏恋”里也有着“要么非法同居，要么公证弃权”的利益关系……最有意思的是她们闺蜜间的相处之法：每隔一两个月她们都要到红茶餐厅见面，一杯老水仙茶在手，然后戳天骂地、唾沫四溅地发泄自己对于社会和他人的种种不满：“她们要通过骂很多人、批评很大范围的事，才能一点点缓过气来……”须一瓜戏谑地将此法称为“排毒”“精神按摩”，这样无须负责的宣泄已经成为她们的“养生之道”，不仅使她们身子轻快，并且精神愉快。

故事就开始于老闺蜜的一次例行约会，不过这次，她们还要等待一个侨居新加坡的老同学张丽芳。等待期间，她们一如既往地嘀咕、抱怨、谩骂、抨击，看似乏善可陈的二人对话里，实则包含了“中国式”的各种社会问题。不难发现，这种充斥着暴戾之气的负能量，不只出现在老人身上：公交车上麻木、漠然的乘客，廉价茶座里给人脸色看的服务员，只考虑自己采光而拒装电梯的低层住户，对自己的母亲不管不问的自私儿女，把公家病房当居家的退休干部，往肉松里掺豆粉、干洗变水洗的黑心店家……荒谬、混乱的社会生态考验着每个社会个体的耐心和底线。然而生活在其中的小人物又都有着自己的辛酸与内心隐痛，林老太的一句“不是我想发财，是他们都这么坏地赚钱，你不做真是不甘心……”道尽社会和人心的畸形与扭曲。须一瓜曾说：“好的社会，激发共同善；坏的社会，激发共同恶。”

等待老友期间，老闺蜜一边吐槽一边“欣赏”着对面高楼上的“自杀风景”，种种因素搅和在一起，使老闺蜜走出了茶座，加入到围观的队伍中。鲁迅《示众》里的看客们“摇身一变”成了须一瓜笔下众多的围观起哄者，老闺蜜身在这鼎沸喧嚣的狂欢队伍中，多年来的生活积怨终于爆发，放声大喊：“跳啊，不就是一个死吗”……这时的老闺蜜连同那些一唱一和的起哄者们已然变成社会中的最危险分子，人们不仅失去了耐心与善心，也失去了对同类生命起码的尊重，中国人根深蒂固的“看客心理”似乎在这个时代愈演愈烈了。与此同时，那看似无害的“排毒”“精神按摩”法也彻底宣布失效了——肆无忌惮地恶评、谩骂，语言的软暴力，已经在人们身上埋下一个个毒瘤，心中或身体上的恶与戾气一旦发泄不出，就可能会在环境的催发下，转嫁到报复他人身上，或者不自觉地伤害比自己更为痛苦，弱小的人。老闺蜜们幸灾乐祸地观赏着别人的悲剧，却忘了自己也是不幸、命苦之人。古语有云，七十乃杖国、悬车之年，人过七十，早应乐天知命，安度晚年，为何“中国式”的老闺蜜非但没有洞悉一切后的慈祥和宽容，反而如此怒发冲冠、世事不平？她们令人心酸的过火表演背后，不仅显现了中国日渐老龄化的社会里老年人可悲的生存和精神状态，更暴露出当下整个社会生态的混乱不堪和现代人的精神隐患。

身为媒体人的须一瓜，十分擅长把握小说和当下现实的关系，小说中能看到很多社会新闻的影子，也很容易让人联想到近来有关老太太碰瓷和老人不让座就打人等热点新闻，这当然得益于作家对于社会问题的关注。然而须一瓜显然不满足于仅仅呈现这些社会现象，她像是作品背后那个看不见的上帝，了解众生苦难，心里满是悲悯悲凉，于是给予自杀者与围观者，被侮辱与被损害者共同的同情与宽容，她还担心读者有所误读，特意在篇尾议论说明，意图表现得过于明显。同时我们也不得不佩服她将这样一个平淡无奇的琐碎故事讲述得风生水起，须一瓜并没有放弃她小说的“可读性”，要来又不来的张丽芳，要跳又不跳的自杀者，悬念，有惊无险，荒诞，突然的爆发，诸多元素融会在一起，使读者的阅读心理起伏跌宕，结尾的突然逆转让人在震惊之余陷入久久思考。

丁亥年失踪事件 | 林 森

友 人

镇上只有一个地方有啤酒喝。消夜摊很多，炒河粉的师傅往炒锅里加着猪肉、葱段、胡椒粉与夜色。由椰奶、冰块、绿豆、红枣、鹌鹑蛋、凉粉等组成的清补凉，则让小镇的人在燥热的夏天中透过一口气。我和你的弟弟，就坐在那有啤酒的摊子前。我不会安慰人，但你的弟弟，也成了我的弟弟。所有人都被热气逼出家门，在小镇的街巷上等待凉风吹起，你弟弟却被冻伤了一般，脸色发白，一口冰啤酒下肚，就抖几抖，要奋力才能把酒水压到肚子里去。喝下一口，你弟弟又惊慌地四处瞧，说："他来了，你看到了没?"顺着他的手指，我什么都没看到。

我知道他指的是谁——就是"你"。

"你来了吗?"……我没看到。

在这样的夜色里，回忆多么无力——尤其对记忆即将散尽的我。

这是我回来的第二天，第二次见到你的弟弟。昨晚见过一回，已是夜色渐起，我在一家茶馆外的阴影里，看到他在门口缩头缩尾，他点了一杯温热的奶茶，也不能安定下来。他时不时盯着茶馆对面的五金店看。那是你家以前的铺面，已经变卖了，买家开了五金店。"不得不卖，不卖，全家人都得疯。"你的弟弟说。我没有问："卖了，又如何呢?"你弟弟吞完半杯奶茶，被烫伤了喉咙似的，再也没法出声。

这次是你弟弟主动找我喝酒，主动。

第十二杯下去之后，可能是装得太多，盛不下了，酒水开始倒溢，从他眼角渗出。我知道躲避不了了，他一直等待着我问那句话——"他还没回来？还没消息？”

我就问了。

你弟弟点点头：“嗯！从丁亥年的六月到现在，再没有消息。”他在情绪混乱中等着我去问，他的“回答”准备了好久，不说出来，会把他憋坏。

关于你失踪的事，镇上所有人知道的一样多。丁亥年七月的一天，部队里有两位穿军服的人来到镇上，由镇委书记带着，找到你家。那个头发花白的军官说，你捡到了一部手机，后来有一天，你跑到军营外面接电话，就再也找不到人了。没有前言后语，没有后续赔偿，你就走出了我们的世界。五年还是六年了，我们知道的，仍旧只有这句话。

确证无疑的是，你失踪了。

正因为失踪，你变得不可或缺，成为很多人生命中的全部。

你母亲最先疯了，她的疯，和一般的疯还不一样，她只在每年七月发作——你失踪的月份。在那个月份，她说尽了你所有家人的话，其他人一概沉默。你父亲成了一个最横行霸道的人，有人在你们家门口摆卖甘蔗，发生了口角，被他抡起铁棍砸折了右腿。派出所来抓他，他不服软，拍着桌子叫，倒是派出所的人先软了，挥挥手自己撤，他们自己凑钱给那断腿的家伙当医药费。“我儿子都被你们拿走了，你们还要拿走我？”——你的父亲凭借这句话，把那些气势汹汹的警察击得溃不成军。

你爷爷问遍所有的神灵，仍旧没有你的下落。他拎着整只烧猪回乡下祖屋与祠堂祭拜，他也在镇上的五海公庙里，把香烛点得烟滚滚，把鞭炮炸得轰隆隆。他问过六角塘的女婆祖，也顺着木桥，渡水北去，找到了神算子石头公，只换来这些通神者叹息不止的摇头。没人能说出你的下落，可是，他们又都很明确地说，你还活着。这个消息让你们家人倍感绝望。你还活着，你活在我们永远无法知晓的角落。那里有日光和月色吗？那里有没有一到台风季节就会发大水的一条河？那里有没有热天里飞扬不止的漫天垃圾？那里有炒粉、清补凉和冰镇后就不酸的金黄色啤酒吗？在那里，你会不会偶尔抬头，布满血丝的眼睛射出亢奋的光——你是想起了亲人和朋友了吗？

五六年了，你不再出现，你在时光中消逝，遥控着多少双无望的眼睛。

你的弟弟和我喝完酒之后就走了，他顺着小镇乌黑的街，走进深色，他的步子摇晃——或者，摇晃的是我的头？我在街上坐了很久，直到消夜摊打烊。一股油烟味呛我眼鼻，消夜摊老板，这秃顶的中年男人在裤腿上擦擦手，没能擦掉油。他喷出一口油烟："完蛋了！那小子失踪后，这家人完蛋了。"我要怎么回他呢？他却兴奋了起来："听说要修新路了，马上开工了！你听说了吗？"总算有话题了，我说："总是要修的吧！"小镇街巷极窄，以至于一到集日永远在堵塞，传言说要在小镇南边重新修一条路，已经传了好些年，可修了又如何呢？这个镇子苍老颓败，人在其中懒洋洋，修一条路就能改变这让人沉沦的气息吗？一条新路架不起一个新世界。

——我也要走了，可我去哪儿呢？

这里曾是我临时的家，可我不是要回家，我是过客，前来道别。

祖 父

和石头公再见面时，他不再和我讲任何有关玄的事了。

此前，我找过他三回，每一回他都分别问了我不同的话。第一次来找他时，是在一场夏秋之交的台风后。大水没过了木桥，幸好水退得快，被黄汤泡得湿滑的木桥虽摇摇晃晃，却还是能走人的。水刚退到木桥几公分以下，我就上桥了。水波泛起，有水花飞溅到木板上，木板摇动，桥像浮在水面上。这不是桥，分明是小木船，随水漂远。风是重的，你吹过这种风吗？对了，没有，以往我们把你看得太紧，不让你近水，不让你靠近那条每年端午就吞噬小孩的南渡江。"那是河神爷在寻'粽芯'！"，——

比我更老的老人，曾这么说。还是说回风吧，那风里卷着水，所以重，重得都能看到它朝哪里吹，重得能闻到浑水中的泥腥。

我在石头公屋前的树下站了好久才进去的。问了一些情况，石头公的眉头也像江上含水的风，越来越重。他含糊地说："应该没死！应该没什么事！至于在哪……"他愣是没说出一个地点来。后面两次，他问的问题不一样，给我的回答，却是一样的：你没死！可你在哪呢？镇上的五海公、六角塘的神婆还有石头公，都没能给我一个回答。他们都说你还活着，却讲不清为什么你成了我们家不归的浪子。

第四次再见石头公，他已经不愿和我讲你的事，我问，他也不答，只是一根接一根点烟。他年纪越来越大，他说很多活都交给他儿子去干了。他带着他儿子干活十来年了，他儿子也能帮人择日什么的了。他孙子也在跟他学，可那小子只会把拳头耍得呼呼响，是那种四肢强壮脑子塞的家伙，能学会这掐指算命的活？……你看，我又说到哪去了呢？唉，我现在也不敢见很多人了，以前一些熟人，一见面就问我："你孙子怎么样了？"我能怎么回答呢？问得多了，我就怕了。

有时，即使不和他们坐一块喝茶吃粉，只要他们在街上眼神一斜，我就清楚他们要问什么，我便想起你去当兵时的情形。你从小立志要当兵，高中一毕业，果然就去了。那天一早，你衣服笔挺，腰板电线杆一般直，砰砰砰踩着正步。我们回村里拜了公，烧香点烛摆供品，你都自己来。我们家没出过当兵的，那身衣服一往你身上套，那完全变了个人。军装是有力道的，一个脖子歪斜的人穿上了，也是能挺挺腰身的。那天很顺利，天色也好，你到县城集合，随车就走了，我们家也没人去看。我们都是皮薄的人，心想那有什么好送的，你懂得自己去了，那就让你去，又不是小孩。

谁也没料到，还没等到你第一次回家探亲，你失踪了。你拜完祖先，一走，竟再也没回。要让我回想见你的最后一面，实在想不出。是在祖屋外吗？是在镇政府门前吗？还是你拎包上车时的甩手？……这些画面有过还是没有过，都成为对记忆的考验。去年一场雨后，小镇发了大水，水深过膝，我走在街上，踩进一个水坑，摔断了腿，躺了三个月。老人摔不得，这一跤让我老了八年，腿上绑着厚厚的绷带，药物散出酸腐的臭味。我知道自己已老，快要腐烂。我现在总要拄根拐杖才能走路，你能想象吗？

上头来通知的时候，和你去军营那天一样，是个好天气。在镇上，除了每年夏秋的台风天，都是好天气。还是镇委书记带着那两个人来的。那书记我认识，年纪不大却把肚子养大了，原先是县里一个什么局的局长，办事毛脚惹了上头，被打发来这里了。镇上有什么好管的呢？这地方，各活各的，不像大城市，有拆有建。镇上人多年一个模样，那书记没事做，时间都花在吃饭养肚子上了。书记带来的两个穿军服的，一个是小兵，另一个是颧骨突出的中年，他的鬓角有白发了，他摘下帽子后，露出紧贴头皮的短发。小兵在我们家门前放下一个包袱，是军绿色的那种。花白头发说："这是你家小孩的东西，我们专门送来，请收好！"我脑子没转过来，你妈却说话了："这是？这是？……"

花白头发说："你家小孩不见了，部队让我来通知你们，把他东西还给你们家。"

"啊？"你母亲要扑上去，镇委书记赶紧扶住她。

沉默了好一会，花白头发说："他有没有回家？"

"我把儿子交给你们了，你来问我他有没有回家？你们这些死路头的！"你母亲吐了两口痰，书记只能闪躲，花白头发倒是没动，有一口喷在他的左肩上。书记脸色已经黑了："有话讲话，你……"花白头发仍是冷冷地："他没知会就跑了，是逃兵，我们没找到他。你们要是知道他的下落，还得告诉我们！"你不知道，当时我脑子轰然一炸，怎么拐得过弯来，你在部队好好地，怎么会当了逃兵？

在我们家门口看热闹的人都议论纷纷，围来的人越来越多。我多想登时断气，那有多败面子——你当了逃兵，我们家以后还有脸在镇上过下去？我还敢回家拜祭公祖？你爸捏着拳头就要冲上去，那个小兵跳到前面来，邻居把你爸拉住了。我回过神来："什么时候发现他不见的？"小兵要说，花白头发狠狠瞪他一眼，他缩回后面去了。花白头发说："已经快一个月了。据睡他下铺的兵讲，有一次他们在外头拉练，他捡到一个手机，两天后，有人打了这手机，他接了，当天他就不见了。事情太怪，我们部队上下也一直在查，没通知你们。这是很严重的事，他逃跑那么久，已不是部队纪律问题了，是法律上的事了，弄不好还要判刑的！"

你爸气恨得把头撞在门墙上，砰砰砰，也不晓得响的是头还是墙，围看的人又拉住他。你妈更是喊着"还我小孩，还我小孩"。围看的人也不安静了，吵了起来："人家四脚灵精的一个人，给你们弄没了，这么一句话就打发了？"

"是哦，谁识得是不是部队把人逼死了，来报这假消息？"

"这些狗屁领导，他们犯了事，往外一推就没事了。不能让他走！"

"把人还回来。"

"要人！"

"要人！"

围看的人说起你平时的好，有的也开始高喊："是啊，我们镇的人，怎么可能是逃兵？肯定是骗局！"喊声越来越大，包围圈越来越小，花白头发还稳得住，那小兵已经慌了，书记则摇着手，要把大家驱散。书记不说话倒好，他一说，很多人就举手要打他，他只能把头缩回去。场面眼看就要失控，书记腰板一挺，高喊道："不错，好好一个人，怎么可能说不见就不见？不把人交出来，休想离开我们镇！走走走，到镇委里先说清楚，我就不信了，我们这的人，怎么会……"他推搡着花白头发和小兵，人群高声欢呼，朝镇委涌去。

我们家没人跟着去——你本是离家之人，他们来说之后，你也没在，可为什么我们会觉得家里空荡那么多呢？书记假装把他们推到镇委去，我就知道那是一个套，可又能如何？要拦住他们吗？后来果然听说书记在镇委的小门，安排了一个车把那来通知的两人送走了。这之后，再没有任何人来说过任何和你有关的消息。你成了我们家最空的洞，吸光了所有人的魂。

我问过一些脑子好、会想事的人，让他们给我分析这件事，说来说去不外乎几种可能。第一种，当然如花白头发所说，你因为个人的事，当了逃兵，再也不出现了——可若是如此，你也该跟家里有个联系啊，怎么会销声匿迹了呢？第二种，是部队出了差错，你成了替罪羊，成为牺牲品。有人甚至举例说，打个比方，是不是部队领导误开枪，出了人命，为了掩盖罪行，所以说是失踪了？——可我问过所有的公祖、婆祖、算命先生，他们都能确定你还活着，我不知道他们的信心何来，但谁都这么说，你肯定就还活着。还有第三种可能，是最给我们安慰，又是最让我们伤神的——那就是你被派去执行特殊任务了。由于工作特殊，部队得以这种最残酷的方式，让我们放弃期待你的归来，放弃对部队的纠缠不休。有人又举例了，说，比如搞特务的，比如那些特殊的电脑天才，工作要高度保密，被删除了身份信息，连家人也不让知道。这第三个可能是我们最希望的，但，事实真的是这样吗？为了确证，我问过你所有的高中同学，他们都很确凿地说，你的电脑很好，他们都对你的失踪感到可惜，可提到有没有可能被部队派去执行特殊任务，他们都觉得那是电影上才有的故事。你同学的确证与怀疑，同样也是家人的确证与怀疑。正是这种纠缠，让家里人日益憔悴、沉默、忧伤与不可自拔。

我多羡慕你奶奶，她在你当兵之前过世，没享受过你去当兵时的快活，也少了你失踪后的痛心。我是想象不出，若是她还在，怎么接受你失踪这个事实？你小学时，她每天早上到粉汤店给你打粉汤回来当早餐，她总是在你喝得滑溜溜时微笑。她总是在天色未明的时候，把你送到小学门口。很奇怪，你不见了，可你时时在我眼前浮现，可你奶奶，却一去不回头，我想不起她。她留下的遗照是镇中学的美术老师画的，嘴角老是笑，是啊，笑多好，以前我也爱笑，我们家人都爱笑，可你的无声无息，让我们家笼罩上一层死气，笑是最难得的表情。你妈有时倒是笑，可那是傻笑，是她癫狂时的表情失控。

我前两天见到了你那个同学，以前矮矮胖胖的，也黑，现在却白着一张脸，高高瘦瘦，把脸缩到衣领里。是你弟先见到他的，他还请你弟喝了酒。我见到他时，天色还早，亮光还没出来，我要去找杀猪的歪嘴昆拿粉肠。你知道，粉肠是抢手货，提前预留也没用，得早点去才有。用粉肠下酒，是我为数不多的喜好了。猪粉肠在酱油里一滚，我的一天才有盼头。昏黄路灯下，是远远没有沸腾起来的小镇，是这个小镇的另一副面孔。这时的风是清的，带着江水混杂的重量，但很清。这小镇多陌生啊，在这生活多少年了，它仍有看不透的面貌。

“阿公！”他在路灯下叫我，半张脸还被灯光挡住了。

“还记得我吗？”他说，看我没反应，他手脚比画，“我和你大孙子，以前同学，我就住你们家东边，隔两间房，记得了吗？”

“哦！想起来了，想起来了。好几年没见到你了，怎么回来了也不到我家吃饭？”

“回来看看。镇上还没变啊！”

“能变到哪去？要修一条新街了，但能变到哪去？来，你跟我一起吃早！”

“不吃了，我还有事，正好看到你，就打个招呼。”

“什么事，也要吃的嘛！你回镇上做什么啊？”

“找东西，丢了东西，得回来找。还没找到呢！还得继续找。”

“找什么，那么难？”

“唉,这个,不好说。我先走。”他一转身,走出了路灯的光外头,没走两步,便没在阴黑的晨色里。我想拉他喝两口,没拉到。

割粉肠的路上,我费了好大劲才想起他以前一些事。当时你小,你还不懂这些事,他叔来租的房子,还问到我们家,我带他去租的那间房。他叔租了房,那时他刚上初一,和你同班,他一个人住,一个人买菜煮饭,是个很自立的小孩。有人传了一些风言风语,说是他爸妈出去玩,车一倒,人都没了,就剩他一个,他叔把他接回镇上来。那时他话挺多,倒没有太多经历了惨事后的孤僻。你该还记得,当时我叫你多跟他交往,是怕没小孩跟他玩,让你带带他。他叔叔每个星期会来看看他,给他点钱,他叔也是憋着一肚子的苦,和我喝过几顿酒,酒一下肚,脸就红,话就多。我耳顺,倒也愿意听,他说得断断续续,我也没多问。也记不太清了,反正你同学家里也是一堆糊涂账,算也难算清……

杀猪佬歪嘴看到我,吃了一惊:“你怎么一下老那么多?”

“多少岁了,能不老?”

“今天不一样。老得有些怪!”他一边割粉肠,一边瞪着我看,像我脸上开着花。我抹抹脸,不知怎的,打了个寒战。寒战一起,身子就抵不住了,寒战一个接着一个。到了粉汤店,赶紧把袋子里的粉肠丢给店家加工,我吸了好多口气也没缓过神来。倒了杯米酒,喝下去,也是凉凉的。一直到店家把热气腾腾的粉肠煮粉条端上来,我接连喝了三口汤,才暖和了。

长舒一口气,我夹起一段粉肠,蘸蘸酱油,放进口中。

街角的天,总算泛白了。

父亲

卖掉家里的铺面,是酝酿了很久的事情。怎么说呢?是不得不卖吧。那家铺面,原是全家人的生计,开过茶馆,卖过杂货,眼下却不得不卖了。我们家在镇上买下宅基地，建了房子，全赖这间铺面。可却卖了。从你失踪之后起，这铺面的生意日渐萧条。你爷爷去问过石头公，石头公不愿多说，可他支支吾吾里，还是点明了，这间铺面和我们家缘分已尽。在过去十几年里，我们家从它身上吸取了无数精血，是到了挥手告别的时候。甚至有人含含糊糊地说，你的失踪，难说不跟这房子有关？——这其间有什么关系呢？可既然提了出来，总不能不理，不能不卖掉，或许卖掉了，我们家换了运气，你或许会在一个喧闹的日子，坐着一辆沾满黄尘的中巴回到镇上。

买家看了风水，把铺面里一些东西拆掉，又装上一些东西，放进去一个大大的架子，装满各种用具，是一家五金店。五金店的生意极好，原来镇上另一家卖五金的小铺面，倒渐渐无人问津了。人家把生意做起来了，肯定的，我们家人心里都不舒服，要是换另一种经营，会不会我们生意也火呢？但还能说什么呢？事情是不可挽回的，为了你，总得一试。我听到不少人在我耳边叹息："唉，那家……五金店……唉，你……可惜了。"还有更多说法的，说是石头公说这铺面不好，是故意的，买下铺面的，是他一个很亲的亲戚。可即使再来一次，这铺面还是要卖的，为你……唉。店铺卖了，我做了甘蔗生意，到村里收来甘蔗，运到省城去卖。不是甘蔗上市的时节，赶上什么卖什么。你妈妈呢，没店铺看了，就腌制些萝卜干，每天在镇上卖，这哪是能赚多少钱的活儿，但也就干着呗。

那天，镇子南边的新路终于开建了。县里也来了领导，和镇领导一起铲土奠基。我认出来了，县里的领导，正是那年悄悄放走花白头发的镇书记。你失踪两年后，他从镇上调走了，肚子更大了，是升官了。鞭炮声后，他对着话筒讲话，说他对这个镇充满了感情，他从这里起步，他熟悉、怀念在这个小镇上的生活，他说，随着新路的修建，这个古镇，将焕发新的生机。掌声雷鸣，挖土机开挖，修路开始了。小镇的南边便整天弥漫着滚滚尘土，镇上人整天挂在嘴边，说不一样了，新的日子来了。新路两旁的稻田，也都割成宅基地卖掉，一天一个价。先卖掉的，都觉得后悔，都恨自己为什么不多捂几天。他们都忘了从买家接过一沓沓的钱时，双眼放光，不断沾着口水，一张一张数；数完一遍，再来一遍——这是永不疲倦的乐事。

小镇修新路了。镇子还是那么窄小，去一趟省城，还是得拐七拐八，进了省城后，人就更晕了。这些年我去省城多少次，除了运甘蔗去卖，就是去安宁医院。每年七月热风起，你妈就乱跑、发癫，沉浸在灾难之中。她第一次发狂时，顺着小镇的路巷一直跑，我跟在后面，哪跟得上，跑了十来分钟，我只能远远看着她在每一条巷口出没，像一条鱼，露出水面又潜下。若是癫狂症太重，我就得把她送到安宁医院住院，等情绪稳定后，再接她回家。在家里，还得不断服镇静剂。

幸好她的癫狂症只在每年七月发生，进入八月后，她就陷入了长时间的沉默，像是之前一个月说光了所有的话。从沉默中缓过神来，她又和常人无异了，和别人说起你，也很看得开："人嘛！都有自己的命，哪是能算得准的？他有他的命，也许，有一天他就齐整地回来了！"要劝她的人，倒没话说了。知道她每年只有七月发癫，就好办了，到了那月，家里就不干别的了，就盯着她。不盯着怎么办？拿着石头去丢人家门窗还好办，赔钱道歉就是；若是握着刀棍把别人打伤了，那是开玩笑的？可真的只在每年七月，她的癫狂症才会爆发吗？谁知道她会在哪一天彻底失控，在六月或八月，也张牙舞爪？

歪嘴的杀猪佬却还羡慕我。他每天卖完猪肉后，都得打上一斤两斤的米酒，到小饭馆里喝得醉醺醺，抓到谁就让谁陪喝，抓不到人就拉着饭馆老板，让他坐在一旁听。好几回他抓到我，摁住不让走，他半碗半碗地干，口中喷出阵阵酒臭，和他身上的猪油味混在一块。他说他羡慕我。我只能说，我儿子都没了，你来说这话？他说，只是不见了，有一天总要回来，我那狗仔，却完蛋了，见着也完蛋，不见也完蛋。他儿子现在是吸毒仔，只剩半条命。杀猪佬原本浑圆的肚子，也跟漏气的皮球一样，垂在裤腰带上，他都快愁死了。

唉，我能说什么？各家有各家的苦，你的失踪，带给我们家的，岂止是打击，这是毁尽了我们家所有的希望。我这父亲的绝望，是没法跟别人说的。我们家还没搬到镇上之前，有一次你坐在自行车后座跟我到镇上，你欢快了整整三天。我让你坐在后座，我没骑，而是在后面推着自行车狂奔。你一直没想明白，为什么我能不握扶手却能推着车直奔向前。你忘掉了这件事，做父亲的我，还记得——只能默默地记着。

我当然还记得，你去当兵时已高我整整一个头。这些不能说的，最后会把我也逼得发疯。我没有发疯，是因为你妈已经先疯了，一个家里怎么能有两个疯子？你不知道，在每年七月的时候，别人都看着你妈妈发疯，到了夜里，她却板着脸，冷冷地说话：

“我像发癫了吗？”

七月天下午的五点左右，她往镇北的木桥奔去。此时任谁也拉不住她，我曾试过用绳子绑她，可她把头往墙上撞，撞出轰轰响，撞出肿胀的包，也撞出红色的血迹。我只能任由她奔跑，然后在后面跟着，我怕她收不住脚，一头插进那条江水中。她没有跳水，只是在桥头守着，狠狠地盯住每一个来往的人，手指伸出，想要说什么，又摇摇头，手臂垂下，在裤腿处摩擦不止。每个人都在她的指指点点中加快脚步。她说，有人跟她讲过，曾在桥边见过你。我问她听谁说的。她比画手脚，比画出焦急的汗珠，比画出喉咙颤动，也比画出眼珠的翻白，还是没能说出一个确切的名字。还好没人跟她说在水底见过你，不然她肯定会在七月的某一天，在某次夏日暴雨之后，跳进浑黄的水底！

一般是在六点半左右，她会放弃木桥的等候，返回镇上。此时落日拉长了身影，影子重，她拖不动。她知道你在镇上出现的可能性为零，可她眼珠还在闪烁，在为一个渺茫的希望而转动。等回到家，她已经累得在椅子上坐不直。渐渐黑沉的天色里，她开始哭，哭声很小却让人看不到尽头，不知道她会在明日中午还是一个月后，才会止声。而你爸——我，终于也可以歇口气了。你妈妈发癫着，我比她还累。她在木桥边、街巷上奔袭，我都得做好心理准备，我得耳朵伸长、眼皮不眨、手疾脚快，我得当她合格的保镖，防止任何意外发生。你在我们毫不知情中消失，我不能眼看着你妈妈随你而去。到了七月下旬，我会累得垮掉，只能让你弟弟也去盯着。他默默地去，在家里不愿说话。可也有一次，他的叫声能把玻璃划破：

"我不管了，她要死，就死！"

我问过一个在部队的朋友，他当到团级，刚刚转业到一个单位去，是我认识的人里面官最大的。我问他说："有没有可能像别人说的，我儿子是执行特殊任务去了？"我朋友安静了好久，说："可能性不大。我觉得最大的可能，是出了事故，部队要掩盖，才编了这么一个事。你现在要么去找县里要人，要么直接找到他部队去。"他真不够朋友，他是懂得部队的规矩的，知道部队怕什么，可他没有亲自带我去找人。我自己去做了，却没有任何效果。你仍旧是河水里的一粒沙，是我们家最让人痛心的名字。

我仍旧残存着一线希望，你待在一个隐蔽的角落，可能是在一台电脑面前，做着我们永不了解的某项工作，这项工作是有期限的，或者八年，或者十年，或者更长，二十年。而无论时间多长，即使身份被消，你也总有一天会回到镇上，发狠地睡上一个月，然后什么事都没发生一样，仍是我熟悉的儿子，仍是族谱上，我生命和血脉的延续。一旦想起族谱上给你预留着的位置空空如也，我便阵阵发寒。我名字下面，本该填着你名字的空白处，是一块巨大的虚空。别说你还有弟弟，他有他的位置，你若不生出来倒也罢了，你生了，是大儿子，这条绵延的线，怎么能到你这里，便硬生生截断？

你那个同学，我见到他了，你弟弟和爷爷都在镇上见过他。我远远地就认出他来——也不是认出来，是闻出来的。可他身上有气味吗？你爷爷说，见到他，身上就发凉，我没那么夸张，可你那同学，确实是阴森森的。当时我刚从海口赶回，这一趟不太顺，拉的甘蔗在省城不好卖，我也累得很，回来时天色已经很晚，我只想洗一个凉水澡后好好睡一觉。他站在我们家门口，冷冷地盯着我。我注意到，路灯照射下来时，穿透了他的身体，直接照了过来。我揉揉眼睛，发现哪有光透过，他的身子陷入最深的黑。

他说："你是认识我叔叔的吧！"

他叔叔？

我当然记得，当年他叔叔把他带回镇上，和我聊过几次的。

"认识！"

"你能和我说说他吗？"看不到他的神情，可我总觉得他心情不好。是的，自从你失踪后，家里所有人都有了一种能力，能感知别人隐藏着的酸楚。眼前的你这位朋友，已经回到镇上好多天了，可我没听任何人说过他——除了我们家里人。他好像躲避着所有的人，单单让我们家里人看见。

"说他什么呢？"我问。他的话有些不前不后，我真的不知从何说起他的叔叔。他的叔叔年纪比我要小几岁，左腿一拐一拐的，他又极力要走得很稳，更显得身子微微颤抖。他第一次带着你同学回到镇上，我就见过。你那同学一脸惊恐，眼泪堵都堵不住。他那时年纪也小啊，不像现在，转眼就这么大了。你也离开几年了，比起当兵那时，现在的你，是什么样子呢？你同学的叔叔绷着脸，却掩不住他更大的惊恐。后来听说了一些消息，我便明白当时为何他们叔侄那么兵荒马乱了。

"我叔叔和你说过我的事吗？"你同学问我。

"你什么事？"

“我姓什么的?”你同学的话,又是回答,又是疑问。

我愣了好久,只能苦笑:“你怎么来问我,你一直姓什么,就是什么了。”

“但事情不是这样的。”

“那是怎么样的?”

“我……也不……知道。”他脸色悲戚,可没有眼泪流出。

总有些事是让人流不出眼泪的。你走这些年,家里人也都成了他这样,眼泪流光了。没有眼泪的人,看别人总是很模糊的,罩着一层阴影。

“你吃饭了没有?”我只能问这个。

他摇摇头,打在他身上的灯光,也被拽动了,缓缓地移着。

“我不吃了。吃不了了。”

他转身就走。他走路的样子很奇怪,我打赌从没见过一个人像他那么走路,步子轻轻地,不是在走,倒像飘,像在水面上浮动。我担心他,就跟在他身后。出了小巷,他往北拐,一直朝江水而去。白天积累的灰尘和脏气,正在慢慢下潜,混杂其中的憋闷,也在消散。越靠近水边,风越涌。他没往木桥走。他走进木桥东边的沙地,那里绵延的茅草在起伏摇荡。他蹲坐在沙地边上。我走过去,也蹲着。

“我叔叔也不在了。”

“没听说啊!什么时候的事?”

“也有两三年了。我一直没回来,以前我一直以为,不必回来的,谁知道……”

“他,怎么……”

“听说是两个村子打架,他比较衰,就被打了。那些冲在前头的,都没事,他从来不参加那些争斗,只是那天回去得晚了,被一块尖尖的石头砸破了头,地上一摊血,倒在地上好久也没人发现,有人半夜路过,送到县医院,救不过来了。我没看见,听说的。”

"查到谁没?"

"查没查到,又有什么用?听说后面抓到带头的人了,可我叔人都不在了!我这次有事了,要回来找他,有话要问,可哪还有人?问不到了。也怪我,从这镇上一走,就再没回过,怪不得别人,怪自己,自作自受。"

我递给他一支烟,他没接过。我点了,递过去,他还是没接,我直接放在他身边的沙地上。此时的他,在夜色里更黑了,也更透了。

"人都是这样,有些事哪讲得清?我儿子——跟你关系很好那个,不也说没就没了?你是不清楚啊,这几年来,镇上的怪事很多,失踪的有,吸毒的有,前面这木桥,对,就是眼前这座木桥,还有人往里面跳水的,捞上来时,肚子胀得圆圆,臭得两里外都憋不住,死得真难看。"

"是啊。你说,他——就再也找不到了吗?"

"什么法子都用尽了。哪有消息?"

"我这人,什么事都没管,是最后一个知道你儿子失踪的。那时已经过去三年了。跟你说啊,以前我和你儿子的班上有个女同学,我在省城碰见她时,她说了我才知道你儿子的事。都过去三年了,她一说到,还是哭得很惨。你也猜到了,她喜欢你儿子。你儿子去部队后,两人还经常写信,她给我看过你儿子的几封信,有五六封吧,都是讲着部队的生活,每天的锻炼什么的,可以看出你儿子很喜欢部队,怎么会从里面跑掉呢?想不清。说来你也别笑话,更别生气,那女同学后来跟我一起处过一段。她倒成了我女朋友了,很多事确实是说不清的。"他还是没抽那根烟,可风一吹,烟灰往下掉,火星就亮出来,一眨一眨,像真有人在抽。

他话头上来了:"和我在一起,一提起你儿子,我们都很尴尬,都避免去说。可哪避免得了?还为此吵过几次,后来也就分开了。时间也很快,她去年年底嫁人了。喜酒我没去喝,让同学帮忙带了红包。听去喝酒的同学讲,她嫁的那男的,家里很好,早些年在省城市郊盖了三层楼,现在那里拆迁了,一共赔了九套房,这辈子都吃不完了。后来她给我打过一次电话，问我你儿子给她写的信，是不是留在我那里了？我说是，问她是不是要取回去，需要的话我给她寄去。她在电话里半天不说话，挂断后，发了条短信过来，只有两个字——‘烧掉’。已经烧掉了，不然可以给你看看，也让你们了解了解你儿子在部队的生活。”

“我这人，读过初中，字是识几个，但要读信，唉，还是不读得好。”我是这么说，可若真能读到你的字，也是好的。可惜，烧掉了。

他把烟头丢掉。

烟头在沙地上做着最后的挣扎，像是要在风吹来时，把整条江水烧掉。

可惜啊。

烧掉了。

弟弟

哥哥，真的，我宁愿听到你已经死去的消息。

是的，那年你失踪后，全家都痛苦，可我的痛苦不一样。我不仅仅是痛苦，还有一种屈辱。你让家里人陷入痛苦，让我的人生毁掉。是的，你不会知道，你失踪后，便成了家人眼中的完人，而我，便成了毫无出息的浪荡子。当我从学校跑回家里，人群已经散去。爸爸听说来报告消息的人已经被镇委书记悄悄放走，在屋里暴走。他一直哼着："我要让那大肚子炸掉。要让他炸掉！"他没敢去找书记的麻烦，却捞起一根棍子，对着我迎面击来。我哭了。你失踪了，我很伤心，可这难道是我的错？为什么要打在我身上？若不是爷爷出手，难说我不会打傻掉？可你不知道，爸爸丢掉棍子了，却说了一句让我至今受伤的话："有用的丢了，没用的却铲不掉。"

为了这句话，我离家出走一个星期，我一直等着家里人来找我。我没有等到，花完借来的钱，我只能回去。你不知道，迎接我的，又是爸爸的一顿打，他说本就够乱了，我还给他添堵。爷爷在门角蹲了好久："你大了，要像个大人，我到处找，没找到你。你现在要像个大人样！"他的话让我痛哭，爸爸仍旧不理我。一个星期了，妈妈还在哭，镇上小诊所已经来人给她挂盐水了。我哭完了，得自己收拾，或许，在他们眼中，我确实就是那个丢掉也毫不可惜的一个。

我在学校的成绩并不差，可你失踪后，我的成绩一落千丈。既然被视为最没用的一个，那我就要有副没用的样子。破罐子破摔，用我们这儿的话来说，我是一个"放尿不上壁"的废人。好吧，那就没用吧。我当然也成了打架的高手，你知道，镇中学里永远有着几个小帮派，女孩、网吧、捞鱼……这些都是能引起争斗的事，在以前，他们有时和好，有时打闹，互相瞧不起。而他们所有人都怕我，并不是我有多可怕，而是我有多不要命。当我一个人和三个人打架，他们手上还有棍棒，而我却流着血往前冲的时候，他们不得不胆战心惊，丢掉棍子，凑钱去给我买止血的纱布。是的，什么都不管不顾，我就无敌了。你并不知道，你就是我无敌最大的原因。以前我性格软弱，可我现在在外面成了强横的人。

我在你失踪两年多以后就不再上学了。爸爸说："再读也没用，那就不读了吧。"我到省城打过工，第一份工作是到网吧去当网管。老板是我们镇上的人，他的网吧开得很大，招了很多女孩，也招了很多男孩。网吧里经常来一些眼圈发黑的小子，在电脑面前一蹲就是三四天。对了，哥哥，我想起来了，你电脑玩得很厉害，你的Q币永远用不完，我以前也跟着占了便宜——你没想到吧，我竟当过网管。网管也就当了两个月，你肯定以为我是在网吧里面打架了——没错，我是打过架，有些骑着轰鸣的摩托来到网吧的金发小子，往往会对一些女网管动手动脚，被我揍过几回，但这不足以让我丢掉工作。事实上，老板还私下暗示过，对那些欠账了却还要毛手毛脚的，下手要狠。也有两回，是监控视频里发现有偷钱包的小子，被我上去扭住了，一群人拥上，差点把那小子捶成饼。

有一次，一个小子在电脑面前连续坐了四五天，我们去赶他，他也不愿下机，还掏钱丢我们。我们也没招。老板怕这么下去要出问题，趁着一次风雨交加之时，关掉网吧的电闸，开始清场，这才把那瘟神送走。可那小子走出网吧不远，就在雨水中摔了一跤，死在街上。来了很多公安人员，最后查到网吧，就直接关掉了，说是整顿。

我还在省城一条热闹的街上，摆个椅子，给手机贴膜。贴膜很赚钱，那段时间我很逍遥的，每天摆几个小时，什么时候有人找我喝茶，我把摊子一收就走人。我交了个女朋友，是之前那个网吧的一个女网管，我们住在一起，一到晚上，我们就在床上闹。她大了肚子，我借钱给她打掉了，后来她又怀了，我丢给她钱，和她分了。我就是想不通，他妈的她那么容易就怀上，鬼知道是不是跟我怀的。

后来我就回到镇上了，你不知道，妈妈七月份一疯癫起来，谁都罩不住，我得回来，轮流着看。你说你，要死就死了，要不死就早点回来，你他妈的失踪是什么意思？不把全家人都搞残了？爸爸爱迷信，搞神搞鬼的，听人家烂嘴里的烂话，把家里的铺面卖了——这全是因为你，他以为卖了铺面，你就回来。哪有这种狗屁道理？在妈妈没发疯的月份里，我有时帮爸爸做生意，但能不帮就不帮。他对我充满了怨恨，我对他也一样。是的，有人跟我说过，他一肚子气，若不发出来，要憋坏身子，可他妈的，为什么总是对着我来发？我的火又该对谁发？说到底，还是得怪你，怪你竟然失踪了。要死就痛快点死，失什么踪？

妈妈也一样，是，她是没骂我，更没打我，可她伤我一样深。我在省城打工时，几次给过她钱，五百六百地给，让她能吃就吃能穿就穿，别闷死自己，你猜后来她怎么说？她和别人说起你时，说你多好啊，去当兵了还时常给他寄钱，五百六百地给。你什么时候给她寄过钱？你在部队里，哪有钱给她寄啊！我做的事，她都记在你账上。别说我眼量窄，换你你怎么想？我不需要她整天念着我，可也不能编造来伤我吧？这事就不说了，那年她发癫过重，病得整天挂盐水，还不是我守了十三天？她醒来后，只问你下落。不问我也就罢了，她后来发癫了，到外面跟人说起这事，又变成了你的功劳。她说她以前生病，全都是你守着看着，十三天啊……

我很快变成了一个脆弱的人。我在镇上成了无所事事的人，不在学校了，不在外面打工，窝在这个鬼地方，能做出什么来？能不脆弱？像模像样的人，都往外头跑了，镇上都是一些不成人样的，个个都是鬼魂一般，大都在吸白粉。你肯定以为是不是我也吸了，放心，我倒没有，有几次人家把粉洒在香烟里，而我发现了，留了一手，没抽，没染上。那歪嘴杀猪佬的儿子，基本上已经完蛋了，那天碰到他，鼻涕挂到了胸前，风一吹，堵都堵不住。

镇中学后面的山坡上，去年发现了有吸毒仔死在上面，手上都是针孔，浑身扭得看不出是个人。镇派出所发动人去认尸的时候，我去坡上看了，回来三天没吃饭。从那次以后，我越来越话少，我没跟别人讲，但我在做梦时，那个死尸曾多次来纠缠过。我不知道是不是他的魂缠上我了，半年内我瘦了二十多斤。爸爸在邻居模糊的暗示中，操起棍棒和我干架，他问我是不是吸粉了？这是我唯一一次还手。我还手了，他倒高兴了，因为我还有力气还手，说明还没像那些吸粉的人一样，虚得像气球。

我没有告诉他，我有很多次见到一些已经死去的人。我也没确定是不是真的见到，因为大多是在睡觉的时候，在迷糊不醒之间。我还见到过奶奶，她在你当兵之前就没了，可我见到了她。她静静地看着我："你哥哥呢？"

"当兵去了啊！"在梦里，我没有想起，你已经从部队人间蒸发。

"他写信回来没有啊？"

"写了，我爸让我回了信。"

“你信上写什么了?”

——写什么了? 写什么了? 写什么了? 我一片空白,想不起写了什么。奶奶一直等着我的回答。我很遗憾,很快我就醒了,没能告诉她一个让她安心的答案。她看着我,像我身边站着你。我醒来了,还好是大中午,是阳光很烈的中午,不然我是不是该浑身发寒? 我擦擦身上的汗,拿着手机屏幕当镜子,看到我的眼圈更黑了。我又瘦了,我若是别人,也怀疑我吸了粉。是的,哥哥,这都是拜你所赐,你是活着还是已死? 这都不是最重要的,最重要的,是你的下落不明,挑起了我们家所有人敏感的神经;你的下落不明,让活人生活无望,让死者不能安眠。

这是我们家族发生过的最严重的事件。

我一眼看出你的同学有问题。什么叫有问题?

他已经不是活人了!

我不仅能看见他,自从那次在山坡上看见那吸毒仔的尸体后,我经常会见到一些早已过世多年的人,他们漂荡在小镇的角落里,从未离去;一些陌生的面孔,也从别处赶来,在这里盘旋,再随风而散。

你的同学坐在了我面前。喝了一口酒,我的手一指:“他来了,你看到了没?”我说的,是那个在坡上死去的吸毒仔。你的同学肯定以为我说的是你,他瞧了瞧,说:“你来了吗?”他的话,有意义又没有意义。人和人总是这样的,说的不是同一个人同一件事,却总还交流得不亦乐乎——何况一个人和魂,很多话更是鸡同鸭讲。

我很奇怪,为什么你同学和那吸毒仔都是死人,却都又看不到对方? 小镇南边的新路在修,挖土机在挖,也掘了好些坟,家里有人来迁坟倒也罢了,没人迁的,挖土机就平掉了。近来我看到的陌生的孤魂,会不会跟这些被平掉的野坟有关?

爷爷去问了好多通灵的先生,都说你没死,这我是相信的,因为你若真的死了,总会千方百计回来,而我定能看到你。

见到你同学的两天后，我有一个朋友结婚，我去喝了喜酒，我喝得软到圆桌底下。喝完喜酒后，我住到一个朋友家里，睡了几天，我不能不睡——在镇上，我长期睡不着，或许我所见到的不干净的东西，都是我脑子昏沉后的幻影。哥哥，这都是拜你所赐，你失踪后，沾床即睡的我，染上了失眠症。在外面还好，一回到镇上，我就会闻到某种气息，陷入难以自拔的淤泥。在朋友家睡了几天，我同学的父母看不下去了，他们摸摸我的额头，又摸摸我的手，叫来三轮车把我送去了门诊。白衣服的大夫在我眼中是飘着的，他是在飞吗？大夫说我高烧过度，给我吊盐水，盐水吊了一天半。每次从昏沉中醒来，我的身上都是汗。

大夫从我身上拔下针头时，我竟立即趴在桌子上哭了。可能是往体内打的水太多，我得往外溢一些吧。高烧过后，我觉得冷。回到朋友家，搂着厚被子也抵不住，冷气是从骨头缝隙冒出来的。一想到镇上飘荡着幽魂，想到每年七月癫狂的妈妈，想到心里发空的爷爷和爸爸，我就想逃离。我甚至想着，就这么悄悄地离开，仍到省城去，那里闪亮的街灯与高耸的大楼，或许会给我另外的生机——至少，不会让我老是见到鬼魂。哥哥，我多想你，你的失踪，让我们家人不像人鬼不像鬼，我多想有一个确切的消息传来——确切的消息，无论你即将回家，或者已经死去。

哥哥，我宁愿你已死。

友人

我记得的人，才能见到我——对于一个意识逐渐模糊的死者来讲，已经没有心力去想这是什么道理。而这，需要道理吗？当我回到镇上，第一个能见到我的，是街边摆消夜摊的秃顶中年男人。这个秃顶男人多年没变，我离开镇上也有些年头，他却像被时光遗忘，也不显老。那年回到镇上，这个中年男人的摊子，是我最流连的地方。他当然也记得我，即使我被时光疯狂追逐，即使我已经败给了时光，成了一个死人。他没把我当死者，只是淡淡地对我笑，点点头，又挥舞着他的铁铲，把夜色炒得火热。那么多年蹲守在这街巷的拐角处，他什么没见过呢？比我更离奇的人和事，他都见过吧，他早过了见怪不怪的年龄。以前我就爱在他这里吃炒粉，那时我还年小——那时我还是人。他当时收钱只收一半，然后用满是油污的手摸摸我的头。他认识我叔叔，听叔叔讲过我的事，他心疼我，有时我从街上走过，他就把我拉过去，给我手里塞打包好的粉："不要钱，拿去吃！"

我有点不知从何说起。把所有的血肉省略，只说骨架，就是这样的：多年前，我父母出车祸死去，我成了这个世界上最孤独的人。我叔叔把我接回镇上，供我读书。当我从镇上初中毕业，便迅速逃离，不再回来。这些年里，叔叔给我打过多次电话，总是说着说着，就讲到我爸爸妈妈身上，就说出他悲痛的声调。隔着电话线，我也能闻到叔叔眼泪散发的咸湿味，隐约看到了他由于对他哥哥的怀念而多次在半夜哭醒。他总是认为我不愿回去，是他的错，是责怪他当年在镇上的照顾不周。我哪有怪罪这些，我只是觉得，自爸妈死后，我成了无家可归的人。叔叔后来也死了，我深觉愧疚。而现在，我也不在人世了，我们家怎么会遇到这么多让人痛哭流涕的事？

也是死后，我才知道，有些事比死更让人绝望：我没法安息，没法进入另一个世界。

为什么？

为什么？

一个虚空的声音告诉我，你怎么来的，你得怎么回。

这个声音还告诉我，我没法回去，是因为我的姓氏错了，我跟着我爸的姓，可是，错了——也就是说，我不是我爸的小孩。即使对一个死者，这也是一个挺大的打击。逼迫到眼前的事情是，我得在头七之前，在记忆消散之前，找回我的姓；若找不出，头七之后，我将会像很多丢掉记忆的孤魂一样，永在漂泊与寻找。我将成为虚无的存在，又或者是存在的虚无——姓氏，是我得以安息的钥匙，能让我通向另外的世界。当我回到镇上之时，很多事很多人我已经忘了，记忆在消散。我的“父亲”、母亲和叔叔，都已不在人世，他们的魂，也早已经抵达了我所要寻找而又永远无法抵达的那个世界。

——镇上哪有人会知道这些隐秘？

能找出的可能性为零，可我也只能回到镇上，这些年浑浑噩噩，生活过的地方一片空白，“父亲”、母亲过世之前的生活，也在我不愿回想中被遗忘，唯独在这个镇上，还残留着我某些真情的记忆。叔叔给了我真正的关怀，我为我后来的躲避愧疚，我不但辜负了叔叔对我的爱，还因此错过了找到自己姓氏的机会——叔叔肯定是知道的，要不他当初为什么不愿接我回乡下老家住，而是把我安放在镇上？他难道不是怕我面对他族人冷若寒冰的目光？

我当然还记得你们一家，尤其是你，你给过我友情，你们的家人，是我能记得的为数不多的几个人了，我见了你的爷爷、爸爸和弟弟，我不敢见你妈妈，她已经是一个神智不太清楚的人，我若见她，难免会把她惹得彻底发疯。我最想见的，当然是你，可是，没机会了，所有人都说你失踪了，你抹去了自己在人间的一切痕迹。说起来真可悲，你失踪了，你们家因为你成为谜团，彻底陷败；而我，却因为出身的不清不楚，即将成为一个丢失记忆的孤魂。我或许会飘在小镇的上空，或许会成为镇西边小山坡上冬夜的一团雾，又或许成为江面上阴冷的水汽。我无处可去，却又无处不在。我还想着在记忆消散之前，和你说说她，那个拿着你好多信来给我看的女孩——说起她，我已经难以想象出她的脸了，记忆力散得真彻底，隐隐约约，她的眼睛射出的光，却没在我眼前幻灭。

那年，我在一次同学聚会时见到她。喝到最后，各自散了，唯有她走到街口，却不知道往哪边去。我扶着她，到了我租住的房子里。到了半夜，她猛地跳起来，翻着身边的包，在我面前甩出一堆信，都是你寄给她的。她说她也给你寄了不少。她说肯定是部队上瞒着什么事，你成了牺牲品。她还说，部队说你捡到一个手机，然后就失踪了，这是扯鸡巴蛋，这两者之间有个狗屁关系？我终于知道，为什么同学都散了后，唯独留下她一个人，她的怨气太盛，会烧伤所有靠近的人。这是我第一次听说你的事，在以往，你是我在镇上最好的朋友，可自我离开小镇后，就再也没有关心过那里的一切——对于小镇，我也是一个失踪者。

刚死第一天，我就去看过她。她已经生了个女儿，在省城周围的院落里，她最常做的，就是打麻将，她男人家境好，她算是有了个好去处。怎么说呢，我竟然去找她，这也出乎我的意料。或许，对一个因为不幸而拒绝了整个世界的人来说，一个能说得来话的人，肯定在他死后最先想起。这些年我是交过女朋友的，但都是碰碰面就再也没深入交往，没人愿意天天看着我的一脸苦相。我和不少陌生女人发生过关系，从网上认识，聊了几句后，直奔主题，连名字也没问过。她当然是我要想起的人，爸妈死后这么些年，和我生活一起最久的，倒是她了。我到达的时候，是晚上。她家的院子宽阔，出去不远就是江水浩浩。这是从我们镇流过去的那条水的下游。她抱着她的女儿，一会逗笑，一会给她喂吃的。我在她家待了有三天，浑然忘了我还有更重要的事情要做，还有一个未知等着我去揭晓。

她家的院子，以后自然是她的归宿。对于我这种不清楚来路的人来说，来路不明是最大的痛苦。我一直这么想，你的失踪，让你们家没有了未来，让活人饱受折磨；而我的来路不明，则让我这个死者不得安息。我们俩相似又不相似，貌似不同，却又掩不住某种相同的彻骨悲哀。我的记忆即将消散，或许你此刻站在我面前，我也不一定能认得出。站在她身后时，我的记忆还满满，有着外溢的冲动，可同时又觉得她那么陌生，我的游动带起的风，吹动了她的衣裙。她回头了，只看到门前的一棵番石榴树枝叶摇动，只看到夜色里的一团幽深。她低头看着她怀里的小女孩："风大，我们进去哦！你还不睡啊？妈妈要去打麻将啦！"她好像手上摁了开关，那女孩立即就睡去了，她去了隔壁，和几个妇人一起堆着麻将长城。我记得的人，是能见到我的——可我不让她见到，见到了，便会成为她漫长人世永远的恐惧与悲伤。

我总是一次次忘记重要的事。回到镇上，见到为数不多我记得的人，我总不大愿意问，要怎么开口呢？记忆永久消散的压力，并没有给我足够多的勇气！我很奇怪，你们家的人见到我，总不多问，更不惊恐，是他们这几年见多了吗？他们的目光中有着一些怜惜，有着我年纪轻轻就过世的哀叹。他们都没问我是怎么死的。而我，当然也不愿记起那一瞬，一个世界与另一个世界，并不遥远，而是彼此存在，偶然的一个瞬间，便会让我们丢掉一切身外之物，包括身体，甚至记忆。看着那些人收拾我的尸体，我挺悲凉的，我没有爱惜过这具身体，让它化灰的过程，如此潦草，如此杂乱无章。

我好像进入了游戏里，有声音告诉我首要的任务时，没有任何可以质疑的理由。但我一定要按照那个莫名响起的声音去行事吗？我总有些抵触，总是觉得，我是我爸的小孩，已经成为事实那么多年了，为什么到我死了，才去自己推翻？又或许我觉得，成为一个无记忆的游魂，也并非多大不了的事。记不得就记不得呗，找回出身，得以轮回，是否真是迫在眉睫的头等大事？这些天，我遇到了不少游魂，他们都已经丢掉了记忆，可他们面目安详，渐渐地消融为一阵风，散淡为一团雾，或许化成雨夜从树叶上滴下却不愿落入地面的水滴。他们已经成为自然轮转的一部分，在无意识无记忆之中，自有着严丝合缝的运转。

这又是七月了，你的母亲没有像往年一样。你家里人都盯着她，怕她会在街上奔跑。她走出家门，到菜市场买回一斤五花肉、半斤豆腐，在砂锅里煮开了，食物的香气在锅中翻滚，锅盖也压不住，喷涌出来。我悄悄在你家乌黑的厨房里，闻嗅着这难得的香味。这常见的食物，应该是你母亲的最爱吧。这个七月，在你家人的惶恐之中，你母亲却没有陷入和往年一样的癫狂，你该为她高兴吧？你也该为你家里所有人高兴吧？当你的失踪，渐渐在时光的冲刷当中，沦为可有可无的牵念的时候，所有被甩出轨道之外的生活，才能回到以往的轨道上来。你母亲揭开锅盖，夹出一块滚烫的豆腐，毫不犹豫地吞下去：

“好吃！”

她的赞赏，惊动了你父亲的泪水。

在我记得的人里面，你是我唯一不能再见到的一个。追寻出身、找出我真实的“姓”已经不可能了，我贪婪地在记忆消失之前，去见我所能记得的每个人。此时，地理意义上的距离是不存在的，我想见，就抵达，就看见，就能体验一个活者的欢喜和悲痛。而你，一个消失的名字，隐匿在哪个角落，却是我永远无法知晓的。我又想，再过一天就是头七，过了头七，有和无就都失去意义，我何必要把记忆里的生活完全重温呢？

留有遗憾，未尝不好。

——是的，对于一个生前孤僻的人来说，我的喃喃自语已经太多，就让我在最后的时间里，安安静静，不看任何人不想任何事，我要成为一阵风、一团雾、一滴水该有的样子。我还有几个小时可以挥霍，我在夕阳中的霞光中飘过，无人发现——哦，原来，游魂也是能见光的。活人的看法，永远是盲人摸象的偏见啊，这个偏见一直在我死后的几天里，还影响着我，让我没能在白天的光照下，去看世界发白透亮的另一面。记忆中的偏见就这样，束缚了我，让记忆散去吧。

小镇南边，扬起阵阵烟尘，修新路的挖土机在狠狠向下刨土。此时，挖土机停住了，小镇上的人都朝那辆车围聚过去，挖土机的手，不知道是碰到了什么，竟然从地下冒出一阵烟。熏到的人，都被呛得眼泪直流，流着流着，鼻涕也哗啦啦止不住了。但人们都不怕，围拢的圈子越来越大，都对着挖开的洞口指指点点，他们七嘴八舌，希望铁手刚刚挖出的这个巨大的谜面，能尽快亮出一个让他们惊奇的谜底。奔跑过去的人越来越多，人人都怕错过最精彩的剧情。不久之后，这里将要覆盖上宽阔的水泥路，这个新发现的惊奇，将成为人们不断念叨的传说，那阵让人流眼泪和鼻涕的烟雾，也将成为各种好事与不幸的源头。

我也想去看，可一转念，我回头向北，来到江水边。此时这里没人，茅草随风高低。日头在降落的最后一刻，往水面撒下闪耀的金黄。

金色被收回。

夜色降临。

选自《山花》2014年8期

评鉴与感悟

乡土文化的凋零与对绝望的反抗

——《丁亥年失踪事件》书评

李剑章

《丁亥年失踪事件》通过叙述视角的不断变换，讲述了一个参军入伍的青年的失踪给他的亲友带来巨大痛苦的故事。“丁亥年”这一用法可谓一箭双雕，既与正文内容结合，点出小说中描写的时间；又因其采用了干支纪年的方法，隐约透露出乡土话语的因素。

作者采用了生活化的笔调，并且颇具时代性地把电脑、Q币等元素放在小说当中，使小说具有相当大的现实感。《丁亥年失踪事件》也颇有几分魔幻现实主义的意味，而这类因素主要集中体现在对“友人”亡灵的描写上。在小说的开头，似乎一切如常。但作者此时就对“友人”的亡灵身份有所铺垫：“我前两天见到了你那个同学，以前矮矮胖胖的，也黑，现在却白着一张脸，高高瘦瘦，把脸缩到衣领里。”到了结尾弟弟的叙述和“友人”自己的叙述中，读者才发现“友人”原来是一个“意识逐渐模糊的死者”。就这样，现实的元素与魔幻的元素实现了水乳交融。这种现实感与荒诞的元素结合，共同形成了小说的叙事策略。

作者开篇就谈“失踪”，并非旨在营造悬念，而是层层推进，渲染悲伤绝望的主题。在结尾，不仅没有揭示出“失踪”的原因，反倒是以展现“友人”的鬼魂身份，丰富和深化了“失踪”的内容，使“失踪”由个别的事件上升为普遍的、形而上的概念，把小说中悲伤绝望的氛围渲染到极致。

小说中，“失踪”作为一种隐喻。一方面是一种文化之痛，另一方面则是一种人生境遇之痛。都市文化对乡土文化的挤压，导致乡土文化的载体——那些“镇里人”自我认同的削弱，把这种自我认同的削弱诗意化地表述出来，就叫作“失踪”。

小说中不乏充满人情味的民俗事象，例如当地“炒粉、清补凉和冰镇后就不酸的金黄色啤酒”这样的美味小吃，例如“拎着整只烧猪回乡下祖屋与祠堂祭拜”的风俗习惯，例如找“镇上的五海公、六角塘的女婆祖和石头公”算命的传统，以及“河神爷寻粽芯”的传说、老父亲变卖五金店以换取儿子重现等。但这一切再面对“失踪”这一事件时，都显得苍白无力，对“你”的“失踪”都于事无补，甚至不足以慰藉亲友们自身的痛苦。

小说中，“修路”作为重要的线索，贯穿了小说的前前后后。对于修路以及修路背后的都市文明，作者没有一味地赞扬歌颂，而是采取了批判的态度。在作者笔下，修路不仅无益于交通的改善，并且还是对人们赖以生存的土地的叛卖。小说中出现过如此戏剧性的对比：一方面是“失踪”事件及其导致的家破人亡的局面：“完蛋了！那小子失踪后，这家人完蛋了”。另一方面则是：“听说要修新路了，马上开工了！你听说了吗？”最后，“失踪”的悲伤氛围在“修路”中被推向了高潮：“挖土机的手，不知道是碰到了什么，竟然从地下冒出一阵烟，熏到的人，都被呛得眼泪直流。”我们有理由认为，“修路”是失踪的内在原因。在现代化生活方式的冲击下走向没落。

乡土文化的式微作为一种必然规律，无可阻挡。这一方面体现在外来的都市文化强有力的碾压，另一方面也体现在乡村文化面对冲击时，自身体现的某种脆弱性：“镇子衰老颓败，人在其中懒洋洋”。作者写道：“被黄汤泡得湿滑的木桥虽摇摇晃晃，却还是能走人的。”不难看出，“乡土文化”这条木桥已经在城市文明的“黄汤”的浸泡下变得摇摇晃晃。

一些人“失踪”，另一些人为之承受痛苦。无论是母亲、父亲、祖父、弟弟、友人，无不因“你”的失踪而在生活上受到影响。父亲得知儿子失踪的凶讯之时“气恨得把头撞在门墙上，呯呯呯，也不晓得响的是头还是墙”，母亲则当场喊着“还我小孩，还我小孩”。在“失踪”成为笼罩所有人的阴影时，亲情元素就成为他们反抗绝望的终极方法。虽然亲情、友情的元素仅仅是文化发展趋向这一洪流中的细小浪花，但在面临“失踪”的威胁，这种情感纽带也显得弥足珍贵。

每个月的罗马

鲍 贝

昨夜，突然下了一场秋雨，直到下午才停下来。刚才我去花园，看见台阶和草坪上落满了桂花，密密麻麻铺满一地。抬头看，桂花树上还未凋落的花朵已所剩无几。深秋的最后一批迟桂花，也终于落尽了。

我有些惆怅，几乎每一个秋天，总是在我还没来得及收集的时候，树上的桂花便匆匆离开枝头。

我答应过李艳，在这个秋天，无论如何也要为她收集一些桂花，帮她寄过去。可是，我又一次失信了。

桂花树下，秋意浓得化不开。有一种愁绪比秋意更浓、更深。其实也不是愁绪，而是一种比愁更耗神的东西，或许它就是一种说不清道不明的倦怠。

记得有一次，和李艳在电话里，聊着聊着就聊到了倦怠这个词。她说，倦怠就是她在欧洲的一种生活状态，是一个拥有了一切的人，却又觉得自己在生活中完全派不上用场之后的一种恍惚。

我很奇怪此刻站在桂花树下，突然为李艳的这句话感到悲伤起来。更奇怪的是，我觉得说这句话的人应该是我，而不是李艳。

不知是谁曾经这样说过：人世间有两种不幸，一种是一无所获的不幸，另一种是完全拥有某种东西之后的不幸。两者之间，后者更为不幸。

——这更为不幸的后者，就是我所理解的倦怠。

然而，这种倦怠的感觉，却不可对人言说，只要你一张口，就会变成令人反感的矫情，或者虚妄。

那种对未来充满憧憬与渴望的状态，已和我的青春一去不复返。在我眼前曾经出现的广袤的原野和未知的恐惧，也变成了一个又一个波澜无惊的日子。我的每一个日子，都是重复，了无新意，毫无意义。我一次次地去远方，去更远的远方，然而，回来之后，仍是一无所获，仍然回到独自咀嚼倦怠的茫然之中。

偶尔也会在心里闪过一丝冲动，要是哪一天，也能够像李艳那样，索性从庸常的生活中逃离出去，越洋过海去另外一个截然不同的世界，开始过截然不同的新生活，该有多好。

每次想起李艳，总是让我有种欲说还休、意犹未尽的感觉。还是先说说她的长相吧。因为对很多女人来说，长相就是命运。

在中国人普遍的审美里，李艳的长相实在不敢恭维。她的额头和颧骨部分很显著地突现在她的脸部。颧骨太尖太高的女人，在传统的中国人看来就是克夫相。而李艳的鼻子又很塌，与耸立而起的颧骨形成显明对比，两个鼻孔看上去就显得特别大。她的嘴巴很宽阔，两片嘴唇厚墩墩的，令人望而生畏。

那时候，我们爱看张爱玲的小说，读到那句："……那两片嘴唇，切切倒有一大碟子。"我们就会不约而同地想起李艳。因为，只有李艳的那两片嘴唇，才配得起张爱玲的这句话。

虽然李艳的脸蛋长得不好看，但她的身材却不错。至少，在我们女人眼里看上去不错。她属于清瘦型的，平胸，臀部也是扁平的。但女人拥有这种身材，只要套上长裙或长衫，很能穿出一种衣袂飘飘的空灵和韵味。很仙。

李艳喜欢把一头长发披散下来。她微微低着头走路的时候，长发与长衫被微风吹拂而起，很有古中国女子的标致与飘逸之美。对于她身上的优点和缺点，我想她应该也是自知的。她平时总是喜欢穿宽松的长衫和几乎能够拖地的碎花布长裙，那一身打扮很有想象的空间。只要她在街上款款而过，很多人都会对她的背影想入非非。前提是，她不能够回头。

李艳会写小说,会画素描,会弹几首古琴曲。这些技能,她并没有在学校里受过正规训练,也没跟谁拜过师、学过艺,都是无师自通的。虽然每一样都是通而不精,但在我们眼里,她已然是个有思想、有品位、有才情的女子。

只可惜,她的那些才情,并没有得到中国男人的赏识。她苦苦追过三个男人,都遭到无情的拒绝。

认识李艳的人,都知道那时的她是孤独的。她不快乐。

一直以来,李艳从来就没拥有过一份稳定的工作,她仿佛先天性地没有工作的能力。她拒绝进任何一家正规单位。她没有办法和别人相处。换句话说,是没有一家单位愿意录用她,也没有人喜欢她。

好在,她的英语水平不错,可以去为孩子们当家教,辅导英语。请她当家教的孩子们,几乎都怀揣着一个出国的梦想。也许是受了那些孩子和家长的感染,不知从哪天开始的,李艳也做起了这只遥远而美丽的梦。

对了,李艳很迷信,经常要找算命先生为自己算一算。不过,每个算命先生对她命运和爱情的说法,都不尽相同。但有一个算命先生的话,她却深信不疑。那个算命先生问她最爱什么花。李艳说,桂花。算命先生说,桂花在秋天时节绽放,李艳的爱情应该会在三十五岁以后发生。算命先生还告诉李艳,桂花是她的幸运之花。

或许,就是从那时开始的,李艳对于桂花,从一般的喜欢,猛然升级到了疯狂热爱的地步。她收集所有与桂花有关的东西。从吃的桂花糕、桂花团子,到喝的桂花茶、桂花酒,再到女人用的桂花香水。最让人难以忍受的是,李艳不知从哪儿搜罗到了一款谢馥春的桂花头油。这应该是我外婆在年轻时候用过的。在手心里倒出几滴,往头发上一抹,然后把头发全部贴着头皮向后脑勺倒梳,挽成一个服服帖帖的发髻。远远走来的女人,从她的发间会散发出一股或浓或淡的桂花香味。那在古中国,可是一份极为隆重的美丽。但是现在的女人,要是还把头发梳成这样,从发间散发出一股桂花头油的味道，那可是完全过了时，落后于时代了。

然而，李艳不管这些，她爱桂花头油和桂花香水已经到了不可理喻的地步，就像一个女人突然遇上了爱情那样，也是不可理喻的。

我们在私下里都说李艳疯了。她这个样子，只会让她身边的男人更加不喜欢她。然而，萝卜青菜各有所好，李艳没有获得身边中国男人的爱情，却意外地获得了一个老外的青睐。那份爱情从遥远的欧洲漂洋过海来到中国。仿佛冥冥中神的安排。

一切的一切，都是在李艳三十五岁那年发生的。是在一个同学的婚宴上，李艳遇上了保罗，一个来自瑞士的商人。

说来也是一桩奇闻，他们能够一见钟情，就是因为李艳身上的桂花香味。

那天的李艳，身着斜襟绸缎的旗袍，裁剪极为合身，把她的细腰衬托得如杨柳般婀娜多姿。为了配那身旗袍，她把长发高高地盘了起来，头发梳得油亮光滑，一丝不乱地紧贴着头皮。桂花头油的香味向着保罗扑面而去。对于保罗来说，那一身旗袍和桂花香味，一定是致命的诱惑，那是来自一位东方女性身上的秘密性感。

保罗主动邀请李艳跳一支舞。他们在别人的婚礼上翩翩起舞、脉脉含情。我们在场的人，都不约而同地注意到了李艳。那晚的李艳，就像一个忽然穿上了水晶鞋的灰姑娘，艳丽温婉多情如新娘。

参加完那场婚宴之后，李艳就开始准备自己的婚礼。她和保罗决定，婚礼不打算在国内举办。她在国内没几个朋友，他们想直接到瑞士去度蜜月。

李艳偷偷告诉我：你知道吗，瑞士是全世界最美的国家；而瑞士最美的地方，是在琉森，保罗的家就在琉森小镇。

在李艳去瑞士之前，正好北京有个笔会，为期半个月。我和李艳都参加了。李艳的房间和我的仅一墙之隔。我们几乎天天待在一起。

在那半个月里，我经常听到李艳抱着手机跟她的保罗煲电话粥，一煲就是一个多小时，甚至更久。她和保罗的交流一般都用英语，偶尔也用法语交流。我不得不敬佩李艳的语言能力，除了英语和法语之外，李艳还懂一点西班牙语和俄语。真不知道李艳学这么多外语，是为了有朝一日出国做着准备呢，还是对语言本身就具备着一种天赋和爱好。

我发现一个女人在爱情面前，变化竟如此惊人。在我面前的李艳，变得媚态可掬，举手投足，尽是如水般的温柔。那段时间里，她遇见任何人，都是笑意盈盈的，满脸的幸福与甜蜜。

我记得在那次笔会上，有一个叫红土地的诗人，也不知哪根筋搭牢，每天给李艳发送热情洋溢的示爱短信，并试图约李艳单独出去谈心。而李艳正沉浸在和保罗的爱河里，心满得都快要溢出去了，哪还有时间去理会红土地的表白，一次次地拒绝了红土地的邀约。而红土地却并不知情，他搞不明白李艳对他为什么就这么绝情。他只知道李艳一直单身。他原以为随随便便就能追到手的女人，却惨遭李艳的断然拒绝，这令他深感困惑与悲痛。

有一次一大帮同学聚餐，我和李艳坐一起，红土地坐在我们对面。他和每个人敬酒，每次敬酒都一口干完，当场喝醉。酩酊中，他又举着酒杯走过来，坚决要和李艳干一杯。李艳不想多喝，就劝红土地也别喝了。红土地却硬是举着酒杯，不肯坐回去。他对李艳吟出两句诗：花开堪折直须折，莫待花落空折枝。

李艳硬生生回敬他一句：我不是随便的花朵。说完放下酒杯，坐回座位上，再不搭理红土地。

酒后的红土地忽然有点激动，扯着喉咙就喊：你他妈的还真把自己当朵花了，别以为老子真喜欢上你了！也不去照照镜子，长这副模样，闻到你身上冒出来的那股怪味儿，就像闻到老奶奶身上的酸味，我就想吐。我只不过看你一个人寂寞了那么多年，想陪你玩玩，你还真把自己当回事了!

所有人的脸都变了,纷纷站起来打圆场。都说红土地喝多了,他自己都不知道自己说什么了,他说的每句话都是在放屁,万万不可听。

然而,大家心里都知道,酒后吐真言,估计红土地吐出来的每一句都是真的。

我替李艳捏了把汗,真担心她会有什么过激行为。我拉着她的手,赶紧劝她离开。李艳心平气和地站起身,跟我走。临走前,她居然还吩咐同学们好好照顾红土地,说不能再让红土地喝了,给他泡点普洱茶醒醒酒。

回房间的路上,我能感觉得出来,李艳是真的不在乎红土地,也没把红土地的话当话,她根本就没有生气。

李艳说,我对中国男人,早在多年前就已经彻底绝望了。在我看来,他们都是些自私自利的小男人,完全不懂得女人和爱情,跟他们真没什么好计较的。我现在遇到了保罗,才觉得遇到了真正意义上的男人。他的包容、宽厚、平实、真诚和慈悲,是在中国男人身上很难找得到的。至少,在我认识的那些中国男人身上绝无仅有。

在北京的最后几天里,我们一起去了南锣鼓巷。在那条街上,李艳买了好多民族风的花布长裙和旗袍。她说,保罗最爱她穿这些中国特色的花布长裙和中国旗袍。她怕到了瑞士之后,会买不到这些好看的衣裙。李艳还说,保罗特别欣赏她弹古琴的样子,也喜欢她会写小说,会画画。虽然,每一样她都只懂了那么一点点,但就是那点儿才华,却让保罗对她深爱不已。她这么说她自己的时候,有些骄傲,又有些惭愧,更多的是暗自庆幸。她表示,接下来的日子里,她会在才艺方面加强自己。她不能让欣赏她、爱她的男人失望。

真的很替李艳高兴。她的才华终于得到了男人的赏识。我想,在保罗眼里,李艳那副遭受中国男人嫌弃的长相,或许也是一种别具风味的美。因为,有些时候,欧洲男人和中国男人的审美是完全相反的。

笔会结束之后,我和李艳在北京全聚德吃了一顿烤鸭,算是为她送行。她一再叮嘱我,要我每年秋天为她收集一些桂花,给她寄过去。

我随口答应了。这对我来说非常简单。我家门前就种着一棵硕大的桂花树,每年秋天都会开出无数的花朵来。

可是,我总是忘记采撷,或者错过花期。

今年亦是如此。

和李艳一别五年。她每次和我在电话里说起保罗,总是无比甜蜜和幸福,真是令人羡慕,心向往之。

显然,李艳已完全适应了在欧洲的生活。她还不止一次地鼓动我去欧洲生活,说在欧洲办任何事情都不需要去求人,该怎样就怎样,一切皆按法律程序走。还有,在欧洲生活,完全不用担心饮食方面的问题,所有吃的喝的和用的,都是安全可靠的。

就在去年夏天,我接到李艳从瑞士打来的长途电话。她说她刚写完一部长篇,小说的标题就叫《一个人的罗马》,是用中文写的,因此,在欧洲出版会很难。她想让我帮她看看,是否够得上出版的水平,若是可以,就向国内的出版社或书商推荐推荐。她一再强调,只要有书商或出版社愿意帮她出版,她不要稿费都无所谓。

她很忐忑,对自己写的小说并没十分的把握。毕竟,这是她写的第一部长篇。对于她的这种心情,我完全可以理解。我表示愿意帮她联系。我让她先把电子稿发到我邮箱,拜读完后,我会立即跟她联系。

李艳很开心。她还告诉我,这几年,她一直有一个梦想,想在瑞士开一个小而精致的书吧,她要亲自选一些自己喜欢的文学书摆在书架上,让咖啡与茶与书的墨香充满整个书吧。她还想翻译一些中国当代作家的小说。当然这些作家,都要是她自己认识的朋友,或者同学,她要将这些作品的原著和翻译作品放在同一个书架上。她说,她真的很愿意把朋友们的作品介绍给欧洲的读者。

我说，这倒是个好主意，但愿你这个梦想能够早日实现。

她笑了，说，我要先出版一部我自己的书，然后把它翻译出来，不然，作为一个作家，在自己开的书吧里却没有自己写的书，多没面子，也说不过去。

她说，以前从没写过长篇，这个长篇是她在几个月里一气呵成写完的。在写作的过程中，每天都像憋着一口气。现在写完了，突然就放松了，好像把一些事情完全放下了，这种感觉就跟生完一个孩子一模一样。

是啊，写小说就像生孩子。我忽然想起她嫁到瑞士之前，很想要个自己的孩子。五年过去了，好像没听她提过孩子的事，便顺着她的话问她，这几年是否有孩子了？

李艳说，暂时还没考虑，嫁给保罗之后，我自己也变成了一个小孩，保罗天天把我宠得不行，家里什么事情都由他安排好，我每天除了和保姆一起管好他那三个孩子，任何事情都不用我去操心。有时候，我会生出一种错觉，和保罗在一起，就跟父亲生活在一起似的。保罗把我当成了他的第四个宝贝女儿。

对了，那三个女儿，是保罗和他的前妻所生。据说，那前妻在一场车祸中丧生，留下三个孩子。但这并不影响李艳对保罗的爱。

我说，现在听你说话的腔调就像个女孩儿，都说女人遇到一个好男人，就会变成一个永远长不大的小孩，我想你在保罗面前是越变越小了。

是啊，李艳坦然承认。她说，保罗平时的工作很忙，但只要一有空，就爱带着我出去玩。我们经常在瑞士用完早餐，中午就出现在法国巴黎的香榭丽舍大街购物，品尝美味的咖啡和西点，下午又飞到荷兰去观赏郁金香。这么说吧，我每天都被保罗捧在手心里，宠得像个孩子，幸福得令人眩晕，总是有一种梦幻般的感觉。有时候，我会忘了自己到底生活在梦里，还是在现实中。

你太幸福了！我由衷地祝福她。我想所有的女人都会羡慕她这种贵妇人般的生活。她终于过上了衣食无忧的好日子，享受着饭来张口、衣来伸手的待遇。还可以有时间静下来写写小说，做自己喜欢做的事情，一切多么美好！

那通电话之后，等过两天，李艳并没有把小说发过来。我在邮箱里给她写了封信去催她。她很快就回复了我，说她忽然又想起了几个细节要修改，改完后再发我。

如此又过了十来天，她还是没有把小说发过来。我又写了封信去问她。过了好几天，她才回复我，她说她和保罗正在夏威夷度假，小说的事一直搁着，没时间修改。她说她会尽快改好，并发给我。最后，她告诉我，她和保罗在夏威夷的假日太浪漫了。她推荐我有机会也要带上心爱的人去那里度一次假。字里行间充满了一个女人幸福、甜蜜的味道。

接下来的日子，我被身边各种琐事纠缠，渐渐忘了李艳和她的小说。

夏天很快过去。

到了秋天，我去欧洲旅行。

我是在抵达罗马这座城市之后，才忽然想起李艳和李艳的小说的。

时间过得真快，一个季节就这样匆匆走过，而我和李艳却再没联系。我不知道她的小说修改得怎样，而且我竟然开始好奇，李艳跟随保罗差不多游遍了整个欧洲，为何独独写到罗马，而且是一个人的罗马？不知道她跟罗马有何渊源？一般情况下，每个作家写的第一部长篇，都摆脱不了写跟自己有关的经历。我迫不及待地跟李艳拨通电话。

电话很快接通了，李艳听说我到了罗马，显得特别惊讶和兴奋。她让我无论如何得去一趟瑞士，她要带我到她的家琉森小镇去好好玩几天。听得出来，她是真的很想见我一面，言语之间充满迫切的热情。

我有些感动。其实我心里很想去瑞士，也很想去传说中的琉森小镇，可以说神往已久。尤其是琉森小镇。李艳跟我说过无数遍，她认为那个小镇，是世界上最美丽、最干净的地方。

可是在我本来的行程中，并没有瑞士，我想从意大利直接到德国，去法兰克福见我的一个朋友，然后再一起去比利时。

李艳在电话里向我抱怨，你可以去德国见你的朋友，为什么就不肯来瑞士见我一面，难道我不是你最好的朋友吗？再说，罗马离瑞士非常近，你去德国是要先经过瑞士的。对了，从罗马出发到伯尔尼有一趟直达火车，我去伯尔尼接你，顺便带你去瑞士古城和玫瑰花园转转，然后再一起到琉森。好吗？李艳的语气里全是哀求。

我内心很挣扎，问她如何才能坐上这班火车，是否会很麻烦。毕竟，我对这条线路并不熟悉，之前也没做过攻略，心里没底。

李艳把出发站和到达站以及时间，都对我交代了个清清楚楚。我奇怪她怎么会对罗马如此熟悉。她在电话里尖叫：这五年来，我从瑞士出发，坐着火车去罗马，来来去去已经一百趟都不止了！

这也未免太夸张。我有点不太敢相信，她一个人老跑罗马去干什么？

李艳说，夏天的时候我跟你讲过的，我写了一部长篇小说，题目就叫《一个人的罗马》，难道你忘了吗？

我没忘。我说，但我并不知道你写了什么。

你赶紧过来看我，我把我的故事全都讲给你听。

我沉默着，一时之间拿不定主意。

李艳几乎呻吟地向我哀求：我是真的很想见你一面，想跟你说说我的事，以及我的那个小说。虽然，我已不打算将它发表或者出版，这个小说，它不允许被发表。但是你知道，我已经将它写出来了，而且写得很辛苦，却没有一个读者。在欧洲，没有一个人可以听我诉说。

我听得一头雾水，觉得李艳的表达有些紊乱，不知道她到底发生了什么事。但我隐约觉得，她的小说跟她自己的故事一定有关。她说的

“不允许被发表”，我想也一定不是出版社的事情，而是与她个人有关。总之，我已严重感觉到，在她的内心深处，一定有着某种矛盾和一些难以启齿的苦闷。我已暗自下定决心，无论如何我得过去看看她。

第二天早晨，我坐上了罗马到伯尔尼的火车。

车窗外的景致吸引着我，一大片又一大片黄绿相间的草地飞驰而过，偶尔是几丛叫不出名字的秋花映入眼帘，我只顾抬起相机，摁下快门，将窗外的景色定格，和所有的游客一样。然而，火车奔驰的速度，让我的每一张照片都呈现虚糊状态。缩小看摄下的远景，倒也很美，然而放大了看，图上只模糊一片。

我终于放下相机，把它装进包里。安安静静地坐着。当我安静下来的时候，发现车厢里所有的客人都在安静着。有些望着窗外，静静欣赏着飞掠而过的秋景；有些只是坐着，仿佛只是冥想；也有几个正捧着书，那样子也是静的。没有一个人在玩手机，也没有人大声喧哗。我忽然有些难为情起来，为刚才使劲对着窗外的拍摄。

到达伯尔尼，已是中午。我终于见到了李艳。

李艳还是那样，披着长长的直发，一件浅粉色上衣，下面配一条大红大绿的老式牡丹花布长裙。披肩也是花的，是那种皇宫花园的繁花细叶的紫和绿搭配的图案。她看见我的时候，向我飞快奔跑过来，整个人在风中轻舞飞扬。她脚上穿着一双绑带的平底布鞋，鞋面上也绣着一朵大红的牡丹花。她欢快而无声无息地向我跑过来，就像一座会移动的花园。

乱花渐欲迷人眼，我仿佛嗅到了满园的花香。当李艳在我面前停下脚步的时候，那味道忽然就变得具体起来，是熟悉的桂花香味。我被嗅得一阵眩晕。

这么多年来，李艳一直在坚持用桂花头油和桂花香水，她没有忘记自己是一个中国女子。这种味道和她的这身着装打扮，在整个欧洲大地上，都可以说是另类而别出心裁的。她在自己身上保持着鲜明的民族特色。然而，在中国的大街上，已经很少有人会穿成这样了。无论是着装，还是香味，在中国的城市里，已是过时了的。

我们拥抱，彼此问候。李艳不时发出惊喜的尖叫，一句话重复又重复：我终于见到你了！我们终于见面了！

她夸张的尖叫，引来很多人的注目。我有点点不适应。

李艳指指我的行李箱，问我，是否带着桂花？

我抱歉地说，没想到呢，下次我帮你寄。

这句话，你已经说过N次了。李艳遗憾地冲我撇撇嘴。

下一个秋天，我一定会记得。我向她保证。

亲爱的，这一句，你也说过N遍了。

我们相对而笑。那是相互体谅的、又是无可奈何的苦笑。

李艳帮我拉着行李箱，招手拦了一辆出租车，带我去逛老城。

在出租车上，李艳让我叫她Rose。她说她到了欧洲之后就改了新名字，和中国李艳的时代已经彻底做了告别。

Rose——这个名字在我舌尖上打了个转，硬是发不出声音，我想大概是我一下子有点适应不了这个新名字。

我很奇怪地想起，李艳在北京时说的那句意味深长的话：我不是随便的花朵。李艳在中国的时候，那么喜欢桂花，到了欧洲，又喜欢上了玫瑰。这两种花她都爱？不过，我深信，不同的地方有不同的花朵，对于李艳来说，到不同的地方，也一样会开出不同情状的花朵来。

伯尔尼老城区的建筑有点密集，都是拥有悠久的历史和年份。所有的建筑色彩搭配都很素净。墙是浅淡的土黄，屋顶的盖瓦是清一色的暗沉的砖红。没有过于绚烂和艳丽的搭配，就连街头的广告牌也是素色的。

天空蔚蓝，一朵一朵的白云飘在半空中，仿佛一抬头便触手可及。

街上行人的着装,也大都是素静的,灰白色系占的比例最多。走在这样的天空下,是能够让人安静下来的。

李艳的这一身打扮,走到哪一条街上,那条街道便立即鲜亮起来,也喧闹了一些。说她花枝招展都不过分。那鲜艳的牡丹花布裙在素净的街上飘扬,也确是好看。偶尔有瑞士男人朝李艳吹起口哨,李艳也会侧过脸去,向人家妩媚一笑,或者嗲声嗲气地跟人家哈罗一下。可爱的一副欢天喜地的模样。

李艳不停地让我帮她拍照。以欧洲古老简朴的城墙作背景,拍出来的画面很惊艳,照片上色彩的反差特别强烈。

我说,李艳,照片上的你美艳至极!

李艳做了个打住的手势,命令我:叫我露西。

我说,露西——,下面便不知说什么好,所有想说的话全都卡在那个名字上了,仿佛我叫出来的那个人与我眼前熟悉的李艳完全不是同一个人。

李艳冲我耸耸肩膀,叹息一声:可能你一时不习惯,随便你吧。不过,我真的不喜欢原来那个名字,俗气得要命。

我倒不觉得。我说,这么多年叫下来,都叫习惯了,一时很难改口。

李艳哈哈大笑,说一个人最难改变的是习惯。

在中心广场的喷水池边,有一些游客正在那里拍照留影。李艳也跑到喷水池旁边去,摆了几个妩媚的pose,让我帮她拍几张。

我忽然觉得,李艳身上有一种古怪的自信。记得以前大家在一起玩的时候,只要有人举起相机或手机拍照,李艳总是条件反射般地用手挡住脸,或迅速侧转身去,尽量不让镜头照到她的脸。有很多被随手抓拍下来的合影,李艳的脸都是被她的双手紧紧捂住的。而现在的李艳,却在镜头前如此坦然、纵情,我想,一定是欧洲宽容和松弛,以及保罗对她的爱情改变了她,让她变得自信了。

离开老城区，李艳又带我去了玫瑰公园。她说，玫瑰公园一定要去看看，在那里，可以俯瞰整个伯尔尼城。

果然，如李艳所说，我看到了整座的伯尔尼城。而玫瑰公园真是名副其实，种满了各种颜色太多的玫瑰。在蓝天白云之下，它们尽情绽放。置身其中，是一种异常恍惚的梦幻感。

李艳已坐倒在一片玫瑰花荫下面，双手撑在背后的草地上，嗅着玫瑰的芳香，全然陶醉了的模样，再也走不动。于是，我也紧挨着她坐下来。

李艳说，我无数次地梦想，能够和自己心爱的男人一起，躺倒在这片玫瑰花海里，嗅着花香，微眯起双眼，数着从头顶飘过的一朵又一朵的白云，哪怕两个人什么话都不说，相信这个瞬间的心，也会是相通的。

保罗没陪你来过这里吗？我问她。

来过，当然来过，不止一次。李艳咧开嘴笑了起来。

但我却觉得，她的笑里似乎隐含着一种古怪的意味。

难道，李艳和保罗在一起并不幸福？或者，他们并不相爱？可是，这怎么可能呢，我想我肯定多心了。每次李艳跟我说起保罗，整个人就甜得跟蜜糖似的。

李艳在草地上打了个滚，懒洋洋地对我说，我们先回家吧，今晚你就跟我睡，我俩可以慢慢聊。

我跟你睡，那保罗呢，今晚他会同意把你让给我吗？我故意逗她。

他不在家，去比利时了。李艳淡淡地说着，已经站起身来，很自然地耸耸她的双肩。她的很多动作都已欧化了。

仍然是坐火车。从伯尔尼到琉森只需要一个小时，比我想象的要近得多。

到达琉森小镇，已是斜阳西照。一切美得令人窒息。走在街道上，就像走在唯美的油画里。只是，画中的人物和花草树木，就在我身边鲜活而生动。

李艳并没有直接带我去她家。也许保罗不在,她也就不着急回到家里去。她说要先让我惊喜一下。

她带着我穿过几条干净的巷子,来到清澈的湖边。一座长长的廊桥跨水而过,桥上开满鲜花,远看就像一座花廊。在桥的尽头是一座被绿草鲜花围绕的水塔,白色的天鹅悠闲地浮在水面上,波光粼粼。

——天哪!我在心里惊呼,原来这就是古老的卡佩尔廊桥和著名的琉森湖。记得,那年在北京,我和李艳去书店买记事簿,我们同时选中的就是以琉森湖和卡佩尔古桥做背景的封面。

我还记得我和李艳曾经宣誓般地许下心愿:在今生今世一定要去一趟琉森,和最心爱的人一起,在那座开满鲜花的廊桥上深情地走一回。

李艳的愿望实现了。命运之神果然安排她来到这里,而且还和自己心爱的男人在这座小镇上长久地居住下来。这对一个中国女子来说,无疑是奇迹。

我在心里默默祝福李艳,却为自己黯然神伤。我的愿望如深渊,不可实现,甚至无法清晰它本来的面目。

在卡佩尔古桥边,是沿着湖一字排开的露天咖啡座和各具特色的西餐厅。长长的湖边长廊座无虚席。坐在那里用西点或喝咖啡的,大都是高鼻子蓝眼睛的欧洲人。这么多人,他们都聚在那儿吃着、喝着,或是聊着。欧洲人聊天时的脸部表情尤其丰富。然而,四周却是一片宁静,并无任何喧哗和嘈杂之声。这给了我一种错觉,仿佛我眼前的这群人,是发生在电影屏幕上的,他们并不和我同在一片现实中。

有两位客人站起身,并对我们招手,示意我们可以去那儿坐。李艳快步迎上去,极妩媚地对他们笑了笑,用流利的英语跟他们说谢谢。她牡丹花布的大摆长裙在风中舞动。这让我奇怪地想起随时准备着要开屏的孔雀。

服务员是位金发妇女，大概四十多岁的模样。她动作利索，优雅得体，很轻快地收拾着桌子。

前面客人留下的杯子里，都剩着还没喝完的咖啡。我猜想他们大概是为了让我们有地方坐，而提前撤退的。

我们点了咖啡，坐下来休息。

李艳说，亲爱的，你此刻有没有觉得像是坐在画里面，而你自己就是画中的那位女主角的感觉？

我说，确实，有一种很梦幻的感觉，这真是一个可以令人无限想象的地方。这么说着的时候，我在心里闪过一些奇妙的想象，要是我也能像李艳那样，在这里停留下来，也去找一位宠我爱我的男人，我的生活会变成什么模样？我甚至走了会神，想象着和一位完全陌生的欧洲男人在一起的情景。

李艳转过头去看那两位刚刚离座的欧洲男人，很轻地叹息一声，说，这两位先生，可以为我们让座，却不肯留下来陪陪我们呢。她噘起嘴巴，一脸无辜地望着我，带着撒娇的意味。她的两片嘴唇看上去更厚了。但奇怪的是，我竟然觉得李艳的厚嘴唇，看上去并不难看，反倒有一种说不出来的性感和风情。不知道是不是我置身欧洲，原先在中国的固有的审美，也发生了微妙的变化。不过，我相信，人总是会随着环境的改变而改变的。

用完咖啡，李艳推荐我尝尝这里的牛排。她说，跟国内比，这里的美食也许没那么丰富多样、五花八门，但在这里的任何食物都是安全的。你尽管放心吃。轻描淡写的几句话里，能感觉得出来，在李艳身上有着环境和条件赋予她的自然而然的优越感。

我们把牛排切成小块，细细品尝，有一搭没一搭地开始闲聊。夕阳趁机落下山去，悄无声息地沉入琉森湖。几只天鹅游过来，经过我们，轻柔地翻了几个身，又划向了另一片水域。天色已陷入混沌，这一刻的人与物都极尽暧昧。我们聊到了她的小说。我不知道李艳为何突然就不想出版了。

李艳立刻纠正我:不是不想,是不能。

我问她是否涉及某些隐私问题,不方便出版?

她停顿了一会儿,想想还是把话咽了回去。

她又切开一小片牛排塞进嘴里,细嚼慢咽一番之后,对我说:你还是先看看那个小说吧,看完之后,自然都会明白了。

她的欲言又止,很让人疑惑。我总感觉她哪儿不对劲,或许是情绪上出了些问题。可是,我实在想不出来,她天天生活在比蜜甜的日子里,还能有什么样的问题?

我们吃完牛排,又点了杯咖啡。身后的卡佩尔廊桥灯影迷离,琉森湖朦胧而变幻莫测。我们开始怀念起从前的日子,聊天的内容,从欧洲转移到了国内。

从前的日子总是令人怀念的。

但是,认识李艳的所有的朋友,几乎都认为李艳在"从前的日子里",是不快乐的。尤其在情感世界里,众所周知,她几乎未曾获得过快乐和满足。她那三次所谓的恋爱,也都只是她一个人在付出,从未在对方身上获取过某种相应的回馈或情感上的施予。对于那类话题,我极力回避。就好像我一提及,往事的气味就会弥漫开来,令人伤感和尴尬。

然而,令我惊讶的是,李艳竟然自己主动提到了那三场恋爱中出现的三个男人。她毫不避讳地说,她这几年来挺想念他们的。她似乎一点都不记得他们曾经冷漠地伤害过她,对她的长相和性格曾经进行过刻薄的冷嘲热讽,最后,都狠着心拒绝了她的追求。

她甚至向我打听红土地,说她偶尔也会想起他来,虽然那个人很酸,诗也写得不怎么样,但她觉得他其实还是蛮可爱的。

我一下子想起了红土地追李艳的那点事。时光飞逝,转眼过去五年。我只听说红土地回到了他的老家河南的某个小镇上，过着清贫的日子。

不知他结婚了没？李艳问。

我说，不知道，只知道他好像不写诗了，最近几年都没见过他的诗歌在哪发表，也没听人提起过他。

李艳扑哧一声笑了，说，就他那点儿才华，你还能指望他写出什么好诗来，不写也罢。

灯光下李艳的脸上忽然飞起两朵红晕，仿佛瞬息间容光焕发。她那亲昵的语气，让人感觉她是在调侃身边最亲密的那个人。

李艳说，下次你若是碰到红土地，请帮我递个口信，就说我在欧洲经常想他，顺便帮我问问他，他是否还有一点儿想我。

说完，她有点自嘲地笑了。我也跟着她一起笑。但笑着笑着，忽然便觉得有些辛酸，很莫名其妙。李艳居然觉得红土地对她的那次“表白”不是羞辱，而是喜欢。经过时间的流逝，说不定李艳以为的这种“喜欢”，已然被想象成了一种男人对女人的爱情。

我真的有点迷糊，或者说是茫然，我不知道李艳说的那些话，仅仅是跟我在开玩笑，还是说真的。但有一点我可以肯定，不管是真话还是玩笑，我已强烈地感觉到，坐在我面前的李艳很寂寞，她似乎并不快乐。在她的回忆里，能够让她去怀念的人与事，实在太少。

她还兴致勃勃地向我打听北京三里屯边上的那家酸菜鱼店是否还开着，还有南锣鼓巷里边的那家烤鸭店，她说她有时候会特别想回到北京去，吃一顿酸菜鱼或北京烤鸭。可是，我记得在北京的时候，李艳和我曾一起憎嫌酸菜鱼的脏和油腻，还有，吃了太多的北京烤鸭之后，觉得再也不想碰烤鸭，有一段时间，我们甚至连提一下烤鸭就会皱起双眉。

在和李艳闲聊的时候，我的脑海里一直在想象保罗的模样。我并未见过他，也从未见过他的照片，只是听李艳一个人的描述。我甚至在想，是不是李艳向我虚构了一个接近完美的保罗？现实中的保罗，会不会是一个身带残疾或年迈老朽之人？

我不敢往下想。拒绝自己瞎想。这对李艳来说太残忍。在我眼里的李艳也并非一个拜金主义者。难道她会为了得到一笔钱，而去委屈自己这么多年？要是保罗不幸是位身残之人，哪有能力为李艳创造富太太的幸福生活。

保罗到底是个什么样的男人呢？我的脑海里一片空白。我命令自己，立即停止猜想。然而，越命令，越是浮想联翩。

直至回到李艳家里，关于对保罗的一切猜想立即停止。眼见为实，我完全可以证明李艳说的都是真的。在房间的墙上我见到了他们的结婚照。保罗在四十至五十岁之间，看上去英俊、健壮，又高大。站在他身边的李艳，显得尤为小鸟依人、楚楚可怜。凭直觉，怎么看都是幸福恩爱的一对。

李艳的家，是一幢独门独院的豪华别墅，就在离琉森湖不远的高档小区里。李艳自己开了大门进去。一个又高又胖的佣人小跑着出来，是个中年妇女。她用生硬的英语问候李艳和我，并告知李艳，孩子们都还不肯入睡，一定等着李艳回来讲故事。

李艳显得有些烦躁，用法语对着佣人叽里呱啦说了一大通。她的意思是说，她今晚要陪客人，明知她没有时间陪孩子们，为什么不早点将她们哄入睡，让她可以安安静静地陪陪朋友。言语之间，明显是责怪和抱怨的态度。但那佣人似乎并不把李艳的话放在心上，只顾着朝屋里叫喊：孩子们，你们的妈妈回来了！

孩子们从屋里欢叫着跑出来，是三个女孩儿，最小那个五六岁光景，最大的也就十来岁。她们对李艳很亲，跑到李艳跟前，非得要求她讲完故事才睡。全世界的孩子都是一样的，都爱听大人讲着故事才肯睡。

李艳有些无奈，又有些尴尬地看着我。我完全可以理解她。她不直接带我回家，而是在琉森湖边坐到天黑，我想也是因为早早回到家里，会被三个孩子围绕。一来，她没办法陪我聊天；二来，她并不想自己陷入一种尴尬的场景里去。毕竟，那三个孩子都不是她亲生的，是保罗和他前妻留下来的。虽然五年的接触，孩子们都已将她当成自己的妈妈。但对于李艳来说，毕竟不同于自己亲生。

李艳将我介绍给孩子们，那三个女孩儿怯生生地看着我，可爱的脸上充满好奇和张望。但对她们来说，并没有多大兴趣在这个夜晚去认识一位新的阿姨，而是迫切地想听妈妈讲故事。

李艳自嘲地对我说：我拿她们一点办法都没有，为了她们，这几年我编了一箩筐的故事，有时候连我自己都吃惊，我居然还是个编故事的天才，今后也许可以往编剧方向发展。

不过，也正好，李艳去孩子房间讲故事，我可以一个人打开电脑，看她写的小说《一个人的罗马》。

由于孩子们的纠缠，李艳并没带我好好参观她的家，但从经过的院子和客厅，以及我入住的房间来看，感觉很大气，房间里的布置也非常温馨。我再一次仔细地看了看墙上的结婚照。保罗和李艳都咧着嘴微笑着，幸福而甜蜜。照片上的保罗笑起来的模样很迷人，有点像足球明星贝克汉姆。有这样一位王子般的丈夫在身边，互敬互爱，李艳又有什么理由不幸福呢，哪怕帮他养三十个孩子，也是值得的。

我坐在柔软的皮沙发上，抱着李艳给我的笔记本电脑，打开文件《一个人的罗马》。

小说写得并不长，点击左上角的字数统计，总共六万多字。按说这是一个中篇的量，若要出书，也只能勉强按小长篇来发表。

然而，李艳已打定主意，取消发表和出版的念头，也不知为了何种原因。我的内心充满好奇，逐字逐句地往下读：

在驶往罗马的火车上，我再一次陷入迷惘，有一种转着圈、突然间想回头的感觉，同时又有朝着许多不同方向而去的感觉。许许多多的感觉千丝万缕般将我缠住，令人窒息。我终于明白，我身上有一个不可战胜的自己，那个自己如此荒谬而不可言说。

并不是我害怕真相，我甚至不怕说出全部的秘密。只是，我不知道意义何在？我无比清楚地记得，五年前的那个春天，我像一只幸福快乐的鸟儿飞向欧洲大地，在瑞士最美丽的琉森小镇停留下来。

这一次，我不是候鸟，也不是旅客，我此行的目的是结婚，长久地居住下来，和一个高大帅气的欧洲男人。他令我着迷。我在有生之年遇见他，并与他结为夫妻，这是上帝对我最大的恩赐。我记得我对他的承诺：只要能够跟他相守在一起，我可以为他放弃全世界。

现在，他是我合法的丈夫，而我，是他唯一的妻子。我们在一起了。可是，我却越来越觉得，上帝在跟我开玩笑。一开始就是。

我一直羞于启齿，缄口不语，而现在，我想说出一切的念头喷涌而出。

谁又能想到呢，我们结婚五年，在这漫长的五年里，我和我的先生之间，从未有过性爱。

他不能。

是完全不能。

开始时，他说他得了一种肝病，需要一到两年的时间戒酒戒色来养护他的身体，不然，他的身体会垮掉。这对刚结婚的我来说，虽然是个莫大的缺憾，然而，作为他的妻子，我肯定要为了他的生命和健康着想。

按他提出的要求，我答应和他分床而睡。虽然，在很多个夜晚，我都被一种唾手可得却又不得不禁止的欲望折磨得死去活来。但是，为了我们更长久的日子，我必须狠狠克制住自己。

对于这一点，我的先生非常感激我，并口口声对我说，他也特别特别想要我。每晚临睡之前，他都会来我的房间，给我深情的拥抱和亲吻，然后，无可奈何地回到他自己的房间里去。

后来，我渐渐发现，我的先生并不是为了肝病而暂时戒掉性生活。他没有肝病。实际上，他是个先天性的性无能者，永远都不可能被治愈。想来简直难以令人置信。

而我，却一直相信他对我说的一切，包括他对我说，他曾经有过的那场婚姻，以及和他前妻所生的三个孩子。

曾经拥有过婚姻，拥有三个孩子的父亲，居然是个性无能者，说到天边去，也不会有人相信。这实在是件太过荒唐的事。

而现在，我已完全可以得出这样的结论：那三个孩子并非是他所生，而是他收养的孤儿。他把他们当作自己的亲生孩子来养，并让孩子们叫他爸爸。他这么做，是想用这种方式来维护一个男人的尊严。当然，收养孩子是件善事，他不缺钱，也不缺爱。

至于他是否真的结过婚，我无从查证，也不想知道。也许，他是真的结过婚，和他结婚的那个女人真是死于车祸，或许是为了别的原因离他而去。无论如何，在别人眼里，一个曾经拥有过太太又有三个孩子的男人，绝对没有人会相信他会是一个性无能者。哪怕你站在大街上去破口叫骂，也不会有人信，人家一定会以为是你自己疯了。

而我的先生对我如孩子般疼爱，他对我那么好，我每次都被他惹得感激涕零，哪里还敢当街去说。他总是那样深情款款地看着我，对我说，亲爱的，我的小心肝，我迷人的小宝贝，你是我的女神，我需要你，我快要为你疯狂了。整幢房子弥漫着形而上的爱情的味道。

天哪，我想疯狂的人应该是我！每次他这么对我说的时候，我心都碎了，整个人都软成一推稀泥。我会陷入恍惚，我们的灵和肉永不可结合，而我，是否可以和他一样，选择纯粹的精神之恋，而完全放弃性爱。可是，我分明又在为我无性的生活感到悲哀，暗自愤愤不平。

有时候，我又会为自己的形而下羞愧不已。我明明被爱着，孤独却扑面而来，我什么时候成了一个没有性不可活的女人了？于是，我和他一样，装出一副对性的漠然和无所谓。我尝试着像没有性欲的老年人那样，知足安详地和他一起过日子，去度假，和孩子们讲故事，假装把他们当成我的亲人，甚至假装我是三个孩子的亲生母亲，在我们的身上流着同样的血液，一家人在一起安享天伦之乐。

这让我不止一次地想起曾经风靡网络的“偷菜游戏”，人人都可以做一个农场主，在自己的那块土地里，种上各种瓜果蔬菜和鲜花，等着收获。玩这个游戏的人，都知道所有的收获，都不过是一场虚拟的游戏。但是，当收获的时刻来临的时候，心里还是充满快乐和感恩。

在某个瞬间，我会突然跳将起来，从这份完全虚拟的亲情世界里觉醒，我感觉到来自身体内部的某种被撕裂开来的强烈的疼痛。有一种意识告诉我，我鲜活的身体被强制性地埋葬着。

不，我不甘心，我已被活埋太久。我需要激活自己。我是一个正常的女性，可我却从来没有过性爱生活。一次都没有。

我无数次地想象，当男人进入我身体内部之后的那份感觉，会是多么刺激和美妙。我多么需要真实地去经历和体验一次美妙的性爱，哪怕一次。只要一次。

趁我的先生不在家的日子，我想着如何逃出去。我要去找个男人，随便什么样的都行，只要是个男人。

我对保姆撒了个谎，我说我要出去度假。保姆正弯着腰收拾东西，她头也不抬地对我说，哦，是去度假吗，去罗马吧，意大利男人最浪漫，是全世界出了名的。

我无比惊诧地盯着这个高大健壮的保姆的背影好一会儿，奇怪她怎会脱口而出这番话，难道她早有察觉？她没有转身，也幸好她没有转身，说实在，我忽然有点不太敢面对她，也并不想揣测她心里到底在想些什么。我只想离开，快速离开这个家，离开自己。

我第一次坐上了去罗马的火车。我不知道是为了保姆的提示，还是在潜意识里我早有预谋。

不过，这些已经都不重要了，重要的是，我终于离开了自己，坐上了这趟火车，奔向那个我并不完全熟知的自己。

那天的我，化了个精致的妆容，唇彩涂得艳红，还往身上喷了些香水。香水是“毒药”的品牌，是我的先生送给我的，但我几乎没有用过。只因为那香水的味道过于浓烈，仿佛会将人毒死，或者迷幻至死。而那天，我却毫不犹豫地往身上喷了“毒药”。我渴望将人毒死，或者毒死自己。

春风吹拂着我的脸庞，车窗外景色无限，泥土和各种鲜花的芬芳扑面而来。我陶醉了。闭上双眼，凶猛地呼吸。这是来自欧洲春天的气息。

恍惚间，我让自己陷于迷醉，我似乎嗅到了来自某个男人身体上的气味。那种气味熟悉而陌生，比春天的土地更性感，比春天的花开更芬芳。比我身上的香水味更具迷幻性。

到了罗马，我戴上墨镜，四处游荡。无数的意大利男人从我身边经过。我没有停下来，去瞧准哪一个男人走上前跟他打招呼，我没有勇气。

有很多个瞬间，我拼命鼓励自己，假装自己是个妓女，对着男人露出下贱的媚笑。但瞬息间停止。我不能够长时间坚持这种表情。我甚至感到害怕，要是真有男人迎上来，带我去开房，我该怎么办，和他说些什么？或者，一句话都不说，直接跟着男人倒到床上去？

我做不来这些。我为我从来没有尝试过性爱而感到羞愧不已。一个四十岁的女人，从没有和男人做过爱，这是件多么不可思议的事情，简直比被人强暴更令人耻辱。

继续游来荡去，不知不觉间，我已围绕着梵蒂冈城一整圈。很难想像，梵蒂冈城是一个国家，就在罗马的中心。这个全世界最小的国家，我只用了大半天时间就逛遍了。从圣彼得堡广场、到圣彼得大教堂，再从梵蒂冈宫到梵蒂冈博物馆，满眼都是盛世繁华，人来人往。

梵蒂冈在拉丁语里意为“先知之地”。这是全世界的天主教徒向往的地方。而我，一个毫无宗教信仰的女子，茫茫然走在这片陌生的土地上，对整个世界、对自己，充满未知。我只知道，在我的心里正承受着一份难以言说的抓心般的渴望和寂寞。

我并不知道自己到底想要什么？难道我真的只是想要一个男人，并与他发生性关系吗？没有爱情的性，我真的会坦然接受吗？要是真发生了，接下来的日子里，我将如何面对我的先生，如何面对他对我的爱？我很怕失去我的先生。他是这个世界上唯一全心全意爱着我的男人。

——哪怕这一切都是虚拟的。

也许，就是虚拟的。包括他对我的爱情。

那晚，我在罗马开了个房间，把自己清洗得干干净净，从头到脚每一寸肌肤都涂抹上润滑的乳霜。我学着电影里女主角的样子，将香水向空中喷散，而我裸着身从香雾中穿过。我的身体娇嫩柔滑，散发着“毒药”般迷幻的香气。

而那晚的我，并没有邀请到任何男人。我一个人睡。

第二天，我坐着火车返程。在火车上，我对自己说，就这样吧，对于一个女人来说，有爱无性的日子，总要比有性无爱的日子好过。

我以为，我再也不会去罗马了。谁知道，有了第一次，就有第二次、第三次、第四次……就像江河决了堤，再也一发不可收拾。

在这三年里，几乎每个月，我都会想方设法离家出走几天，坐上去罗马的火车，在罗马度完我一个人的假期。每个月一次，这多么像女人每月一次的例假，令人厌恶，却欲罢不能。

每次去罗马，我都会精心打扮自己，喷上毒药香水。看着镜子里的自己，我会感到恍惚，仿佛那人不是我，而是一位去和情人幽会的充满爱情的奇异女子。

很多次，我都只是在罗马街头游荡，如一个远道而来的过客，举目无亲，一个人流浪。饿了去路边小店吃一碗意大利面条，有时去书店翻翻书，喝上一杯咖啡，不加糖，也不加奶，咖啡的苦顺着喉咙渗入胃脏，满心满肺的苦里，却升腾着一股苦涩的香气，难以捕捉，却存在着。

街角处有人抱着吉他在卖唱，是一位干净帅气的意大利男人。他应该比我小，刚三十出头，或者还不到一点。我在心里猜测了好久，还是不能确定他到底有多大。

我走过去，坐在他对面，静静听他弹唱完一首歌曲。我以前从未听过这首歌，只是觉得他唱得好听，声音里有一种呼唤和渴望。

他是否也和我一样，内心正在经受着某种说不清楚的饥渴与憧憬？那个瞬间，我想带他走，或者，跟他走。

然而，我只是静静地听他唱完一首又一首，直至天黑。路灯照亮街道，他开始收拾行李，背上吉他离开。

离开之前，他冲我莞尔一笑，对我说了声谢谢。

谢我什么呢？谢谢我听他唱歌？该我谢他才对。我回过神来，想起忘了给钱，我听他唱了那么多首歌，居然忘了给钱。我急忙从包里掏出钱来，然而，他早已淹没在夜色中，四顾无人。

我急着想找到他，给他钱，走了好几条街道，也没有找到他。我心里空落落的，有点失重，像丢了什么东西。很想哭一哭。于是走回来，蹲在他唱歌的那个地方，痛痛快快地哭出声来。

哭完之后，我回到酒店房间，手里还捏着十块欧元。想给出去的小费，错过了时间，再也给不出去。我又开始伤心起来。

那一个月，我心里一直惦记着那个小伙子，想着下一次去罗马，他是否还会在那里卖唱，要是还能够碰见他，我一定要先给小费再听他唱歌。

然而，他再也没有出现过，仿佛整个儿在人间蒸发了。好几次，我都去那里徘徊游荡，假装有事经过。每一次都是失望。

旁边有个指甲美容店，我走进去，让服务生帮我做指甲。我选了一种肉色的指甲油。涂好之后，手指显得娇嫩好多。我付了钱，继续一个人游荡。

经过一家烟店，我忽然想抽烟。可是，我从来都没有尝试过抽烟。我想尝试一下。

回到酒店房间，我开始一个人抽烟。在落地镜前，我发现自己的双唇不够性感，我又重新涂抹唇彩。艳红的双唇，轻轻含住香烟和吞吐之间，我觉得性感极了。可是，我不会自如地吞吐烟圈，呛了好几口，直呛得眼泪直流。

看着镜子里的自己，我发现夹着香烟的手指不够性感，我应该将肉色的指甲油换成更妖艳的颜色。想到这里，我灭了香烟，直奔那家指甲美容店而去。

店里的服务生诧异地看着我，她觉得我今天刚做完指甲，就不应该再次见到我。

我对她说，我只是想换个颜色。

这次我选了大红色的。我觉得换了红色指甲之后，整个手都变得妖艳性感起来。

那晚，我抽完一支，又接着抽完一支，最后，把一整包香烟全抽完了。房间里充满浓郁的烟味。就像一个烟鬼刚从房间里离开。

有一次，我开好房间，却忽然发现自己来例假了，我无比沮丧。去酒店楼下买了包卫生巾，急忙退了房，搭乘火车回家去。

后来，有好多次，我都没有在罗马过夜。下了火车，只是在罗马街头游荡，偶尔去做个指甲，或者买包烟，或者发会呆，待上几个小时或者更短的时间，就乘火车返回琉森。

在家里，我从不抽烟。我的先生有几次发现我包里有烟，也从不问我，烟从哪儿来，为何会带着烟。他对我的行踪从未有过疑虑，仿佛天生就对这些漠不关心。

我一直都想停止这种行为，它无聊至极，毫无实际意义。然而，当一件事情成为一种惯性，却很难停得下来……

毫无疑问，这是李艳的自传。我一直屏气静声在她的文字世界里游荡，读到这里，我忍不住停下来稍作停顿。我简直不敢相信自己的眼睛。在李艳的字里行间，孤独、酸楚、恓惶和破碎的声音呼之欲出。我相信她早已濒临崩溃边缘，内心充满挣扎，矛盾重重，却又没有倾诉的对象，不得不借助于文字，方可将那这段无处安放的情感找到一个宣泄的出口。作为同类，我能感受到她内心的焦灼和苦闷，以及无处释放的性爱。

我做了个深呼吸，又继续往下读。

小说里的主人公一趟一趟又一趟地往返于瑞士与罗马之间。开始时，她心有期待，带着隐约的出轨意图。然而，自始至终，她都没有在行为上出过轨，一次都没有。

她写她在罗马度过的一个又一个寂寞的日子，遇到又错过的一个又一个意大利男人，以及和那些男人之间发生的一桩又一桩的事情，但从未发生过男女关系。她所描述的细节，如此详细和稠密。那是她多年的寂寞累积起来的结果。每一个细节，都貌似有所变化，实际上又毫无新意。就如她每月一次习惯性地坐上火车。所有的经历貌似略微有所不同，但大致相同。

因此，她接下来的文字显得重复又重复，重复到几乎令人窒息。我估算了下，她写她一趟又一趟去罗马的细节，大概占去了整个小说的四分之三字数。她描述她在罗马所经受的寂寞、渴望、失落和矛盾交织的纠结，毫不吝啬她的笔墨。

到小说快要结尾之处，我却被另外一件事情惊呆了。文字无声，然而于无声处，我却仿佛听到了阵阵惊雷。李艳这样写道：

去年春天的那个周末，是我最后一次去罗马。和往常一样，我仍然独自一人，没有艳遇，没有男人。我意外地发觉，我早已心如止水。曾经的妄想和渴望，都已经停止了。而我却仍要坚持每月一次往返于瑞士与罗马之间，在火车轰隆轰隆的节奏声里，我获得了一种古怪的平衡和安慰。然而，我并不知道，这种平衡会在哪一天被打破。

我终于想明白一件事，在我的内心深处，我是爱我的先生的。要不是有爱情从中阻梗着，我怎么会坚持这么多年不允许自己出轨。虽然我承认，我在心里曾经想过要背叛他。

这几年来，我始终在背叛与坚守之间左右摇摆，但最终，我还是守住了自己。我想，我是爱他的。我清楚地意识到，当一个女人在性与爱之间，必须做出选择的时候，毫无疑问会选择后者。当我终于想通了这一点，或者说，我跟自己终于达成妥协的时候，我的内心感到无比平静和感恩。

我想我再也不会去罗马了。我爱我的先生。我要与他共度一生。我宁可放弃一生的性，而用心去爱我的先生。

那一次，我回到家里，我惊愕地发现，我的先生居然比我先回了家。明明说好的，他去比利时谈生意，要过几天才回来，可是他却突然出现在家中。我有些惊慌失措，语无伦次地告诉他，我出去了一会儿，但是没干什么，只是出去散散心，没有跟任何人，就我独自一人。

他点点头，对我说，他是为了他一个客户的生日派对，才提前赶回来,既然我回来了,那么就跟他一块去参加。

他竟然丝毫不关心我的失踪。甚至对于我的惊慌失措也全然不放在心上。

我如释重负地答应他去参加那个生日派对,心里却陷入一种奇怪的失落。他可能根本不在乎我的失踪,他一点也不在乎我。我去哪儿,跟谁在一起,到底发生了什么事……他统统不在乎。——如果他爱我,他就不会不在乎。如果他爱我,怎么可能连我失踪都不闻不问?

他要我帮孩子们去换换衣服,他要带她们一块去。

我很不喜欢带着孩子们去应酬。总是这样的,每次我们衣着光鲜、收拾得干干净净出门,回来却个个弄得狼狈不堪。不是衣服被孩子们涂上了奶油,就是头发被孩子们不小心弄乱了。我没有真正做过母亲,就不会去掏心挖肺地喜爱孩子,和那三个孩子,我总觉得隔了一层皮,亲不到心里去。但为了面子,我仍然要装出一副亲生母亲的模样,这令我每次都疲惫不堪。

我突然对我的先生脱口而出:我不想带孩子们一起去,要带你自己带,我不去!

我的先生平静而漠然地说:那怎么可以,你不去孩子谁来照顾?

不知哪儿上来一股火气,腾一声就蹿上来,我冲他尖叫:为什么非要我去带孩子,我又不是你请来的佣人,也不是她们的妈妈,我为什么一定要担当起带孩子的角色?我是你谁!我是你的妻子,而你却总是将我当成佣人使唤!

我的先生一言不发,只是静默地看着我。而我已难以自控,我听见我尖细着嗓门近乎歇斯底里地又喊又叫:我就是你的一个摆设，这么多年，为了撑起你的门面，我和孩子们都是被你利用的棋子，我从来就没有相信过你是真的爱过我们。你只是利用你的钱将我们养在家里，充当你的亲人。你可以瞒过所有人，却不能瞒过我。我是个正常人，你却用你假惺惺的爱，将我紧紧锁起来，拴在你身边，我恨你……

够了！我的先生凛然而威慑地对我说：你以为你的那点儿破事，我真的不知道吗，你刚从罗马回来，还冲我发脾气？你每个月瞒着我去罗马，去会你的情人，我只是假装不知道。每个月我都会故意找借口离开家里，给你几天自由，让你尽情去偷情偷性，你还想让我怎么对待你？

天哪，我一下懵住了！

这几句话对我来说，犹如五雷轰顶。我只觉得脑子里瞬间被抽空，有些晕头转向。我在心里拼命挣扎，喃喃地为自己争辩，我没有任何情人，我从没跟人偷过情，也从没偷过性，一次都没有。我每个月去罗马，只是为了，为了……突然间，我说不下去了，连我自己都觉得自己像是在撒谎。我去罗马不去会情人，也没有任何亲人和朋友在那里，那我每个月一次去罗马，到底去干什么？——怎么说得清楚！

是的，我无法说清楚，更无从证明，我该拿什么来证明？谁又能帮我作证？我颓然地陷倒在身边的沙发上。事已至此，我想，我们再也不能够相处下去了。一切都已分崩离析，剪不断，理还乱。其实，也没什么好剪的，我和他之间，本无肉身所累，也无儿子也无女儿。所谓的爱情，转瞬之间便可消失。就像网上的虚拟游戏，玩的时候投入再多的喜怒哀乐，你只需要轻轻摸下鼠标，点击退出，一切便可荡然无存。

我的先生一个人去参加了派对。临走前，他冷静地对我说,请你好好考虑一下。然后就转身走了。

我不知道他需要我考虑什么,我还能考虑什么?都走到这一步了,我怎么会走到这一步的?我忽然哭了起来。就要来临的离别,让我伤心不已。说心里话,我还是留恋这个家的,留恋在这里度过的每一个日子。然而,刹那之间,一切成空。

无论如何,在我离去之前,我要还回我的清白。我要把我所有的经历一字一句写下来,写成一部小说,把它交给我的先生。我要让他知道,我在罗马,真的只是一个人,从来都是。

然后,我走。

小说写到这里,戛然而止。

对于一部小说来说,是该结束了。但,对于李艳的生活来说,我却觉得还没有结束。

去年春天,她和保罗发生争执,到了夏天写完这个小说。可是李艳并没有如她所说,将小说出版,然后,走人。而是,又留了下来,并拒绝将小说出版成书。

显然,现实版的故事结尾,已经发生了巨大的变化。也许,保罗回心转意原谅了她;也许,她最终还是尽力向保罗做出解释,并取得了他的信任和宽容。

总之,李艳如今还是这个家的女主人,仍然和保罗和那三个孩子住在一起。我想,无论如何,我都应该祝福她。

可是,当我想到李艳一生无性的日子,心里就无端地觉得酸楚。作为同类,我无比同情她。她选择了留下来,和保罗在一起,也就意味着她再也不能够去生养一个自己的孩子,没有办法做一个完整的女人。

我轻轻地合上李艳的笔记本电脑,电脑上是一只被咬掉的苹果。生活从来就不能够十全十美。也许,比起别人,李艳仍然算是幸福的。至少她拥有保罗的爱，和保罗给予她的一个家庭，以及一份衣食无忧的生活。爱与家庭与生活，不是每一个女人都能够拥有的。要同时拥有这三样，对很多女人来说，本身就已经是一种奢侈。

如果现实版的结尾如我所想，那么，到此为止，这个故事也可以结束了。

——但是，故事还没完，它完不了。如呜呜嘤嘤的琴声，余音缭绕，拉完一段，还有一段。

李艳回来了，她好不容易把孩子们哄睡。看得出来她很疲惫，但仍强颜欢笑。她开了一瓶红酒，说女人睡前喝点红酒对身体有好处，美容的。不过，对于我来说，美不美容早已经不重要了。

我奇怪地看着李艳，她可能是真的累了。倒好两杯红酒，便将整个身体嵌进那张豪华的单人沙发里，像一堆烂泥。她那样子，就像一个喝醉了酒、彻底散了架的人，颓然而伤感。

将身体摆舒服了，她向我举起高脚水晶杯，跟我的碰了一下。

我说，小说读完了，写得很棒，真切动人。为什么忽然决定不要出版了呢?

话一落地，我便觉得我的这种赞美和提问，对李艳来说，或许都是不合时宜的。可是，我也实在不知道应该说些什么，如何表态?

李艳倒不甚介意。她用一种极为平静的语气告诉我，夏天的时候，她和保罗去了一趟夏威夷，她是在夏威夷回来之后决定的，她不打算出版那部小说了。她说，她正在尝试用另外一种方式过日子。她又向我强调，虽然她已做出决择，却仍然不知道这种日子到底还能够坚持多久。现在的每一个日子，于她来说，都毫无新意，过一天，算一天。

我认为，下面李艳的这番口述，才是这个小说最后的真正的结尾，她说——

那次,保罗一个人参加完生日派对,并没有回家,而是直接去了阿姆斯特丹。他说他在那儿有一笔大生意要谈,谈完生意再回来。

我认为,那不过是他的借口,他是要跟我决裂了,只不过在分手之前,让大家都有时间和空间冷静。他是个有教养的人,非常爱面子,他不会喜欢将事情弄得剑拔弩张或鸡飞狗跳。他有他的处世原则。面对他的冷静和礼节,我也不好多说什么,只能顺其自然。

不管怎么说,他是我名正言顺的丈夫。当一个丈夫怀疑,不,是认定自己的妻子每个月一次去罗马跟她的男人约会或偷情,我想,任何男人都会不可忍受,都会觉得这是一份莫大的羞辱。虽然,作为妻子,我从没出过轨,并没有一次背叛过他。但是,我仍然没能管住自己的心。我承认,我没能为他做到彻底的安分守己。

那段日子,我每天都在懊悔中度过,每天都在想着他对我的好。他是这个世界上,唯一宠我爱我的男人。对于一个像我这样的女人来说,应该知足。没有性生活又怎样?对于两个人的生活来说,它只能算是美中不足。

我还是这么认为,有爱无性的生活,总比有性无爱的生活要幸福一百倍。为了爱情,我真的愿意一辈子都不要过性生活。假如他能够给我一次机会重新开始,我一定会好好珍惜。我想,我会为他做到安分守己,彻底地,陪他,爱他,守着他,直到永远。

只是,我拿什么来证明?如何去证明这份清白?

接下来的日子,我待在家里开始写作。唯有把这一切付诸文字,方可换来些许的安宁。

他在阿姆斯特丹待了将近三个月。我们通过几个电话。他在电话里问候我，问候孩子们，就像往常一样，语气和态度都是和蔼可亲的。这是他长期以来的良好习惯和修养。

有一次，他却一反常态，好像喝了点酒。他在电话里告诉我，他在阿姆斯特丹顺利谈成了一笔性器具的生意，交易额巨大，和商家签下了长达五年的合作合同。

我在电话里祝贺他。每一笔生意谈成，我都会祝贺他。

可是，这一次，他却忽然反问我：你为什么不嘲笑我？这个世界上，有这么多性欲旺盛的人，他们却在使用由一个性无能者所提供的性器具，而帮助他们获得生理上的更大满足和享乐。你不觉得这很可笑吗？

我握着话筒，只是无语，内心充溢着无尽的哀伤。

记得刚结婚那年，我们去荷兰看郁金香，在阿姆斯特丹住了一个星期。我对阿姆斯特丹的感觉就是霓虹闪烁、醉生梦死的港口城市，那里是水手、妓女、过客、浪子、同性恋和吸毒者们交易和共同玩乐的人间天堂。别的国家，比如在德国，性交易的场所是必须被遮盖起来的，而在阿姆斯特丹，性交易却是完全公开的。妓女就像商品一样在橱窗前展示她们的肉体。警察在马路上来回巡逻，保障妓女们的合法权益。在那条街上，透过玻璃窗，到处挂着各种款式的避孕套和琳琅满目的性用具，简直眼花缭乱，活色生香。

当时，他带着我经过红灯区，对那些性用具商品和橱窗里的妓女嗤之以鼻，完全是一种厌恶至极的态度。然而现在，他却忽然跑到阿姆斯特丹去接了一大笔性器具的生意。

他还告诉我，他顺便去了趟唐人街。他说，原来红灯区和唐人街比邻而居，荷兰的红灯区和你们中国人还真是有缘。中国人居然在红灯区旁边盖了一家欧洲唯一的寺院，我很是好奇，那些剃了光头的和尚们，天天身居灯红酒绿的环境里，能好好念经吗。哦，对了，在红灯区和妓女们讨价还价的好多都是你们中国男人。另外，还有一些中国女人，也在蓄势待发地寻觅着来自世界各地的男妓。看来，你们中国人对于性，表面上保守，实际上还是挺开放的，你说，我说得对吗，亲爱的？

听得出来，他的话里明显有着嘲讽和攻击的意味。我猜想他在那天晚上，不仅仅是喝了酒，极有可能是服用了毒品。因为在阿姆斯特丹的红灯区，吸毒和性交易一样，都是合法的。

当他告诉我他决定返回的时候，我的小说也差不多写完了。我一直在盼望着他回来，可是我又害怕他回来。回来意味着我们都将面对结局。而十有八九，我们的结局，即是分道扬镳。我猜想他不会原谅我。我已抱着听天由命、坐以待毙的态度。惶然而不安地等待着他回家，也等待着结局的到来。

然而，意外发生了。

回来后的他，对我每个月去罗马一事，绝口不提。并心平气和地跟我商量，他想带我去度假，就我们俩。这让我既惊喜又惶恐不安。我带着忐忑的心情跟他去了夏威夷。

谢天谢地，他竟然不再追究以往所有的事情，权当没有发生过一样。我想，他还是深爱我的，看在爱情的份上，他决定原谅我了。

我们在夏威夷待了两个星期，仿佛又回到了度蜜月那会儿。除了没有床上那点事，在任何人眼里，我们俨然是一对亲密无间的爱人。晒太阳，泡海水，坐着游船去看风景。

在夏威夷的最后一天，我终于等到了答案。

——那是我们之间全部的真相。

那天傍晚，我们坐在夏威夷水城的一家咖啡馆的阳台上。那个阳台，我现在还记忆犹新，它直接从水面升起，就像浮于水上的船只。水浪不时拍击着栏杆，格子布帘被风吹得微波荡漾，坐于阳台上的我们，就有了些微醺的飘摇的感觉。我们没有点咖啡，而是点了一瓶很昂贵的红酒。夕阳的光辉绵软而暧昧，星星点点而慵懒地洒落在性感的红酒杯里。两杯摇晃的红酒，让我们之间显得更加的浓情蜜意、默然相爱。

他就在那样的时刻，悠然地对我说，亲爱的，我不得不跟你彻底地交谈一次。应该这么说，我们都不想失去对方，我们彼此需要，对吗？

当然！我说。

我正襟危坐。我在心里疯快地想着，他可能是要跟我说关于罗马的事儿了。我可以向他保证，从今往后，我再不踏入罗马半步。如果他肯相信我的话，就好办了，我可以尝试让他相信我，我并没有出过轨，一次都没有。我可以向他发誓，假如他相信誓言的话。不过，不管他信不信，我坚信他会原谅我，他已经原谅我了，否则他不会带我来夏威夷。这是我们新的开端，他显然为我们创造了重归于好的机会。至于我去罗马那件事，他表面装着无所谓，其实他在心里还是在乎的。只是，他爱我，需要我，于是不得不做出让步，宽宥了我的一切行为。我甚至感激涕零。接着，我便听他说出下面的那番话——

亲爱的，既然事已至此，不妨打开天窗说亮话。虽然我们都知道，你从来没有爱过我，我也从来没有爱过你，但我们已经在一起生活五年了，一直配合得很默契。OK，我的生活很需要你。而且，那三个孩子已经将你当亲生母亲了，她们也不能缺少你。至于你跟罗马的那个男人，我可以向你保证，我会给你完全的自由，你任何时间都可以去他那里，他也可以随时过来看你，只是，万万不可让保姆和孩子们知道这件事。这是在今后的生活中，一定要切记的事情。至于我们之间的隐私，只有你知我知，天下人永远都不会知道。我想，这一点不用我来提醒你，相信你也一定能够守口如瓶。OK，我会给你拟一份草案，你的薪水我会按月发放，其他费用再按需给予。另外，你上次向我提过，你想在瑞士开一家书吧的事，我完全赞同，也十分愿意帮助你。你若是租到了中意的房子，请及时告知，我会先预支你一笔钱。到时，你可选择分期还款，或者，等以后一起归还，都可以，但利息上会有所不同。OK，以后你想在欧洲干些什么，都可以告诉我，只要我可以帮到你的，我都会帮你。还有，我一直都很尊重你，尊重你们中国人的传统习惯。比如你们不喜欢AA制，尤其是女人跟男人在一起，一定要男人负责付款才有面子，因此，我从未一次让你买过单。当然，我只是打个比方，我绝不是那个意思，让你拿着我的钱跟我A……

我如遭雷击，差点跳起来！

OK，你确实很绅士，做得无比得体又大方，一切都很OK，你这个混账东西，我算是瞎了眼！——我听见自己在心里愤怒地叫骂、狂喊。可是，我一个字都没有说出口。我完全惊呆了。

那个傍晚，我一直觉得我并非坐在阳台上，而是坐在一艘飘摇无定的船上。开始的时候，我以为我们正朝着一个我想象中的未来驶去。却万万没有想到，行至途中，刮起一股突如其来的强风，我们的船被风浪裹挟席卷，再也分不清正驶向东南西北哪个方向？等我从五雷轰顶般的轰鸣中镇静下来的那一刻，我想杀人的心都有了。然而，我却奇迹般地保持着我最后的尊严，一句话都没有说。我没有说过一句话。

我早已没有任何尊严。然而，在这场交易当中，尊严又算个什么东西？就像任何有交易的爱情，都不会有爱情一样。

我现在已经非常清楚自己的身份了，事实上，从一开始，我就是在打一份工，所担任的职位是：一个男人的妻子和三个孩子的母亲。我的职责是，做好表面上的妻子，不用和男人上床睡觉；做好表面上的母亲，不用自己生育。

真他妈见鬼去吧！把我当什么了?！我愤怒到想立即扑过去，一刀杀死这个男人！我还想跑回瑞士，一把火烧了那个家，让我们一起毁灭。

问题是，我并不想这么做，我也不想回到中国去，至少不想立即就回去。我知道，回去更不堪。没有人欢迎我，也没有任何承诺等着我。不要说爱，连个需要我的人都不会有，只会让自己陷入另外一种更加无助的局面里去。

非常可笑吧，我居然在他准备好的协议书上签了字。

我不得不重新调整自己，内心挣扎着开始我的新生活，那真的需要付出努力——真正的精神努力。我的心在失语的惶恐中跳动，就好像我正在被迫观看着自己的消失，或者渐渐消失。

每天早晨醒来，我只觉得这新的一天，已然消逝。没有时光展开的感觉，而是有一扇门正被紧紧关上，并拧紧了锁把，任我怎么努力，再也没有重新打开的可能性。

我已彻底失去平衡。我从没像现在这样鄙视过我的行为。我希望觉悟，害怕麻木，却又不得不作着妥协。我只得一再告慰自己，我在瑞士，在这幢美丽豪华的房子里，只是拥有着一份奇怪的工作。薪水优厚。比其他职业相对自由。

李艳的脸上一直带着一种奇怪的微笑,那是对自我的一种完全的放弃、否定,和一份彻底的无可救药的嘲讽。

欧洲时间,凌晨四点半。全世界都在熟睡之中。四周静得离奇。有深秋的寒意。杯子和酒瓶空着。红酒并不能粉碎或抵抗内心的阴霾和低迷。我看着李艳,宛若看见奇迹。她身上的矛盾和妥协分外耀眼。她已身处一种彻底无助的感情之中。对于一个女人来说,没有比这种无助更深重的悲伤了。

——然而,她不得不接受它。接受越多,绝望越深。

在这个深秋的凌晨,我真的不知道,还能够对李艳说些什么。但是,我知道李艳需要的,不过是一个倾听者,她其实不需要任何的劝慰。对于所发生的一切,她都是自知的。任何的劝慰,于目前的她来说,都是无济于事的,还能够起到什么作用呢。

李艳打了个哈欠,好像从别人的故事里走了出来。那个瞬间,甚至让我有一种错觉:所有的忧伤和悲哀仿佛都不是李艳她自己的,她只是在转述的时候陷入进去。只要故事一结束,她就立马又回到现实中。

她忽然问我,下一站你去哪儿?

我说,按原计划去德国。

去德国干吗,不如去荷兰,去开放的阿姆斯特丹,在那条街上,估计一半以上的性器具都是由他提供的。我一直想去看看那些玩意儿,有可能的话,真想找个人一起用一下。

——李艳的语速特别快。她忽然咧开嘴,哈哈大笑起来,直笑得浑身颤抖、热泪四溢。仿佛她突然才发觉自己刚才说的那些话,特别的滑稽可笑。

李艳的笑声在这个凌晨听起来无比凌厉,像薄薄的刀片刮着人,令人生疼。她一直狂笑,笑得停不下来。她要是再这么笑下去,我甚至怀疑她是否有点疯了。

在狂笑声里，我听见李艳喘着气、大声地问我：要是我也脱光了，站在阿姆斯特丹的橱窗里去，你说，会不会有人要我？

我想走过去拥抱她一下，可是，我发觉我不能动，我的喉咙已有哽咽的感觉，只要我站起来去拥抱她，我想，我一定会忍不住流出泪来。我不想在李艳面前流泪，这只会加深她的悲哀。我假装轻松地对李艳说，你看上去像是喝醉了。

李艳继续大笑：亲爱的，你觉得这很不可思议，这绝对不可能发生，对吗？但是我告诉你，天下没有绝对，任何你想象不到的事情，它都有可能发生。只有绝望不可改变。

终于，李艳大哭起来，那是一种鱼死网破的、彻底绝望的哭泣。

我不得不走过去，抱住她，她伤心欲绝地扑进我怀里，哭得一发不可收拾。我紧紧抱住她，拍着她的背，如哄慰一个受尽委屈、却仍在坚持生活的孩子。

我说，李艳，哭吧，好好哭一场，哭完就好了。我忽然发现自己早已声泪俱下，哭得比李艳更响亮，仿佛我所经受的委屈和伤心，比李艳更深、更重。

终于哭累了。在天亮之前，我们才沉沉睡了过去。

忽然响起一阵敲门声，我和李艳尔同时从酣睡中惊醒，是三个孩子在门外喊。李艳充满歉意地对我嘀咕：瞧，新的一天又开始了。

评鉴与感悟

每个人的罗马

——读鲍贝《每个月的罗马》

续小强

春天时，我读过这部小说的初稿。除非在博物馆中，大概只有很少的小说家会把自己的初稿展示出来(就像袒露一个人早晨的卧室);所以说,这是一种幸运。也可以说,我受到了与一般读者不同的礼遇。但与这种幸运不相称的是,那时初识的印象却是很难寻找了。如果把那种印象当成一束光,它是消散幻作彩虹,或是隐匿于轻雾,已难说明。

这似乎再次提醒我,日常日子里每时每刻那无自觉的令人恐怖的遗忘仿佛不忠的枷锁。过去在哪里,真的难以确认。即便对于现时、此刻,我想我们刻意地把握也仍是没有信心的。

再次读,已是秋天了。有时晴空秋阳高照,有时阴郁微雨拂面——它是那么那么的深情款款。我的阅读,竟然变成了回忆。从头到尾,用眼睛推着那些轻慢的语句往前迈,就像是再一次细致地清点过去那些点滴时刻的懵懂。我一遍又一遍地看着自己:就仿佛,我已是这部小说的一部分了。

小说也是从秋天开始的。在春天恣意浪漫的时候,她取了些许春水,润湿了笔,却掉转了头去,蘸了洇开的秋时的积墨,由着它的性子,缓然而书。这个开头,散漫得很,也自在,如撑着一把小花伞往秋天的雨雾中走去了。无边落木萧萧下。秋天是让人沉静的。沉静也许是她所认为的"倦怠"的另一种积极的表达。沉静而至空旷,就该沏上一壶陈年的熟普,温热了心肺,遥想尘封人事。事未知,人已来。这个人,便是她所说的"李艳"。

//

我所读过的初稿,人物也唤作李艳的吗,真是忘记了。现在,闻着桂花香,我真是越发讨厌这个名字了。有些名字,确乎不应该走到小说的世界中来。若把林黛玉的名字唤作林燕燕、李丽丽什么的,就真是可惜了《红楼梦》。而先锋派,好像就该是从那个叫马原的汉人开始的。小说有时候还真是固执,那么的不食烟火:仿佛疏离,就正该是她的宿命。此刻,啊李艳,这个名字是如此生硬地硌在那里,像极了一片胭脂蹩脚地敷在一个女人的脸上。不那么美好,甚至不那么友好。

也许鲍贝是经过了考虑的。从一个创作者的角度去要求,她也必须负起命名的责任。鲍贝讲了许多“李艳”在中国的琐事,琐碎,絮叨,只能让人不断加深对这个名字的厌烦。厌烦到最后,也就释然了,许多故事集合起来,似乎在暗示我们,“李艳”也就只能配得上这个名字。她名副其实。更准确些,是在中国,她的这个名字名副其实。后来呢,她嫁去了国外,名字也改了,英文为Rose,音译过来,便是露西。

这,在小说的后半部竟然是发生了。同一个人,不同的名字。在域外,她仿佛从一场漫长的蝴蝶梦中醒来似的,终于看清了自己,终于对自己的名字刻意地强调起来。“李艳做了个打住的手势,命令我:叫我露西。”这一段话,如果放在《文学概论》的考试中,一定会被终于戴上了花镜的老学究准确地抓住,像发现一名罪犯一样把它拎出来严词拷问:这说明了什么,或者,此段作者有何深的用意?猫和老鼠的游戏上演,娜拉出走与归来的陈词滥调也就再一次开始。

可李艳就是李艳,露西就是露西,娜拉关她什么事儿?我不知道。估计她也不知道。个性的觉醒乃至解放,从来就不在现代文学一类的教科书中。答案在答案中,答案在杀气腾腾的对答案的实践中。而永无终结。大先生雄赳赳地演讲完,换下长衫,也就寂寞而开心地吃起了茉莉花茶。

“李艳”和“罗马”关系不大,“每个月的罗马”只能属于“露西”。而“罗马”,又是一个无限隐喻迷宫般的名字。啊,一朵玫瑰花,一座罗马城……

这部小说确实过于散文化了。以季节来比喻,它倒不是秋天的清爽,而是蔓延着春意的慵懒。都说条条大路通罗马,可这部小说中的罗马城就是迟迟地难以抵达。真到了,门又关着,似乎在唱着空城计。

“到了秋天,我去欧洲旅行。

“我是在抵达罗马这座城市之后,才忽然想起李艳和李艳的小说的。”

又是一个秋天。罗马出现了:

“你赶紧过来看我,我把我的故事全都讲给你听。”

而这个时候,小说四分之一的“时间”已经过去了。

即便拥有足够的耐心,面对疏松如此,我不禁怅然若失。当然,因为是重读,我才会突然注意到她叙述飞白般的久远。我想,如果没有信仰的支撑,任何一位小说家,都会对这不得不的“耗费”投降。从消极的意义去看,珍惜时间与浪费生命毫无二致,而从积极的意义去看,对于小说的生命,必然的耗费正与珍重时间、生命等同。如此“耗费”,我想正是叙述的真意与小说的魅惑所在。

叙述是叙事的肉身,而叙事才是叙述的精神。在西哲看来,正是借了叙事的天力,人再克服了无助、恐惧之后,才获得了想象中的幸福的安慰。讲一个故事,由这个故事:认识你自己。而我们的旧小说,都有一出戏的底子:看戏,戏出戏外,反求诸己,多了层转换,说教的成分多了些,还是和“己”有关。因了这一个,我们的生活有了盼头,念头,有了参照,对照,不可捱的日子并无改变,必死的重负仍在,而生命的感觉变了,世界变了,活着,似乎有了新的意义追求。

多数小说家都自称从未如此想过。也许是吧。如果这样,小说写作真就太可怕了。在读者的一方,如果读小说读到如此的程度,大约就快走火入魔了。

而事实并非如此。在这个问题上,我认为,小说家无疑是说了谎的。他(在这里,应该首先是她)说只要你读得“舒服”就好了,没有那么多高深的话题意味。可穷究起来,真正的潜台词是,他(她)乐意于对你的钳制,哪怕是无意识的,但小说完成之后它就已经存在了。必然存在。而不是为了“中魔”(这有如饮鸩止渴),我们为什么又要去读小说?非如此,小说这个物种已无存在之必要,它早就该灭绝了。所以说,恍然而生的缥缈感,即便缥缈,它也是真实的。甚或,它就是存在本身,生命的真相本身。

多么若无其事,你看,往往就是这么一句:我把我的故事全都讲给你听。我们的耳朵就软了,心就热了。

在这部小说中,说是“讲”其实不准确,李艳而由露西的故事,更多的是经由“我”的“看见”而串联起来的:“我”去了她的家,见而生疑,她也在讲,但是有女性自尊的保留,她的袒露,更多在她的小说中,也由此,“我”看到了真相。

鲍贝以变换字体的形式,将她的小说“抄”给我们看。从最终的结果看,有明显的作用,从叙事的编织去看,意味也是存在的。但没有得到充分的强化。如小说中言,“我”认为露西的这部小说太过于自传化了,或者完全就是她的自传。这是显然的。如果,在露西自传小说的部分,让小说的叙事度重些,而让自传的形式感弱些;内部——露西的小说,如果比外部——“我”的小说更像小说,这座罗马城就一定是会有新的传奇了。

在嫁去瑞士变成露西并写了《一个人的罗马》之前,她也是一个人——“一个人的中国”。李艳在中国并没有获得爱情。当然,也没有婚姻。她主动追求过,都以失败告终了。对于中国男人,她彻底地没了信心。不过,她对于爱情,仍是坚定的。要不然,她不会遇到她的异域心上人。

“李艳说,我对中国男人,早在多年前就已经彻底绝望了。在我看来,他们都是些自私自利的小男人,完全不懂得女人和爱情,跟他们真没什么好计较的。我现在遇到了保罗,才觉得遇到了真正意义上的男人。

他的包容、宽厚、平实、真诚和慈悲，是在中国男人身上很难找得到的。至少，在我认识的那些中国男人身上绝无仅有。”

鲍贝同样是女性，她是否也同样持有如此女权似的偏见先不论，单从小说中去看，保罗确是具备这不一般的美德，他们的生活在“我”看来，确实充满了幸福与甜蜜，以至于，“我”反观到了自己的无力和脆弱。然而不幸的是，看似必然的幸福，却陡然起了波澜。从“一个人的中国”到“一个人的罗马”，李艳的名字变了，她的命运却仍无常。保罗，竟然存在性的障碍。她的爱，再次空下。李艳，还是李艳。

性，没有升腾与升华，反而成了爱的障碍。无性之爱，便是无爱。是否如此，这确有深入探讨的必要。这或许不是小说家要做的事情吧，但在小说中，李艳是这么认为的。她陷入了绝望。于是，一个人的罗马之旅开始了。

“小说里的主人公一趟一趟又一趟地往返于瑞士与罗马之间。开始时，她心有期待，带着隐约的出轨意图。然而，自始至终，她都没有在行为上出过轨，一次都没有。

“她写她在罗马度过的一个又一个寂寞的日子，遇到又错过的一个又一个意大利男人，以及和那些男人之间发生的一桩又一桩的事情，但从未发生过男女关系。……”

李艳真是这么做了。她孤独而决绝。性已快餐化的当下，她的坚持到底，显得荒唐、不可理喻，甚至背离常识。但这正是李艳。从中国到瑞士，名字变了，她其实没变，恰如她所说，那么斩钉截铁、绝响似的的话语：“我不是一个随便的花朵。”

但最后李艳还是妥协了。她似乎是为了生计而妥协。

“似乎”是因为，这只是她所确定的妥协。在她的小说《一个人的罗马》中，她所认为的物质基础的妥协理由其实并不是理由，因为李艳不是“随便的花朵”，在中国不是，在域外就更不是。她在小说中那么去说，只是故意的遮蔽，对她自己，也对“我”和我们。

她的妥协，只是对自我命运的发现。在中国，如果她愿意，她可以随时献身出去，她的身体没有特殊语境的桎梏，唯有自身道德律令的压强。在身体无限自由的时候，她选择了爱、爱情的追求予她的限制。她由爱情走入婚姻，爱就要完全彻底地实现了，身体却出现了问题，进而一步步放大，那种恐惧或者不满，并不少于在中国时她无爱的处境。

起初，她认为爱是最重要的，后来，她又看到身体是必不可少的。爱与欲，竟是如此两难。她的“挣扎”与“惶恐”，皆源自她对此的茫然。为了幸福地活下去，她有解答的必要，但她却无解答的能力。这个死结并不仅仅是缠绕她、缠绕“我”，这个死结，已经困境千年，而且，还要万年继续死结下去，成为困扰人类亘古不变的精神遗产。

李艳是可以走出去的。她的每个月的罗马，她轻佻但美好地谈起那个轻慢过她的诗人，那时她就已经走出去了。她的灵魂轻逸，身体却停在原处。她后来茫然的妥协，灵魂消逝，身体却获得了永恒的存在感。她绝望，她哭泣，她在为我们每一个人受活。她是李艳，也是我们每一个人自己。

灵魂毫无疑问是重要的，但没有了身体，灵魂将栖居何处？

小说中的另一个人，是“我”。

在和李艳聊到“倦怠”与“恍惚”的时候，“我”的感觉是：

“我很奇怪此刻站在桂花树下，突然为李艳的这句话感到悲伤起来。更奇怪的是，我觉得说这句话的人应该是我，而不是李艳。”

“我”认为李艳是幸福的，她的生活自足而美好，值得为之庆祝为其祝福。

“我在心里默默祝福李艳，却为自己黯然神伤。我的愿望如深渊，不可实现，甚至无法清晰它本来的面目。”

如此的调子一再重复：

“我的每一个日子，都是重复，了无新意，毫无意义。我一次次地去远方，去更远的远方，然而，回来之后，仍是一无获，仍然回到独自咀嚼倦怠的茫然之中。”

李艳如彼，“我”如此：

拥有了身体，又将如何安置灵魂？

大家都爱卡夫卡，可有谁愿意像他那样过活呢？在这个秋夜，寒露未至，圆月将至，写完这篇文字，无端地就想起卡兄弟说的那句话：

把握这种幸福：你所站立的地面之大小不超出你双足的覆盖面。

若如此，身体与灵魂便同一了吧。